国家社科基金艺术学项目

中国电影改编研究

沈义贞 著

凤凰出版社

图书在版编目（ＣＩＰ）数据

中国电影改编研究 / 沈义贞著. -- 南京 ： 凤凰出
版社，2024.1
ISBN 978-7-5506-4055-9

Ⅰ．①中… Ⅱ．①沈… Ⅲ．①电影改编－研究－中国
Ⅳ．①I207.351

中国国家版本馆CIP数据核字(2023)第255126号

书　　　　名	中国电影改编研究
著　　　者	沈义贞
责 任 编 辑	蔡芳盈
特 约 编 辑	彭子航
装 帧 设 计	陈贵子
责 任 监 制	程明娇
出 版 发 行	凤凰出版社(原江苏古籍出版社)
	发行部电话025-83223462
出 版 社 地 址	江苏省南京市中央路165号,邮编:210009
照　　　排	南京凯建文化发展有限公司
印　　　刷	徐州绪权印刷有限公司
	江苏省徐州市高新技术产业开发区第三工业园经纬路16号
开　　　本	718毫米×1005毫米　1/16
印　　　张	20.75
字　　　数	288千字
版　　　次	2024年1月第1版
印　　　次	2024年1月第1次印刷
标 准 书 号	ISBN 978-7-5506-4055-9
定　　　价	98.00元

(本书凡印装错误可向承印厂调换,电话:0516-83897699)

作者简介

沈义贞，文学博士，教授，博士生导师。南京艺术学院戏剧与影视学国家一级学科暨江苏省优势学科带头人，教育部高校戏剧与影视类专业教学指导委员会委员，江苏省高校戏剧与影视学学科联盟主席。出版专著《影视批评学导论》《现实主义电影美学研究》《中国当代散文艺术演变史》《全球化与当代中国散文话语策略研究》4 部，论文集《艺文漫话》1 部，主编、参编《电影八讲》等 20 余部。

序

　　我与沈义贞教授20世纪80年代在南京师范大学是本科同学，20多年后又共事于南京艺术学院，可谓缘分不浅。他的新书《中国电影改编研究》付梓，嘱我写序，欣然从命。

　　据我所知，沈教授早年是研究散文的，他的博士论文《中国当代散文艺术演变史》出版后，被收进了当年的《中国文学年鉴》，如今已是学界研究中国散文的必读书目；他在散文理论研究中提出的许多观点，至今还常为人所引用。2001年由于工作需要，他担任了南京师大文学院刚刚组建的影视系系主任，凭借着深厚的理论功底，他很快就捧出了一本影视理论方面的专著《影视批评学导论》，这在国内影视学科普遍薄弱的当时，是不简单的。2006年南京艺术学院获得艺术学一级学科博士学位授予权，他被引进到南艺，担任戏剧与影视学国家一级学科暨江苏省优势学科带头人，不仅为南艺的学科建设做出了重要的贡献，而且笔耕不辍，出版了专著《现实主义电影美学研究》，论文集《艺文漫话》，他的《中国电影改编研究》是其2019年获批的国家社科基金艺术学项目的结项成果，写作期间，历经3年疫情，由于他又担任一定的行政工作，各种琐事繁杂，可以想见其撰述的艰难。

　　我虽然从事的是艺术理论研究，对于戏剧与影视学学科的研究成果，可以说既熟悉，又陌生。说熟悉，这不仅是因为我平时爱看电影，对许多知名影片耳熟能详，也读过友朋赠送的相关书籍，而且是因为艺术原理都是相通的，戏剧与影视学学科所关心的问题，也是整个艺术学所关心的。既往的艺术学学科一直将研究的重心聚焦于美术学而忽视了音乐学、电影学、广播电视艺术学等，严格地说是有所偏颇的。说陌生，是因为我毕竟没

中国电影改编研究

有系统地阅读过中外电影理论著作,遍览世界各国电影,所以,对沈教授在新著中所提出的一系列理论主张,我还一时难以置喙,但一般的判断还是有的。譬如,本书在阅读中至少给我这样两个印象:其一,鲜明的马克思主义美学立场。我们注意到,其在探讨电影改编时,没有从所谓技术、经济视角切入,而是始终坚持一种美学立场,尤其是马克思主义的美学立场。作为20世纪80年代的大学生,我们都曾系统地接受过马克思主义学说,所以,运用马克思主义的美学原理分析艺术现象、寻绎艺术规律可谓驾轻就熟。其二,深厚的文史哲素养。在许多坚持电影本体论的学者那里,从文学研究转行到影视研究似乎存在着某种先天不足,而其实,没有坚实的文史哲基础,所谓的影视研究常常是无根之木,无源之水,所以大量的影视研究文章我们读下来都感觉肤浅,一些所谓的影视研究"新发现"其实在传统的文艺理论中早已是常识。而沈教授的新著给我们的感觉则是视野开阔,旁征博引,其所探讨的每一个问题,都能置于一种宏大的理论背景之中,这也就使得其所提出的观点言之有理,有较强的针对性和操作性,其论证言之有据,逻辑严密,而这,无疑与其具有深厚的人文素养是有关的。

2023年,由于年龄的原因,我和沈教授都从原来的行政岗位上退下来了,摆脱了行政事务的干扰,可以更专注地潜心学术了,衷心祝愿沈教授的学术之树常青!

谢建明

南京艺术学院原党委副书记、副校长,教授、博士生导师

目　录

引　言

　　电影改编是电影实践中的一个重要现象。尽管各家的统计数据不一，但大多数论者都承认，电影史上有近一半以上的电影改编自文学作品。也正因此，长期以来，有关电影改编的研究一直是电影理论界关注的重点。但综观国内外的研究现状，不难发现，既有的研究大多侧重于"电影改编是否要忠实于原著以及相关的评价标准""改编电影与文学原著的比较""电影媒介、语言与文学媒介、语言的异同辨析""某一导演或导演群体改编的电影的文化阐释"等几个方面，既缺乏理论上的重大推进，亦由于文本、导演的选择、比较上的零星杂乱与随意性，未能整体、系统地见出电影改编的意义，同时，更未能从史的角度揭示电影改编的原理与规律。电影史的研究也是如此，自程季华《中国电影发展史》问世以来，电影史的写作也一直为诸多史家的偏好，不仅有各种宏观描述百年中国电影发展进程的论著或教材，而且有从不同角度描述电影发展轨迹的专门史，如从美学、技术、经济或社会等角度建构的电影史，或从电影类型角度写作的中国武侠电影史、中国戏曲电影史、中国动画电影史，等等。然而，在诸多的电影史描述中，我们发现，从改编的角度切入的电影史写作一直阙如。也正是在这个意义上，我们提出"中国电影改编研究"这一课题，不仅从史的角度全方位、系统地考察电影改编的原理与规律，力图具有理论的创新性与实践的指导性，而且也为电影史的研究与写作开拓了新的话语空间。

　　研究中国电影改编，涉及电影理论领域两个重要的研究方向，即电影改编研究与电影史研究。这是一个庞大的研究对象，所以有必要厘定研究的主要内容、基本思路和方法、重点难点。本课题侧重从史的角度，全面梳理中国电影发展史上改编电影的运行样貌，其目的并不在于像一般电影史

家那样描述中国电影的发展轨迹,而是力图揭示出电影改编的原理与规律,包括:改编电影与时代、社会的关系,电影改编与电影产业发展的关系,或电影改编的外在与内在动因;不同时代改编电影呈现的总体美学特征;改编电影与同时代原创电影的比较;不同时代成功的电影改编的经验与失败的电影改编的教训;电影改编中的文学、文化资源的选择,电影改编中的重要现象研究,诸如关于古典文学名著的改编,关于鸳鸯蝴蝶派作品的改编,关于红色经典的改编,关于金庸等武侠名家作品的改编,关于同一部作品的反复改编等;改编中的艺术再现与艺术表现,导演在改编中的思想与艺术考量,原作中人物、情节、环境、主题在改编电影中的不变与变;现实主义电影与类型电影在改编中的异同,改编电影的评价标准;关于中国电影改编史与中国电影史的比较研究;等等。

　　本课题研究的重点在于,通过电影改编历史的梳理,在描述和评价百年来电影改编的成败得失的基础上,探讨电影创作与生产的原理与规律。难点在于:一、必须始终扣紧中国电影改编史与中国电影发展史的异同关系,不能将中国电影改编史写成另一版本的中国电影史;二、必须始终把握现实主义电影与类型电影在改编中的异同;三、必须阐明电影改编与电影创作的原创性、电影改编中的“二度创造”等问题;四、如何将西方电影改编的成败作为参照系引入对中国电影改编的探查;五、必须将海峡两岸暨香港的电影改编史作为一个整体来考察。进入 21 世纪以来,海峡两岸暨香港的电影在“华语电影”的框架下已越来越融合为一体,在这种情形下,原先的那种将中国内地、台湾、香港的电影实践独立撰述的写法已然不妥,而一旦将海峡两岸暨香港的电影实践综合起来考察,在具体的写作中无疑会碰到很多难题。

　　本课题的主要观点、对策建议或理论创新之处在于,我们认为,所谓电影改编从来都不是对文学作品的原样呈现,完全的原样呈现既无必要,也无可能。所有改编都是电影导演针对当下的社会心理与现实期待所作的一种艺术回应。所以,长期纠缠于电影理论界的要不要忠实于原著的问题很大程度上是一个伪命题。也正是在这个意义上,我们认为:一、电影改

编作为一种"二度创造"实际上反映了文学与艺术的一种联盟。文学、艺术除了陶冶心灵、愉悦身心，还有一个很重要的功能就是思考现实、阐释现实、推动历史的进程。一切优秀的、值得改编的文学作品其实都曾在产生的当时发挥过重要的思想、价值建设作用，因此，当时过境迁，改编者基于新的历史语境重新借助原有的文学作品回应当下的现实问题时，其实际上是文学与艺术联结起来共同面对形形色色的现实挑战与历史期许。二、改编是对中国文化与文学资源的再利用，改编的主要意义就在于，如何通过对文学原著的改编，寻绎、提炼、评估、整合中华民族的文化传统与价值取向。所以，一部电影改编史，其实也是电影艺术作为国家上层建筑的一个组成部分如何探索、创造、传播中华民族的核心价值观的历史。而所有关于电影改编成败得失的评价，都必须考虑这一前提。三、大众文化娱乐至上的浪潮与数字化时代的"众声喧哗"所导致的中华民族的传统美德与价值的解体、解构已触目惊心，遗憾的是，进入 21 世纪以来的诸多中国"大片"并没有能抵制这一趋向，而是参与到这种解构的狂欢之中，这些都从不同角度矮化了中国国家形象，妨碍了中华民族核心价值观的建设与传播，因此，有必要借鉴国外改编影片的成功经验校正这一倾向。四、在传统的电影史写作中，是将全部电影史料纳入电影史的叙说之中，还是仅仅选择那些优秀的、有代表性的作品进入电影史的言说空间，一直是困扰着电影史家的问题。而从电影改编史的角度写作，则所有改编电影都应该是考察对象，因为，从那些成功的改编电影中可以获取富有启迪性的经验，而从那些失败的改编电影之中亦可以吸取有益的教训。五、从艺术传达的角度看，改编的原理与一般意义上的创作既有相似，亦有不同，而在改编之中尤其要注意现实主义电影与类型电影在改编中的异同，等等。本课题的创新之处就在于从史的角度全方位地考察电影史现象，并系统地构建、推进电影改编理论。

上篇　中国电影改编史略

一、中国电影改编史的美学分期

　　尽管我们有充分的数据表明,电影的发展离不开对文学原著的改编,但当 IP、创意、策划等活跃于电影创作领域之际,电影的文学改编似乎已经是一个陈旧的话题。IP 等概念的出现,凸显的是规模化的电影工业化生产的内在需求,但是,IP 也罢,创意、策划、项目化运作也罢,文学原著的身影依然在其中浮现,所谓《三国演义》IP、《西游记》IP、《水浒传》IP、《封神演义》IP 等的提法即是明证。只不过这些是通用的、共享的 IP,与来自当代文学原著特别是网络文学作品的 IP 相比,后者更多地具有知识产权的意味,或是电影(包括电视剧)生产主体出于市场竞争的考量对独享某种文学资源权利的一种主张。然而,无论共享的 IP 抑或独享的 IP,其所显示的,恰恰是电影对文学的一种更为紧密的依赖。毕竟,在电影工业生产的实践中,完全来自原创的作品虽然是重要的、必不可少的组成部分,但丰富的文学资源无疑任何时候都是保证电影创作可持续性的强劲支撑。也正是在这个意义上,我们说,梳理电影改编的史迹,在此基础上寻绎电影改编的规律,破译电影改编的外驱因素与内在密码,仍旧十分重要而必要。

　　以长时段的眼光看,一百多年来的电影发展存在着若干阶段,这些阶段的划分,有的是从政治或社会演变的阶段性入手,如程季华主编的《中国电影发展史》(第 1、2 卷),有的是从美学变革的阶段性入手,如周星的《中国电影艺术史》,有的从时序/国别的角度切入,如萨杜尔的《世界电影史》,有的则是从类型/题材/时序的角度切入,如章柏青、贾磊磊主编的《中国当代电影发展史》(上、下册)等,在为数不多的电影改编史著作中,从政治或社会演变的框架考察电影改编轨迹的,也较为常见,如李清的《中国电影文学改编史》、朱怡森的《改编:中国当代电影与文学互动》、阮青的《"十七年"

文学经典的影视改编研究》等。而我们在考察电影改编轨迹时，较为侧重的，则是电影改编史写作的美学范式。

在周星的《中国电影艺术史》一书中，论者将百年来中国电影美学形态流变划分为"古典化追求时期""社会悲剧美时期""浪漫化的英雄美学时期""真实化的纪实美学时期""表现化的影像美学时期""多元化的生命——自由美学时期"等几个阶段①。应当承认，其就每一阶段所遴选的关键词如古典化、社会悲剧美、浪漫化、真实化、表现化、多元化等，大致吻合各个阶段电影美学的最主要特征或某一方面的特征，但从流变的角度看，似仍有可商榷之处。因为，严格地说，所谓古典化、社会化、浪漫化、真实化、表现化、多元化并不能构成电影史演变的阶段性递进或"否定之否定"，其对每一阶段电影美学特征的描述也不够全面、客观，在很多情况下，这些美学特征很可能或并存于某一阶段，或前后倒置，而且，最后总结性的多元化其实是一种既开放又模糊的说法，多元化是几元，多元化之后是什么，这些问题都很难说清。其他诸如悲剧美学、英雄美学、纪实美学、影像美学、生命—自由美学等概念的运用，所存在的问题也大体类似。也正因此，我们遵循美学范式界定中国电影改编历程的阶段性时，侧重把握的，是某一种主导的美学诉求萌芽、生长、成熟、更替所形成的相对完整的周期，并以此作为电影改编轨迹阶段性划分的依据。

某一阶段美学诉求或思潮的运行，一方面与同阶段的社会史、思想史的发展密切相关，另一方面又有其独立性，并不完全对应同阶段的社会史与思想史，因此，我们所划分的电影改编史的若干阶段，与既往的电影史、电影改编史既有相同之处，亦有不同之点。如果进一步深入下去考察，则会发现，就电影改编史而言，其阶段性一方面体现在电影改编如何呼应、回应本阶段的主流意识形态，另一方面则体现在这一阶段的电影改编主要集中在哪些文学资源的选择上。

---

① 周星《中国电影艺术史》，北京大学出版社，2005 年，第 6—15、40 页。

二、1905—1921：商业驱动下的戏曲、戏剧改编

在众多的电影史、电影改编史著作中，不约而同地将 1905—1921 年看作是中国电影的萌芽期，这是有一定道理的。因为，尽管 1905 年诞生在北京丰泰照相馆的《定军山》还不是严格意义上的电影，但毕竟是中国文艺史上第一部既承接着悠久的文学艺术传统，同时又以"活动影像"这一崭新的艺术形式呈现出来的艺术品，所以将其视为中国电影史的开山之作，毋庸置疑。而将 1921 年视为中国电影以及中国电影改编的一个节点，很重要的一个原因就在于，电影作为新生事物，在叙事上与高度成熟的传统的文学艺术相比，还显得相当幼稚，因而电影在诞生之初的很长一段时间内一直被排斥在艺术的殿堂之外，经过短暂而匆促的摸索，以及匈牙利电影理论家贝拉·巴拉兹等人的呼吁，才勉强被视为所谓"第七艺术"。发生在早期世界电影史上的这段理论上的正名过程，虽然没有在中国出现，但早期的中国电影也曾被有意无意地排斥在主流文艺之外，亦是事实。所以，当 1921 年中国电影实践一下子较为集中地推出了三部叙事相对成熟的故事长片《阎瑞生》《海誓》《红粉骷髅》，这就不仅标志着中国电影语言已然摆脱了最初的牙牙学语，开始能够相对完整地叙述一个事件或一个故事，而且显示了中国电影从起步之初就有着一种努力迈进艺术行列的内在自觉。

《定军山》的横空出世，不仅充分说明中国电影实践的第一步是由戏曲、戏剧改编开启的，而且催生了中国电影领域的一个影响深远的观念"影戏观"。在有关影戏观的研究中，学界普遍承认，影戏是国人对电影这一舶来品的最初命名[1]，是"中国电影美学的核心概念"，而影戏美学则是"中国

---

① 周剑云、汪煦昌《影戏概论》，丁亚平主编《百年中国电影理论文选》（上册），文化艺术出版社，2002 年。

电影理论中的超稳定系统"①,却大多忽略了,所有这些结论的得出,都源于《定军山》的改编。乍看之下,《定军山》是丰泰照相馆老板任景丰对戏曲《定军山》的一次实录,而实际上《定军山》作为一部完整的戏曲,任景丰对其剧情、片段的选取已然就具有一种改编的意味,"不仅是一个艺术样式的改编,同时也是一次电影改编的行为"②。从这个意义上说,改编不仅促成了中国电影由戏曲、戏剧到电影的自然转换,而且使电影从发生之初就被默认为一种艺术。因为,尽管诗文在中国古典社会处于正宗地位,戏曲一直未登大雅之堂,但有着悠久传统的戏曲愈至后来愈成为官民同喜、老少咸宜、为广大接受者喜闻乐见的艺术形式。这也就形成了 20 世纪初期中国文艺生存的复杂态势,即,一方面主流的文艺界依然残留着传统的重诗文轻戏曲的倾向,另一方面,由于西方戏剧的传播,许多所谓"严肃的"作家也开始介入戏剧创作,文明戏即话剧不仅大踏步进入公众视野,而且逐渐成为与诗歌、散文、小说等并重的一门艺术。具体到电影领域,则是秉承着影戏观的中国影人一方面坦然自若地从事着电影改编,另一方面则毫无迟疑与羁绊地进行着电影的原创。

根据众多影史专家的统计,1905—1921 年间属于文学改编的、有代表性的电影主要有,丰泰照相馆基于戏曲片段拍摄的《定军山》《长坂坡》《金钱豹》《收关胜》《艳阳楼》等,梅兰芳根据昆曲和歌舞剧改编的《春香闹学》《天女散花》等,根据粤剧《庄周蝴蝶梦》改编的《庄子试妻》,根据中国话剧的最早样式"文明戏"改编的《黑籍冤魂》《阎瑞生》《五福临门》《活无常》等,根据法国侦探小说《保险党十姊妹》改编的《红粉骷髅》等。值得一提的是,由商务印书馆活动影戏部拍摄、梅兰芳主演的戏曲电影《春香闹学》《天女散花》中存在着双重改编,一重改编主要是由梅兰芳在戏曲领域完成的,因此不能算作电影改编,另一重改编则是其在电影创作过程中展开的,指出这一点,是因为有许多论者在探讨电影改编时常常不能严格或清晰地把握哪些才是真正属于文学的电影改编作品,这就一定程度上影响了论者的审

---

① 陈犀禾《中国电影美学的再认识》,《当代电影》1986 年第 1 期。
② 李清《中国电影文学改编史》,中国电影出版社,2014 年,第 17 页。

美判断。

由戏曲、戏剧而自然转换的电影改编，是1905—1921年间中国电影实践中的一个醒目的客观史实，指出这一点并非难事，问题的关键是，这一阶段中国电影的文学改编与时代主导诉求的关系是什么，呈现出哪些主要的特征，或在电影的改编实践中有哪些重要的探索？

对此，有论者曾在考察1905—1931年间的电影改编现象时指出，"此时电影改编的特征除了舶来性与主体性、纪录性与叙事性、通俗性与大众性，更有着过于追逐利润的商业性与迎合观众趣味的娱乐性。其中商业性与娱乐性作为此时文学改编电影最凸显的两大特征，既是其发展的动因，也是其问题所在"①。不难看出，论者这里所罗列的舶来性与主体性、纪录性与叙事性、通俗性与大众性、商业性与娱乐性等还比较空泛，这几个"性"既适用于改编电影，也适用于原创电影，尤其重要的是，没有能从改编的角度见出这一时期电影改编的核心特征。严格来说，1905—1921年间的电影改编从改编与时代的关系考察，其内在的驱动主要是一种商业需求。

以《定军山》为例，所有电影史家都承认，其是中国电影史上的开山之作。但究竟是什么驱动了任景丰等中国电影先驱率先将古老的戏曲与新生的文明戏搬上银幕？其外在和内在的动因是什么？现有史料表明，丰泰照相馆的老板任景丰是个商人，其改编《定军山》的最强烈动机就是敏锐地察觉到其时流入中国的外国影片的片源有限，希图通过自己擅长的活动照相加入"影戏"拍摄这一新的赢利活动之中，在个人组建班底原创电影的条件还不成熟时，移植国人熟悉和喜爱的传统戏曲无疑最为便捷。从《定军山》开始，改编或实录古典戏曲与现代文明戏在很多情况下成为早期中国电影的首选，进而形成这一阶段电影实践的主要特征就是戏曲与戏剧改编，究其原因，也和任景丰的拍摄初衷相仿。也正是在这个意义上，我们认为，任景丰改编《定军山》，一个显见的、一目了然的因素是商业的考量，而早期中国电影史上的改编，绝大多数也是出于商业的驱动。

① 周少华《中国电影初始期文学改编的特征及其当代意义（1905—1931）》，《当代电影》2021年第12期。

如此界定是否有损学界已有的对早期中国电影的评价？众所周知，1905—1921 年间，中国近现代历史上发生了两起影响深远的重大事件，这就是 1911 年的辛亥革命与 1919 年的五四运动。如果说辛亥革命结束了长达两千多年的封建统治的话，五四运动则开启了中国现代化的航程。然而，不可否认的是，这一时期帝制虽然崩溃，封建势力仍很强大，再加上帝国主义列强长期以来的军事侵略与经济掠夺，刚刚凤凰涅槃的中国依然积贫积弱、千孔百疮。也正因此，以鲁迅为旗帜的一大批"五四"知识分子在政治、经济、军事、教育、文化、文艺等各个领域展开了积极而有益的建设。以文学为例，这一时期的"问题小说"就紧密地回应、思考着现实中的种种问题，"举凡家庭之惨变、婚姻之痛苦、女子之地位、教育之不良乃至劳工问题、儿童问题、青年问题、妇女问题、社会习俗问题、下层平民被压迫的遭遇、国民性的改造、人生的目的和意义……都有涉及"。所有这些问题，都不仅"适应了当时的社会精神心理的需求"，而且"表现出鲜明的人道主义、民主主义精神"[1]。

与同时期居于主流地位的文学相比，电影在思想层面的探索显然相形见绌，由此也就导致理论界在评价这一时期电影时两种不同的观点。在坚持文艺的严肃性、崇高性、使命性的学者那里，这一时期电影的商业性是主导追求，而为了商业利益的最大化，娱乐性自然而然成为首选，甚至为了娱乐性堕入一些低级恶俗的趣味，在思想建树上无足大观。而在那些出于对中国电影的热爱或维护的学者那里，其虽然承认"五四"先驱们的价值探索远非早期的中国电影能企及，但仍坚持认为，无论是改编或原创，刚刚起步的中国电影仍然程度不同地呼应了时代精神。如张石川原创的《难夫难妻》批判的是"五四"时期知识分子共同否定的不合理的封建婚姻制度；改编的《黑籍冤魂》抨击的是鸦片对国人的毒害，具有朴素的反帝意识；基于真实事件和文明戏改编的《阎瑞生》虽然被程季华等史家斥为"一部极端恶

---

[1]　朱栋霖、丁帆、朱晓进主编《中国现代文学史（1917—1997）》（上册），高等教育出版社，1999年，第 52、55 页。

劣的影片","是中国的买办、流氓、商人利用电影进行投机买卖的典型"①，但其所反映的旧上海这个十里洋场上光怪陆离的乱象，对于认识早期中国社会半封建半殖民地的性质也不无裨益；根据法国侦探小说改编的、同样被斥为"凑集了一切不伦不类、不中不西的货色"②的《红粉骷髅》，不仅显示了中国早期的电影改编从一开始就有着世界眼光，敢于"拿来主义"，而且其所讲述的"有情人终成眷属"这一老套的故事中已经渗进了新的内容，即如果说封建社会阻挡青年男女爱情实现的障碍主要是父母之命媒妁之言的话，那么，到了现代社会，社会邪恶势力和人性的邪恶对美好爱情的破坏也不容小觑；还有根据粤剧改编的《庄子试妻》，众多史家在建构各类电影史时都不得不提及这部作品，但对其的肯定大多集中于其在中国电影史上创造的许多第一，诸如，片中的庄子之妻第一次由男性角色扮演，扮演婢女的严珊珊是中国第一位女演员，第一次使用特技表现鬼魂，是第一部走出国门的影片等，而大多忽略了影片主题的现代性，即男女两性是否忠贞于爱情、婚姻不仅在古代是个难题，到了婚姻自由、爱情自主的现代社会尤其成为摆在现代人面前的一个主要困惑；至于这一时期大量由戏曲、戏剧改编的电影，其所反映的精忠报国、父慈子孝、重情感恩、家庭团圆等观念，虽然在思想上与同时代的文学无法比肩，或与时代的许多急迫而重大的主题有所游离，但细究起来，其应该是对中国传统美德的一种继承和普及，当许多直接功利性的时代主题过去之后，这种恒稳的言说依然不可或缺。

两种意见孰是孰非，迄今未有定论。而在我们看来，不管其时电影的思想成就如何，电影既是艺术品又是商品的双重特性不容忽视。站在电影是艺术品的立场看待当时的电影，其思想上的缺乏原创显而易见，其为了娱乐自甘下流也应予否定。而站在电影是商品的立场，则会发现，电影是一种特殊的商品，或是一种精神形态的商品，其向观众兜售的内容，除了娱乐性或艺术性，很重要的一个组成部分就是思想，不管其思想是原创的还

---

① 程季华主编《中国电影发展史》(第1卷)，中国电影出版社，1963年，第44、45页。
② 程季华主编《中国电影发展史》(第1卷)，中国电影出版社，1963年，第48页。

是模仿的,没有思想的参与,不仅其娱乐性、艺术性无从依附,其作为精神性商品的主要支撑也就不复存在。从这个角度说,早期中国电影的维护者对其所作的种种辩护其实是多余的,因为没有他们在早期中国电影中挖掘的那些价值层面的努力,其作为商品的艺术品也就十分可疑了。也正因此,我们说,早期中国电影在思想层面上是有所展示的,其展示与同时期"五四"知识分子们在文学、文化上探索的确有一定差距,很大程度上是一种呼应、追随或模仿,并且常常模仿得不到位,或因为娱乐性步入歧途。造成这一状况的原因,一方面在于其时从事电影实践的人大多是文化素质相对偏弱的小资产阶级知识分子,另一方面就在于这一时期电影创作的主要驱动就是商业需求。

进一步深入下去,还会发现,如果以长时段的眼光看,电影作为一种工业生产,其思想展示不可能像传统的、其他门类的文学艺术那样永远追求创新性,其允许模仿、追随甚至重复,在大多数情况下,电影的模仿、追随或重复可能是一种常态。所以,对早期中国电影持否定意见的论者显然过于严苛了,其不仅未能见出作为商品的电影的这种特殊性,更未能见出,此时的中国电影还处于萌芽阶段,还相当幼稚,要求其像成熟的文学或成人那样思考和发声,显然操之过急。当然,如此评价,并不是说电影就不需要创新,其后的中外电影实践充分表明,那些为电影史家高度肯定的优秀的经典之作,无一不是在思想或艺术的探索上做出杰出贡献的电影。

尤须指出的是,当年任景丰首拍《定军山》,从电影发生学的角度看算不上多么高尚,但却不仅驱动了这一阶段电影实践的商业需求,而且误打误撞地奠定了电影的一个基本属性"商业性",并且这种商业性一直堂而皇之地伴随着中国现代电影实践。在1949年中华人民共和国成立之前,电影理论界曾经发生过的几次重大论争,基本上都集中于意识形态或价值观的分歧,关于电影商业化的趋向也曾遭受过批评,但那也是因为商业化过度了,损害了积极健康的价值观的传播,从未有人质疑过电影必须赚钱这一朴素的目的。由此也就带来一个重要的、为很多电影史家忽略的问题,

中国电影改编研究

即，为什么电影既是商品又是艺术品的理念在中国电影史上很早就为人所默认？或是一种全社会的共识？饶有意味的是，答案还在于戏曲、戏剧的改编。

现有的中国文学史都将诗歌、散文、小说、戏剧列为文学的四大门类，其着重梳理的是这四种文学样式的发展历程、不同历史时期代表性作家的思想艺术成就、相互的承继关系等。在传统的言说中，也触及了一些具体的问题，诸如，在古典时期，诗文一直是文坛的正宗，担负着文以载道的使命，很多时候还是科举考试的重要科目，而小说、戏曲则不登大雅之堂，因为其不仅是文人墨客的闲情偶寄，而且很多情况下活跃于民间。所以，在古代，文学的雅俗之分可以说泾渭分明，只不过，随着时间的推移，特别是进入现代社会，那些在古典时期视为俗的作品，也渐渐进入经典的行列，以至于后来者大多忘却了其曾经经历的尴尬遭遇，杰作如《红楼梦》《儒林外史》等莫不如此。或许是因为传统文学史更多侧重的是思想艺术层面的考察，其在描述作家的生平遭际时也会分析其经济状况对其创作的影响，但基本不关心作品生产与传播中商业层面的因素，所以，在既往的传统的文学史中大多没有特别指出，在文学的四大门类中，小说和戏曲的运行与古典时期的"文化产业"是密切相关的。譬如，古典小说的传播很大程度上就依赖于说书人的说书，宋元话本的盛兴就完全是其时城市市民阶层的文化消费需求所致；而传统戏曲无论是在庙堂上展演，还是走街串巷活跃于广袤乡村偏僻的土台上，都需要一个班底即戏班子，其生存需要一定的经济支撑，不管这种经济来源是出于宫廷贵族的供养还是来自每场演出的收益。所以，如果说传统诗文一直居于雅的地位，是因为其大多与商业运作相脱离的话，那么，小说、戏曲的职业化生存决定了其始终与创收相关，所谓文人与艺人的分野也由此产生。文人热衷的是科举功名，艺人专注的是卖艺谋生。由此也就导致，从古代开始，在国人眼里，戏曲就既是艺术品也是商品，戏曲在呈现艺术时同时博取经济收益天经地义。这种观念不仅由来已久，而且深入人心。

戏曲，包括后起的文明戏即戏剧，与电影在语言形式上有所不同，但本

质上都是叙事艺术,所以,当任景丰等一批早期影人第一次见到电影时,不约而同地将之视为与传统戏曲同一类的艺术样式,并且几乎是不假思索或没有任何违和地将其称为影戏,也就顺理成章。而电影的功用除了传播一定的思想内容,其必须为从业者创造收益,也就理所当然。

此外,作为中国电影的改编研究,我们在考察这一阶段电影改编的美学经验时,一方面需要注意辨析其在价值层面的种种表现,另一方面更多着重的则是其在改编过程中所涉及的、影响了其后电影改编的种种理念或叙事策略。

就理念而言,本时期的电影改编有一个明显到几乎不为人察觉的目的,就是力图将古典文学特别是古典戏曲图像化、永存化。在《影视批评学导论》一书中,我们曾经指出,"早在电影发生的初期,匈牙利电影理论家巴拉兹就曾精辟地预见到,人类文化的发展经历了一个由视觉文化到文字文化再到视觉文化的'否定之否定'过程。具言之,人类在原始的、文字没有出现的年代,其文化形态是视觉的,后来文字出现了,人类可见的形象消失在概念的丛林之中,'可以直接看到的思想就这样转化成了间接可以听到的思想',而电影的产生则使'埋葬在概念和文字之中的人重见阳光,变成直接可见的人了','从广义上说,文化正在从抽象的精神走向可见的人体'"①。巴拉兹的这一论断可以说较早地预见了电影这一艺术形式必将取代以文字为载体的传统文学样式,20 世纪 80 年代之后的中国全方位进入一个"读图时代"或"镜像时代"就是明证。从这个意义上说,中国早期的戏曲、戏剧改编,其实还有一个明确的意图,就是将中华民族所创造的灿烂辉煌的中国古典文学尤其是古典戏曲通过"活动图像"呈现出来,从而不仅使得其时的观众借助"活动图像"这一新颖的艺术形式了解漫长的封建历史进程中曾经发生过的那么多可歌可泣的故事,故事背后蕴含的丰富的传统美德,而且通过"影戏"将这些故事、人物和意义固定下来,永久保存。所以,早期中国影人周剑云、汪煦昌在《昌明电影函授学校讲义》中讨论"影戏

---

① 沈义贞《影视批评学导论》,中国电影出版社,2004 年,第 6 页。

之功效"时,在列举了娱乐精神、通俗教育、增广见闻、帮助演讲、普遍性质等功效之外,还特别提出了"永久保存"说:

> 人生事迹,正如云烟过眼,转瞬皆空,任何伟大的人物,新奇的事实,只是当时的人,暂时的事,等到一死一了,便事过情迁,不复存在,至多给同一时代的人在脑海中留一个印象罢了。人之一生,如婴儿的初生,夫妇配合,兄弟聚散,朋友游宴,亲属丧亡,种种经过的事实,要想重现于眼前,都是不可能的事。要是从前就有人发明影戏,把一个时代的伟大人物和伟大事迹,摄成影片,永久流转,使后人景仰先贤者,都能见遗影而尊敬,念丰功而兴奋,那才真是万古长存,名垂不朽,比较读历史久而遗忘者,自然有益得多。就是将个人一生的经过,摄成影片,也可以令自己永志不忘,为子孙垂一好范。再就艺术界讲,俞菊笙、谭鑫培,他俩的艺术,博大精深,可算是一代名伶,但身死之后,一生苦练而成的绝艺也随之消灭,这是何等的不幸!美国电影明星巴比哈伦(Bobby Harron),怀兰斯·李德(Wallace Reid),他俩虽然长逝,而容貌、艺术却永久存留在影片里,直到如今,还能和世界观众相见,可以算得躯体虽死,艺术不死了。①

质言之,如果说在古代,人们通过画像为自己绘影留形,不仅有供后人纪念的意思,而且也有借此"永生"的希冀。照相术发明后,很快就大受欢迎,原因也在于此。而"活动图像"的出现,则不仅扩大了人类记录历史过程、社会事件、人物经历的能力,而且使得人类借图永存、留传永久的愿望变得无限可能。21世纪以来,随着科技的进步,人们纷纷利用数字技术将各种即将消失的非物质文化遗产、非遗传承人的技艺数字化,建立数字博物馆等,其实都是这一理念的沿袭或延伸。

从叙事策略的角度看,萌芽期的戏曲、戏剧的电影改编,在美学上至少

---

① 周剑云、汪煦昌《影戏概论》,丁亚平主编《百年中国电影理论文选》(上册),文化艺术出版社,2002年。

有这样两个问题值得重视。其一,是文学(包括戏曲、戏剧)语言与电影语言的切换。很早我们就注意到,"中西方哲学一个重要分野在于,西方哲学比较突出人和自然的征服与被征服关系,由此发展了他们的科学(航海学、天文学、数学、物理学等),理性、逻辑推理,实证,功利主义等,而中国古典哲学则强调'天人合一',即人和自然的平行、朋友式关系,观照与被观照关系,由此发展了我们的艺术(国画、书法、民乐、戏曲等),悟性,模糊把握,意会,唯美主义等"①,亦即,由于哲学观的分野,中西方在艺术传达上一直存在着写实与写意两大传统,中国古典文学尤其是中国古典戏曲是写意的,而戏剧、电影则是写实性的,两种艺术传达系统有共性,也有差异甚至对立,所以,当写实性的"文明戏"即戏剧刚刚传入中国的时候,并不是一下子能为国人特别是习惯了欣赏写意性戏曲的老百姓所能接受的。而早期的中国电影改编如何将中国古典文学尤其是戏曲的写意性语言转换成电影的写实性语言,也就不仅是中国电影发生初期所面临的一个首要挑战,而且甚至可以说是一直困扰着中国电影实践的重要问题。

　　理论界最早关注到这一问题的,有郦苏元、李清等学者。譬如,李清指出,梅兰芳在改编《春香闹学》时,就"创造性地使用了一些新的镜头技巧"②,这就是梅兰芳自述的,"春香的出场用了一个特写的镜头,我用一把折扇遮住脸,镜头慢慢拉开,扇子往下撤渐渐露出脸来,接着我做了一个顽皮的笑脸"③。而郦苏元对此的评述是,"这可能是我国最早出现移动镜头的记载。'云路'一场,天女手持长绸带,边唱边舞,轻盈飘逸,婀娜多姿,影片叠印了天上的云彩,象征着天女御风腾云、日行千里,创造了一个虚幻飘渺、优美奇妙的神话意境","与《定军山》等最早的戏曲片拍摄已经有着明显的不同。它不是对戏曲舞台的刻板记录,而是第一次用电影手段来体现传统戏曲所创作的艺术美。它们的创作,对如何把电影和戏曲完美结合起

　　① 沈义贞《现代背景下的农业文化表述——论沈从文湘西散文系列》,《南京师范大学学报》1997年第2期。
　　② 李清《中国电影文学改编史》,中国电影出版社,2014年,第22页。
　　③ 梅兰芳《我的电影生活》,中国电影出版社,1984年,第11页。

来做了或多或少的探索和尝试"①,等等。由此可见,在中国早期的电影实践中,如何跨越写实与写意的鸿沟,电影的戏曲、戏剧改编功不可没,正是由于这批早期影人的探索,不仅实现了中西方两大艺术传达系统或艺术语言的无缝对接或自然切换,而且也使得电影这一新的艺术语言借助传统的戏曲语言迅速地为其时尚不太熟悉写实性表达的观众所接受。当然,也须指出的是,电影能为早期的中国观众接受,除了戏曲、戏剧改编的助力,很大程度上还与其天然的直观性、照相性或图像性有关,而戏曲语言与中国传统写意性语言其后的发展之路并不顺畅,其时而或隐或显,时而缺席无踪,直到100多年之后网络大电影与数字动漫电影的繁兴,其才重新大规模地回归到观众面前。

其二,改编的忠实与否。改编是否要忠实于原著,在相当长一段时期一直贯穿于电影改编的研究之中。从理论上说,任何改编都不可能完全与原著吻合,原因是,一方面,任何一部原著,无论是名著还是普通作品,其均是原作者的精神产物,有着人类主观精神的复杂性、有机统一下的模糊性,再加之原作者思想感情的复杂性,其将这种思想感情投射到作品之中的复杂性,作品本身呈现中的复杂性,以及原著作者、原著与时代之关系的复杂性,等等,所有这些都使得改编者与原作者无论是同时代还是异时代,其对原著的解读、理解必然是千差万别的,所谓有一千个读者就有一千个哈姆莱特;另一方面,改编者选择某部作品进行改编时,其改编的出发点,其所看重的原著中值得改编的要素,其在原著与时代的关系上所做的考虑与处理,其在文学与电影两种语言媒介转换中必然要做的增减、调整,等等,都使得改编后的电影与原著相比,已经完全是另一个独立的作品。研究者可以在原著和改编电影之间作比较,考察改编中的成败得失,并据此得出一些有益的结论,但绝不可以改编是否忠实于原著作为衡量改编电影的成败得失的标准,因为,忠实地还原原著只是一个简单的、初级的目的,真正杰出的改编电影从来都有着更为重要的其他目的,不管这个目的是商业性

---

① 郦苏元《中国无声电影史》,中国电影出版社,1996年,第65页。

的，还是价值性、美学性的。

在既往的改编研究中，我们曾经指出，电影改编对原著的忠实与否，存在着三种情形，第一是完全忠实于原著，第二是在忠实于原著的基础上对原著的情节、人物、主题等有所增删，第三是仅仅从原著中选取一或几个要素，然后开始全新的"二度创造"，如周星驰主演的《大话西游》即是如此①。现在看来，所谓完全忠实于原著也只是忠实于原著的基本美学风貌与内在的、主导的神韵，其在主题的呈现、细节的选取、艺术的传达特别是文学与电影两种语言的转换上必然有着许多不易为人所察觉的处理。譬如，1983年谢铁骊导演根据张天翼先生同名小说改编的电影《包氏父子》，在忠实于原著方面可谓典范②，但如果我们要问，电影中的包氏父子的形象是否就是张天翼先生写作时心目中的人物形象？或是万千小说读者心目中的形象？小说中的包氏父子的形象是由语言来表现的，电影中的包氏父子则是由表演艺术家管宗祥、刘昌伟主演，无可否认，两位主演的表演相当出色，堪称表演史上的经典，但同样无可否认的是，导演对两位主演的选择显然不具唯一性，带有一定的随机性，如果当时导演选择了别人，或两位艺术家档期不凑巧，电影依然会完成。或许，未来还会有导演改编《包氏父子》，选择别的演员，等等，所有这些都说明，作为一种形象符号或电影语言，演员的这种不确定性，就决定了改编后的电影绝不可能与原著毫无二致。

值得肯定的是，纠缠于理论界的忠实与否问题，在整个现代电影实践程途中并没有引起过多的关注，对忠实的强调，其实是中华人民共和国成立后一批理论家把古典与现代文学经典神圣化、固定化的结果。所以，在1905—1921年间，早期的改编者不管是实录戏曲的片段或全本，还是改编小说或文明戏，其改编的目的不外乎这样几种，即，尽可能忠实地还原原作，既扩展原作的影响力，又永久地保存原作；在原著的选择上既照顾到一定的社会问题的针对性，又特别期待商业的回报。至于为达到上述目的，在文学语言与电影语言的转换中，大量、主动运用电影语言和技巧刻画人

---

① 沈义贞《电影八讲》，江苏凤凰美术出版社，2020年，第177、181、183页。
② 沈义贞《电影八讲》，江苏凤凰美术出版社，2020年，第189页。

物、再现场景、谋篇布局、安排矛盾冲突甚至制造笑料等,都是改编中的题中之义,无足惊讶,也不用担心改编后的电影与原著是否绝对同样。某种意义上说,这种改编的态度才是改编的常态,而一度曾经十分活跃的改编忠实论某种程度上倒反而制约了电影的改编了。

三、1922—1931：通俗小说的电影改编

1922—1931年这个时间段，大致包含了整个20世纪20年代，之所以延续到1931年，主要是从中国电影发展史的角度考虑的，因为，这一年诞生的中国电影史上第一部有声片《歌女红牡丹》，标志着中国电影的无声时代结束。从《歌女红牡丹》开始，不仅电影中所反映的镜像更为接近了现实生活的原貌，由戏曲表现的写意性进一步转向电影再现的写实性，而且中国的电影语言也得到了极大的解放，电影在叙事写人、表情达意方面不仅已经能够与传统的文学、艺术相比肩，而且其特有的视听属性还涌现出许多传统文艺所不具备或不擅长的技巧。

20世纪20年代，一方面，虽然封建帝制已经瓦解，但新生的中国并未步入健康发展的轨道，横亘在国人面前的，主要是政治腐朽、军阀割据、经济凋敝、民不聊生、列强侵蚀、国力孱弱等景象，或帝国主义、封建主义、官僚资本主义三座大山。另一方面，受苏联十月社会主义革命胜利的感召，1921年中国共产党的成立，不仅开启了中华民族求生存、求解放的壮丽航程，而且使"中国进入了新民主主义革命时期"[1]，而新民主主义革命文化的特质，就是"无产阶级领导的人民大众的反帝反封建的文化"[2]。与此同时，以鲁迅为首的一大批进步作家围绕着道路、主义的选择，与各种封建与西方的势力、思潮展开了激烈的斗争，表现在文学创作上，主要是以文学研究会作家为中坚的、主张"为人生"的写实派作家与以创造会作家为主体的、主张"为艺术"的浪漫派、唯美派、闲适派作家的对立。回顾其时的文学创作，有两点值得注意，其一是以鲁迅为首的作家们虽然还没有全面系统

---

① 程季华主编《中国电影发展史》(第1卷)，中国电影出版社，1963年，第50页。
② 毛泽东《新民主主义论》，《毛泽东选集》(第2卷)，人民出版社，1991年，第698页。

的接受马克思主义,但他们创作中的探索已经显示了向马克思主义靠拢的轨迹,这也就是他们被视为进步作家的依据。其二是无论是"为人生"还是"为艺术",这两派作家都体现出一定的家国情怀,他们的思考以及在作品中流露的种种倾向都与现实的进程、时代的主导精神息息相关,因而某种程度上都可视为一种宏大叙事。

反观电影领域,与 1905—1921 年间相比,1922—1931 年间的电影无论在数量还是质量上都有了长足的飞跃。从编剧的角度看,或许是这一阶段严肃的、进步的作家还未及顾及这一新兴的艺术,这一时期属于原创类的、有一定成就的影片也有,如张石川导演的《孤儿救祖记》,但总体上并不多。贯穿于这一阶段电影创作的一个最为显著的特点就是,绝大多数影片都是由改编而来。

从改编的来源看,这一阶段电影改编的资源主要依托的是四个方面。其一是中国古典文学,代表作主要有根据古典名著《木兰辞》《水浒传》《三国演义》《西游记》《聊斋志异》以及其他古典文学、民间文学故事改编的《花木兰从军》《武松杀嫂》《七擒孟获》《盘丝洞》《马介甫》《五虎平西》《唐伯虎点秋香》《梁祝痛史》等;其二是鸳鸯蝴蝶派文学,代表作主要有反映青年男女爱情婚姻的《玉梨魂》《空谷兰》《梅花落》《啼笑因缘》等;其三是古典、近现代武侠小说,代表作主要有根据清代小说《儿女英雄传》改编的、为某些论者誉为中国第一部武侠电影的《儿女英雄》,根据古典长篇侠义公案小说《三侠五义》改编的《狸猫换太子》,根据同时代杰出的武侠小说家平江不肖生所著的《江湖奇侠传》改编的《火烧红莲寺》以及由本片引发的一大批"火烧片",根据顾明道小说改编的《荒江女侠》等;其四是外国文学。代表作主要有根据俄国作家托尔斯泰小说《复活》改编的《良心复活》,根据法国作家雨果散文剧《安琪罗》改编的《多情的女伶》,根据法国作家埃克多·马洛小说《苦儿流浪记》改编的《小朋友》等。

从类型的角度看,这一阶段已经形成了几种具有中国特色的电影类型,如有论者认为,"20 年代中国商业类型片的热潮是由'古装片''武侠

片''神怪片'构成的"①,另有论者则认为,这一阶段主要存在三股商业电影创作热潮,"在商业上形成了'言情片''古装片''武侠神怪片'三种类型轮换之势"②。这两种意见都略有偏颇,在概念上不够清晰。严格地说,本时期主要的电影类型实为言情片、武侠片、神怪片三种。至于古装片则是另一种划分方法,对应的是反映当下生活的影片,其时被称为时装片,而所谓言情片、武侠片、神怪片都可以古装片的形式出现。弄清楚这一点,我们才能清晰地看到,本时期电影改编中特别青睐的题材或人物角色分别是儿女、武侠与神魔。

一般的电影史在评价这一阶段电影时,往往有两种对立的、为理论界所熟悉的观点。其一是否定性的。由于这一时期电影的编剧大多出自鸳鸯蝴蝶派作家,所以程季华等论者认为,其时的电影事业,"由于它仍然主要掌握在买办资产阶级和投机商人的手里,因此,在它脱离了萌芽时期,进入了较大规模的发展时期以后,绝大部分仍然只能是宣扬帝国主义文化和封建文化的东西;一部分资产阶级和小资产阶级的知识分子参加了电影事业和电影创作,但是由于他们没有接受共产主义文化思想的领导,以致他们的创作虽然有的也表现了一些反帝反封建的要求,但是大都渗透了在新民主主义革命时期说来已是落后的资产阶级的文化思想"③。其二是肯定性的。20世纪80年代,随着思想解放的深入,首先在文学领域,一批学者在重评中国近现代通俗文学时,率先肯定了鸳鸯蝴蝶派的创作、武侠小说创作与侦探小说创作。如贾植芳先生在为《中国近现代通俗文学史》一书所作的序中就指出:

中国人一向瞧不起通俗文学,历史上一贯把小说笔记这类文学作品称为"闲书",由此,从晚清到1949年以前,也就是通俗文学作品大量涌现于文化市场的旺盛时期,当时那些被称为"鸳鸯蝴蝶派"或《礼

---

① 周星《中国电影艺术史》,北京大学出版社,2005年,第40页。
② 李清《中国电影文学改编史》,中国电影出版社,2014年,第43页。
③ 程季华主编《中国电影发展史》(第1卷),中国电影出版社,1963年,第52页。

19

中国电影改编研究

拜六》派"的通俗作家,也自认不讳地把自己的作品看成是供读者茶余酒后消闲解闷的东西,是一种"游戏文学";也因此遭到新文学家的迎头痛击,斥之为"文丐""文娼"等,连同他们的作品一起,遭到严厉而彻底的批判。此后几十年,这一重要的文学部门被排斥在20世纪中国文学史的研究范围之外,以致今天的读者对他们已经相当陌生(最近几年有些改变),然而从文学史研究的角度来看,完全忽视这些作家作品作为一种文化现象的存在,却是甚不科学的。这类作品也总或多或少、或强或弱地反映了一定社会生活内容和时代气息,有其一定的历史认识价值。①

而在范伯群先生看来,"1917年,文学革命潮起,它既有历史的功勋,也有历史的误导。其误导之一就是对继承本民族白话小说传统的现代通俗小说不分青红皂白地一概加以否定"。通俗文学自有其不可替代的价值,即其不仅"以它题材的广阔性,对现代社会,特别是都市生活作了有趣而细致的临摹,为后代提供了不可或缺的多侧面的社会画卷",而且"这些通俗小说家善于反映社会的世相人情,而这种世相人情又映象出我们民族的传统文化心态。相对而言,这种传统的心理积淀在新文学中对其关注较少"②。对上述两位先生的观点我们是完全认同的。因为,撇开思想的进步性、先锋性要求,以鸳蝴派为代表的现代言情小说、现代武侠与侦探小说的美学建树不仅是多方面的,而且成绩斐然。所以,在20世纪90年代以来的电影理论和电影史研究中,诸多学者在考察这一阶段根据现代通俗小说改编的电影时,大多所持的都是肯定的态度,如本时期的电影仍然具有鲜明的现实特色,是现实中新起的大众文化、都市文化的反映;本时期电影所凸显的商业性、娱乐性其实正是常常为强调电影的意识形态性、宏大叙事性的学者所忽略的、极其重要的基本属性,等等。而唯有承认了这一阶

① 贾植芳《反思的历史 历史的反思》,范伯群主编《中国近现代通俗文学史》,江苏教育出版社,2000年。

② 范伯群主编《中国近现代通俗文学史》,江苏教育出版社,2000年。

段电影的价值所在,我们对其的改编研究也才有意义。

从改编的角度考察这一时期的电影实践,有这样几点值得注意。第一,担纲本时期电影改编或编剧主力的主要是鸳蝴派文人,并且,从占比上来看,本时期的电影编剧主要以改编为主。在此之前,由于电影改编大多是对古典戏曲、戏剧的平移;电影的主导者还有一部分是商人,其在电影制作过程中所起的作用更多类似于后来的制片,严格意义上的编剧还只是零零星星地出现。进入本时期,由于电影或"影戏"作为与戏曲同等的艺术商品在观众中广受欢迎,趋炎逐利的商业资本开始大规模介入这一领域,渐渐丰富多彩的电影实践开始需要大量的电影编剧,也算是历史的因缘际会吧,这一电影编剧的重任就落到了鸳蝴派文人的头上。

为什么是鸳蝴派文人? 这一方面是因为其时严肃的、进步的作家还无暇顾及这一新生的、幼稚的艺术,另一方面则是因为鸳蝴派的创作动因与创作内容和电影的商业性、大众性、娱乐性高度重合。无须否认,鸳蝴派作家的创作虽然也有教化人心的意图,但大多缺乏鲁迅等"五四"先驱的思想高度与深度,尤其是未能从历史演进的角度思考社会的变迁,其思想表达大多止于中国传统的、为社会大众认可的真善美标准,因而带有很大的常识性。但是鸳蝴派作家也有其自身的强项,这就是作为寄生在上海滩这一新兴都市的文人,他们的创作从一开始就具有某种职业的意味,即卖文为生,这就使得他们通过写作获利的企图与电影必须赚钱的商业性目的一拍即合。既为卖文,就要考虑读者接受的广泛度,这也就促使他们更为重视如何讨好、迎合大众,进而将创作重心放在作品的娱乐性、休闲性的经营之上,而这也恰好和电影的大众性、娱乐性不谋而合。所以,可以认为,这一时期鸳蝴派文人大规模介入电影实践,也可谓是一种历史的选择。

电影编剧不同于文学创作。刚刚接触电影的鸳蝴派文人都不是天然的电影编剧,关于电影必须反映当下现实矛盾和现实进程的理念对于他们来说不仅陌生,而且就他们的思想艺术水准而言也还做不到,所以,他们以及本时期其他的电影编剧在编剧中所做的工作就是不约而同地改编自己的文学作品,或其他已获成功的、同样具有大众性、娱乐性的文本,如近现

代武侠小说等。由此也就形成了这一时期电影大多源自改编的特色。

第二，这一时期的电影改编特别注重迎合社会大众的娱乐、消闲、释愁心理。迎合大众不管在任何时期听上去总有些媚俗意味，但如果文艺作品不能走进大众，其存在的价值肯定会大打折扣。著名作家赵树理在谈到其从事文学创作时曾经举过一个例子，他在山西长治师范读书期间非常喜爱鲁迅等"五四"作家的作品，于是就将鲁迅等人的作品读给自己有一定阅读能力的父亲听，但他的父亲听不懂，而其父亲平时喜欢阅读的则是从地摊上购买的主要以封建文艺、民间文艺形式呈现的唱本，由此赵树理意识到，不管思想多么伟大、精深，一定要能让人民群众听懂或读懂，而这也促使其萌生了要做一个"文摊文学家"的理念，即"我不想上文坛，不想做文坛文学家。我只想上'文摊'，写些小本子夹在卖小唱本的摊子里去赶庙会，三两个铜钱可以买一本，这样一步一步地去夺取那些封建小唱本的阵地。做这样一个文摊文学家，就是我的志愿"①，"文坛太高了，群众攀不上去，最好拆下来铺成小摊子"②。所以，迎合大众或者说千方百计运用人民大众喜闻乐见的方式走进大众原本就是文艺的使命，这个使命，严肃的、进步的"五四"文学是有所忽略的，而先天就与大众性、娱乐性密切相联的电影在这种使命的承担上倒反而具有一定的优势。从这个意义上说，本时期的电影改编将迎合大众作为最高追求，不仅无可指摘，而且凸显了电影改编中异常重要的一条准则，即任何改编都必须始终针对、紧扣社会大众的心理。

任何时代社会大众的心理主要由两部分构成，一种是动态的，始终把社会进步作为心理预期。持这种动态心理的创作更多秉承的是一种线性进化的历史观，由于社会进程中总是充斥着各种矛盾、阻碍，这类创作所针对或表述的社会心理往往呈现出较强的紧迫、愤激、焦躁、求变等特征。另一种是静态的，始终把个体的娱乐、消闲、排忧解愁作为首选。本时期的电影改编以及其后大多数电影实践主要侧重的就是这一方面。这种侧重，既是人类有史以来对娱乐、消闲的普遍性、恒久性的心理需求所致，也有本时

---

① 李普《赵树理印象记》，《长江文艺》1949 年第 1 期。
② 陈荒煤《向赵树理的方向迈进》，《人民日报》1947 年 8 月 10 日。

期特殊的时代心理特色,这就是为进步的文艺理论家常常指责的,面对其时内忧外患、落后挨打的现实,无力改变现状、看不到前进的路线和方向的小资产阶级知识分子与普通大众只能沉浸于电影所营造的梦幻世界里获取低级的、庸俗的娱乐。

然而,不管是基于动态的还是静态的心理,也不管其时改编者所基于的静态心理是高尚的、进步的还是庸俗的、低级的,这一时期的电影改编始终紧扣社会心理则是值得肯定的,更何况换一种角度看,其时的电影改编并不能简单地以低级、庸俗评判,而是也显示了相当丰富的美学意义。

第三,本时期的电影改编主要聚焦于儿女、武侠、神魔题材。为什么本时期的电影改编主要集中于这三类题材?这三类题材的选择分别具有怎样的美学意义?总体上看又具有何种美学意义?在回答这些问题前,我们可先来考察一下这三类题材分别讲了什么故事,传达了什么样的主题或诉求,以及采用了什么样的叙事和改编策略。

儿女题材。顾名思义这类题材主要反映的是青年男女的爱情遭际。

本时期电影改编对儿女题材的侧重,无疑与本时期的编剧大多出自鸳鸯蝴蝶派文人有关。鸳鸯、蝴蝶原本就是恋爱中的青年男女的隐喻,而该派文人之所以被称为鸳鸯蝴蝶派,就是因为他们的全部创作状写的都是青年男女的鸳鸯情深与化蝶悲情。他们由小说而电影,无论是原创剧本还是改编其成名小说,沿袭的仍然是其擅长的鸳蝴题材老路。就改编电影看,代表作主要有根据徐枕亚原著改编的同名电影《玉梨魂》(1924年),电影中的主人公何梦霞出身于书香门第,既才华横溢又风流倜傥,这个人设与传统的才子佳人小说如出一辙,他在江南某校任职期间,受人之托到寡居的女主人公白梨娘家当家教,两人由才貌吸引、诗函赠答而互生情愫。但寡妇身份的白梨娘囿于封建理念,始终不敢越雷池一步,转而将自己的小姑子筠倩举荐给何梦霞,筠倩不从,白梨娘抑郁而死,何梦霞愤而奔赴武昌投身革命,为二人真情感召的筠倩带着白梨娘的遗孤千里相寻,最终与何梦霞终成眷属。电影的主题诚如同时代的冰心所指出的,"此片虽没有直接说出'寡妇再嫁之可能',但在寡妇不得再嫁惨状的描写内,及旧礼教的

吃人力量的暗示内,已把'寡妇不得再嫁'的恶制度攻击,间接地提倡与鼓吹'寡妇再嫁'的可能了"①。与原小说相比,本片在改编中对原著的结尾作了重大修改。在原著中,白梨娘为情而死,投身革命的何梦霞也在武昌起义的战斗中牺牲,实际上也是以殉国的方式殉情而死,而受二人影响的筠倩最后精神上大受打击也死了。不难看出,原著的结局是悲剧性的,而改编后电影的结局则是光明性的。如此改编,并非将电影的结尾倒退回传统小说的大团圆结局,而是充分显示了步入现代的改编者虽然还不能明确意识到历史前进的不可抗拒性,但也朦朦胧胧地察觉到社会的进步,以及社会观念的演变,从而给电影这样一个乐观的结局。由此也显示了电影改编研究中的一个重要观测点,即社会进步与社会观念演变是如何影响改编者对旧有的故事框架、人物的性格与命运以及事关矛盾解决的作品结尾的处理的。另须指出的是,原著和电影中所出现的何梦霞投身革命身死的情节,可以说首开了"革命+恋爱"的情节模式。这一模式不仅是在现实特别是爱情中无法找到出路的小资产阶级知识分子投身革命的真实写照,而且是当时这一群体冲动而必然的、带有一定进步性的选择,唯其如此,其才在当时一大批小资产阶级观众中广受欢迎。熟悉当代文学史的论者都知道,这种"革命+恋爱"的模式,随着参加革命的小资产阶级知识分子在中华人民共和国成立初期走上文艺部门的领导岗位,一度还成为十七年时期文学和电影首选的情节模式。

《玉梨魂》上映后取得了巨大的成功。同样成功的还有根据包天笑翻译小说改编的电影《空谷兰》(1925 年)。影片讲述了一个情节曲折离奇的婚姻故事。世家子弟纪兰荪与其原配妻子纫珠婚后产下一子良彦,家庭生活虽有嫌隙但还算和睦,但其后兰荪与其表妹柔云的私情激怒了纫珠,纫珠离家出走,却不料中途突遇车祸,与其随行的婢女不幸遇难,误以为纫珠身亡的兰荪转娶柔云,但婚后两人并不幸福,矛盾不断,尤其是柔云与一般的后母一样,讨厌继子良彦,必欲除之而后快,而思念良彦的纫珠此时已化

---

① 冰心《〈玉梨魂〉之评论观》,《电影杂志》1924 年第 4 期。

名来到柔云开办的学校任职,在柔云加害良彦之际挺身而出,大惊之下的柔云在乘车逃跑过程中无巧不巧也遇上车祸,不治而亡,最终兰荪一家重新团聚。表面上看,本片的主题,诚如既往的研究中不少论者所指出的,是宣扬了"善有善报、恶有恶报的因果报应伦理道德观念"①,这种观念在中华民族心理中有着深厚的土壤,因而也才能在其时仍然具有传统心理惯性的观众中激起那么广泛的共鸣。而实际上,该片触动观众心灵的,除此之外,还另有原因。这就是,其一,所谓"善有善报、恶有恶报"具有较强的宿命色彩,其时无力把握命运又尚未接受唯物主义史观的中国老百姓不仅相信善恶有报,而且更相信自己的全部人生都是一种宿命的安排。其二,影片中的两次车祸以及各种巧合,如婢女与纫珠外貌上的相似,纫珠恰好撞破柔云的阴谋等,都充满了偶然性。这种偶然性在封闭静止的古典社会的文艺作品中常常是一种与老百姓的欣赏心理有着某种假定性约定的主观安排,但在现代社会,尤其是随着光怪陆离、奇人奇事日日翻新的上海大都会的诞生,已经不仅为普通民众见怪不怪,而且更能够切合时时处于朝不保夕、命运陡转、人生无常之中的现代观众的心灵。其三,兰荪与纫珠原本生活在江南乡镇,生活平静而幸福,但在进入都市后,他们的矛盾丛生,再加之外来的诱惑,最终导致家庭的解体,这个过程形象地反映传统乡村生活与观念经不住现代大都市的冲击,而这种城乡对立的展示,不仅符合许多由乡村到都市的观众的感知,而且与"五四"作家们对都市的批判殊途同归。正是这种主题的先进性,才使得张石川等人在有声片诞生之后,于1934年再次将其翻拍成有声片,同样取得了巨大的成功。

本片在改编研究上也是一个颇有价值的样本。资料显示,本片"第一个剧本《空谷兰》是包天笑根据自己翻译的同名小说改编而来。包天笑的小说译本是根据日本作家黑岩泪香的翻译小说《野之花》转译而来,而黑岩泪香的《野之花》则译自英国女作家亨利·伍德(Henry Wood)的畅销小说《里恩东镇》(East Lynne)"②。也就是说,电影《空谷兰》最终成片前,其小

---

① 李清《中国电影文学改编史》,中国电影出版社,2014年,第78页。
② 李清《中国电影文学改编史》,中国电影出版社,2014年,第77页。

中国电影改编研究

说文本已经经历了由英国到日本到中国的转译过程,在艺术样态上也经历了由小说而电影的改编过程,无论是国别、译本的转换还是文本的改编,其中内容、风格、艺术表达中的增减、调整我们已无暇细究,唯一大致可对比的是原小说《里恩东镇》与电影《空谷兰》在情节编排与主题呈现上的不同。《里恩东镇》"讲述了一个女子因为嫉妒和任性抛弃了她的丈夫和孩子与另一个男子私奔,结果为自己行为付出了沉重的代价的故事。小说中女主人公最后隐匿了自己的姓名和身份,回到原来的丈夫和孩子身边赎罪,临终前得到了丈夫的宽恕"①。不难看出,尽管持女权主义立场的学者可以批评其中具有的男权话语意味,但小说所描述的这个为西方民众熟悉和喜爱的赎罪和宽恕的故事,在有着强大基督教文化传统的西方读者那里,必然有着广泛的心理接受市场。而电影《空谷兰》不仅改变了其中的情节设计、故事走向、最终结局,而且用中国民众熟悉和喜爱的善恶有报置换了原有的救赎主题,这种置换在包天笑根据托尔斯泰小说《复活》改编的电影《良心的复活》中也有同样的体现②。所有这些本土化处理,都说明电影的改编不仅不必忠实于原著,而且必须切合本民族的文化传统、审美期待与观众的现实感受。

在鸳蝴派作家中,张恨水的成就较为突出,他的长篇小说《啼笑因缘》《金粉世家》《春明外史》等不仅在当时是畅销书,而且在重评之后的文学史中占有了一席之位,甚至在当今还成为影视剧改编之中热点的文学资源。《啼笑因缘》为什么在当时能够做到"上至党国名流,下至风尘少女"人人皆知? 在诸多学者的评述中,我们以为李清的解释较为精辟:

> 和原著一样,影片把樊家树和平民女沈凤喜、豪门仕女何丽娜以及江湖女侠关秀姑之间曲折复杂的情爱纠葛作为主线,架构整部电影。沈凤喜和何丽娜的容貌十分相像,因此在她们之间的选择,则代表着两种不同文化趣味的选择。……这反映了张恨水这样经过"欧风

① 李清《中国电影文学改编史》,中国电影出版社,2014 年,第 78 页。
② 李清《中国电影文学改编史》,中国电影出版社,2014 年,第 81 页。

美雨"影响的知识分子,对西方文化理智上接受,希望反叛传统向现代靠拢,但情感上却本能排斥,向往东方的情调,欲加以保存和改良。……如果说《玉梨魂》代表着爱情无法自由想爱不能的悲剧,那么《啼笑因缘》则是有了自由选择权后,抉择的艰难。沈凤喜和何丽娜以及关秀姑分别象征了三种文化形态,樊家树与她们的情感纠葛体现了不同文化样式之间的碰撞,这可视为新文化运动之后受过西方文化影响的中国人文化选择的矛盾心理。①

换言之,《啼笑因缘》实质表达了鸳蝴派领军人物张恨水企图调和古典理性之美与现代理性之美,以及这种调和始终矛盾并最终归于失败的遗憾。古典的"父母之命媒妁之言""门当户对""发乎情止于礼义"虽然为"五四"作家们深恶痛绝,力欲摧毁,但其中所蕴含的深刻的人生智慧并不能简单地予以否定,而现代的恋爱婚姻自由中也暗含着某种危机,鲁迅在《娜拉走后怎样》《伤逝》都探讨过这种危机,张恨水力图在两者之间调和,这种调和的矛盾与艰难无疑也是近现代社会转型之中的国人普遍的困惑。也正因此,原小说的巨大的改编价值也因此浮现。

然而,《啼笑因缘》的改编价值,虽然在当时就为经验老到的张石川等资深影人所认识,但张石川改编的电影《啼笑因缘》并不成功。其中最为重要的原因有两点,一是由于发生了张石川所在的明星公司与另一家大华公司围绕着拍摄权的官司,拖延到张石川改编的《啼笑因缘》问世,日本侵略中国的"一·二八"事变又爆发了,社会心理也发生很大的改变。时过境迁以及民族矛盾的激化,都使得这部有着良好读者基础或潜在观影群体的电影与时代最为迫切的心理询唤发生了严重的错位,因而其上映后并未取得预期的票房。这再次说明,不论多大的IP,也不论这个IP自身以及其中蕴含多么丰富的改编元素,脱离了时代的需求是行不通的。二是在改编中突出了文学性而忽略了电影性。刘呐鸥在看了该片后曾经这样评论:

---

① 李清《中国电影文学改编史》,中国电影出版社,2014年,第90页。

中国电影改编研究

然而文学与影戏的关系在《啼笑因缘》二集里却造成了最坏的一例。该片的制作者或者就是文学者,但绝对不是懂得影艺的影戏人。像那样的作品,明星公司的干部就被人家说是影戏的门外汉也恐怕没有法子。该片的组织法……5％中占着40％的字幕便是证明着它是文学而不是影戏。文学可不用到影戏院里去看这40％的字幕之外再加上了48％的摄着讲着话的半身像之后。该片对于观客所给的印象是:(一)把银幕当作书读。(二)看几个戴面具(化装的笨拙)的明星在无聊地动着嘴、手、脚。(三)不紧张的倦怠的平面感等。编剧者忘了动作表现,导演者忘了"演"字(人体造型艺术)……摄影师是正视病患者,无上下左右的感觉。……在银幕上,文学要素的直接的搬运是"杀影戏的"。说它是影戏,她却拿了许许多多的文字来给你读。说它是文学,它却用了好些动着嘴的半身像的画幕来打断了你的自由想象。编电影剧者须记着,"情人送的水果能够解车中的寂寞"的插话是只在书上看才觉得有趣的,在银幕上这段趣话是等于白纸。①

刘呐鸥到底是艺术感觉精微、艺术鉴赏力超群的现代作家,他的这段话不仅是对《啼笑因缘》改编失败的把脉,而且最早指出了文学性与电影性的区别,最早提出了电影要丢掉文学的拐杖的主张。并且,就文学如何电影化,在操作层面还提出了一系列相当具有艺术性的、建设性的具体技巧和技法。

据统计,《玉梨魂》《空谷兰》《啼笑因缘》以及其他出自鸳蝴派文人改编之手的电影《梅花落》《良心的复活》等在数量上已有40部左右,不可谓不庞大。总体上看,其似乎也在呼应着"五四"先驱们的思想启蒙,但为什么传统的文学史一直贬抑鸳蝴派作家的创作,连带打压了根据其小说改编的电影?究其原因就在于,"五四"作家的创作,始终站立在历史进程的高度,从进步与反动的斗争中把握生活的矛盾,而鸳蝴派的创作在思想上缺乏先

---

① 刘呐鸥《影片艺术论》,丁亚平主编《百年中国电影理论文选》(上册),文化艺术出版社,2002年。

锋性、原创性，基本上是对"五四"先驱们的一种追随和模仿。但撇开进步与反动的考察视角，尤其是考虑到鸳蝴派电影屡屡轰动或在观众中激起那么大的反响，不难发现，这一时期的电影无论是美学探索还是改编策略，都自有其独特之处。

首先，这一阶段电影讲述的大多是一个类似传统爱情题材中常见的、老套的才子佳人故事，但在讲述中已经赋予了新的时代内容。诸如，《玉梨魂》中对偶然性、巧合性事件的抓取，对"革命＋恋爱"模式的首倡；《空谷兰》中的洋为中用与拿来主义；在《啼笑因缘》中，对阻碍青年男女美好爱情的力量，也纳入了新的时代认知，即在破坏青年男女美好爱情的各种阻碍中，除了旧有的封建礼教，还有男女两性自身的弱点，如男性经不住其他女性的诱惑，女性在男性选择中最终屈从于财富或权势，军阀或社会恶势力的强取豪夺等。

其次，鸳蝴派小说以及根据其小说改编的电影，继承的是中国悠久爱情文学中唯美派传统。爱情题材古已有之，从《诗经》中的"关关雎鸠，在河之洲。窈窕淑女，君子好逑"到被视为封建感伤文学顶峰的《红楼梦》，在封建伦理道德处于压倒性优势的古典社会，关于美好爱情的呼唤一直未断。这不仅是因为爱情是文学的三大永恒的主题，而且是衡量社会进步的晴雨表[①]，在此前的研究中，理论界已经指出，全部封建文学可分为诗文、小说戏曲两大系统，并且诗文代表的是雅文学的传统，小说戏曲代表的是俗文学传统，而大多未见出，进一步细分下去，在小说戏曲一脉中，亦存在着雅、俗两个子系统，前者以古典四大名剧《西厢记》《牡丹亭》《长生殿》《桃花扇》以及曹雪芹的《红楼梦》为代表，后者以性爱小说《金瓶梅》《肉蒲团》以及晚清民初的狭邪、倡门小说《风月梦》《品花宝鉴》《花月痕》《青楼梦》《海上花列传》《九尾龟》等为代表，前者是唯美的，后者是耽俗的，鸳蝴派小说显然继承的是前者。这种继承有鸳蝴派文人自身的审美情趣，更多的则是其理想的追求，即在这批人心目中也有着关于新中国的想象，这个新中国，不是

---

① 沈义贞《影视批评学导论》，中国电影出版社，2004年，第160页。

《金瓶梅》《品花宝鉴》《海上花列传》等中呈现的污秽、病态、丑陋的中国,而应是《西厢记》《红楼梦》中展示的唯美的中国。这也许才是鸳蝴派电影在当时雅俗共赏、老少咸宜的最深层的原因。

再次,改编中的重意蕴、轻技艺。在本时期的鸳蝴派小说的电影改编中,从小说到电影,由于两种叙事语言的不同,两者在艺术传达中所运用的艺术手法、技巧也必然有方方面面的转换,显示了中国早期电影语言向传统文学、艺术语言学习,既力图同一又不得不翻新的过程。毋庸讳言,中国早期电影语言的建立除了一部分可用的文学语言,其余的往往并没有现成的母版,其或许是从观看外国电影中揣摩、借鉴而来,或许是根据现有的拍摄条件以及编导临时的创意相结合而来,但无论技巧或技艺如何千变万化,其在改编中万变不离其宗的,就是所有的改编,不管运用何种电影语言,都必须服从原小说主题或意蕴的传达。所以,1927 年有评论者晨光、嘉微在评说《西厢记》的拍摄时曾说,"《西厢记》是一部哀感顽艳最好绝妙的传奇小说,当然有摄制影片的可能性",《西厢记》中有着许多天然与电影语言相近的元素,如"但凡摄制历史片,服装和配景,都要经过许多研究与审查。《西厢记》却是容易得很,外景除了普救寺,花园,十里长亭,其余都是内景;服装也不必过事深求。只就《西厢记》书中所有的,——摹仿出来,便可以摄成一部好影片"。但即便如此,《西厢记》要拍摄好是非常不容易的,因为,不管采用什么样的拍摄手段,如果失却了原著的神韵,则改编就是失败的。对此,论者举例说:

即如君瑞和双文相见,一部《西厢记》只有六次:第一次"惊艳";第二次"酬韵";第三次"开斋";第四次"赖简";第五次"酬简";第六次"哭宴"。这六次他俩相见,自然是由浅入深,次次表情和动作各有不同,而一切悲欢离合,忧思抑郁,与及七情所感发,通统都在这六次透露出来了。摄《西厢记》当要注重君瑞和双文相见时的神态,但如果加多一次或减少一次,《西厢记》便马上失色,而且不算是完完全全的《西厢记》。

倘若是草草摄成，不拘张三李四，随随便便使他演成一幅卿卿我我拉拉扯扯在人前露齿便算笑背地里耸肩便算哭的片子，莫怪我得罪一句，只可称他做死《西厢记》，或是舞台式的《西厢记》；总算不得是有艺术化的活动写真的《西厢记》，我这里便要替《西厢记》叹一句"冤哉枉也"了。①

人物的神态、动作要传神，主题意蕴更是如此。所以，在 20 年代的鸳鸯蝴蝶派电影改编中，我们时时处处能感觉的，就是改编者对原著主题特别是对原著中的唯美主义意蕴的尊重。这种改编中的重意蕴、轻技艺，不仅是本时期电影改编的特色，而且是一种重要的、曾经影响了中国电影改编实践的、与"改编忠实论"异曲同工的改编策略。至于后来的电影实践中衍化出来的重技艺、轻意蕴的做法，到时再另当别论。

武侠题材。这是一个中国人熟悉和喜爱的题材，其以侠客为主人公、以侠义为主题，在一百多年来的电影实践中，不仅是唯一的为中国电影原创、受到国内外观众广泛欢迎的电影类型，而且迄今为止仍然具有强大的影响力与生命力，并以其为内核，与其他类型相结合，衍生出无数新的电影类型如玄幻电影等。而这一切，都是从 1928 年的改编电影《火烧红莲寺》开始的。在《现实主义美学研究》一书中，我们曾经这样描述其问世：

郑正秋编剧、张石川导演的《火烧红莲寺》。影片取材于当时的畅销武侠小说平江不肖生的《江湖奇侠传》，故事说的是昆仑派的侠客陆小青练成武艺，回家途中，路过红莲寺，无意中发现寺中机关重重，而且有美女出入，于是就秘密打探，结果被庙里的和尚发现了，他的武功斗不过和尚，被关了起来。同时被关在庙里的还有一个地方长官：当地的总督，他因为发现红莲寺有不轨行为，就乔装打扮，前来微服私访，结果被庙里的和尚识破，也被关在庙中。后来，昆仑派的两个大侠

① 晨光、熹微《〈西厢记〉管见》，《中国电影杂志》1927 年第 6 期。

中国电影改编研究

甘联珠、陈继志与总督的保镖柳迟来搭救总督,无意中先救了陆小青,于是四个侠客联手攻破红莲寺,救出了总督,放走了被拐骗来的许多良家妇女,但庙里为首的知圆和尚却乘机逃跑了。他的这一跑,实际上是为了影片后来再拍续集留下伏笔。1928年,影片拍成上映后,在上海滩引起了巨大的轰动,在南京、天津、武汉等大城市也同样是观者如潮,编导者也欲罢不能,一集又一集地续拍下去,到1931年,一口气拍了18集。《火烧红莲寺》的成功,也引起了其他电影公司的效仿,一时间,"到处起火,有寺必烧",如《火烧青龙寺》《火烧白雀寺》《火烧灵隐寺》《火烧白莲庵》《火烧九龙山》《火烧七星楼》《火烧百花台》《火烧平阳城》《火烧剑峰寨》等等,不一而足,形成了20世纪20年代末期电影史上一个引人注目的现象:"火烧片"的盛行。①

由此可见,在世界电影舞台上影响深远的武侠电影不仅是中国首创,而且首先从改编而来。饶有意味的是,近现代武侠小说和基于其改编的武侠电影的盛行,在电影史上一度评价并不高,如程季华主编的《中国电影发展史》(第1卷)就指出:

> 武侠神怪片的泛滥,反映了1927年革命失败后生活在苦闷中的小市民(其中也包括当时感到同样苦闷的某些华侨观众)的心理状态。……在蒋介石篡夺政权以后,中国半殖民地和殖民地化的过程更为加速,贪官污吏、土豪劣绅的倒行逆施也更加猖狂。觉悟不高的小市民,看到这种情景,感到苦闷和不满,但却找不到出路,也没有斗争的勇气。而武侠神怪影片则投合了他们的这种矛盾心理。他们从影片中的那些身怀绝技、飞檐走壁、"锄强扶弱"、"除暴安良"的"侠客"身上,来发泄他们的苦闷和不满。他们没有能够看到,当这些侠客仍然是反动统治阶级的爪牙时,那么,所谓侠客也者终归是只能为反动统

---

① 沈义贞《现实主义电影美学研究》,南京师范大学出版社,2012年,第105、106页。

治阶级服务的。事实上也正是这样：这些影片宣传个人的恩怨，借以掩盖阶级的矛盾；宣传因果报应的封建迷信，借以麻痹人们的反抗意志；宣传上山修道的空想，借以引诱人们离开现实斗争的道路。①

类似的言说还有，20 年代武侠小说和电影的盛行，是屡遭西方列强欺侮的中国人在科技尚处于落后之时只能乞灵于传统的尚武精神；中国的侠客文化本就源远流长，从春秋战国到近现代，真真假假的侠客也一直存在，因而作为一种既神秘又现实的力量，其或许能在内忧外患的现代中国起点作用，也未必全是捕风捉影、空穴来风，等等。

尽管程季华等人的意见是否定性的，但的确切中了其时大部分社会心理。无论从何种角度重评文学史还是电影史，这一意见不容否定。而从改编的角度看，这些意见恰好证明，这一阶段有关武侠小说的改编依然是由当时主流的社会心理所驱使。但是，如果说这种社会心理是武侠小说和电影发生的唯一原因，也就无法解释何以时过境迁之后，这一小说或电影类型何以持续不断地出现？这说明，武侠小说或电影的产生和繁兴，还有着更为深广的原因，以及其自身一定还蕴含着其他的独特的美学魅力。譬如，在其后的研究中，不少论者就曾指出，武侠小说和电影所提供的浪漫的江湖世界是成年人的童话，是现代社会成员厌倦了庸常的现实生活希冀在一个幻想的空间放飞自我等，但除此之外，我们认为，还有这样一些因素不容忽略。

首先，是对中国古典社会理想的追忆。不可否认，漫长的封建社会并不完全美好，从春秋战国到三国纷争再到梁唐晋汉周、唐宋元明清，大大小小的战争无休无息，所谓"兴，百姓苦，亡，百姓苦"；更重要的是，农业社会靠天吃饭，科技一直处于落后状态，这也就导致脆弱的农业社会不仅应对不了时常出现的天灾人祸，而且在近现代船坚炮利的西方列强侵略下一败涂地，所有这些，都不仅使得"五四"先驱们对古老的封建中国发起了摧枯

① 程季华主编《中国电影发展史》（第 1 卷），中国电影出版社，1963 年，第 135、136 页。

拉朽般的攻击，而且令大部分国人对封建中国并无好感。然而，一百多年过去，随着无限扩张的科技对地球家园的破坏，以及习近平总书记"绿水青山就是金山银山"思想的反复倡导，这时候重新回望中国古典社会的那些理念，诸如"天人合一"，父慈子孝、尊老爱幼、礼义仁爱、和谐社会等传统美德，就会发现，其不仅是人生的真谛，而且是社会治理的最高理想。可以肯定，全部武侠小说及电影，从古至今也许并没有呈现其他形形色色的进步观念，但其始终如一、浓重描摹和讴歌的就是这一理想。这才不仅是20年代而且是其后不同年代人们越过各种斗转星移、沧海桑田的表象始终热爱武侠小说和电影的深层原因。以石玉昆的《三侠五义》为例。在武侠小说和电影的发展史上，我们认为，其价值不仅是前人所指出的，是古典侠义公案小说的经典之作，堪称中国武侠小说的开山鼻祖，而是在于其在作品中所袒露的中国古典社会理想，即君主温良贤明，大臣文忠武勇，其余的一切社会成员包括身怀绝技、常常弥补封建统治之不足的侠客尽职尽力，共同维护着一个国泰民安的和谐社会。近现代武侠小说，以及其后的港台四大家金庸、梁羽生、古龙、温瑞安的武侠世界，其所以能吸引不同时期不同阶层的读者与观众，追寻的都是这一古典的社会理想。而这也是武侠小说和电影能够持续反复地介入现代生活的原因。

其次，是对原始自然、乡村生存的留恋。在平江不肖生的《江湖奇侠传》流行的年代，创作者们所处的社会虽然已经进入现代，但古典中国的样貌大部分还存在，同时，以上海为代表的现代中国都市也已出现。一方面，从世界历史的角度来看，由乡村到城市的演变，无疑反映了现代文明的进程。有趣的是，由于现代城市或都市滋生的新的社会矛盾，在城乡分隔的框架下中国作家们虽然置身都市，无一真正愿意回到乡村生活，但其在文艺作品中却普遍倾向于以乡村的优美对抗城市的罪恶，从早期通俗作家们对"十里洋场"、被视为"冒险家的乐园内"上海的厌恶，到鲁迅、郁达夫、许地山、沈从文等"五四"作家对"城市文明病"的批判，莫不如此，并由此形成了中国文学史上著名的城乡对立的情节模式。另一方面，随着近年来人与自然关系的再认识，由都市而乡村的回流，也日益成为世界发展的新趋势。

所以，在西方一些已经高度工业化的国家，人们逐渐倾向于居住在郊区；在中国，从乐于游山玩水的旅游热，到乡村振兴口号的提出，人类已重新重视、珍视乡村生存。将武侠小说和电影放置在这个背景中审视，不难看出，构成武侠世界的那个浪漫江湖，必不可少的是远离庙堂的原始自然与淳朴粗粝的乡村，侠客们求学问道、苦练武功、探宝寻仇、出入情网、走镖谋生、行侠仗义、除暴安良等，主要就在这个活动空间中展开。也正因此，我们说，无论人类的历史进程朝何种方向发展，武侠小说和电影始终不变的是对原始自然和乡村生存的向往，因而也才能无视一切历史表象的变幻，长久地打动现代人的心灵。

再次，是对国人形象的期许。国家形象是由人、事、景、物呈现的[①]，其中人的形象更能够代表国家形象。遗憾的是，近现代中国由于清朝野蛮的剃发易服政策，以及在洋枪洋炮面前一系列的落后挨打，长袍马褂、口吸鸦片、头顶发辫、或虚弱或臃肿的"东亚病夫"形象一直是西方人对中国国家形象的认知，其时影响很大的、由英国作家罗默所创作的一系列小说以及由其改编电影中所塑造的猥琐可笑的傅满洲形象可谓代表。而武侠小说和电影中所塑造的侠客形象，撇开其可能挟带的神功不谈，都是身体矫健、健康有力、集正义、智慧与力量一体的中国人形象。这个侠客群体的塑造，很大程度上可以说是，在马克思主义、科学之光尚未普照中华大地之际，国人对"傅满洲"形象的抵制，以及对自身形象的假想。武侠小说和电影在当时广受欢迎，这应该也是一个重要原因。

在《火烧红莲寺》之前，已经出现了一些原创或改编的武侠电影，诸如，商务印书馆出品的《荒山得金》（1920 年），符舜南导演的《侠义少年》（1924年），邵醉翁导演的《女侠李飞飞》（1925 年），张惠民导演的《乱世英雄》（1926 年），史东山导演的《王氏四侠》（1927 年），徐卓呆编导的《剑侠奇中奇》（1927 年），以及根据晚清小说《儿女英雄传》改编的《儿女英雄》（1927年）等。至于为什么是《火烧红莲寺》带火了武侠片？或为什么是这部改编

---

① 沈义贞《塑造国家形象：影视艺术的新使命》，《南京师范大学文学院学报》2007 年第 1 期。

自《江湖奇侠传》的电影奠定了武侠片的地位,确立了武侠片类型? 我们认为,原因不外乎这样几个,第一,《火烧红莲寺》之前的这些影片,主题往往正大而迂阔,侠客、侠义在其中还只是作为元素存在,再加之电影语言还不够成熟,所以只能看作是武侠电影的雏形;第二,《火烧红莲寺》突出了动作性、娱乐性,而这不仅符合电影的本性,而且更加切合武侠片的主导属性;第三,《江湖奇侠传》在叙事上有一个特点或缺点,就是在叙述一桩事件或人物命运时,常常叙述到一半,就转述他人、他事,读者往往要经过若干章回才能与前人、前事再续起来,但"火烧红莲寺"在其中则是一个相对完整的情节,既曲折离奇,动作频频,又悬念迭出,想象丰富,不仅文本的艺术性远超此前的原创或改编剧本,而且几乎具备了武侠片类型所要求的一切元素,唯其如此,其也才在众多的武侠题材电影中脱颖而出。

神魔题材。在众多电影史家那里,神怪片是从武侠片中派生出来的,因而常常将武侠、神魔混淆、并列,称为武侠神怪片。如此界定也并非全无道理,因为,其时的武侠小说中的确混杂了不少神魔的因素,诸如剑仙、妖法之类,而根据其改编的电影当然也乐于纳入此种元素。但事实上,不管拥有何种神功,或迹近成仙了道,武侠终归是人,拥有凡人一切的悲欢离合、喜怒哀乐、七情六欲,而神魔则是幻想的产物,属于神话题材。其与武侠题材时而独立运行,时而合二为一,但严格地说,是两种不同的题材。

从改编的角度审视这一时期的神魔电影,可以发现一个值得注意的现象,即,一方面,本时期纯粹的神魔电影如《义妖白蛇传》《盘丝洞》《孙行者大战金钱豹》《哪吒出世》《唐皇游地府》等,大多源自改编,但总体上看不仅数量相对稀少,而且艺术成就都不高。另一方面,从远古的《后羿射日》《嫦娥奔月》《夸父逐日》到《搜神记》《山海经》《太平广记》,再到汗牛充栋的古典笔记、小说如《西游记》《封神演义》《聊斋志异》《阅微草堂笔记》等,中国的古典神话资源也就是说改编资源可谓相当丰富。用马克思主义立场看待神话,其也是现实曲折的反映,那么,有着如此丰富改编资源又有着理论上合理存在的依据,为什么早期的神魔电影未能大放异彩,相反却获得不少论者"妖里妖气"的讥评? 如何看待这一矛盾的现象? 我们以为,最主要

就在于,一方面,不可否认其在 20 年代的中国出现有着历史的和现实的土壤。历史上有着悠久的神话传统,现实中民智未开,封建迷信观念还很浓重,所有这些因素都使得其产生与接受的社会心理仍有占比,也就是说,神魔因素或题材的电影仍有市场。另一方面,尽管中国的科技还未有影踪,但科学的口号已经在"五四"喊响,科学的观念已经在进步的知识分子以及一部分市民的心中生根发芽。神仙鬼怪的东西对这部分观众来说,不仅荒诞不经,而且可笑可鄙,其在当时遭到贬抑也就很自然。马克思曾经指出,"任何神话都是用想象和借助想象以征服自然力,支配自然力,把自然力加以形象化;因而,随着这些自然力之实际被支配,神话也就消失了"①。这个论断用以佐证当时神魔电影的萎靡,十分精辟。但文艺创作是非常复杂的现象,中外文学史和电影史上,神话题材其实一直未绝,有时甚或还蔚然大观,其原因须另当别论了。

在其时主要的儿女言情片、武侠片、神魔片等三种类型中,除了儿女题材的影片古今皆有,武侠片、神魔片都是古装片。这一时期电影创作尤其是改编侧重古装戏,总的来说,是其时"中国梦"的召唤。古装叙事中不仅隐含着古典中国形象、近现代国人对传统文化的眷念,而且更重要的是其时国人的一种"中国梦"的展现。具言之,有论者曾经指出,在中国古代存在着四大梦想:

一是梦想有天仙神灵,赐予风调雨顺、荣华富贵、多子多孙、长生不老、无忧无虑、逍遥快乐,是谓"神仙梦"。

二是"明君梦"。即希望有明君——好皇帝——出现,以使太平盛世出现、升官发财、轻徭减赋、安居乐业、各就各位、生活美满。

三是"清官梦"。即希望有忠臣、良相、清官,以保国泰民安、且明镜高悬、为民做主、沉冤昭雪、伸张正义、报仇泄怨。

四是"侠客梦"。即希望有路见不平,拔刀相助的侠士,锄强扶弱、

---

① 马克思《〈政治经济学批判〉导言》,《马克思恩格斯选集》(第 2 卷),人民出版社,1972 年。

济困扶危、慷慨疏财、施舍救助、打抱不平替天行道。①

　　这四种梦想随着现代社会的转型,神仙梦、皇帝梦基本破灭,但清官梦、侠客梦仍然绵绵不绝。虽然现代以来社会成员已不再把社会合理公正的维护和治理寄托于"梁山泊东路,开封府南衙",但清官与侠客在中华民族心理中依然有着深厚的接受基础。尤其是侠客梦,又称江湖梦,常常与其他三个梦绾结在一起,为武侠片的创作和类型衍化提供了丰富多彩的元素,因而迄今势头仍很强劲。而考察 1922—1931 年间的电影实践,绝大部分创作者或改编者将题材聚焦于儿女、侠客和神魔,其实显示的,都是当时国人在真正的现代化国家还未建立之际,对古老中国梦的一种重温,以及在这种重温中逐渐成为此一时期国人所能找到的、现实的、交织着进步与反动、精华与糟粕的中国梦的表达。从这个意义上说,这一时期的电影改编,不仅符合彼时大多数的国民心理,而且改编者的创作动力、改编电影的美学意义也源于此,不能简单地以商业驱动视之。

　　创作的实践总是伴随着理论批评与总结。考察这一阶段的电影改编,不能忽视的,还有其时理论上的探索。与 20 世纪后期以来的电影导演大多无视电影批评不同,20 年代的电影从业者大多十分重视电影批评,有时还自己下场从事批评与自我批评,力图在创作与批评之间形成一个良性的话语圈。其关于电影实践的理论观照诸如电影的特性、电影的使命、电影的社会价值与艺术价值、电影与戏剧的区别、电影的观众等都提出了许多有益的主张。其中最为值得重视的是不少研究者深入电影文本的内部探索电影编剧与改编的功能与原理,其所提出的若干观点至今仍有相当的参考价值。诸如:

　　其一,编剧中心说。这一阶段编剧的地位无疑不及作家,但其对电影的重要性已为不少研究者察觉。如曾经编导过许多名作的郑正秋就指出,其时存在着一个普遍的认识,即"戏剧趋势之良善与否,戏馆与影片公司之

①　陈墨《刀光侠影蒙太奇——中国武侠电影论》,中国电影出版社,1996 年,第 64、65 页。

营业发达与否，其权实操自编剧者之手"①。而早期电影史上以拍摄"问题剧"见长的"长城派"的推动者、"长城制造画片公司"的创办者梅雪俦、李泽源则指出，"在闹剧本荒的中国，想找一本良好的影戏剧本，真如'缘木求鱼'。我们是主张剧本中心主义的人，不得良好的剧本，宁可停工三五个月"②。长期以来，由于受"作者论"影响，电影的作者一直被视作导演，而中国早期影人包括许多著名的导演、制片人早就主张编剧中心说了，这一点直到若干年后才逐渐为学界所认识。其二，剧本改编的潜在观众说。电影改编普遍侧重名著和畅销书，原因是，"现在的文艺界，凡有著作印成专书出版，将版权出卖后，都希望有人把他的原著，改译成影戏剧本，不但从中可以得些酬报，而且影片一出，作者的姓名，也可借此风行，名气愈大；制片公司也喜欢买这类剧本，一因价值可以稍廉，二是书既出名，号召力量必大，将来影戏开映，自易令人注意，获利必多，这实在是双方有利的事"③。亦即，电影改编不仅可使制片、原作者双赢，而且更重要的是原著的号召力为影片的风行准备了一批潜在的观众。其三，电影改编资源的选择说。什么样的素材可以成为电影的内容，不仅电影的原创者需要关心，电影改编者同样需要注意。早期电影活动家、著名编导侯曜在谈及"影戏材料的搜集和选择"时就曾经为电影的内容选择开列了一份清单，不亚于中国电影的"海斯法典"④。另有论者在谈到古装片摄制时，也特别指出古典文学、文化资源选择的"可与不可"，"凡是人所干的事，人所能干的事，都可以摄制影片"，但"我们的祖宗当中也有过几位不争气的，干下几件不尴尬的事，若说是演给家里人看，顶多子孙们看了摇头叹气说一声该打罢了，若说是卖弄给人家看，那可不是更要丢尽这般不肖子孙的脸吗？"⑤显然，这个主

---

① 郑正秋《我所希望于观众者》，《明星》1925年第3期。

② 梅雪俦、李泽源《导演的经过》，丁亚平主编《百年中国电影理论文选》（上册），文化艺术出版社，2002年。

③ 周剑云、程步高《编剧学》，丁亚平主编《百年中国电影理论文选》（上册），文化艺术出版社，2002年。

④ 侯曜《影戏剧本作法》，丁亚平主编《百年中国电影理论文选》（上册），文化艺术出版社，2002年。

⑤ 陈趾青《对于摄制古装影片之意见》，丁亚平主编《百年中国电影理论文选》（上册），文化艺术出版社，2002年。

中国电影改编研究

张已不仅是对古典文学、文化资源去其糟粕取其精华那么简单,而且较早地提出了电影如何再现国家形象的问题。其四,电影的"改译说"。或许是这一阶段的电影创作主要是电影改编,也或许是谈论电影编剧离不开电影改编,所以,周剑云、程步高在讨论"编剧学"时,用了很大的篇幅谈到了电影的"改译"即改编,并且提出了相当系统的观点,诸如,改编者必须对原著的思想艺术尤其是原著内在的神韵有全方位的把握,"影戏所以有取于改译,也是要把全书整个的意思,表现于银幕之上,岂能潦草忽略呢?""改译文艺作品,编成影戏也是同一原理,编者必须先有文学上的知识,能够彻底了解一种作品的个性,捉住它的独立精神";改编要对原著有所取舍,要突出电影的电影性尤其是动作性,改编者要"体察文艺作品中合于影戏材料者取而出之,其不合用者避而弃之,执其两端,融合为一",改编者一方面要"留意文艺作品中人物的相互关系及事实的相互关系",另一方面则要"遵守动作的论理。这是要在改译时,将一种文艺作品细心读过,再把其中人物的动作,在理想上幻成具体的事实,从而研究之、考虑之,于是一切关系的总和,皆可发现";此外,"改译方面,还有一件重要的事情,也不可疏忽,就是地方性与国家性",论者深刻地指出:

> 一个地方的文艺作品与该地方有关系者,谓之地方性;一个国家的文艺作品与该国家有关系者,谓之国家性。一种文艺作品既与一个地方发生关系,则别个国家,或别处地方的人,对于某国某地的风俗民情,必不熟悉,当改译时,难免不发生许多隔膜及误会,于是不求甚解,强不知以为知,改头换面,指鹿为马,将原有的特性,丧失殆尽,自然的文艺,变成不自然的事实,在文艺界上讲起来,简直是一件谋财害命的案子。以国家为立足点而论文艺作品,便可视为一国的产业,若卖给别国改译,任人支解,即无异于把国家的产业出卖,也是一桩卖国的行为。[①]

---

① 周剑云、程步高《编剧学》,丁亚平主编《百年中国电影理论文选》(上册),文化艺术出版社,2002年。

电影改编中如何处理地方性、国家性或本土性、民族性问题，从来都是电影改编创作与研究中的重大问题，其中不仅涉及改编中如何从文学性过渡到电影性即媒介转换问题，而且涉及不同国家与民族的跨文化转换以及这种转换中的文化碰撞、文化误解、文化侵略、文化产业竞争等一系列问题，论者在 20 世纪 20 年代就有此种认识，并提出相应主张，不仅发人深省，而且有相当超前的意识。也正是在这个意义上，可以说，如果不是外寇入侵，打断了我们正常的历史与电影发展进程，中国的电影改编与改编理论研究还将在不久的将来大放异彩。

四、1931—1945：追赶时代精神的电影改编

　　1931 年至 1945 年，不仅是中国近现代历史而且是整个中华民族历史上最为惨烈的一个时期。1931 年 9 月 18 日，日本帝国主义悍然发动"九一八"事变，侵占了我国的东三省；1932 年 1 月 28 日，日寇进攻上海，蒋光鼐、蔡廷锴领导的十九路军奋起抗战，史称"一·二八"事变；1937 年 7 月 7 日，日寇再度挑起卢沟桥事变，波澜壮阔的抗日战争全面爆发。过去很长一段时间，史学界一直将 1937 年至抗战胜利的 1945 年称为"抗战八年"或"抗日战争时期"，近年来理论界逐渐倾向于将整个抗战时期前移至 1931 年，这是有一定道理的，严格地说，中华民族艰苦卓绝的抗战的确持续了 14 年之久。在这个民族矛盾空前尖锐之际，国内的阶级矛盾也异常激烈。经历了大革命失败与第五次反"围剿"失败并顽强地完成了长征壮举的中国共产党，不仅率先高举起抗日的大旗，通电全国，号召"全中国同胞，政府，与军队，团结起来，筑成民族统一战线的坚固长城，抵抗日寇的侵掠！"而且与腐朽无能的国民党历经"西安事变"等斗争，承担起"把各种要求抗日的力量汇合起来，组成抗日民族统一战线，共御外敌"的伟大使命①。

　　风云激荡的现实在文艺界、思想界的反映既复杂，也清晰。说复杂，是因为决定整个 30 年代文学基本面貌的，"是革命文学思潮及其文学创作和人文主义美学思潮及其文学创作"②，前者的代表主要有鲁迅、郭沫若、茅盾、郁达夫等人，并于 1930 年在上海成立中国左翼作家联盟（简称"左联"），先后主张无产阶级革命文学、国防文学、社会主义现实主义等，后者

---

　　① 本书编写组《中国共产党简史》，人民出版社、中共党史出版社，2021 年，第 73、79 页。
　　② 朱栋霖、丁帆、朱晓进主编《中国现代文学史（1917—1997）》（上册），高等教育出版社，1999年，第 130 页。

的代表主要有梁实秋、林语堂、周作人等人,主张人性论、文艺自由、性灵文学等。不难看出,两派的观念、观点针锋相对,数度论争,亦无共识。其实,两者各有合理的一面,亦有不足的一面,只是因为语境、立场、目标等不同,才形成相对复杂的局面。比如说,梁实秋的"菜刀"理论。为反驳鲁迅等人"文艺是社会变革的武器"的主张,梁实秋提出,"抓起切菜刀杀人也是常事,但不能认为切菜刀只有杀人的功能","人在情急时,固然可以操起菜刀杀人,但杀人毕竟不是菜刀的使命"①,即切菜刀的主要功能是切菜,拿起来杀人是偶然的、非常规的事,同样的道理,文艺的主要功能是审美,作为时代的武器是背离了其本义的。梁实秋的观点放在和平年代来看不无道理,但国难当头却大肆鼓吹文学与抗战无关论,显然不合时宜。说其清晰,是因为,两派的分歧,用今天的眼光来看,无非是无产阶级价值观与西方资产阶级理念的冲突。尤其重要的是,考虑到当时面临国破家亡的残酷现实,梁实秋等人的主张不仅迂阔,而且有助纣为虐之嫌。他们中的一些人最终或沦为汉奸,或出走西方,其思想根源正植于此。也正是在这个意义上,我们说,一方面,尽管从美学的角度看,左翼作家的美学主张稍显急功近利甚至肤浅,不如右翼文人的温文尔雅、从容敦厚,但其后持进步观念的文学史、电影史对他们的贬抑是必然的、必要的,另一方面,本时期主导的时代精神无疑是正视民族的苦难,保家卫国、抗日救亡!

现实如此,文学如此,此时此刻的电影又何为?在众多的电影史著作中,我们看到,本时期的电影借助有声电影技术的突破,在全方位提升电影语言艺术的同时,不仅充分证明了自己已经成为文艺的一个重要方面军,而且融进时代精神的主流,关注现实,为民族呐喊,并捧出了一批佳作,形成了一次高潮。

从主题、题材来看,本时期在电影史上较为著名的电影主要可分两类,一类是抗战救国类的,代表性作品有,孙瑜编导的《小玩意》(1933 年),影片的主人公叶大嫂居住在美丽的太湖岸边,"一·二八"事变前,她的生活

---

① 梁实秋《偏见集》,南京出版社,1934 年。

中国电影改编研究

宁静而美好,但"一·二八"的枪炮使她的精神深受刺激,受不了新年鞭炮声的她冲上街头高呼"敌人来了,大家一齐出去打呀!救你的国!救你的家!救你自己!""不要做梦!中国要亡了,快救,救中国!"叶大嫂是个手工艺人,农村妇女,她的这个呐喊显然超出了她的认知水平,是导演借助其口警醒国人。但是,在诗情画意、富饶平静的江南喊出如此尖锐的声音,无疑会极大地刺激着观众。孙瑜编导的《大路》(1934年),影片塑造了八个热血青年的群像,他们为抗击日寇而修筑公路,他们的牺牲,他们修筑的大路,他们高唱的"大路歌",无疑都是不屈外侮的中华民族的象征!袁牧之编剧、应云卫导演的《桃李劫》(1934年),影片中的爱国青年陶建平因爱国而入监、而赴死,老校长数度想起他们毕业时意气风发的"毕业歌":"同学们!大家起来!肩负起天下的兴亡!"许幸之导演、吴印咸拍摄的《风云儿女》(1935年),影片中的青年诗人辛白华与其好友、大学生梁质甫都是"九一八"之后的流亡青年,他们的爱情遭际和人生选择,"反映了在当时为民族解放而斗争的大时代下,广大知识青年的不同程度的觉醒和成长,也曲折地反映了全国人民一致要求抗日的热烈愿望"[1]。值得一提的是,片中的主题曲、田汉作词、聂耳作曲的《义勇军进行曲》后来成了中华人民共和国国歌。拍摄完反映城市阶级对立的《城市之夜》(1933年)和反映儒家持家思想的《天伦》(1935年),一向平和的费穆也拍摄了反映人狼之争的《狼山喋血记》(1936年),含蓄地讴歌了与日本帝国主义殊死奋战的民间野性力量。田汉编剧、史东山导演的《青年进行曲》(1937年)是左联提倡的国防电影的代表作。早在《人之初》(1935年)中,史东山就为影片中的主人公安排了投身抗日的结局,而在《青年进行曲》中,则更为直接地号召有志青年在各种家庭矛盾、阶级矛盾无解之际,唯一正确的选择是投身抗日义勇军。阳翰笙编剧、应云卫导演的《八百壮士》(1938年)与《塞上风云》(1942年),前者直接取材于"八一三"上海抗战中的八百壮士抗击日寇的史实,抗日的主题明确而鼓舞人心。后者不仅描绘了塞外边陲蒙汉青年共

---

① 程季华主编《中国电影发展史》(第1卷),中国电影出版社,1963年,第386页。

同抗日的动人情景,而且首次讴歌了民族团结的感人主题。沈西苓编导的《中华儿女》(1939年),不仅用中华大地上的上海、杭州、青岛、南昌、桂林、昆明等著名城市的美丽风光衬托现实中破碎的山河,用以激起观众"还我河山"的壮志,而且再现了不同阶层的中国老百姓全民抗日的壮丽画卷。属于这一系列的作品还有,吴永刚编导的《壮志凌云》(1936年),蔡楚生编导的《孤岛天堂》(1939年),何非光编导的《东亚之光》(1940年),贺孟斧编导的《风雪太行山》(1940年),孙瑜编导的《长空万里》(1941年),史东山编导的《还我故乡》(1945年)等。

另一类是社会批判类的。民族矛盾高涨的同时,社会矛盾并未消弭,男权阴影下的女性悲剧、底层小人物的痛苦命运等仍然是进步的文艺工作者关注、批判的焦点,代表性作品主要有夏衍编剧、程步高导演的《狂流》(1933年),影片以1931年长江水灾为背景,揭示了农民与土豪劣绅之间不可调和的阶级矛盾。值得注意的是,夏衍是左联作家,他对电影的介入,表明进步的知识分子已经认识到电影的巨大作用,而《狂流》也就成为第一部具有无产阶级革命色彩的左翼电影。田汉编剧、卜万苍导演的《母性之光》(1931年)、《三个摩登女性》(1933年),两部电影都将女性放置在阶级、男女矛盾中表现,寄托了导演对进步女性或现代新女性的期待。蔡楚生编导的《渔光曲》(1934年),通过渔家小猫、小猴和船主少爷何子英的命运纠集,反映了中国农业、渔业在黑暗的现实中上下摸索依然破产的严峻事实。影片公映后,创造了连映84天的历史纪录,并在莫斯科电影节获"荣誉奖",成为第一部在国际上获奖的中国影片。孙师毅编剧、蔡楚生导演的《新女性》(1935年),以不堪受辱、自杀身死的电影女演员艾霞为原型,抨击了社会的肮脏和"人言的可畏",电影中的女主人公韦明自杀了,扮演韦明的女演员阮玲玉也自杀了。电影《新女性》不仅在当时引发了"《新女性》事件",而且可以说是中国电影史上第一个"事件电影"。吴永刚编导的《神女》(1934年)以被侮辱、被损害的妓女为主人公,承继的是鲁迅《娜拉走后怎样》中的主题,反映了现代妇女解放的艰难。沈西苓编导的《十字街头》,影片中的一群失业失学的青年其实是当时广大的小资产阶级知识分子的

代表,他们在社会的重压下生活无着,爱情无着,迷惘彷徨,徘徊在"十字街头",影片不仅批判了为后来不少人美化的"民国",而且也暗示了小资产阶级知识分子的出路,就是汇进时代的洪流。袁牧之编导的《马路天使》(1937 年)与《十字街头》异曲同工,都是探讨都市青年与底层人物的出路问题。所不同的是,本片中主人公已经从小资产阶级知识分子扩大到整个都市下层社会的三教九流,而本片特别点出妓女小云是从东北流亡到上海的所谓"马路天使",则为他们的出路指引了抗日的方向。马徐维邦编导的《夜半歌声》(1937 年),在同时期电影中本片可算是个异类,从类型上看,本片属于恐怖片,这就与本时期主流的现实主义影片截然有别。然而,恐怖的气氛,怪诞的故事,曲折反映的不仅是现实中青年男女与黑恶势力的斗争,而且是对整个混乱时代的一种心理感知,等等。属于这一系列的电影还有沈西苓编导的《女性的呐喊》(1933 年),阿英编剧、李萍倩导演的《丰年》(1933 年),夏衍编剧的《压岁钱》(1935 年),袁牧之编导的《都市风光》(1935 年),蔡楚生编导的《迷途的羔羊》(1936 年)等。

综观这一阶段主流的电影实践,我们可以得出如下几个结论。第一,毫不夸张地说,本阶段电影的思想、艺术成就毫不逊色于同阶段的文学艺术。第二,本阶段一直为电影史家津津乐道的电影不仅代表了当时电影实践的主流,而且都是原创性的。这表明,一方面,大批进步作家、艺术家如夏衍、田汉、阳翰笙、聂耳等已经将电影视为与文学同样重要的艺术形式,开始有意识地介入电影,另一方面,本阶段的编剧已经摆脱了编剧的职业性,大多是以作家的标准来看待自己的剧本创作的。第三,由于电影有声技术的突破所带来的全新的视听性,以及电影的大众性,本阶段电影有可能在电影语言的表现力方面、文本接受方面,远远超出同阶段的文学。

将电影改编放置在时代、文学和主流电影实践的背景下加以考察,不难看出,这一阶段的电影改编虽然断断续续,但依然存在,只不过无论是改编的数量和质量与同时期的主流的原创的电影相比,均不可同日而语。考察 1931—1945 年间的电影改编,有这样几个方面值得注意。

首先,本阶段的通俗文学资源非常丰富,但大多在电影改编中缺席了。

比如,其一,在前一阶段与本阶段积累或新出的不少通俗言情小说如张恨水的《金粉世家》、陈蝶仙的《泪珠缘》、何诹的《碎琴楼》、恽铁樵的《广陵潮》、秦瘦鸥的《秋海棠》等不仅都是当时的畅销书,而且言说的范围均有一定的扩大,从爱情扩展到世情,其思想、艺术上都有各自的成就,但都未能及时改编成电影。其二,在古典公案小说与外来侦探小说的启发下,近现代中国侦探小说也有不少佳作,如程小青效仿英国柯南·道尔的《福尔摩斯探案集》创作的《霍桑探案》系列,孙了红效仿法国勒白朗的《亚森·罗萍奇案》创作的《侠盗鲁平奇案》系列,其他还有张碧梧的《宋悟奇新探案》、陆澹安的《李飞探案》、赵苕狂的《胡闲探案》等。这些小说不仅构思独特,情节曲折,悬念新奇,而且常常与言情、武侠、法律、喜剧、现代理性等交织在一起,呈现出丰富多彩的美学样貌。作为外来的一种小说样式,侦探小说在持进步文学观的文学史里一直不受待见,但却是电影偏爱的素材。但本时期的电影改编对其基本上也视而不见。其三,武侠小说成果丰硕,但既未得到传统文学史的青睐,也未进入其时电影改编的视野。继江湖不肖生的《江湖奇侠传》之后,近现代武侠小说迎来了一个创作上的高峰,涌现了一批大家、名作,较著名的有还珠楼主(李寿民)的《蜀山剑侠传》。小说将武侠与神话结合,不仅人物、情节神奇,而且架构起一个宏大的奇幻世界,其所创造的这个虚拟宇宙,以及其中纷繁复杂的剑仙故事,瑰丽多姿的自然胜景,成为此后电影改编争相猎取的资源,不仅启发了被称为"新派武侠小说之祖"、以《七杀碑》闻名的朱贞木,甚至直接推导了近年来中国奇幻电影的诞生,但在其出版的抗战初期,却未受到电影界应有的注意。文公直的"碧血丹心"系列《碧血丹心大侠传》《碧血丹心于公传》《碧血丹心平藩传》,学术界一般称为"历史武侠小说"①,开创了武侠与历史有意识糅合的先例。尽管有论者认为,"文公直小说中最为显著的问题还是两个世界的弥合问题。一方面是依据正史、笔记的现实世界,另一方面是依据传说的仙侠世界。仙侠的能知过去未来,他们的无所不能与真实的人间、如凡人

---

① 张赣生《民国通俗小说论稿》,重庆出版社,1991年,第153页。

中国电影改编研究

的侠客,在内容及形象上都是两橛,没有有机地融合"①,但其将武侠与正史、野史、虚构的历史勾连起来,不仅启发了后来的金庸、梁羽生等人,而且也为武侠电影的原创与改编提供了丰富的路径;宫白羽的《十二金钱镖》。宫白羽一生创作的知名武侠小说众多,如《血涤寒光剑》《毒沙掌》《武林争雄记》《大泽龙蛇记》《偷拳》《牧野雄风》等,但其中最为著名的则是《十二金钱镖》。这部作品是作者有感于"武侠故事逃避现实"而作,其最为显著的特色"一是力图运用现实主义手法,故事情节符合人情物理,场面画面颇近现实生活,竭力将武侠塑造为活生生的人,而不是超乎自然,脱离社会的神仙魔怪;二是真实地描写了武功技击,颂扬了作为'国粹'的武术文化,又喻示武功家高超的技艺是通过各种途径和方法勤学苦练获得,因而具有朴素的唯物精神和一定的认识价值"②,此外,作品中以现实主义笔触所描写的江苏苏北连云港、洪泽湖等地的风光,以及堪比侦探小说的悬念设置,都使其故事既平实又曲折,既引人遐想又引人入胜。遗憾的是,这部小说直到很久之后才引起影视剧改编者的注意,但改编后的影视剧质量平平。与《十二金钱镖》同样遭际的,还有郑正因的《鹰爪王》。小说场景巨大,情节多变,对各种技击的描写细微而求实,在武侠电影实践中偏爱写实的改编者原本可以以其为示范,但或许是许多改编者不具备郑正因的武术功底,其不仅对《鹰爪王》的改编缺乏热忱,而且对其所呈现的各种武技也敬而远之了。

我们这里简要勾勒了30年代丰富多彩的通俗文学资源,一方面是指出,在民族危亡之际,幻想中的侠客的确在现实面前不管用了,老舍的《断魂枪》以及若干年后冯骥才的《神鞭》都曾写过武侠在洋枪洋炮面前的无奈,但通俗作家们依然创作着言情、武侠、侦探小说,也无可厚非。毕竟这是他们熟悉的并赖以谋生的强项,而且也是20年代蓄积的创作逻辑的惯性延伸。另一方面则是提请当今所有的,特别是对文学传统不甚了了的改编者,这些作家的创作,在其后已经形成了电影改编的丰富宝藏,值得挖

---

① 范伯群主编《中国近现代通俗文学史》,江苏教育出版社,2000年。
② 王海林《中国武侠小说史略》,北岳文艺出版社,1988年。

掘。尤须注意的是，所有的文学资源，其实都内含着许多值得改编的 IP，换一个情境，可能还是改编成功的重要因素。比如顾明道的《荒江女侠》。作者患有足疾、肺疾，一生既哀身世之凄惨，又愤国家之多艰，早年以写幽怨的哀情小说见长，而他为人所称道的，则是以《荒江女侠》为代表的 23 部武侠小说，江湖儿女缠绵悱恻的爱情波折与刀光剑影的喋血生涯交织在一起，构成了顾明道武侠世界特有的魅力。根据《荒江女侠》以及其哀情小说《啼鹃录》等即时改编的几部电影虽然获得过一些好评，但在其时未能呼应时代的召唤，与主流社会心理不相吻合，所以无论是文学史还是电影史都不感兴趣。但是这并不等于说顾明道的小说不值得改编，在其后的电影实践中，其小说的改编虽然未有标志性成果，但也一直是电影工业的原料，被断断续续地采用。等到金庸、梁羽生等港台武侠大家出现，学界在探讨港台武侠大家的渊源时，几乎都要回溯到顾明道等人的创作；再如王度庐，他的《鹤惊昆仑》《卧虎藏龙》《铁骑银瓶》等作的改编价值，在很长一段时间也不为人所认识，直到李安根据其小说改编的电影《卧虎藏龙》大放光彩之后，人们才重新发现了其小说的美学意义。

其次，尽管本时期许多严肃作家重要的代表作如鲁迅的《阿Q正传》、茅盾的《子夜》、萧军的《八月的乡村》、萧红的《生死场》、李劼人的《死水微澜》、老舍的《骆驼祥子》、沈从文的《边城》等未有电影改编，但改编进步的新文学作品已经相当活跃，进而形成了改编后现实主义影片与类型片并存的格局。根据新文学改编的电影较著名的有，根据茅盾小说改编的同名电影《春蚕》（1933年），根据左翼作家楼适夷小说《盐场》改编的电影《盐潮》（1933年），孤岛时期根据阿英同名历史剧改编的《明末遗恨》（1939年），根据曹禺话剧名作改编的同名电影《雷雨》《日出》，根据巴金小说改编的同名电影《家》（1941年）等。茅盾的《春蚕》反映的是30年代初期，勤劳善良的主人公老通宝怎么也想不通他养了一辈子的蚕竟然卖不出去！这是靠天吃饭、以丰衣足食为最高理想的农业社会闻所未闻的奇事！茅盾从社会、阶级、民族的视角深刻地指出，在向来富庶、所谓"江南熟，天下足"的江南第一次发生的丰收成灾、谷贱伤农的事实，其实是世界资本主义危机波及

中国,原本就在帝国主义侵略、压榨下的中国各行各业更是雪上加霜,面临破产。根据楼适夷小说改编的《盐潮》基于马克思的阶级学说正面描写阶级斗争,贫苦少女与地主少爷的由相爱到决裂,喻示着两个阶级的善恶分明与最终决裂。在林林总总的现代进步作家作品群体中,《春蚕》《盐场》等率先进入电影改编的视野,不仅是左翼作家对电影领域的进一步深耕,而且标志着文学中的现实主义创作原则在电影改编中的确立。在此之前的电影实践中,从原创类电影诸如 20 年代郑正秋、张石川的《孤儿救祖记》,30 年代的《十字街头》《马路天使》《渔光曲》等来看,现实主义已经为电影界所熟悉并运用,但是,从注重娱乐性、商业性的电影改编的角度看,现实主义作品一般说来未必是首选。这是因为,一方面,现实主义往往充满了紧张的思考,现实主义不允许以虚假的情节逻辑取代真实的生活逻辑,现实主义所揭示的矛盾常常是不可调和的,悲剧性的,因而观看现实主义电影常常是不轻松的,甚至是痛苦的,这与大多数进入影院、希图放松一把的观众的需求有点相悖;另一方面,原创的现实主义电影编剧,与现实主义作家一样,其创作源于对现实的强烈感怀,有一种主体与现实直接碰撞下强烈的创作冲动,而改编者相对说来缺乏原创者的这种强烈冲动,其也可能认识到现实主义的魅力,但是为了电影的好看,其可能与制片方一起,更多侧重于改编能够迎合观众娱乐、休闲并以此获利的作品。由此也使我们认识到,在 30 年代电影改编中主要存在着两种倾向,一种是倾向于改编现实主义作品,一种是倾向于改编易于类型化的作品。这一格局的形成有诸多原因和启迪,即,30 年代电影无论是原创还是改编,都广受欢迎,这表明,这一阶段作为"第七艺术"的电影,不仅在努力与传统文学艺术并驾齐驱的过程中已逐渐为全社会认可,而且在电影的艺术化与商业化之间既偏重艺术化,也并不贬抑商业化。而这一时期全体社会成员对现实主义影片与类型片的照单全收,则说明,在一个视文学与电影为同等艺术以及其他娱乐方式匮乏的语境中,电影改编是侧重于现实主义还是侧重类型化,都不成问题。特别指出这一点,是因为,在其后的电影改编中,选择现实主义还是类型化的改编策略,常常令很多编剧与影视公司纠结,原因是,在他们看

来,现实主义电影或艺术片的接受常常是小众化的,而类型片大多能保证票房。这其实是一个误区。30 年代现实主义影片与类型片并行不悖的格局已然证明,只要全社会的语境是积极向上的,目标是既一致又多元的,特别是只要是本着真正的现实主义精神创作的,则无论选择何种创作或改编策略,都可以殊途同归。更何况,在其后的研究中,我们发现,现实主义影片与类型片其实是可以兼容的①,怕只怕编剧或改编者思想、艺术素养差,拍出来的所谓艺术片主题平庸、人物的性格逻辑混乱、情节逻辑漏洞百出,这就与选择现实主义还是类型化无关了。

再次,本时期的电影改编在电影语言上亦有若干重要的建树。譬如钟石根原著,贺孟斧、冯紫墀改编,费穆导演的《城市之夜》(1933 年),影片讲述的是一个贫苦家庭的女儿与富家公子的恋爱故事,批判的是朱门酒肉臭、路有冻死骨的黑暗现实。影片公映后,左翼阵营一方面在肯定其对贫富悬殊的揭露与左翼作家共通的同时,也指出其结尾让富家子弟浪子回头与贫女结合有改良主义之嫌,另一方面则对影片在电影语言的探索与运用、对电影改编中如何突出"电影有它的艺术上的特质,绝不是戏剧的改装,也不是戏剧的延长"、影戏要"脱离戏剧的拘束"大加赞赏:

> 然而在中国,因为电影的历史太短,电影的发达太得幼稚,许多电影艺术家还过分重视甚至迷信戏剧的成分,这为电影艺术的发展,实在是值得纠正的一件事。然而《城市之夜》,明白地把这传统观念打破了。全部电影中,没有波澜重叠的曲折,没有拍案惊奇的布局;在银幕上,我们只看见一些人生的片断用对比的方法很有力地表现出来。其中,人和人的纠葛也没有戏剧式的夸张。这样的编剧,在中国的电影史上,是可注意的。②

---

① 沈义贞《现实主义电影美学研究》,南京师范大学出版社,2012 年,第 302 页。

② 黄子布、席耐芳、柯灵、苏凤《〈城市之夜〉评》,丁亚平主编《百年中国电影理论文选》(上册),文化艺术出版社,2002 年。

中国电影改编研究

其实,论者这里所肯定的,不仅是费穆在电影语言上的努力,其在戏剧与电影分家上所运用的电影技巧,而是提出了一个值得电影原创或改编者必须遵循的准则,即,电影,特别是现实主义影片,不管主题多么重要或重大,一定要用高超的电影艺术表现出来,即便不走娱乐的路线,也要具有观赏性,要具备感染观众的美学力量。

最后,在如火如荼的抗击日寇斗争中,本时期的改编电影,在改编资源的选择上,一方面延续着现代中国的文化建设,另一方面则有意识地呼应着抗战救亡的主导时代精神。抗日战争打断了中国现代化的进程,但打断不了中国现代文化的建设,体现在电影改编上,则是一批根据外国作家作品改编的电影,依然在关注着中国的现实矛盾,寻找着能够推动中国社会发展的外部文学资源,代表作有朱石麟根据法国作家莫泊桑小说《羊脂球》改编的电影《孤城烈女》(1936 年);孙瑜根据英国作家巴雷话剧《可敬的克莱顿》改编的电影《到自然去》(1936 年);夏衍根据舞台剧《醉生梦死》改编的电影《摇钱树》(1937 年),而《醉生梦死》则是根据爱尔兰作家奥凯西舞台剧《求诺与孔雀》改编的舞台剧而来;史东山根据果戈理名作《钦差大臣》改编的电影《狂欢之夜》(1937 年);孤岛时期李萍倩根据法国作家帕尼奥尔话剧《托帕兹》改编的电影《金银世界》(1939 年);吴永刚根据德国格林童话《白雪公主与七个小矮人》改编的电影《中国白雪公主》(1947 年)等。这些电影有的表达了对革命的向往,有的继续思考青年男女的恋爱婚姻、妇女解放问题,有的揭露阶级对立,有的批判的是一部分中国的所谓上层阶级醉生梦死、纸醉金迷的腐朽生活。尤为重要的是,不少电影都在改编中渗进或加进了抗战元素,如朱石麟将《羊脂球》中的人物、情节本土化改造之后的《孤城烈女》主要描述的是北伐战争中的离乱爱情,但其所歌颂的甘于牺牲自我的烈女精神,何尝不是对抗战风云的回应?再如李萍倩的《金银世界》抨击了抗战背景之下一部分富人们在国难当头之际依然歌舞升平的丑恶嘴脸,所讴歌的,又何尝不是另一部分没有出场的、正在和敌寇浴血奋战的优秀的中华儿女?而吴永刚的《中国白雪公主》则更明确地在原著的内容之外赋予了对抗战胜利的希冀。如果说在外国文学的改编中,

有关抗日的言说还比较含蓄,那么,本时期根据中国古典文学和民间故事改编的电影,大多宣示的都是如何保家卫国、抗击外侮的主题。代表作主要有孤岛时期改编自《三国演义》的《貂蝉》(1938 年),改编自南北朝乐府诗《木兰辞》的《木兰从军》(1939 年),改编自《西游记》的中国第一部动画片《铁扇公主》(1941 年),以及 1939 年至 1940 年间出品、改编自《水浒传》《说岳全传》《桃花扇》等小说、戏曲、民间传说的《尽忠报国》《林冲雪夜歼仇记》《西施》《苏武牧羊》《秦良玉》《李香君》《王宝钏》《费贞娥刺虎》等。这些作品从题材上看,着重选取的都是我国古代或民间文学中抗击外族侵略或社会残暴势力、彰显民族大义的部分,主人公都是忠臣良将烈女,其于抗战中的孤岛时期集中出现,表面上看是如某些论者所说的形成了中国古装片的第二次热潮,而实际上,则是在某种非常时期创作主体不能直抒胸臆时的借古讽今,是民族危亡之际电影改编者对传统文化力量的寻绎。我们虽然不能明确地说明这些电影在当时究竟发挥了多大作用,但是,可以肯定,这些电影和借助外国文学资源改编的电影一起,无疑已构成中国现代文化过程中不可忽略的一环。

在本时期的现代文化推进中,一部分电影改编者在寻找传统文学资源时,也曾把目光投注到我国古典文学名著《红楼梦》《聊斋志异》等。如 30 年代初期朱石麟根据《聊斋志异·恒娘》改编的同名电影,1944 年卜万苍根据《红楼梦》改编的同名电影等。这些电影虽然言说的是现代知识界关心的家庭伦理问题,但由于改编者的思想陈旧或改编中的取舍胡乱,改编后反而招致糟蹋了优秀文化遗产之嫌。由此可见,像《木兰辞》《红楼梦》《西游记》《聊斋志异》这样的名著虽然蕴含着丰富的改编资源,改编者如果在思想艺术上没有深刻的洞见,既未能找准其与时代的切合点,又未能发掘其中可供改编的价值点,其改编也就必败无疑。此外,本时期也有一些电影改编自同时代的作家作品,如卜万苍根据钟石根小说改编的电影《人道》(1932 年),李萍倩根据洪深话剧改编的电影《少奶奶的扇子》(1939年),张善琨根据阿英同名历史剧改编的电影《明末遗恨》(1939 年)等,但主题或偏狭或一般,基本上是对改编资源的常规利用。

抗战十四年,中华民族波澜壮阔、大大小小、可歌可泣的事件太多!电影改编在这个风起云涌的伟大时代,贡献委实太过微小,但无论大小,总算也尽了一点绵薄之力吧,这就是努力追赶时代精神!而电影改编在多元化的策略选择中如何服从时代的总的召唤,则是值得后来的改编者深长思之的。

五、1945—1949：辞旧迎新的电影改编

　　1945 年 8 月 15 日，日本宣布投降。在全民族抗战中发挥中流砥柱作用的中国共产党为实现中华民族的伟大复兴，又开始了埋葬蒋家王朝的殊死斗争，历经四年奋战，终于 1949 年 10 月成立了中华人民共和国。在这一阶段，文学的发展成就突出，中国现代文学史上曾经被一度忽略的名著路翎的《财主底儿女们》、老舍的《四世同堂》、钱锺书的《围城》、巴金的《寒夜》、张爱玲的小说集《传奇》等相继问世。或许是由于这些作品中所包含的巨大的美学意蕴还不易为善于以短平快的速度博取利润的电影编剧以及陷于进步与反动框架中的文学史家所认识，也或许是同时期的电影编导们在艺术上已经相当成熟，可以独立地表达其思想艺术，所以，其大多对这些名著未有关注，而是独立地原创了一批思想艺术精湛的电影，代表作主要有，蔡楚生、郑君里合作编导的《一江春水向东流》（1947 年），这部电影将人物放置在战前、抗战、战后这个漫长而阔大的时代背景之下，全景式地反映中华民族所经历的苦难。"《一江春水向东流》可以说是代表了中国现代电影的最高水平，一部中国现代电影史如果缺少了本片，肯定会失去不少分量。"①史东山编导的《八千里路云和月》（1947 年），影片以一支抗日演剧队的行踪串联起烽火硝烟的抗战图景，纪实性的呈现显示了现实主义的魅力。沈浮编导的《万家灯火》（1948 年），通过战后百姓的经济困顿揭露了国民党统治的黑暗。桑弧编剧、黄佐临导演的《假凤虚凰》（1947 年），张爱玲编剧、桑弧导演的《太太万岁》（1947 年），桑弧编导的《哀乐中年》，陈白尘编剧、郑君里导演的《乌鸦与麻雀》（1949 年）等，这些影片或嘲讽婚姻

---

　　① 沈义贞《现实主义电影美学研究》，南京师范大学出版社，2012 年，第 117 页。

中的尔虞我诈,或展示大厦将倾时的众生百态,但都具有浓郁的喜剧色彩。这是十分值得注意的。因为,马克思曾经指出,"历史不断前进,经过许多阶段才把陈旧的生活形式送进坟墓。世界历史形式的最后一个阶段就是喜剧。在埃斯库罗斯的《被锁链锁住的普罗米修斯》里已经悲剧式地受到一次致命伤的希腊之神,还要在琉善的《对话》中喜剧式地重死一次。历史为什么是这样的呢? 这是为了人类能够愉快地和自己的过去诀别"①。也正是在这个意义上,我们说,这些影片都是在一个旧时代即将覆亡,一个新中国即将诞生前夕,用笑声和那个腐朽昏聩政权的告别。

当电影的原创上升为电影实践的主流时,这说明电影以及电影的编导们正以无比的热情参与到整个时代的社会实践之中。反之,当原创稀少,改编成为主流时,电影的生产往往是电影工业的需要,常常陷于自娱自乐。所以,在电影史上,我们常常会发现,有时候电影的原创与改编并重,有时候改编为主原创次之,有时候原创为主改编次之。本时期的电影改编与原创相比,无疑是支流。一般情况下,当改编成为支流时,往往是主流的补充,但是考察本时期的电影改编,其却不仅仅是补充,而是显示了不仅在电影史而且在电影改编史上异常独特的意义。

首先,本时期一大批改编自外国文学的电影,在内在的价值观上不仅与原创电影紧密呼应,而且与原创电影一样,总体上趋于无产阶级革命理念,着力表现的是新世界必将取代旧社会的大趋势。40年代末期,重庆谈判破裂后,国民党在美帝国主义的支持下悍然发动内战,而在其治下的中国四大家族疯狂敛财,广大老百姓再度陷入衣食无着、民不聊生的困境。与此同时,以马克思主义为指导的中国共产党怀抱着建立新中国的理想,带领人民大众与美蒋集团展开了最终的对决。或许是国民党政权委实腐烂不堪,尽管其时国共的军事实力对比悬殊,但蒋家王朝的土崩瓦解已是必然之势,而中国共产党所倡导的无产阶级革命理念也深入人心。所以,在原创电影中,《乌鸦与麻雀》等影片才基于美好的未来在前头的信心,对

---

① 马克思《〈黑格尔法哲学批判〉导言》,《马克思恩格斯选集》(第1卷),人民出版社,1972年。

那个破败政权发出了无情的笑声。如果说原创电影是从现实的逻辑中推导出人民必将胜利的可能性或大趋势，那么，改编电影在改编资源的选择上，无疑也自然而然或有意无意地呼应着这种现实逻辑。过去，不少论者在考察这一时期的改编电影时，都不约而同地指出，已经逐渐产业化的现代电影工业需要大量的改编资源支撑，而随着外国文学作品的大量翻译，本时期的电影以其作为改编资源，出现了一大批改编自外国文学作品的电影，也顺理成章。但是，所有的论者大多忽略了，这一时期所改编的外国文学，大多是源自俄国和苏联、具有无产阶级倾向的作品。过去我们常说，十月革命一声炮响，给我们送来了马克思列宁主义。无论在革命还是理论实践上，俄国和苏联都是我们的榜样。虽然，在国民党统治区，无产阶级意识形态还没有成为明确的创作上的指导思想，但无产阶级意识已经深深影响了一大批文艺工作者，促使他们自觉不自觉地创作了一批具有无产阶级倾向的作品。就电影改编而言，就有李萍倩根据俄国作家奥斯特洛夫斯基话剧《无罪的人》改编的电影《母与子》(1947 年)。程季华主编的《中国电影发展史》曾经对其这样评价，"《母与子》基本上根据了原作的情节，较好地揭示了旧社会的所谓'道德''人情'对妇女的损害和对私生子的歧视，有一定的意义。影片创作态度比较严肃，但由于作者改编的着眼点主要的不是对旧社会的控诉，因而过多地渲染了'母子之情'，强调了所谓的'母爱'，以致在很大的程度上，这部影片只是一个悲欢离合的伦理故事"[①]。其实，论者没有看出，这对母子与其丈夫、父亲的对立，已不能简单地理解为家庭矛盾，而是分属两个不同阶级的对立；马徐维邦、孙敬根据俄国作家屠格涅夫小说《贵族之家》改编的电影《春残梦断》(1947 年)。屠格涅夫的原著批判的是俄国没落贵族在大革命面前虽有改革的意愿但不知所措，只能沦落为旁观者、"多余的人"，改编后的《春残梦断》看似抽取了原著的阶级内涵，而实际上仍然是表达的一批曾经参加过革命，却最终在抗战胜利后迷失了方向的小资产阶级知识分子的迷茫；黄佐临根据俄国作家高尔基话剧《在底

---

① 程季华主编《中国电影发展史》(第 2 卷)，中国电影出版社，1963 年，第 263 页。

层》改编的电影《夜店》(1948 年)。高尔基的《母亲》《童年》《在人间》《我的大学》《在底层》等名著批判俄罗斯的国民性,探索俄国的出路,讴歌十月革命,是苏联无产阶级文学杰出的代表性作家,根据其《在底层》改编的电影无疑具有浓郁的无产阶级意识。值得注意的是,高尔基的《在底层》描绘的是俄国下层人物身上形形色色的劣根性,而黄佐临则在《夜店》中对原作人物的人设、矛盾冲突作了大幅度的改动,突出了在阶级对立的框架下善良必将战胜邪恶、光明必将战胜黑暗的主题。黄佐临根据苏联作家班台莱耶夫小说改编的同名电影《表》(1948 年)。影片的主人公是一群流浪儿童。这类人物形象在中国是现代社会城乡分裂、古老的稳定的农村结构解体、都市流民阶层形成之后的产物。原著的主旨表达的是如何感化、拯救流浪儿童,而改编后的电影则在提醒观众,这样一个群体的存在说明社会出了问题,这样一种社会还有必要存在吗? 等等。不难看出,所有这些改编,都不仅或多或少地呼应着无产阶级的价值观与文艺观,而且在主题上都有一种辞旧迎新的意味。

其次,本时期的电影改编资源首次从文学扩展至漫画。其代表作主要是阳翰笙根据张乐平漫画改编的同名电影《三毛流浪记》(1948 年)。原作以漫画的形式描绘了流浪儿童三毛的经历,诸如做报童、擦皮鞋、拾荒、当学徒、打零工等,其间受尽了各种磨难与欺凌。读者从中获得的,既有对社会底层小人物的同情,亦有对社会不公正与不合理的控诉。改编电影的情节基本参照的是人物的经历,并强化了原作中三毛的形象特征,即,外形上,三毛瘦骨嶙峋,头上只有三根头发,既夸张又可笑;性格上则柔中带强,虽屡经挫折依然恪守良心,隐忍坚强。这部电影的出现,在中国电影史上的意义是多方面的,诸如其是中国电影史上较早的、为数不多的儿童片;其主题与同时期的具有无产阶级理念的电影一致;其是中国电影史上第一部改编自漫画的电影,标志着中国电影改编已经将漫画纳入了视野,等等。

漫画进入电影,在大量改编自漫画的美日动漫电影出现之后已经司空见惯。但在中国,由漫画到电影的改编之路却不平坦。既往的研究指出,漫画在中国的出现较早,有人甚至回溯到古代,在二十世纪二三十年代,不

仅创办有不少漫画杂志如《时代漫画》《漫画生活》《独立漫画》《上海漫画》《漫画界》等，而且涌现了不少著名的漫画精品如但杜宇的《国耻画谱》、丰子恺的《子恺漫画》等，但漫画与电影结缘，成果一直稀缺。究其原因就在于，漫画分两种，一种是单帧漫画，一画一主题，或美育，或宣传，但连不成个故事，不能为电影改编所用；另一种是能够为电影改编提供资源的故事性漫画如张乐平的《三毛流浪记》，但是，由于故事性漫画不仅需要美术的功底，而且更需要文学的修养，即能够具备讲故事的能力。遗憾的是，绝大多数漫画家不具备这个能力，中华人民共和国成立以后重技能技艺、轻文化文学的美术院校也无力培养这样的人才，这就使得故事性漫画自张乐平之后一直未有长足的发展，而根据其改编的电影也就巧妇难为无米之炊了。这种状况直到中国动漫电影勃兴，一批具有文学素养的编剧和改编者介入，才大为改观。

尤须一提的是，在既往的电影改编研究中，学界对电影改编资源的界定一直是犹疑不定的，诸如不少论者将改编自历史（包括正史和野史）、人物传记、社会新闻、真实事件等的电影也纳入电影改编研究，这其实是将电影改编泛化了。这类改编严格地说是一种原创，历史史实、真实人物的经历、社会新闻或事件在创作主体那里其实只是创作的素材，创作者重点关注的，是如何将真实性的人物与事件转化为既虚构又不失本真的艺术世界，关于其的研究，当属另一个话题，而我们所研究的电影改编，主要探讨的是从一个或数个虚构性的文学文本改编为另一个虚构性文本即电影的缘起、过程、得失等。张乐平的漫画之所以成为我们的研究对象，是因为其不仅是漫画，而且是文学。

再次，IP改编初现端倪。在电影改编中，有些改编仿佛与时代的主流精神相去甚远，但其实仍然折射着某种社会心理，具有独特的美学价值，本时期费穆导演的《小城之春》即是代表。《小城之春》的故事背景是战后江南的一个小城，女主人公周玉纹与长期患病的丈夫戴礼言虽不相爱，但也相安无事，日子过得平淡而寂寞。戴礼言的同学、周玉纹的初恋情人章志忱的来访，打破了他们的平静生活，周、章旧情复燃，但恪于传统道德，二人

中国电影改编研究

最终发乎情至于礼义。戴礼言察觉到这一切，自杀未遂，章志忱离开了小城，周玉纹回到戴的身边，生活又恢复了原先的平静。电影公映后被当时进步的理论界批评为"苍白""病态"，程季华主编的《中国电影发展史》也认为，"《小城之春》的艺术处理，确实显示了费穆导演艺术的特色。但是这些富有艺术感染力的处理，在这样一部灰色消极的影片里，除了加深片中没落阶级颓废感情的渲染，扩大它的不良作用和影响，绝不会有任何效果"①。是的，《小城之春》上映的 1948 年，正是解放战争如火如荼、新旧决战的关键时刻，其所流露的情感与大时代的潮流背道而驰，其在当时不被重视并饱受诟病也很自然。直到 80 年代，其价值才重新为学界"再发现"，认为其不仅开创了中国诗化电影的先河，而且表达了浓厚的东方美学意蕴，等等。在所有后来关于《小城之春》的赞誉中，我们发现，很少有人能够指出，《小城之春》其实并非原创类电影，而是费穆根据李天济不太成熟的电影剧本《苦》改编而来。据李天济自撰的《三次受教 倏然永诀》《为了饭碗干上电影》等文章披露，李天济奉吴祖光之命创作了电影剧本《苦》，很长时间无人问津，后文化影业公司为缓解运营困难，将《苦》拿出来救市，并聘请费穆担任导演。由于原作《苦》比较粗糙，虽经费穆多次指导修改，仍不成功，最后费穆诚恳地对李天济说道："还是嫌长啊，李先生，这样行不行，下一步，由我分镜头时再删，完全不会伤害你的剧本，交给我吧，行吗？ 相信我吗？"②最终剧本由费穆总体修改而成，并由费穆改名为《小城之春》。不难看出，原作严格地说只是提供了一个创意或 IP，是费穆最终将其改编而成并拍摄成电影。而费穆的《小城之春》之所以成功，很大程度上正体现在其对原作的创造性改编上。诸如，原作更多参照的是舞台剧本的写法，人物的活动大多限制在舞台这个有限的空间，而改编后的电影则运用了大量的长镜头、空镜头展示了压抑而沉闷的"小城"这个颇具象征意味的意象；再如，原作是李天济根据自己失败的爱情经历而写，更多表达的是缺乏远大理想的小资产阶级知识分子在八年离乱之后的感伤和迷惘，而费穆的

---

① 程季华主编《中国电影发展史》(第 2 卷)，中国电影出版社，1963 年，第 271 页。
② 梅生《李天济百年诞辰：他一直在用语言指挥思想》，《澎湃新闻》APP，2021 年 5 月 17 日。

《小城之春》则赋予了其更为重大的主题,这就是我们曾经指出的:

> 在我看来,《小城之春》的价值更多地还在于,它之所以在无数中国知识分子的心灵深处激起那么大的反响,根本原因还在于,它为延续了两千多年的古典中国以及中国现代知识分子心灵深处的古典情怀或古典情结唱了一曲无尽的挽歌。从1911年辛亥革命推翻封建帝制,到1919年五四运动爆发,一个古典的中国已无可避免地迈进了现代社会,其后,又经过八年抗战,将近四年的内战,到了《小城之春》上映的1948年9月,离新中国成立的曙光已不太遥远了,也就是说,一个古典的中国将彻底地从我们的眼前消失了。文学艺术的作用不仅在于展望未来,它也常常凭吊过去,因此,在辞旧迎新的1948年,费穆以《小城之春》为一种即将消失的社会形态唱一曲无尽的挽歌,也就有了特殊的意义。①

也正是在这个意义上,我们说,《小城之春》的改编过程,实质是今天根据 IP 改编电影的先导,而看似与时代主导精神没有多少关联的《小城之春》,其在改编中所倾泻的这种情绪,不仅仍然是辞旧迎新主题的回响,而且是社会心理深层更为隐秘、更为动人的部分。从这种心理出发的改编,一般来说都别有一番风光,另具一种美学魅力,值得深入探究。

---

① 沈义贞《现实主义电影美学研究》,南京师范大学出版社,2012 年,第 119 页。

六、1949—1976：彰显意识形态性的电影改编

1949 年 10 月 1 日，中华人民共和国成立，在社会层面，"彻底结束了旧中国半殖民地半封建社会的历史，彻底结束了旧中国一盘散沙的局面，彻底废除了列强强加给中国的不平等条约和帝国主义在中国的一切特权，实现了中国从几千年封建专制政治向人民民主的伟大飞跃，实现了中国高度统一和各民族空前团结，中国人从此站立起来了！中国人民从此把命运牢牢掌握在自己手中，成为国家、社会和自己命运的主人！中华民族发展进步从此开启了新纪元！"在观念层面，"是马克思列宁主义在中国的胜利，是马克思列宁主义的普遍原理和中国革命的具体实践相结合的思想即毛泽东思想的胜利"①。这是 2021 年出版的《中国共产党简史》中对中华人民共和国成立的伟大意义所作的权威结论。这个结论的得出，距中华人民共和国的成立，已经过去大半个世纪。可以想见，中华人民共和国成立之初的文艺工作者，是不可能一下子清晰地认识到这一点的，所以，尽管他们热烈欢迎新中国的诞生，努力为新社会讴歌，但既往的个人经历以及已经形成的一些陈旧价值取向，还是不能适应新时代的要求，在电影实践上发生这样那样的偏差并招致批评，也就可以理解了。

在原创电影方面，首先遭到批判的是电影《武训传》。武训是清末民初历史上的真实人物，他出身贫寒，靠忍辱负重行乞、自甘为奴在地主家打工的积蓄兴办义学，为的是让穷人的孩子也能够上学读书。武训精神是中华民族崇尚读书、诚心向善的传统的体现，高度切合中国人的民族心理，编导孙瑜认为，其不仅反映了旧社会贫苦百姓希望摆脱文化贫困的要求，顺应

① 本书编写组《中国共产党简史》，人民出版社、中共党史出版社，2021 年，第 146、147 页。

了新中国迎接文化翻身的号召，而且有利于提倡为人民服务的精神，鼓励观众重视教育事业①。影片公映后，反响强烈，好评如潮，但其后不久，《人民日报》发表了由毛泽东撰写的社论《应当重视电影〈武训传〉的讨论》，社论指出：

> 《武训传》所提出的问题带有根本的性质。像武训那样的人，处在清朝末年中国人民反对外国侵略者和反对国内的反动封建统治者的伟大斗争的时代，根本不去触动封建经济基础及其上层建筑的一根毫毛，反而狂热地宣传封建文化，并为了取得自己所没有的宣传封建文化的地位，就对反动的封建统治者竭尽奴颜婢膝的能事，这种丑恶的行为，难道是我们所应当歌颂的吗？向着人民群众歌颂这种丑恶的行为，甚至打出"为人民服务"的革命旗号来歌颂，甚至用革命的农民斗争的失败作为反衬来歌颂，这难道是我们所能够容忍的吗？承认或者容忍这种歌颂，就是承认或者容忍污蔑农民革命斗争、污蔑中国历史、污蔑中国民族的反动宣传为正当的宣传。
>
> 电影《武训传》的出现，特别是对于武训和电影《武训传》的歌颂竟如此之多，说明了我国文艺界的思想混乱达到了何等的程度！②

1951年围绕着电影《武训传》的讨论，是中华人民共和国成立之初文艺领域的第一场意识形态斗争。其后学术界在重评文学史、重评电影史时都对这场论争持不同程度的否定态度，认为"用简单粗暴的态度和大规模的群众运动，将思想问题、学术问题、文艺问题、当作对资产阶级唯心主义斗争的政治问题进行批判，给我国当代文艺运动和文学创作带来了深远的消极影响"③。然而，持这种观点的学者大多忽略了，其一，思想问题、学术问题、文艺问题从来都是与政治问题紧密联系的，不可能有所谓的纯粹的

---

①　孙瑜《编导〈武训传〉记》，《光明日报》1951年2月26日。
②　毛泽东《应当重视电影〈武训传〉的讨论》，《毛泽东选集》（第5卷），人民出版社，1977年。
③　朱栋霖、丁帆、朱晓进主编《中国现代文学史（1917—1997）》（下册），高等教育出版社，1999年，第6页。

思想问题、学术问题、文艺问题。其二,武训精神值得肯定,但电影《武训传》用武训精神对抗、否定无产阶级革命精神,这就值得质疑了。如果《武训传》能够将武训精神摆放到无产阶级革命精神这个大视野中去表现其可取与不足之处,这场讨论不仅可避免,而且结论也会不同。由此可见,编导孙瑜以及当时以孙瑜为代表的一大批知识分子和普通观众的价值观,与无产阶级价值观还有不小的距离。这也难怪,他们长期生活在国统区,没有经过解放区的革命斗争和思想教育,在他们和新中国的缔造者的思想认识之间发生偏差也就难免,而毛泽东的社论其实是一种纠偏。其三,毛泽东领导的中国共产党所建立的新中国,不仅在政治、经济等层面有明确的纲领、目标,而且在上层建筑、意识形态领域有系统的主张、理想,各个阶层、形形色色的观念、观点必须统一到这个高度,才能正确认识新中国成立的伟大意义,保证新中国各项事业的顺利发展。所以,中华人民共和国成立伊始,对《武训传》展开批判,其实是共和国领导人对新中国应该确立什么样的意识形态所作的及时回应。

原创电影中所发生的这些情形,在改编中同样存在。所以,在中华人民共和国成立初期,围绕着电影改编,也曾出现过几次大的批评性的论争,较有影响的就有:一、对石挥导演的《我这一辈子》(1950 年)的批评。《我这一辈子》是老舍的小说,写于 1937 年,描写的是旧中国一个普通警察卑微而坎坷的人生悲剧。主人公历经清朝末年、军阀混战两个时期,作为社会底层小人物,生活贫困潦倒,妻子离他而去,儿子因病身亡,对同样处于各种困境中的街坊邻居充满同情,目睹过反动统治阶级的荒淫无耻与凶狠残暴,他的一生是那一时代无数平凡老百姓凄苦命运的缩影。在电影中,石挥有意识地与主流话语接轨,对原著做了大量改编,诸如,原著的时间截止到 1921 年,改编时则延长至 1948 年,加进了主人公在抗战、国民党即将崩溃这两个时期的生活,从而扩展了原著对旧社会的批判范围;原著中的妻子是离家出走,改编时则将她处理为因病而亡,原著中的儿子是因病而亡,改编时则将其处理为投奔革命,等等,所有的这些改编都迎合了新时代的要求,但在其后的政治运动中也遭到了批判,究其原因就在于,影片的主

人公还缺乏自觉的反抗精神；主人公的身份是旧时代警察，在阶级斗争的框架下，这类角色应该都是统治阶级的帮凶等。不难看出，批判者的批判有其值得肯定的地方，如要突出阶级对立与阶级分析，但也有其狭隘的一面，如阶级是存在的，但不同阶级自身都各有其长处和缺陷，阶级性和人性在现实中常常表现出错综复杂的情况，而文学或电影就是要揭示出这种复杂性才真实动人。二、对石挥导演的《关连长》（1951 年）的批评。电影根据朱定的同名小说改编而来，讲述的是上海解放战争中，关连长发现他所攻打的敌军指挥所内，还有上百名孤儿，为保全儿童性命，他临时决定改炮击为刺刀拼杀，最终敌军被消灭，儿童被抢救出来，而关连长则不幸牺牲了。这个故事可以说体现了我军作为正义之师的崇高与伟大，即便摆放到世界战争电影中来看都是了不起的，展示了战争的最高目的就是保护平民的主题，但在上映后却遭到了"丑化了解放军战士"、宣扬了"资产阶级人道主义"等批评。这些批评其实并没有真正理解文艺批评的真谛。具言之，中华人民共和国成立初期迫切地需要确立无产阶级意识形态，但在这种确立中切不可止步于阶级划分，而应当看到，那些所谓的资产阶级观念中的合理一面，也是无产阶级未来可以"拿来主义"的，其常常是潜隐着的，而文艺批评的任务，就是要能揭示出这种潜藏，或辨别出这些合理一面与无产阶级理念的相通之处，进而丰富和发展无产阶级理念。三、对黄佐临导演的《腐蚀》（1950 年）的批评。电影根据茅盾的同名小说改编。中华人民共和国成立伊始，新的社会生活还未展开，电影编导对反映新民主主义革命斗争的作品还不了解，其只能从他们所熟悉的现代名著中寻找改编资源，茅盾是无产阶级革命文学的大家，其小说在国统区影响很大，改编他的作品不仅可得到艺术上的保证，而且可得到政治上的保证。小说《腐蚀》反映的是一个小资产阶级知识分子女性赵惠明的两段恋爱经历。由于性格软弱、贪图享受，她放弃了追求进步的第一个恋人，而与一个国民党特务同居，进而自己也糊里糊涂地成了国民党特务。小说的结尾她幡然醒悟，脱离了特务泥潭，投奔光明。电影的编导或许是看到了这个复杂的女性人物在电影呈现上的"看点"，以及小说最终的弃暗投明主题，而将其改编成电

中国电影改编研究

影,但他们都忽略了,在中华人民共和国成立初期的无产阶级意识形态中,阶级壁垒不仅是分明的,而且阶级的优劣也是绝对的,让这样一个浑身污点的女性作为影片的主人公是不合时宜的。客观地说,电影有必要表现形形色色的人物,茅盾写于 40 年代的《腐蚀》可以表现这样一个女特务的命运遭际和人生选择,但进入新中国,考虑到其时语境的总体要求,这种表现的确又是跟不上时代的,所以其时有论者批评其"同情特务""美化小资产阶级的懦弱、对小资产阶级的无原则的同情",虽然苛刻,但也说明了这种改编与时代主导精神的相悖。四、对郑君里导演的《我们夫妇之间》(1951年)的批评。电影根据萧也牧的同名小说改编,讲述的是知识分子出身的丈夫李克与出身于农民阶级的妻子张英的婚姻矛盾。他们在解放区相爱,进城后由于对新的生活方式的适应与不适应发生冲突,最终归于和解。表面上其所表现的是所谓城乡对立、"农村和城市之间文明冲突"①的主题,而实际上,其所表现的是对无产阶级革命意义的理解。无产阶级推翻资产阶级,建立人民当家作主的新中国,是无产阶级革命的总体目标,但是新中国成立后,人民应该过上什么样的生活? 不可否认,在过去阶级差距异常悬殊、阶级矛盾异常尖锐的时期,上层阶级由于掌握着社会的绝大部分资源,其所过的是一种相对正常的"人"的生活,而底层百姓由于巨大的物质贫困,所过的则是一种"非人"的生活,革命胜利后,无产阶级理应也要过上曾经的资产阶级的"人"的生活,但是由于强调阶级的不可调和,很多人在否定资产阶级时,将其所过的正常的"人"的生活也否定了,所以,进城后的李克很快融入了新的生活方式,而张英则在长期的与剥削阶级的斗争中连带地否定了他们以前的生活方式,二人的矛盾由此而来。作品的结尾,二人和解,实际上显示的,绝不是当时所批评的"宣扬阶级调和论"或"歪曲工农兵形象",也不是郑君里在自我检讨中所说的"把严肃的政治主题庸俗化""以小资产阶级观点严重地歪曲了党的事业及其干部的面貌"②,而是张英对这种正常的"人"的生活的认可。由此可见,小说作者和电影改编者

---

① 李清《中国电影文学改编史》,中国电影出版社,2014 年,第 184 页。
② 郑君里《我必须痛切地改造自己》,《文艺报》1952 年 5 月 26 日。

是针对当时的社会现象而创作的,而批评者的批评未能扣紧和理解作品中所反映的现实矛盾,仅仅运用现成的、流行的理论去衡量作品,这就难免失之毫厘差之千里。推而广之,在电影改编理论研究或许多文艺现象研究中,常常拿一种理论框架或某种话语系统去套某一部或某一类作品的做法,显然不可能得出令人信服的结论。

50年代初期,围绕着《武训传》《腐蚀》《关连长》《我们夫妇之间》《我这一辈子》等影片发生的这些争论有其必然性。这是因为,刚刚进入新中国来自解放区的文艺工作者无论在电影创作还是制作方面还缺乏经验,而来自国统区的电影工作者在既往的实践中已经形成了相对稳定的价值观念,与新生的人民共和国所要求的价值观之间有一致,也有不相吻合的地方,所以需要磨合,需要争论。而其后的历史发展表明,当时对这些作品的批评都是片面的,所有的这些批评都忽略了,马克思主义是博大精深的,仅仅依据其某些言说教条性地针砭作品,反而削弱了马克思主义的思想力量。

短暂的磨合期后,随着社会主义建设的蓬勃展开,特别是第一、二次文代会的召开,不仅明确了电影是新中国上层建筑的一个重要组成部分,是"无产阶级整个革命事业的一部分",承担着意识形态宣传的重要使命,而且明确了电影创作与其时的一切文艺创作一样,必须遵循"社会主义现实主义"创作原则。社会主义现实主义,根据主管苏联文艺创作的日丹诺夫所主持制定的《苏联作家协会章程》中的解释,即"要求艺术家从现实的革命发展中真实地、历史具体地去描写现实。同时艺术描写的真实性和历史具体性必须用社会主义精神从思想上改造和教育劳动人民的任务结合起来"[1]。亦即,"其特别强调文艺创作的指导思想必须遵循、弘扬共产主义意识形态。从某种意义上说,除了要求创作主体在思想上必须坚持社会主义价值理念乃至无产阶级党性,社会主义现实主义的其他创作原则与一般现实主义并无分歧。但不可否认,这一主张也导致了文艺作品中所反映的现实,仅仅局限于光明面,对生活中应有的矛盾和负面因素则刻意回避,这

---

[1] 《苏联作家协会章程》,原载《苏联文学艺术问题》,人民文学出版社,1959年,第25页。

中国电影改编研究

也就在一定程度上削弱了作品的艺术感染力"①。在 1976 年之后的理论研究中,不少论者在评价"建国初期十七年"的文艺创作时,都会提及这一重要原则,但很少有人能从理论层面分析其与具体创作的关系,其时的创作者在创作中也未必明确认识到何谓社会主义现实主义,究其原因就在于这一表述还较为抽象,远没有毛泽东 1942 年《在延安文艺座谈会上的讲话》所提出的文艺要为人民服务的主张来得具体,而整个十七年时期,文艺以及电影创作更多遵循的也是毛泽东的延安讲话精神。

新的时代,新的创作导向,不仅改变了此前电影生产的私营状况与产业性质,而且为电影创作提出了一系列新的要求。譬如,必须以马克思主义唯物史观阐释历史,原创历史片《林则徐》《甲午风云》《李时珍》《宋景诗》等都是如此;再譬如,就电影改编而言,1953 年底政务院就在《关于加强电影工作的决定》中作出指示,"除组织新的创作外,应尽量利用为人民所喜爱的外国现代和古典的优秀文学戏剧作品改编为电影"②。然而,或许是十七年时期对文艺的无产阶级意识形态属性的强调,所谓外国特别是西方的优秀文学、戏剧作品在电影改编中基本消失了,其后不久由于中苏交恶,苏联的文学作品也不在考虑之列,而中国古典文学和古典题材由于其源自封建社会,改编者因为思想认识不足,生怕掺杂进封建意识,所以严格意义上的中国古典文学资源的改编也寥寥无几,1960 年根据神话传说《马兰花》改编的同名电影,以及 1963 年根据孔尚任名剧《桃花扇》改编的同名电影,可以说都是十七年时期努力呼应时代精神的、较为稀缺的古典资源的电影改编,从艺术上看,改编的成功之处也不少,但在公映后均遭到了批判。由此也就形成了十七年时期电影实践中呈现的一个较为独特的现象,即,一方面,由于电影编剧还未取得像作家那样崇高的地位,特别是职业编剧们大多缺少作家所具有的直接的、鲜活的生活体验,所以,优秀的原创电影数量不多;另一方面,本时期大批优秀的电影都源自改编,并且其改编资源主要就集中在对现代文学与当代文学的改编上。

---

① 沈义贞《红色经典电影再认识》,《学术评论》2018 年第 6 期。
② 孟犁野《新中国电影艺术史稿:1949—1959》,中国电影出版社,2002 年,第 245 页。

对现代文学的改编，实际上是对新民主主义革命斗争历史的回顾。新中国的诞生，是中国共产党领导的中华各族儿女浴血奋战而来。而其中，中国共产党所领导的以工农大众为主体的人民军队是主力，其他社会各阶层参与其中，作为马克思所说的平行四边形的合力，也发挥了一定的作用。所以，现代文学史上，具有进步意识的作家所描绘的社会各阶级的动态，不仅可使观众们认识到各色各样的主人公与革命的关系，走向革命的轨迹，而且能通过这些人物的遭际揭示旧中国覆亡新中国诞生的必然性。也正因此，中华人民共和国成立初期各种版本的《中国现代文学史》，都按照现代作家的进步程度，将其有意无意地划分为各个等级，排在第一进步等级的作家就是后来为人们熟知的鲁、郭、茅、巴、老、曹，其余的像冰心、艾青、郁达夫、沈从文、田汉、柔石、朱自清、叶圣陶、张天翼、沙汀等则依次等而下之，至于胡适、林语堂、周作人、张爱玲等曾经对抗无产阶级意识形态的作家则归之于敌对阵营，还有的作家像写过《财主底儿女们》的路翎、写过《围城》的钱锺书，以及在现代通俗小说领域异常活跃的张恨水等则由于难于界定或与中华人民共和国成立后的政治要求相去甚远，基本上就在十七年的现代文学史上失踪了。也正因此，十七年时期的电影改编，实际上就是改编者依照其时现代文学史所提供的这种进步序列选取改编资源的，代表作主要有：

根据鲁迅同名小说改编的《祝福》（1956 年）。鲁迅是 20 世纪中国最伟大的作家，他的全部作品贯穿着一个总的主题"反封建"。他的批判锋芒涉及古旧中国的方方面面，其中最为核心的，是他对中国国民性的批判。他在《狂人日记》中批判了封建礼教的"吃人"本质，在《阿 Q 正传》中批判了中国人的"精神胜利法"，他的《祝福》不仅全方位地批判了封建四大绳索政权、族权、父权、神权在现实生活中各个阶层不同人物身上的体现，而且深刻地揭示出所谓四大绳索的虚伪性和内在矛盾，如祥林嫂改嫁就违反了父权，而不改嫁就违反了族权。作为"五四"杰出的知识分子代表，鲁迅在《祝福》中还反思了"五四"知识分子自身的局限性，小说中，被封建观念折磨得发狂的祥林嫂曾经问"我"死后有没有灵魂，而"我"这样一个知识分子

竟然无法回答劳动人民请教的如此简单的人生问题！改编者选择《祝福》进行电影改编，在主题上符合进步的要求，因为反封建与新民主主义的革命目标是一致的，一脉相承的。电影的改编也是相当成功的，不仅还原了祥林嫂所生活的鲁镇的封建氛围与原小说的冷峻底色，而且强调了祥林嫂的死主要源于一种观念迫害，其中有鲁四老爷的歧视，有柳妈等下层人物的推波助澜，有整个鲁镇的冷漠，更有祥林嫂本人对这种观念的信服与畏惧。改编中有几处是改编者添加的，如添加了祥林嫂与贺老六婚后的幸福生活，添加了祥林嫂怒砍她为自己赎身所捐的门槛，这些添加不仅增强了祥林嫂命运的悲剧性，而且增加了人物的反抗精神，可以说是改编者依据原作人物的性格逻辑与情节逻辑所作的合理的延伸，为改编者如何呼应时代的要求适当增减原作内容提供了典范。

根据巴金同名小说改编的《家》（1956 年）。"家"是中国社会结构中最古老最基本的单元。在中国人的观念中，所谓"国家"中的"国"即大"家"，"家"即小"国"，家国很大程度上是同构的，国兴家兴，国破家亡。所以中国尤其是现当代文学史上有许多作家都选择"家"和"家族"作为社会观察与分析的对象，较为著名的除了巴金的《家》，还有老舍的《四世同堂》、林语堂的《京华烟云》、路翎的《财主底儿女们》、欧阳山的《三家巷》、陈忠实的《白鹿原》等。巴金的《家》创作于 1932 年，是"激流三部曲"《家》《春》《秋》中的第一部。小说所反映的时代，正是中国封建社会已经转型到现代社会，中国传统家庭也面临转型的关键时期。小说一方面浓重倾诉的是接受了新思想新思潮的青年人在封建家庭即将解体时依然找不到道路的觉醒、苦闷与痛楚，另一方面则展示了封建家庭虽然分崩离析但仍然百足之虫死而不僵，其仍然残酷地吞噬着青年人的青春与生命，是构成一切家庭悲剧的根源。改编者选择这部小说作为改编对象，显然看重的，不仅有其强烈的反封建主题，而且有对其时较为重要的小资产阶级知识分子阶层命运走向的探讨，他们有的在封建重压下沉沦甚至毁灭，有的虽然追求科学与民主，但只能在家族和阶级的选择中迷茫。改编后的电影不仅形象地描绘了中国新民主主义革命进程中这类人物的动态，而且生动地揭示了其走向革命的

可能性。所以，在原小说中描写的重点主要是大哥觉新的爱情悲剧，而在改编后的电影中，具有进步思想的老三觉慧则成了主要人物，虽然他对家庭的种种反叛收效甚微，但他的反抗，无疑是小资产阶级知识分子先天所具有的革命性的表现。电影的这种改写，不仅符合客观史实，而且与毛泽东在延安讲话中对这类人物的要求是遥相呼应的。可以认为，这也是一部符合时代要求所改编的电影，但是，这种"符合"并未能为当时的批评者所看出，影片公映后遭到了不少批评，现在看来，他们的批评是肤浅而粗疏的。值得注意的是巴金对电影的改编也不满意，认为"影片只叙述了故事，却没有多少打动人的戏"①，其实，巴金忽略了，原小说较多的是一种主观叙述，尤其是大段大段的情感宣泄，本身就缺乏"多少打动人的戏"，本时期的改编者如果不是出于改编资源的匮乏或限制，一般是不会注意到这部较少电影性的小说的。如果推而广之，则会发现，尽管巴金小说的影响很大，但在艺术技巧上并无太大创造性和智慧性，他的《家》在1941年就曾改编为电影搬上银幕，他的小说《秋》《寒夜》在50年代也改编过电影，但都不成功，就是明证。

根据茅盾同名小说改编的《林家铺子》（1959年）。在中国现代文学史上，茅盾是较早、较有意识地运用马克思主义社会学分析方法创作的作家。他的著名长篇小说《子夜》、"农村三部曲"《春蚕》《秋收》《残冬》以及短篇小说《林家铺子》大致创作于同一时期，《子夜》的叙事空间是都市，《林家铺子》是小城镇，"农村三部曲"是乡村，在茅盾原初的创作计划中，是拟创作一部宏大的、全方位反映中国社会各阶层人物命运的小说，后因构思上的冲突，才拆分为现在的都市、城镇与农村三个序列。也正因此，他的这三个序列的小说都有一个明显的特色，就是运用马克思主义的阶级学说剖析社会现象，安排矛盾冲突。所以，在《林家铺子》中，茅盾所揭示的杂货店林老板的悲剧，与《子夜》中的民族资本家吴荪甫、《春蚕》中的富裕农民老通宝一样，都是源于30年代初期波及全球的资本主义经济危机以及"一·二

---

① 巴金《谈影片〈家〉——给观众们的一封信》，《大众电影》1957年第20期。

八"抗战前后中国所面临的民族危机,而这正是基于马克思主义学说得出的结论。改编后的电影保留了原小说的意图,但也有若干些微的改动,如一方面有意将林老板的女儿明华设计成追求进步的爱国青年,另一方面则加强了对林老板这个人物的阶级分析,即林老板作为那一社会的小商人,压迫他的有官僚、军阀、钱庄老板、商会会长等大资产阶级,但是作为有一定地位的小老板,他对比他弱小的农民、难民、小摊贩等也竭尽压榨之能事。影片中有一个细节,林老板不顾比他更走投无路的王老板一家的苦苦哀求,强行夺走其生活资源,就是改编者夏衍添加的,如此改编,在夏衍看来,不仅能生动地揭示出资本主义社会"大鱼吃小鱼,小鱼吃虾米"的本相,而且也更能够勾勒出林老板的阶级属性所赋予的这个人物的性格特征,即"他对豺狼是绵羊,而对绵羊则是野狗"①。应当承认,夏衍在《林家铺子》中所作的这些改编是成功的,特别值得在娱乐化浪潮中浮沉的改编者反思,这是因为,一方面,自从进入大众文化时代,已经很少有改编者能够出于对某种学说的服膺去整合改编资源了;另一方面,《祝福》《林家铺子》的改编者都是夏衍,他的改编涉及改编过程中一个重要的理论问题,这就是其在《琐谈改编》一文中所提出来的:

> 改编古典作品或"五四"名著,可否用现代人的观点去加强和提高作品的思想性,加强其现实意义,使之对今天的观众有教育意义?

> 每一个改编者必然有他自己的世界观。这种世界观不管有意或无意,它总要反映到改编的作品中去的。为社会主义服务的电影,当然要有先进的世界观。我们的世界观和前人的世界观是有距离的。今天我们有明确的阶级立场和阶级分析方法,能够用历史唯物主义的观点解释社会现象。从前的作者没有看出的问题,我们可以看出来。所以,改编前人的作品,肯定应该力图通过阶级分析,用历史唯物论的方法,使改编后的影片思想性能够有所提高。如果改编元曲、明清小

---

① 夏衍《谈〈林家铺子〉的改编》,夏衍《电影论文集》,中国电影出版社,1979 年。

说，仍然按前人的世界观去改，那就没有改编之必要了。①

毋庸讳言，今天的改编者已经很少关注自己的世界观与原作者的世界观的差异问题了，今天的改编研究大多也忽略了这个问题。

根据柔石小说《二月》改编的电影《早春二月》（1963 年）。柔石是中共党员，1931 年被国民党枪杀于上海龙华，是著名的左联五烈士之一，他的代表作有《为奴隶的母亲》《二月》等。《为奴隶的母亲》批判的是民国时期农村社会残留的"典妻"恶俗，《二月》描写的是山雨欲来风满楼的大革命前夕小资产阶级知识分子的情感苦闷。主人公萧涧秋是一个"极想有为，怀着热爱，而有所顾惜，过于矜持"②的青年，纷乱的世事使他心绪不宁，他到那个风景如画的江南小镇任教，很大程度上带有消极避世的倾向，但是，随着文嫂、陶岚的出现，他与这两位女性的感情纠葛却在平静的小镇掀起巨大的波澜，原来，这个表面上的世外桃源依然潜隐着浓重的封建阴影与人性的邪恶，最终，文嫂自杀，萧涧秋仓皇离去。坦率地说，小说的情节和主题并不特别，中国现代小说史甚至电影史上不少作家和编导都有过类似的表现，比如萧涧秋最后的离去，就与《小城之春》中章志忱最后的离去如出一辙，那么，何以改编后的电影在观众中激起那么大的反响，并在电影史上由最初的意见不一到后来的肯定性赞誉？有论者曾经指出，电影改编的成功就在于编导对原小说作了主题上的修正，如改编后的电影增加了穷孩子王福生辍学的细节，也就是说增加了贫富对立的内容，原小说结尾萧涧秋仓皇逃离，而在电影中则改为投奔革命，所有这些改编都符合时代的总体要求，但这一说法依然不能解释，何以电影公映后招致宣扬人道主义、个人主义、人情论、阶级调和论等批评？究其原因就在于，十七年时期电影对现代文学尤其是国统区文学资源的改编总体上看还是有限的，从 1956 年对《祝福》《家》的改编，到 1959 年对《林家铺子》的改编，再到 1963 年对《二月》的改编，时间跨度十多年，能够改编成电影的也就是这寥寥几部，如果

---

① 夏衍《琐谈改编》，夏衍《写电影剧本的几个问题》，复旦大学出版社，2004 年。
② 鲁迅《柔石作〈二月〉小引》，《鲁迅全集》（第 4 卷），人民文学出版社，1981 年。

说鲁迅、茅盾因其鲜明的进步性,改编后的电影不会招致太多的意识形态上的指责,那么,随着改编者对现代文学资源的进一步开采,像《二月》这样进步性不太明显,仅仅是还原了现代史上某一阶层人物状态的小说,其改编就极易为其时持狭隘的进步观的批评者所诟病。也正因此,我们认为,一方面,十七年时期文艺批评强调阶级分析从大的原则上说是正确的,但切不可把丰富复杂的社会现象简化为阶级对立,另一方面,《早春二月》的价值恰恰就在于其对阶级分析框架常常忽略的人的情感、人性的弱点的表现。也正是在这里,我们充分肯定《早春二月》的改编是成功的,是对现代文学资源在那一语境中最大程度的拓展性采用,是对单一的阶级分析方法的矫正和丰富。

根据同名歌剧改编的电影《白毛女》(1950年)。如果说《祝福》《家》《林家铺子》《早春二月》等都是来自国统区的文学资源,《白毛女》则是改编自解放区文学资源的名作之一。白毛女的故事原型是流传在晋察冀边区的白毛仙姑的民间传说,1945年延安鲁迅艺术学院根据其改编成歌剧《白毛女》。在故事原型中,白毛仙姑原先是一个贫苦农民的女儿,因为遭到地主的迫害,逃进深山,像野人一样生活多年,一头黑发变成白发。鲁艺的改编者显然看中了其所蕴含的阶级压迫主题,在改编中创造性塑造了两个人物,一个是剥削、侮辱白毛女的地主黄世仁,一个是白毛女的初恋情人大春,前者与白毛女的关系彰显的是阶级斗争主题,后者则设计为追求革命的青年,在加入党所领导的人民军队后,带领部队解救出白毛女,显示的是党是人民的救星的主题。歌剧《白毛女》公演后不仅在解放区广受欢迎,成为教育人民军队干部战士认识自身使命的生动教材,而且在国统区演出时也广受赞誉。电影《白毛女》在改编中参照了原作的大部分内容,同时也根据新时代的要求对原著作了部分修改。譬如,原作的主题突出的是阶级压迫以及党对被压迫者的解救,而电影则在改编中增加了新旧社会的对比,即旧社会把人变成鬼,新社会把鬼变成人,这个主题无疑与新中国教育人民认识新旧社会的优劣是一致的,是改编者对时代要求明确的、有意的呼应;再如,原作中喜儿在遭到黄世仁强暴后怀孕,曾经一度对黄世仁产生幻

想,这是符合农村少女的心态的,改编后将这个描写删除了。考虑到中华人民共和国成立初期在意识形态层面急于要教育人民认识两个阶级的势如水火、不共戴天,这种改编是必需的,必要的,如果换一个语境,这些被删除的描写也还是可以保留并大加发挥的,因为在阶级对立的框架中,人的情感复杂性正是文艺发挥所长的地方。由此也就提醒我们,改编是复杂的,改编的诉求是阶级还是人性,是教育还是娱乐,在改编过程中改编者是有种种选择的,只要明确了改编的诉求,在改编中围绕这一诉求所作的种种增删都是可以的,或者,反过来说,改编中的所有改编,必须围绕或服从改编的总体诉求,才有可能取得成功。从这个意义上说,歌剧《白毛女》的改编是成功的,作为解放区的文艺杰作,其在改编中由于当时贯彻阶级对立的要求还不彻底,保留了人物的某些原生状态的描写,也无可厚非,电影《白毛女》的改编是成功的,其对阶级对立的要求完全彻底地贯彻,符合时代精神,也无可挑剔。

根据赵树理同名小说改编的电影《小二黑结婚》(1964年)。《小二黑结婚》也是来自解放区的文学资源。1942年,毛泽东在延安文艺座谈会上的讲话发表,1943年赵树理的代表作《小二黑结婚》《李有才板话》问世,文学史上一般将其视为响应延安讲话精神的第一批硕果。《小二黑结婚》设置了四组人物关系,男女主人公小二黑、小芹是解放区进步的青年农民的代表,他们的父母二诸葛、三仙姑是农村封建残余的代表,金旺、兴旺兄弟是邪恶势力的代表,区长是新生的人民政权的代表。在小二黑、小芹争取婚姻自由的过程中,来自二诸葛、三仙姑的反对,是传统的封建意识对青年人爱情的压制,来自金旺兄弟的破坏,则是阶级斗争的体现,因为,作为农村恶势力的代表,其实际上也是那个要打倒的阶级的帮凶,在电影改编中,为了突出这一点,还特别增设了一个未出场的人物"二叔",在金旺兄弟的对白中时不时地出现,如"没关系,二叔说了,蒋介石已经和日本人挂上了钩,太原要是有一点动静,这儿早晚得变天,万一在这儿站不住,咱们就溜进城",这些添加,都强化了金旺兄弟的阶级属性。因此,小二黑、小芹的胜利,既是进步青年冲破封建桎梏的胜利,也是人民力量战胜反动阶级的胜

利,而胜利的保证则是中国共产党所领导的人民政权。电影《小二黑结婚》在改编中可以说完全、准确地把握了原小说的意图,将其原汁原味地呈现出来,但其在公映后却反响平平,在电影史中也未引起太多的注意,原因何在? 有人认为是电影公映之际赵树理正因提倡"中间人物论"受到批判,所以很快淡出公众的视野,也有论者可能认为影片的这个主题在十七年时期众多的重大的、现实的主题中太过一般,所以不值得关注,而在我们看来,电影的改编之所以平庸,很大程度上是改编者没有能把握原著主题在中国现代文学史上划时代的重大意义,这个意义,就是我们曾经指出的,"赵树理的《小二黑结婚》问世,中国文学对爱情的描写有了质的飞跃,即不再是此前从理论上对爱情加以肯定,而是第一次从政策的、政府的、法律的角度承认了爱情的合法地位"①。也正因此,我们说,改编者的思想深刻与否,不仅可对改编对象有高屋建瓴的洞察,可以见出原著的思想层次,而且可以借助原著提供的一般性材料,改编出完全属于自己的、创造性的作品来。

根据周立波同名小说改编的《暴风骤雨》(1961 年)。原小说出版于1948 年,是熟悉马克思主义原理、熟悉解放区文艺精神的周立波用阶级斗争理论论证土地革命正义性的经典作品。小说描写了以赵玉林为代表的一批农民在党的领导下与以韩老六为代表的地主阶级的斗争过程。党如何启发农民的阶级觉悟,农民如何在党的教育下起来斗争,土地革命的必然性和重要性,在原小说中作了全面而具体、形象而生动的描绘。小说生活气息浓厚,语言活泼幽默,情节紧张有趣,人物性格分明,充分体现了毛泽东在延安讲话中提出的为人民大众喜闻乐见的要求。1951 年,《暴风骤雨》与丁玲的小说《太阳照在桑干河上》、歌剧《白毛女》一起获得苏联斯大林文学奖。某种程度上可以说,小说不仅是一部标准的阐释土地革命的教科书,而且其对生活矛盾的揭示聚焦的也是中国现代历史的本质。所以有论者认为,"《暴风骤雨》一定程度上把当时农村复杂的阶级关系简单化了,地主与农民的矛盾成为小说中的唯一矛盾,未能揭示现实生活中社会矛盾

---

① 沈义贞《影视批评学导论》,中国电影出版社,2004 年,第 161 页。

和斗争的复杂状态。这与周立波所坚持的扬弃生活中的消极、复杂现象的'典型化'原则有关,这在一定程度上削弱了作品现实主义的感染力量"①。这个意见既正确也不正确。说其不正确,是因为论者没有能见出,作家在创作中围绕着某一主题或某一种观念取舍生活现象有其合理性,为了突出主题,不可能做到面面俱到;说其正确,是因为其的确看到了作家在创作中有意舍弃的某些部分。而这些被舍弃的,恰恰是其他创作主体可以发挥的地方。也正因此,我们对电影《暴风骤雨》的改编,有一点是充分肯定的,这就是,电影在呈现阶级矛盾方面,与原小说是一致的,但是,电影还创造性地增加了主人公赵玉林的主观认识过程。赵玉林是一个土生土长、地地道道的农民,他有着朴素的阶级感情,党所领导的土改工作队到来后,他的态度是犹疑的,有论者曾经详细地分析了电影是如何添加这一过程的:

> 他每一行动,创作者都力求写出他的心理动因,写出他的行动的依据。比如他的出场很独特,创作者一直没有让他说话,直到第103个镜头,才让他说了第一句话。但在此之前影片却用很大的篇幅来写工作队进村后他的思考犹豫过程,给他12个"看"和"听"的无言镜头。有一场与肖队长会面的戏写得尤为细致:赵玉林对土改工作队肖队长并不是完全信任的。肖队长开完全村大会后,大家散去了,他依然蹲在场地上,为去不去见肖队长思想斗争着。他担心肖队长不敢去碰地主韩老六。这时恰好韩老六派李青山来给肖队长送请柬。赵玉林看李青山朝着肖队长住处走去,心头捏一把汗。他的内心独白是:"我倒要看看你们搞什么鬼?!"他不慌不忙地隐入树林之中,眼睛却一直盯着肖队长与李青山。当看到肖队长在看请柬时,赵玉林在担心;当肖队长问李青山做了什么好吃的时,赵玉林明显露出了失望;当见到肖队长一把将请柬撕碎时,他终于再也按捺不住内心的激动,不顾一切地冲进了屋内。赵玉林是影片中塑造得最为成功的一个有血有肉的

---

① 朱栋霖、丁帆、朱晓进主编《中国现代文学史(1917—1997)》(上册),高等教育出版社,1999年,第334页。

人物。他最终成为贫下中农的骨干,为了全村极大多数人的利益,勇敢地献出了自己宝贵的生命的过程被写得真实可信。①

其实,电影改编中对赵玉林思想感情变化过程的增添,不仅弥补了某些论者对原小说缺失性描写的不满,而且更为重要的是,揭示了我党是如何把一个蒙昧状态的农民改造为无产阶级革命战士的,即我党是如何用无产阶级革命文化改造传统的农民文化、草莽文化的。可以说,这一改编,不仅增强了电影的电影性,而且拓展、提升了原著的主题。

也正是在这里,我们说,十七年电影对现代文化传统资源的改编,主要集中在两个方面,一是对以鲁迅为代表的"五四"知识分子文化资源的回溯,二是对无产阶级革命文化的再现。而由于"五四"知识分子文化传统的丰富性、复杂性,以及其与无产阶级革命文化的同异与距离,对其的改编在十七年的语境中还存在着种种限制。其后不久,随着一大批沐浴过革命战争的烽火硝烟的作家们涌现,对无产阶级革命文化的展示才真正成为电影改编的主流。所以,考察十七年的电影改编,或考察十七年时期电影对当代文学的改编,我们首先注意到的就是电影对一大批描写新民主主义革命斗争的作品的改编,代表作主要有,根据马烽、西戎小说《吕梁英雄》改编的《吕梁英雄传》(1950年),根据袁静、孔厥同名小说改编的《新儿女英雄传》(1951年),根据集体创作的同名小说改编的《智取华山》(1953年),根据华山同名小说改编的《鸡毛信》(1954年),根据刘知侠同名小说改编的《铁道游击队》(1956年),根据石言同名小说改编的《柳堡的故事》(1957年),根据同名话剧改编的《战斗里成长》(1957年),根据杨沫同名小说改编的《青春之歌》(1959年),根据陈其通同名话剧改编的《万水千山》(1959年),根据陆柱国小说《踏平东海万顷浪》改编的《战火中的青春》(1959年),根据梁斌同名小说改编的《红旗谱》(1960年),根据曲波同名小说改编的《林海雪原》(1960年),根据吴强同名小说改编的《红日》(1963年),根据李英儒

---

① 章柏青、贾磊磊主编《中国当代电影发展史》(上册),文化艺术出版社,2006年,第35页。

同名小说改编的《野火春风斗古城》(1963 年)，根据徐光耀同名小说改编的《小兵张嘎》(1963 年)，根据冯德英同名小说改编的《苦菜花》(1965 年)，根据罗广斌、杨益言小说《红岩》改编的《烈火中永生》(1965 年)等。不难看出，这批电影中几乎覆盖了整个新民主主义革命时期我党所经历的大革命高潮、红军长征、抗日战争、解放战争、地下斗争、狱中斗争、土地革命等全部重大的斗争，可以说是一部形象的党史。这批影片，连同其时还未来得及改编的小说《保卫延安》《铜墙铁壁》《风云初记》《烈火金钢》《敌后武工队》等，作为十七年时期的红色经典电影与文学，随着岁月的沉淀，均已经构成红色经典资源，在当下的电影改编中异常活跃，而这批电影的改编经验，对于当下的红色经典电影改编，也有着十分重要的借鉴作用。

《吕梁英雄传》《新儿女英雄传》是最早改编我党军事斗争的电影，两部作品的时代背景都是抗日战争，分别讲述的是晋绥边区、冀中白洋淀地区我党领导的抗日军民与敌伪顽殊死斗争的故事，日寇的残暴，汉奸的狡诈，抗日形势的紧张，抗日军民的英勇，抗战儿女的情感在其中都得到了生动的表现。电影几乎原封不动地还原了小说的情节，从改编的角度说都是忠实于原著的改编，而从改编史或电影史的角度看，两部作品可以说最早地提供了新中国所期待的英雄的最初轮廓，即在民族大义面前舍小家卫大家，舍弃个人的利益服从抗战大业；英雄并不是天生的，他们都是从普通人物成长而来的；他们的勇敢顽强、舍生取义，不同于古代愚忠愚孝式的草莽英雄，而是在我党的教育、培养下综合了古代英雄的某些品质与新时代要求的革命英雄。

《鸡毛信》《小兵张嘎》是两部儿童题材的电影经典，其所塑造的两个抗日小英雄的形象不仅细致地勾勒了他们从儿童到英雄的轨迹，而且保留了儿童人物的天真有趣。两部电影的意义不仅在于其揭示了在那随时可能被战争夺去生命的年代中国儿童曾经经历了怎样严酷的个人成长，而且在某种程度上宣示了这种改编资源的难得和珍贵。具言之，苏联时期曾经讨论过一个颇有启迪性的话题，即经历过战争的作家与未亲历过战争的作家，其对战争的描写是不同的。经历过战争的作家不仅能还原出战争的真

实性,而且能将战争中各种日常生活中难以想象的惊险、惊奇、偶然、反转表现出来,而未亲历过战争的作家往往只能出于对战争的一般想象构思情节,其优长是往往在作品中渗入更多的反思。所以,在《鸡毛信》中,海娃给八路军送信,将信藏在羊身上,途遇日寇,紧张万分,好不容易摆脱敌人的纠缠,却又发现信已不知何时丢失,不得已又重返找信,可谓一波三折;在《小兵张嘎》中,张嘎目睹奶奶被日寇杀害,为报仇小小少年的他投奔八路军,由于儿童的顽皮和粗心,闹出不少笑话,和平时代的儿童最想得到的是玩具,而他最想得到的则是一把能够杀敌的真枪,等等,所有这些,非亲历过战争的创作主体是很难虚构的,这就提醒后来的改编者,应当十分注意改编资源中那些日常生活中罕见的部分。

《战斗里成长》《战火中的青春》《红日》《柳堡的故事》等军事题材电影。《战斗里成长》中的主人公石头的爷爷在他很小的时候被恶霸地主逼死,父亲赵铁柱奋起反抗,报仇之后离开了家乡,石头也避居他处,几经逃亡,最终加入了一支八路军队伍,巧的是这支队伍中的营长正好是他的父亲,由于二人用的是化名,所以最初并不相识,最后父子相认,并找到了失散多年的母亲,一个在旧社会四分五裂的家庭终于在革命的队伍中团圆了。《战火中的青春》讲述的是一个当代木兰从军的故事,主人公高山女扮男装投身革命,战斗负伤后身份被揭穿,受到战友们的崇敬,也赢得了排长雷振林的爱情。《红日》以解放战争中的涟水、孟良崮战役为主线,完整再现了我军由涟水撤退到孟良崮全歼国民党王牌部队 74 师的过程。《柳堡的故事》中,我军某连副班长李进爱上了驻地农村少女二妹子,在指导员的教育下,李进暂时放下自己的私情,与二妹子相约胜利后重逢,继续南下参加到解放全国的战斗中。秀丽如画的苏北水乡风光,豆蔻年华的男女青年美好的恋情,小我和大我抉择的矛盾,动听抒情的《九九艳阳天》的插曲,都使得这部影片在十七年时期独树一帜。将这批影片摆放到一起考察,原因就在于,这几部影片描写的都是我军革命队伍中发生的故事。新中国的诞生,离不开党所领导的革命军队的浴血奋战,但这支队伍是怎样组成的,这支队伍中发生过怎样的故事,特别是这支队伍中的干部战士是如何从普通人

成长为中华优秀儿女的,他们有怎样的情感和经历,这几部影片都为观众做了形象而生动的描绘。从改编的角度看,这几部影片的改编者都准确地抓住了原作中所凸显的"改编点"。如果说《战斗里成长》《战火中的青春》中的女扮男装、父子相认,反映的是战争年代普通人不同寻常的遭际,属于易于辨识或捕捉、也易于激起观众兴趣的改编点的话,那么,《柳堡的故事》《红日》的改编点就比较隐晦,也更引人深思。具言之,《柳堡的故事》中李进和二妹子的恋情在正常环境中也许并无多少特别之处,但是其发生于战争环境中,个人情感与部队纪律的冲突不仅是影片的看点,也是影片最有价值的改编点。改编者紧扣这个改编点浓墨重彩地加以发挥,不仅牵动着万千观众的心,而且更能够阐释我军干部战士在人性与党性的冲突中如何将人性与党性一致起来并最终以人性服从党性的高贵品质。《红日》的改编中值得称道的地方也较多,比如在刻画国民党 74 师师长张灵甫时并没有将其完全妖魔化,而是也保留了他一点人性的一面;增加了苏北妇女阿菊千里寻夫的情节,形象地阐释了我军干部战士参军杀敌的动机,等等,但电影改编中最为值得称道的是,保留了原作中营长石东根醉马扬鞭的描写。原作中,石东根在一次大战胜利后,喝得酩酊大醉,戴上国民党的钢盔,穿上国民党军官的服装,挎上国民党的军刀,骑着缴获的战马,策马狂奔。改编后的电影将其穿戴国民党服饰的细节回避了,改为石东根醉酒后挑着国民党的钢盔,骑着缴获的战马狂奔。无论原作还是改编中的这一描写,誉之者认为表现了我军战士的粗豪可爱,批评者则认为"歪曲我军官兵形象",而其实这正是这部小说和电影中意味深长的看点和改编点。原作中石东根在胜利后醉马狂奔是可以理解的,但他在策马前穿上国民党军官的服装就十分值得警惕了,因为这里暴露的是我军干部战士中还有部分人羡慕国民党军官的官威,向往国民党部队的等级森严,在脑海中还残存着农民造反坐江山的意识! 十七年时期不少作品如《霓虹灯下的哨兵》都描写到我军进城后少部分干部战士蜕化变质,其原因就在于此。所以,当时对小说以及电影《红日》的批评是对的,只不过没有批评到点子上,而电影对原作的改编显然也察觉到原作中的这种描写有不妥之处,但终因一时难

以说清其中的原委，所以稍加改变后还是保留下来。也正是这个保留，才使得电影保留了原作中最值得改编的改编点。将这里所说的改编点与《鸡毛信》《小兵张嘎》中所论及的"改编资源中那些日常生活中罕见的部分"联系起来看，不难看出，在电影改编中，大部分电影改编都是因为原作中某些特殊的描写激起了改编者兴趣，从而萌发了改编的念头，类似的例子有很多，比如，好莱坞著名电影《肖申克的救赎》，原小说写得非常简陋，情节也支离破碎，吸引导演德拉邦特的就是小说中主人公的逃狱方式，即用一张电影海报遮挡住其逃狱的洞口。正是这个不同寻常的描写，让导演多年来一直心心念念，最终将其改编成被网友誉为"影史第一"的电影。

《智取华山》《铁道游击队》《林海雪原》等革命传奇改编的惊险片。小说《智取华山》是根据真实事件创作的。1949年国民党胡宗南残部溃退华山，企图依据华山的悬崖峭壁负隅顽抗，我人民解放军的一支部队在当地老百姓的帮助下，一路披荆斩棘，最终突破天险消灭了顽敌。改编后的影片扣人心弦之处就在于华山天险的奇观性以及我军征服华山天险过程中的惊险性。《铁道游击队》讲述的是抗日战争期间活跃于山东鲁南枣庄一带的一支游击队如何在铁道和微山湖上与日本鬼子周旋、斗争的故事，他们扒火车，烧洋行，打得鬼子魂飞胆丧。抗日英雄的传奇斗争，战斗过程的惊险曲折，微山湖上嘹亮的歌声，令观众目眩神迷。《林海雪原》原著讲述的解放战争中我军一支小分队深入东北的白山黑水、深山老林之中剿匪的故事。从奇袭奶头山、追踪一撮毛、识破神河庙到智取威虎山、夹皮沟战斗等，充满了传奇与惊险。电影改编时仅截取了其中的一段，这就是我军排长杨子荣化装成土匪打进依仗威虎山天险顽抗的座山雕匪帮，在取得座山雕信任后与小分队里应外合，在大年三十大雪纷飞的夜晚，在座山雕大摆"百鸡宴"时发起突袭，全歼了这股为国民党收编的土匪。不难看出，三部影片的共同特点都是惊险，其中有自然环境的惊险，有我军克敌制胜时所面临的各种惊险，这种惊险基本上都是真实的斗争生活所提供的，是书斋里想象不出来的，吸引改编者对其进行改编的动力，主要就是原著所裸露的这种鲜明的惊险性。值得注意的是，在中华人民共和国成立以来的文学

史中,像《铁道游击队》《林海雪原》以及《烈火金钢》《敌后武工队》等小说并没有引起过多的关注,常常在叙述中一笔带过,究其原因应该是其时的文学史家还没有意识到这类作品的价值,往往将其误以为一般的主题浅显的军事题材小说忽略掉了。而一般的电影史出于对十七年时期电影中常见的"新旧对比""个人成长""阶级对立"等情节模式的关注,也往往忽略了对这类电影的价值分析,为数不多的评价也不太准确,如:

> 与此同时,中国主流的武侠电影在这种叙事背景中重新找到了替换它的另一种空间样式。从昔日的寺庙、客栈、荒野,变成了漫长的铁道线,苍茫的林海,无边的青纱帐,银幕上驰骋纵横的英雄豪杰,也不再是刀客、剑侠、义士,而成为在《红旗谱》中手持大刀站在古树之下,面对恶霸地主的朱老忠,在《林海雪原》中飞山滑雪、深入敌人虎穴的传奇英雄杨子荣,在《平原游击队》中手持双枪、神出鬼没的游击队长李向阳,在《铁道游击队》里飞车搞机枪的刘洪。在这些传奇英雄身上多少都带着中国古代侠士的那种舍生取义的精神品格。只是中国电影关于革命历史的叙事语境,使中国传统文化中以传奇故事为原型的侠义文本,演化成为一种以革命英雄主义为核心的历史本文;在江湖闯荡天下、劫富济贫的古代侠客,也转变为一种具有革命理想的仁人志士;传统武侠电影中的刀光剑影也变成了一种革命战争的烈火硝烟,从而完成了中国电影史上一次从传奇到革命、从豪侠到英雄、从刀剑到战争的历史性的变革。①

很显然,论者所描述的这些转变是存在的,但其没有能看出,这是中国传统的农民文化向无产阶级革命文化的转变,而更为重要的是,其未能见出,在残酷战争环境中由生死对垒所构成的非正常的生活状态,以及普通人由于战争的刺激所迸发的非常的智慧、非凡的经历与非常规情感,与日

---

① 章柏青、贾磊磊主编《中国当代电影发展史》(上册),文化艺术出版社,2006 年,第 10、11 页。

常生活状态下人物遭际的巨大差异，才是这类小说独特的价值，也是改编者其所以改编的动因。将这种庸常人生所不具备的传奇性、惊险性挖掘出来，才是其改编成功的保证。

《红旗谱》《青春之歌》等反映农民阶层、知识分子阶层走上革命道路的改编电影。小说《红旗谱》描绘的是冀中农民朱老忠从一个具有草莽气质的农民转变为共产党员的故事。朱老忠的父亲、姐姐为地主冯老兰迫害致死，不得已闯关东，多年以后带着全家妻儿老小回乡复仇。他让两个儿子一从军，一读书，期待这一文一武能够完成他的心愿，但事与愿违，他的常挂在嘴边的口头禅"出水才看两腿泥"也沦为一句空话。直到接受了共产党人贾湘农的教育，才认识到自身斗争的局限性，最终加入党组织，在党的领导下斗垮冯老兰。当代文学史对小说《红旗谱》的评价很高，主要集中在，其一是形象地揭示了无产阶级革命文化改造农民文化的过程。其二是史诗性。小说以恢宏的视野展示了中国大地上波澜壮阔的阶级斗争，从滹沱河畔的反割头税运动、保定二师学潮到现代历史上大革命时期的土地改革、北伐战争、四一二政变、秋收起义等交相辉映，可以说是一幅完整的、气势恢宏的农民革命的历史画卷。其三是民族性。朱老忠性格中的侠义特点，冀中平原上的秀美风光，乡土气息的叙事语言等，都使得小说处处显示着浓郁的民族风格。小说所取得的这些艺术成就，都是理论界多年以后总结出来的，而电影的改编在当时就准确地把握住原小说的这些特征，并用电影的语言述说出来，不能不说是个奇迹。这也说明，改编者不一定能够准确地说出原作的价值，但一定要能感悟到原作的魅力所在，只要抓住了原作的核心魅力并能够相对忠实地呈现出来，电影的改编也就成功了一半。这或许也就是坚持忠实于原著的拥趸们的论据之一吧。小说《青春之歌》描写的是无产阶级革命文化对知识分子文化的改造。女主人公林道静逃离了腐朽丑恶的封建家庭，在北戴河投水自杀时为"骑士兼诗人风度"的北大学生余永泽所救，二人同居，但林道静很快就厌倦了这种平静而无聊的小家庭生活，在共产党人卢嘉川的引导下，投向了革命的大风雨中。小说发表后发行量近百万册，电影公映后，谢芳所饰演的林道静的穿着打扮

风靡全国，成为青年女性效仿的样板。作品之所以有这么大的影响，主要是投合了当时的三种社会心理，一种是官方心理，强调知识分子的改造，即知识分子要工农化大众化，要向工农大众学习，拥抱工农大众；一种是知识分子心理，中华人民共和国成立初由于片面地强调无产阶级革命的大众性，知识分子形象一度从十七年的文学和电影中消失了，林道静的出现，不仅勾起了从那个年代走过来的知识分子的回忆，而且也间接地肯定了知识分子在现代历史上的作用；还有一种是大众心理，由于长期的物质贫困所导致的文化贫困，大众阶层对知识分子的生活充满了好奇，林道静的人生与情感经历一定程度上满足了大众阶层对知识阶层的窥探心理。从改编的角度说，电影所瞄准的也是这三种社会心理，电影的成功，有原小说成功的基础，也有改编者对原著改编点的强化和放大，如林道静的知识分子身份，女性身份，她的情感经历、穿着打扮等。这也提醒我们，改编中在揣摩观众心理时要做到雅俗共赏。

《野火春风斗古城》《烈火中永生》等反映地下斗争、狱中斗争的改编电影。《野火春风斗古城》描写的抗日战争时期我八路军政委杨晓冬潜入华北某古城，在地下党人金环、银环一家的帮助下，策反伪军团长关敬陶起义上山的故事。地下斗争的惊险曲折，地下党人的情感纠葛，无不紧扣观众的心弦。《烈火中永生》改编自小说《红岩》，国民党监狱渣滓洞白公馆的残酷黑暗，江姐、许云峰的坚贞，华子良的隐忍，双枪老太婆的神勇，不仅昭示着共产党人为了中华人民共和国的诞生宁可抛头颅洒热血、惊天地泣鬼神的英雄品格，而且与《野火春风斗古城》一样，显示了在民族解放战争中那些看不见战线上的革命斗争的艰苦卓绝。这类题材的文本之所以引起改编者的兴趣，并在 21 世纪的红色经典改编潮中一再被关注，究其原因就在于，其所讴歌的人物都是在异常特殊也异常危险的环境中从事着常人无法想象的斗争的，无论是身份的伪装，在这种伪装中心理的折磨，还是面临生死抉择时的舍生取义，无不显示着人物意志的强大、立场的坚定以及置身于各种险境的机智与勇敢。作为现代史上曾经发生过的真实而非凡的经历，对这类文本的改编不仅有特殊的认识价值，而且有无限的改编空间。

　　回溯传统是为了矫正现实的道路,理清现实下一步发展的脉络。对现代进步文化、革命文化的展现,说到底是为当下的现实提供理论的基础、价值的依托或观念的参照。新中国的诞生,是无产阶级革命文化的胜利,而中华人民共和国成立初期的中国现实形态和流程,理所当然也是无产阶级革命文化预想和期待的,这就是,劳动人民翻身做主,共同过上美好幸福的生活。为了这个目标,中华人民共和国成立初期中国人民在中国共产党的领导之下,一方面投入伟大的抗美援朝、保家卫国战争,另一方面则开启了史无前例的社会主义社会的建设进程。文艺尤其是电影,作为时代的一面镜子或忠实秘书,也就必然要承担起记录时代的使命。所以,在电影领域,反映这一时期现实风貌的原创类电影就有,礼赞中国人民志愿军抗击美帝国主义侵略的《上甘岭》《铁道卫士》等,讴歌老一辈共产党员进入新中国之后带领人民群众投身社会主义建设的《老兵新传》,反映社会主义新人新事新风貌的《今天我休息》《大李小李和老李》等,展现社会主义新农村生机勃勃的精神风貌的《我们村里的年轻人》,再现地下党人革命斗争的《永不消失的电波》,重申新旧社会两重天的《舞台姐妹》,追踪新生的人民共和国与暗藏的美蒋特务斗争的"反特片"《羊城暗哨》《冰山上的来客》《跟踪追击》《秘密图纸》等,描写少数民族边疆风情的《五朵金花》,等等。

　　不难看出,中华人民共和国成立初期最为重要也最为丰富的现实图景在原创类电影中并没有得到充分的展示,这就是,在新民主主义向社会主义过渡、转型的探索中,中国共产党首先提出了过渡时期总路线,开启了大规模的对生产资料私有制的社会主义改造;1953年开始实施了发展国民经济的第一个五年计划。至1957年,"一五"计划完成,中国的工业化已经初具基础。从1951年开始的农业合作化运动,以及从1953年开始的对手工业生产与资本主义工商业的社会主义改造,至此也取得了丰硕的成果。总体上看,社会主义建设已初见规模。1957年至1966年,党对中国社会主义建设道路的探索虽然经历了一些曲折,但仍然在工业建设、科学研究、国防尖端技术的发展、教育卫生事业以及农田水利建设和农业机械化等诸多方面取得了巨大的成就。所有这些都极大地改变了旧中国积贫积弱的

面貌，展现了全新的国家形象。尤须指出的是，"党领导人民艰辛探索，在社会主义建设上取得巨大成就的同时，在精神力量上也获得了巨大丰收"①。铁人王进喜精神、焦裕禄精神、雷锋精神、红旗渠精神、"两弹一星"精神等都诞生于这一时期，其不仅反映了中华人民共和国成立初期中国人民的精神风貌，而且也为文艺创作提供了丰富的精神资源。而上述种种，本时期电影的呈现大多付诸阙如。有人认为这是由于"现实题材的作品本身难写，在严格的政治意识形态管控下，很多作家也不敢去碰政治的'雷区'"②，其实不然，因为同时期的文学就及时地记录下这一过程，诸如，反映社会主义农村建设的代表作就有柳青的《创业史》、孙犁的《铁木前传》、周立波的《山乡巨变》、赵树理的《三里湾》、山药蛋派作家的创作等，而反映工业建设的小说则有艾芜的《百炼成钢》、萧军的《五月的矿山》、周立波的《铁水奔流》等。严格地说，本时期原创甚至改编电影在表现上的这种欠缺，原因有二，一是本时期的编剧绝大多数还没有能像作家那样深入生活，并以作家的水准及时地反映现实生活；二是《创业史》等小说中所呈现的恢宏宽广的现实画卷包含着丰富复杂的主旨，改编者如果在世界观方面没有达到同等的高度，一时是难以领悟和把握的，或一时还未能看出或找到合适的改编点。这也就导致本时期的电影改编主要就聚焦于其时社会心理中密切关注的具体现实问题，代表作主要有：

根据老舍同名话剧改编的《方珍珠》（1952年）、《龙须沟》（1952年）。老舍生长于北京，一生热爱北京，他的《方珍珠》《龙须沟》的故事背景都是北京。《方珍珠》讲述的是北京民间艺人方老板一家在抗战时期颠沛流离，到处流浪卖唱，抗战胜利后又受到国民党官僚的盘剥、压榨和欺侮，直到新中国诞生，他们才获得了解放，思想觉悟也有了很大的提高。《龙须沟》中的"龙须沟"是北京的一条著名的臭水沟，也是旧中国的隐喻，生活在这里的老百姓不仅遭受着种种黑暗势力的摧残，而且要忍受这条臭水沟的折磨。中华人民共和国成立后人民政府及时改造了龙须沟，不仅还老百姓一

---

① 本书编写组《中国共产党简史》，人民出版社、中共党史出版社，2021年，第202页。
② 李清《中国电影文学改编史》，中国电影出版社，2014年，第206页。

中国电影改编研究

个健康、清洁、卫生的环境，而且让老百姓真正体会到人民政府为人民的伟大。显然，两部电影的改编都及时抓住了中华人民共和国成立初期老百姓在新旧对比中最切实、最强烈的感受，也与其时主流意识形态的要求相吻合。

根据何求同名话剧改编的《新局长到来之前》(1956 年)。电影中的总务科牛科长在老局长退休后为迎接新局长，忙上忙下，事必躬亲，为新局长布置办公室，而对群众宿舍的老旧、漏雨等问题则视而不见。电影对这种新的"官场现形记"的批判，无疑与文学领域的"干预生活"思潮有关。1956年5月，毛泽东在最高国务会上首提"双百"方针，时任中宣部部长陆定一也向科学界、文艺界作《百花齐放，百家争鸣》的报告，正是在这一背景下，50 年代中期，一批反映现实生活中出现的种种新问题的"干预生活"的作品问世。毋庸置疑，新中国带来的新气象为自古以来所罕见，但任何社会都是一个发展的过程，在这个过程中出现种种新矛盾新问题也是正常的，十七年时期浓墨重彩地讴歌新时代无可厚非，但是在这种讴歌中回避、遮蔽现实进程中的矛盾与问题，无疑是对现实生活的一种片面理解。所以，《新局长到来之前》的改编，不仅是提请观众正视现实中那些不良现象，而且也是对现实中老百姓所关心的现实问题的一种回应。

根据海默同名话剧改编的《洞箫横吹》(1957 年)与根据杨履方同名话剧改编的《布谷鸟又叫了》(1959 年)。《洞箫横吹》讲述的是复员军人刘杰回乡务农，与贫雇农一起创办合作社，遭到了保守自私的村长王金魁与官僚主义的县委书记安振邦的阻挠，最终在副省长的干预下才将合作社办成，得以大力发展农业生产。原话剧与电影问世后都遭到了极左批评家的严厉指责，认为其抽掉了"社会主义革命阶段的主要矛盾这条大梁"①，丑化了革命干部。而其实，这正是作品的价值所在，即其侧重客观还原了农业合作化过程中方方面面的矛盾，特别是较早地揭示了新社会滋生的官僚主义。围绕着《洞箫横吹》所出现的这种批评，在中国电影改编史上是值得

---

① 王紫非《抽梁换柱——批判海默的〈洞箫横吹〉》，《电影艺术》1960 年第 12 期。

注意的，因为，农业合作化是中华人民共和国成立初期针对农村社会主义改造所提出的一项经济政策，但在其时的语境中由于片面强调阶级斗争，很多作品把原本属于经济层面的矛盾冲突处理成了阶级冲突，最为典型的代表当数 70 年代初期根据浩然长篇小说《艳阳天》《金光大道》改编的两部同名电影。这种改编过程中的置换，改变的不仅是作品呈现的外在样貌，而且是作家对现实生活矛盾的认识，以及把握、评价现实生活的态度。同样，在《布谷鸟又叫了》中，作品原本是以农业合作化为背景，讲述的是农村姑娘童亚南在两个男青年王必好、申小甲之间的爱情抉择故事，王必好狭隘、封建，申小甲内向、无私，童亚男最终在共产党员、复员军人郭家林的支持下选择了申小甲。《布谷鸟又叫了》公映后遭到了与《洞箫横吹》同样的批评，均被视为淡化阶级斗争的"第四种剧本"，即不属于当时所提倡的反映先进思想与保守思想斗争的工人剧本，反映农民入社与不入社斗争的农民剧本，反映我军和敌人斗争的部队剧本，是三种剧本之外的第四种剧本[①]。而其时所有的批评都没有看出，作品所表现的中华人民共和国成立初期新旧婚恋观念的冲突，远比阶级冲突更隐蔽、更复杂、更能够洞察人性的弱点。

根据艾明之小说《浮沉》改编的《护士日记》（1957 年）。电影描述的是一个卫校毕业的女护士志愿援疆的故事。这部电影在当时影响不大，但从改编的角度看，有这样几个方面值得肯定，一是从十七年比较集中的工农兵形象中跳脱出来，选取了女知识青年作为表现对象，丰富了十七年电影的形象体系；二是通过女青年的三角恋爱，大胆触及了当时在爱情描写上的禁区；三是较早反映了中华人民共和国成立初期大批内地各行各业的人物支援边疆建设的史实。电影的这种描写，不仅是对当时中共八大所提出的聚焦经济建设、"集中力量发展生产力"的回应，而且也是改编者对改编对象、改编范围的有意拓展。

根据王炼同名话剧改编的《枯木逢春》（1961 年）。剧情横跨新旧两个

①　黎弘《第四种剧本》，《南京日报》1957 年 6 月 11 日。

中国电影改编研究

时代。旧社会苦妹子为逃避江西血吸虫灾害,举家搬迁浙江江南水乡,谁知这里也是血吸虫区,苦妹子虽然以满腔热情投身到合作化运动之中,但无奈罹患血吸虫病。在她痛苦不堪之际,传来了振奋人心的好消息,毛泽东主席亲自视察血吸虫灾区,并组织全国力量消灭血吸虫病患。通过中西医结合的标本兼治,苦妹子不仅痊愈了,而且与心上人过上了幸福生活。电影所表达的新旧对比主题在十七年中是常见的,但电影所选取的根治血吸虫的角度,则从一个较为宽广的视野展示了党对农村、农民的关心,这就与其时一般的仅仅局限于农业合作化题材的电影区别开来。

根据李准同名小说改编的《李双双》(1962 年)。这是本时期电影领域较少的正面描写农业合作化的杰作。在《中国当代散文艺术演变史》中,我们曾经这样评价农业合作化:

> 从本质上说,中国作为一个有着两千多年封建历史的农业大国,全部漫长的封建社会的政体形式无非是"家天下",所谓"家"即小"国","国"即大"家",在这种社会里不仅不能孕育出富有现代意味的"天下为公"思想与普泛的公民意识,而且由于长期躺在小农经济的温床之上,反而培养了一种根深蒂固的私有观念。正是这种观念一方面阻止着中国迈向现代化社会的步伐,另一方面则使整个国人的素质水准始终处于低劣的层次,老也得不到提高。但是,在 1949 年,随着新中国的炮火对一切反动政体形式的摧毁,以及随着建国初期波澜壮阔的"农业合作化"大潮对中华大地的全面席卷,这种千年未变的、顽固而狭隘的私有观念却受到了根本的冲击。①

亦即,农业合作化作为一种经济政策,其实验结果可能有待商榷,但是,其将千百万工农大众组织起来,共同参与到整个中华民族的伟大实践之中,其文化意义早已超越了经济意义。从漫长的中国封建社会,再到以

---

① 沈义贞《中国当代散文艺术演变史》,浙江大学出版社,2000 年,第 44 页。

"救亡"和"启蒙"为主旋律的现代社会,中国的底层百姓一直处于历史的阴影之中,游离于文学与艺术的视野之外。中华人民共和国开展的农业合作化,不仅使广大农民由自然人转向社会人,而且使历史舞台的主角由"帝王将相、才子佳人"等所谓上层人物转换成广大的平民群体。也正是在这里,我们对电影的改编是高度肯定的,譬如,原小说中的主要事件是合作化过程中农村妇女办集体食堂,电影改编时,农村办食堂的政策已经破产,改编者及时将这一事件置换成农村集体劳动中如何公正地评工记分时所发生的人物冲突,着重展示的是广大农民在社会主义农村建设中所焕发的巨大热情与崭新的精神风貌。唯其如此,观众在观看这部电影时,大多已不再关心其中的农业政策如何如何,吸引观众的无疑是电影所传达的一种欢快的气氛与喜剧化叙事。从这个意义上说,电影的改编是高于原小说的表现的。

根据巴金小说《团圆》改编的《英雄儿女》(1964 年)。原小说讲述的是抗美援朝战争中志愿军某部政治部主任王文清在朝鲜战场上与失散多年的女儿重逢团圆的故事。改编者在保留这个情节主干的同时,增加了哥哥王成的叙事篇幅,突出塑造了王成这一英雄形象。王成在战至一人时仍坚守阵地,在大批敌人涌上来时高呼"向我开炮",王成牺牲时《英雄赞歌》主题曲的响起,都已经成为中华民族经典的红色记忆。电影改编的巧妙之处不仅在于通过王成这一形象集中概括了中华儿女在那场战争中所涌现的许多可歌可泣的英雄事迹,以及所迸发的全部英雄气概,而且通过王文清的父女相认,揭示出这场战争的伟大意义,即保家卫国是为了民族安宁、家庭团圆。

根据沈西蒙同名话剧改编的《霓虹灯下的哨兵》(1964 年)。原作讲述的是解放初期的上海,人民解放军某连连长陈喜等干部战士进驻上海后,不仅受到暗藏特务的拉拢腐蚀,而且在大城市的灯红酒绿中消退了革命意志,逐渐向资产阶级生活方式靠拢。原作主题所表达的,无疑是我军在取得革命胜利后如何保持我军的光荣传统,而这也是新生的人民共和国所面临的一个十分紧迫而重大的问题。也正因此,话剧演出后特别受到了周恩

来总理的关心,不仅亲自过问话剧的电影改编,点名要熟悉部队生活的王苹执导,而且特别关照,电影要用前线话剧团的原班人马,一句台词不能改,一个演员不能换①,并为剧组提供了当时非常珍贵的、用一艘远洋货轮的农产品才能换回一小舱的伊斯曼胶片。《霓虹灯下的哨兵》的电影改编,有许多可圈可点之处,但最值得重视的,则是周总理对话剧改编为电影的重视。因为,这不仅显示了我党对电影宣传教育功能的重视,而且也显现了新中国对各种艺术形式宣传教育功能的大小、主次的认识。在既往的研究中,我们就曾发现一个现象,在漫长的封建社会,广大老百姓并无受教育的机会,但是他们对儒家观念的理解与守护,丝毫不逊色于传统的士大夫阶层,究其原因就在于,活跃在中华大地上各种乡村戏台上的古典戏曲在愉悦观众的同时,也承担着传播儒家文化的重要功能,这才使许多目不识丁的农民也能对儒家的忠孝节义娓娓道来。中华人民共和国成立初期,我国的农村教育尚未普及,在教育观众特别是农村观众方面,小说、戏剧等诸多艺术形式无疑都不及电影,这也是周总理特别注重《霓虹灯下的哨兵》的改编的原因。从艺术形式的演变史看,一代有一代之文学,或一代有一代之最为大众接受的艺术形式。从这个意义上说,电影改编不仅是将大众难得接受的文学作品转述给观众,而且是艺术形式演变的必然趋势,20 世纪90 年代之后读图时代来临,电影、电视剧取代小说成为主导的艺术形式,亦是明证。

将十七年时期的电影改编综合起来考察,可以肯定,这一时期的改编电影不管是歌颂还是批判,都是在无产阶级意识形态的统照下创作的,其与原创电影一起作为上层建筑的组成部分,共同承担着传播主流话语的使命。最为重要的是,每一部改编电影的思想艺术,不仅各有其成就,极大地丰富了中国电影史的内容,而且每部电影的改编都各有特色,为中国电影的改编提供了方方面面的经验。而从总的方面来看,这一时期的电影改编还呈现出诸多共同特色,主要体现在:

① 宋昭《妈妈的一生——王苹传》,中国电影出版社,2006 年,第 160 页。

（一）十七年时期绝大部分文学原作都是在一种生命冲动下创作的，改编者或者与原作者有过同样的体验，或者能够感受并由衷地呼应原作的生命冲动，所以，绝大部分的改编电影都能传达出原作所具有的生命冲动，从而使本时期的改编电影具有了一种特殊的气质。

具言之，由于技术条件的限制，十七年时期电影的影像大多比较简陋，大半还是黑白电影，有的电影的叙事艺术还不太成熟，但是今天的观众只要认真地观看，无不被其深深地感染、感动、感佩，究其原因就在于其具有由内在的红色文化叠加创作主体的生命冲动所形成的独有的美学魅力。所谓生命冲动，我们曾经指出：

> 在探索人类历史发展的动力与个人行为的动机时，西方哲学史上存在着三种影响较大的学说，这就是黑格尔的"恶是历史的杠杆说"、弗洛伊德的"性冲动说"以及马克思的"资本论"即"经济说"。然而，无论黑格尔、弗洛伊德还是马克思抓住的还都只是主体动因的某一侧面，真正驱使人类历史发展与个人行为的原初动力，还在于"失乐园"之后的人类在"生命何为""乡关何处"的永恒追问下，始终难以排遣的确证生命存在的意义与价值、寻找精神家园的冲动，即所谓生命的冲动。这是一种远比恶冲动、性冲动、经济冲动更能全面、整体地反映主体动因的冲动，正是出于这种冲动，人类才开始了多姿多彩的社会实践，或从政，或经商，或献身于科学，或致力于教育，而中外古今一切的文学、艺术创作的原初动力则更无不出于此。[①]

进一步概括来说，所谓生命冲动"指的是创作主体面对国家的遭际、民族的命运、人类的走向、时代的呼唤、现实的发展、历史的得失以及个人的悲欢等所萌发的一种颇具人文关怀的、强烈的审美感受与倾诉欲望"[②]。看一看十七年时期作家们题记、后记、访谈、创作谈我们就知道，他们有的

---

① 沈义贞《影视批评学导论》，中国电影出版社，2004年，第256页。
② 沈义贞《电影八讲》，江苏凤凰美术出版社，2020年，第10页。

原本并不懂创作,他们的创作,完全是一种激情燃烧的驱动,他们常常被人称为写完一本书后再无其他作品的"一本书作家",就是因为他们从事写作,并不是要当作家,而是要把他们的生命冲动倾泻出来。诸如,曲波在《林海雪原》的后记中写道:

> "以最深的敬意,献给我英雄的战友杨子荣、高波等同志!"这是《林海雪原》全书的第一句,也是我怀念战友赤诚的一颗心。
>
> 这几年来,每到冬天,风刮雪落的季节,我便本能地记起当年战斗的艰苦岁月,想起一九四六年的冬天。······
>
> 战友们的事迹永远活在我的心里。当我在医院养伤的时候,当我和同志们谈话的时候,我曾经无数遍地讲过他们的故事,也曾经无数遍地讲战斗故事,尤其是杨子荣同志的英雄事迹,使听的同志无不感动惊叹,而且好像从中获得了力量。讲来讲去,使我有了这样一个想法:"用口讲只有我一张口,顶多再加上还活着的战友二十几张口。可是党所领导的伟大的革命斗争,把压在中国人民头上的三座大山——帝国主义、封建主义、官僚资本主义连根拔掉了,这是多么伟大的斗争······在这场斗争中,有不少党和祖国的好儿女献出了自己的生命,创造了光辉的业绩,我有什么理由不把他们更广泛地公诸于世呢?是的!应当让杨子荣等同志的事迹永垂不朽,传给劳动人民,传给子孙万代。"于是我便产生了把他们的斗争写成一本书,以敬献给所有参加斗争的英雄部队的想法。······
>
> 一九五五年二月的春节前某天半夜,我冒着大雪回家,一路还在苦思着怎样才能写好这部小说,如何突破文字关等等;及抵家,一眼望见那样幸福地甜睡着的爱人和小晶晶,一阵深切的感触涌上我的心头。我想起八年前的今天,在北满也正是刮着狂风暴雪,那也正是飞袭威虎山的前夜;而今天,祖国已空前强大,在各个建设战线上都获得了辉煌的成就,人民生活也正在迅速提高。我的宿舍是这样的温暖舒适,家庭生活又是如此的美满,这一切,杨子荣、高波等同志没有看到,

也没有享受到。但正是为了美好的今天和更美好的将来,在最艰苦的年月里,他们献出了自己最宝贵的生命。夜,是如此的宁静,我望着窗外飞舞的雪花、茫茫的林海、皑皑的雪原,杨子荣、高波、陈振仪、栾超家、孙大德、刘蕴仓、刘清泉、李恒玉等同志的英雄形象与事迹,又一一在我脑海浮现。写!突破一切困难!"为人民事业生死不怕,对付敌人一定神通广大。"战友不怕流血,歼灭敌人,我岂能怕流汗!突破文字关,这是我应有的责任,这是我对党的文学战线应尽的义务。

知侠在《铁道游击队》的后记中谈他的创作初衷:

一九四五年日本鬼子投降前后,为了写《铁道游击队》,我曾两度到过他们那里,和他们一起生活了较长时间。很早以前,我就听到他们在铁道线上的战斗故事。……我就是被他们英勇的斗争故事所鼓舞、感动的一个。……以后,我就产生了写他们的愿望。……最使我难忘的一件事,是日寇投降后,他们第一次的新年会餐。在庆祝胜利的丰盛的酒席上……他们隔着酒桌,望着牺牲了的战友的牌位,眼里就注满了泪水。……当时的情景,深深地感动了我。也就在这次会餐的筵席上,为了悼念死者,他们有两个提议:一个是将来革命胜利后,建议领导在微山湖立个纪念碑,再一个就是希望我把他们的斗争事迹写成一本书。这后一个提议,也是他们给予我的光荣的委托,我当时就答应下来了。因此,我写这本书,一方面是出自我个人对他们的敬爱,同时,由于他们的委托,也成为我义不容辞的责任和义务了。

《红岩》的作者则说:

一次次战友的牺牲,一次次加强着我的怒火,没有眼泪,唯有仇恨,只要活着,一定战斗。我决心用我的笔,把我亲眼看见的,美蒋特务的无数血腥罪行告诉人民,我愿做这黑暗时代的历史见证人,向全

中国电影改编研究

人类控诉！我要用我的笔，忠实地记述我亲眼看见的，无数共产党人，为革命，为人类的理想，贡献了多么高贵的生命！

烽火硝烟的岁月赋予了作家强烈的生命冲动，如火如荼的现实生活同样也激励着作家强烈的创作欲望，譬如，刘绍棠就曾这样描写过当时作家们的创作状态：

> 开国之初，中国人民从三座大山的压迫下解放出来，社会生产力从半封建半殖民地的桎梏下解放出来，举国上下，各个方面，都呈现出一片朝气蓬勃，蒸蒸日上，光明美好，前途似锦的兴旺景象。
>
> 人民不但在政治上和经济上得到了解放，而且思想上和精神上也得到了解放；社会生产力的解放和发展，也带来了文学艺术的解放和发展。于是，一大批青年作家应运而生；四九年到五六年的七年间，青年作家像雨后春笋一般，茁壮地出现和成长在解放了的新中国文苑上。①

十七年时期曾经被改编为同名电影的《艳阳天》《金光大道》的作者浩然也坦言：

> 新生活鼓舞我，刚刚从半封建、半殖民地牢笼里被解放出来的农民，是多么的兴高采烈、意气风发！对共产党是多么的感恩戴德！对革命运动是多么的虔诚拥护！对未来的日子是多么的充满信心！……为此，我有一股子强烈的自豪感，忍不住想用艺术手法表达出来，向别人炫耀，留念给后人。

我们这里如此大段地引述这些作家的创作自述，一方面是说明十七年

---

① 刘绍棠《乡土与创作》，吉林人民出版社，1982年，第45页。

时期绝大部分作家和编导们都是在这样一种生命冲动之下创作的，另一方面则是给当今的改编者重温一下这种创作冲动。没有这种生命冲动，是无法改编好红色经典电影的。许多港台导演所改编的红色经典电影，如徐克改编的《智取威虎山》，由于编导缺乏这种生命冲动，或由于编导缺乏对近现代至今中国历史进程的真切感受，其所原创或改编的红色题材电影，商业化、类型化有之，娱乐化、奇观化有之，但就是不能真正感染观众，同样也就不能传达出原作真正感人的力量，其过度娱乐化的叙事策略很大程度上还解构了原作中的崇高。如果说徐克等港台导演虽然缺乏生命冲动，但由于其成熟的类型化叙事还是能支撑起作品的可看性的话，一般的思想艺术平庸的编导，就等而下之了，他们对红色经典题材的表现，所呈现的艺术世界常常如塑料纸花一样缺乏生命的生气，原因当然很多，但最根本的一个原因就是缺乏生命的冲动。所以，有论者认为，"不是所有的'十七年小说'都适合于改编，只有具备了大众娱乐基本元素的作品才有改编的可能"①，从电影产业对改编的多元化期待的角度是可以这样说的，而从传播红色经典的思想价值的角度看，显然是一种误解。也正是在这个意义上，我们说，对电影的改编而言，改编者除了要能在世界观层面上与原作者对话，很大程度上还要能感受到原作者的创作冲动、生命冲动。

（二）十七年时期的改编电影，基本上是在现实主义美学范畴下的一种改编。

虽然我们一再指出，现实主义电影美学体系与类型电影美学体系是相通的，近年来更呈现出相互转化、互渗、合流的趋势②，但在很长一段时期内，现实主义电影与类型电影的确一直是并行不悖的，分别代表着电影实践中的两种道路，并形成了两大创作体系，即现实主义电影与类型电影在创作中所运用的叙事手法、最终呈现的美学风貌是有区别的。类型电影的创作更多侧重于类型化的叙事，不同类型的电影有不同的情节模式、典型元素和叙事技巧等，在类型叙事中，主题往往是明晰而单一的，人物是类型

① 张贺《"红色经典"改编为何难如人意》，《人民日报》2004年12月24日。
② 沈义贞《现实主义电影美学研究》，南京师范大学出版社，2012年，第12页。

化、符号化的，情节是假定性的，并由于偏重商业考量，其叙事的目的往往指向娱乐化的效果。而现实主义电影则更多侧重于艺术化的叙事，很多情况下往往被视为艺术片。其往往有一个现实性的主题，注重塑造人物性格或推导出典型化的人物形象，其情节逻辑要服从于生活逻辑，其叙事的目的无一例外必须寓教于乐等。

现实主义电影与类型电影在美学诉求上的不同，不仅决定了两种类型的原创电影在叙事策略上的不同，而且也相应地决定了其在改编过程中所采取的改编策略的不同。十七年时期由于与西方电影的隔绝，以及对苏联社会主义现实主义电影的模仿，电影实践中的类型化叙事基本绝迹，取而代之的是清一色的现实主义叙事，由此也就决定了十七年时期电影改编的一些鲜明特征，主要体现在两个方面，其一是文学性。即十七年时期电影的美学风貌与传统叙事文学是一致的，观看十七年电影与阅读传统小说的美学感受大致相同。某种程度上可以说，十七年电影就是影像化的文学，电影就是文学的图解。与文学的美学追求相似，十七年电影中特别重视人物形象的塑造，在中国电影的人物形象谱系里，有一大批耳熟能详的人物都出自十七年电影，如杨子荣、朱老忠、江姐、许云峰、双枪老太婆、小兵张嘎、王成、李双双等。或许由于电影篇幅的限制，十七年电影有的并不能将原作的全貌反映出来，只能截取其中的一部分加以呈现，如《智取威虎山》之于《林海雪原》、《烈火中永生》之于《红岩》，但由于改编者对原作总的主题的深刻理解和全方位把握，大多都能由小见大、由部分而全体、原汁原味地展现原作主题。在具体的情节安排上可能略有增删，但大多是为了强化原作的主题，并且不仅遵循原作的情节逻辑，而且基本遵循生活的逻辑。其二是观赏性。与类型电影注重娱乐性不同，现实主义电影或艺术片尤为注重观赏性，并在改编实践中作出了一系列有益的探索，比如，注重环境、风景的呈现。在类型电影中出现的环境、风景大多是奇观化的，是影片的一种娱乐化元素，而在现实主义电影中的风景，如《早春二月》中美丽沉静的江南景色，《林家铺子》的开头在宜人的画面中突然被泼上一盆污水，《林海雪原》中的白山黑水，《野火春风斗古城》中的北方小城，《霓虹灯下的哨

兵》中都市的灯红酒绿,《红旗谱》《枯木逢春》中的滹沱河风光、水乡风光等,其在作品中的出现,要么揭示的是时代社会的特征,要么是为了衬托作品的主题,要么反映的是人与环境的冲突,总之,在电影中均承担着一定的意识形态功能。再如,注重情节的传奇性。曲折离奇的智取华山、威虎山,惊险跌宕的地下斗争、狱中斗争等,都是创作主体坐在书斋里凭空想象不出来的,改编者抓住这一点,浓墨重彩地加以发挥,无不令观众目眩神迷。又比如,注重喜剧性。喜剧性是艺术片抗衡类型片娱乐性的重要策略。十七年中涌现了一批喜剧电影,原创类有《大李小李和老李》《满意不满意》《我们村里的年轻人》等,改编类有《龙须沟》《李双双》等。过去,由于喜剧的否定性,很多论者在考察这批喜剧影片时陷入了理论上的困境,最后找到的理论阐释是,这类作品反映的是人民内部矛盾,不是敌我矛盾,所以是一种轻喜剧。而实际上,喜剧是一个总的美学范畴,在此范畴下还有讽刺、幽默、滑稽、闹剧、黑色幽默、荒诞、解构、戏仿等二级范畴,其共同的美学效果是"笑"。"讽刺和幽默都是主体站在一种更高的历史或理性层次对处于较低层次的客体的否定,但讽刺中主体与客体的关系是紧张的、对立的、你死我活的,所以讽刺总是一针见血、不留情面,而幽默中的主体虽然也否定客体,但两者之间的关系是松弛的、宽容的、善意的,主体在否定客体时常常也连带着否定主体自身,即在幽别人一默的同时也幽自己一默。"[1]明乎此,我们也就明白了,十七年时期的喜剧电影其实都是在幽默层面上的创作,这既是为其所反映的人民内部矛盾决定的,也是创作主体在特定的语境中对喜剧所包含的幽默这一二级美学范畴的选择,因而无论在创作上还是理论上都是可行的。仅仅用轻喜剧来解释十七年的喜剧叙事,显然不能够说清楚其中的美学原理。

(三)忠实于原著的改编观念,肇始于现代,奠定于十七年。其中有十七年电影改编中的必要性,亦潜伏着局限性,弄清了这一点,其于后来的解体也就可以理解了。

---

① 沈义贞《现实主义电影美学研究》,南京师范大学出版社,2012年,第293页。

中
国
电
影
改
编
研
究

　　在此前的讨论中我们已多次讨论到有关电影改编中忠实于原著的问题,诸如,在1905—1949年间的电影改编有忠实于原著的,也有从原著中选取某一或某几个改编点加以发挥的,当时的改编者对原著的忠实,是出于对原著巨大影响力的一种追崇、跟进,其对原著的增删或改写或是为了强化原著某一方面的表述,或出于电影化的要求,总之改编一定要忠实于原著的观念在这一时期并没有形成;十七年时期,由于价值观念的单一性与强制性,特别是由于古典与现代名著原有的经典性,其在意识形态上与主流话语的一致性等,都使得古典或现代名著获得了前所未有的权威性甚至神圣性,对其的改编必须忠实也就毋庸置疑。也正因此,可以说改编必须忠实于原著的观念是十七年时期奠定的,是当时主流话语的推波助澜,也是当时语境的需要,而其局限性由此也可见一斑,比如,古典或现代名著的主题往往是庞大而复杂的,其可能包含与十七年主流话语相一致的部分,也可能还包含着其他许多方面,以《红楼梦》为例,鲁迅在分析其主题时就说,"经学家看见《易》,道学家看见淫,才子看见缠绵,革命家看见排满,流言家看见宫闱秘事"①,十七年语境对其的截取肯定是其中"革命"的部分,其余就视而不见了,但这种截取是否忠实于原著呢? 再如,忠实于原著很大程度上忠实的是名著,对于一般的有某种改编点但非名著的作品是否也有必要忠实呢? 所以,忠实于原著应该仅仅是改编者在改编中的一种选择,不应将其视为改编的最高或唯一的金科玉律。值得注意的是,这种观念影响深远,已经成为中国电影改编实践之中的某种惯性,1976年之后的新时期十年,大多数电影改编沿袭的仍然就是这一观念,迄今为止理论界的许多言说也仍然囿于这种观念,其或基于这种观念开展各种电影文本与文学文本的比较,而比较的重心就是考察电影与原作的异同,以及由这种异同所带来的得失;或仍然把忠实于原著当作改编的美学目标,如有论者就坚持,"对待名著,还应在忠实原作精神的基础上,以电影的方式进行创造……其理由是:一、原作已经具有了反映生活的深刻程度和思想高度,

---

　　① 　鲁迅《〈绛洞花主〉小引》,《鲁迅全集》(第8卷),人民文学出版社,1981年。

有的已经达到当时历史条件下的顶点,如果改编者违背历史真实,任意篡改或拔高原作,其结果必然会损坏原作真实完美的艺术形象。……二、原作中的人物形象已经活跃在读者心中,形成较固定的印象。……三、原作中的风格、情调和意境,是唯成功之作所独具的重要方面,它为读者所欣赏和熟悉,若加破坏,更会使观众感到不可容忍"①。这就不仅不清楚"改编忠实于原著"观念的历史流变,而且也不了解电影改编的艺术原理,以及电影改编其实是改编者的一种"二度创作"的真谛。

（四）有必要指出,十七年时期改编电影的"作者"不是导演,不是编剧或改编者,而是原作的作家。十七年改编电影的导演有石挥、黄佐临、郑君里、水华、桑弧、谢铁骊、崔嵬、严寄洲、吕班、凌子风、干学伟、郭维、赵明、刘沛然、王苹、陈怀皑、李昂、武兆堤等,不难看出,这些导演有的知名,有的无名,也各有其导演艺术,但无论有名或无名在观众那里都不重要,因为观众在指认十七年改编电影的作者时,一般不会首选他们,而是仍然习惯性地选择原作的作者。究其原因就在于,一方面,受改编必须忠实于原作的观念的影响,这一时期的电影改编实质是一种美学转译,即将文学文本转译成电影文本,其主要的作用就是如何将文学性处理成电影性,而这种处理一般观众又不易察觉,所以改编成功了人们往往把功劳归于原作家,而改编失败了无疑是改编者水平不够。另一方面,这一时期成熟的编剧队伍还是未能形成,完全作为职业或电影厂分工性质的编剧,无论是创作水准或社会地位、深入生活的积极性和创作的主动性都远逊于作家,所以也才出现了这一时期改编电影的编剧常常由原作者与导演或某一编剧合作、或直接由原作者担任的情况。

最后,还须一提的是,十七年时期的电影改编,与现实进程、文学进程具有某种同步性。

根据现实主义的美学要求,文艺创作一般来说与现实的或社会历史的进程是同步的,所以,在传统的文学艺术史中,一般要从静态的方面分析作

---

① 汪流《中国的电影改编》,中国广播电视出版社,1995年,第27、28页。

家的作品是否反映出时代的本质特征,从动态的方面考察其某一部作品或整个创作历程是否反映出历史演进的轨迹。或者反过来,从社会历史的高度去把握作家反映现实的深度和广度,进而界定其艺术成就。比如,在李泽厚先生的《美的历程》中,我们看到的就不仅有从远古神话到先秦诸子百家散文、汉代辞赋、魏晋风度再到唐诗宋词元曲明清小说等美的形式、形态的演变,而且有从奴隶社会到封建社会以及封建社会不同时期社会与精神风貌的变迁。而具体到电影创作尤其是电影改编,情形则有点复杂。以长时段的眼光来看,电影创作或改编一方面是与时代同步的,另一方面与文学的进程也大致保持着相应的同步。在十七年之前的电影实践中我们基本上能大致勾勒出这种同步性,十七年之后新时期十年的电影创作和改编很大程度上也具有这种同步性。而在十七年时期,这种同步性尤为明显。究其原因就在于十七年时期的文学与电影作为主流意识形态的载体,必须紧密地配合、指导现实的进程。毋庸置疑,在电影被视为认识现实的重要窗口或作为上层建筑的一个组成部分时,这种同步是自然的、必需的、显见的,但是,随着20世纪80年代后期类型电影的大规模介入与电影产业的诞生,电影在保持这种同步性的同时,也出现了大批不同步的原创或改编,其服从的是人类普遍的、共时性的娱乐要求,或电影产业的需要,有其存在的合理性。指出这一点,是因为,一方面从电影进程与时代进程、文学进程的同步与不同步的角度考察电影改编,无论对电影改编者还是电影改编理论的总结来说,无疑都会有许多重要的发现或新的创作与研究思路;另一方面则更能够看清新时期以及大众文化时代电影改编所采取的完全不同于之前的多元化策略以及种种创新性实验。此外,尤为重要的是,当整个十七年电影作为一种红色经典或巨大的 IP 宝库重新进入当下的语境时,如何处理其与当下语境的不同步性或异时代性,无疑都是摆在电影改编者和改编研究者面前的一个值得深思的课题。

七、1976—1989:在观念嬗变中的电影改编

随着 1976 年"四人帮"被粉碎、"文化大革命"结束,中国的历史发展进入了一个新的阶段。所以,在文学史中一般将 1976—1985 年称为"新时期十年",而整个 80 年代也大致可分为新时期十年与后新时期或 80 年代末期两个阶段,其在社会实践、文艺实践方面所呈现出来的一个总体特征就是一系列观念的转变。主要体现在:

第一,政治观念的转变。1978 年 12 月在北京召开的党的十一届三中全会上,明确提出要把全党的工作重心从抓阶级斗争转移到抓经济建设上来。全会的胜利召开,重新确立了"马克思主义的思想路线、政治路线、组织路线,实现了中华人民共和国成立以来党的历史上具有深远意义的伟大转折,开启了我国改革开放和社会主义现代化建设的新时期"[1]。在停止使用"以阶级斗争为纲"口号的同时,1979 年邓小平在党的理论工作务虚会上发表的《坚持四项基本原则》的讲话中也指出,必须在思想上政治上坚持社会主义道路、坚持无产阶级专政(后表述为人民民主专政)、坚持共产党的领导、坚持马克思主义毛泽东思想这四项基本原则。这就提醒我们,变是必然的,但变中也有不变。

第二,思想观念的转变。政治观念的转变不仅带来了经济层面的改革开放,而且催动了新时期的思想解放。1978 年 5 月 11 日《光明日报》发表的重要文章《实践是检验真理的唯一标准》率先引发了"真理标准问题"的大讨论;1981 年 6 月党的十一届六中全会所作的《关于建国以来党的若干历史问题的决议》则不仅"从根本上否定了'文化大革命'和'无产阶级专政

---

① 本书编写组《中国共产党简史》,人民出版社、中共党史出版社,2021 年,第 225 页。

下继续革命'的错误理论",而且"对一些重大历史事件和重要历史人物作出了实事求是的评价,科学地总结了中华人民共和国成立以来社会主义革命和建设的历史经验"①。这场思想解放运动不仅使人们从十七年、"文革"时期某些极左的观念中挣脱出来,而且宣告了科学的春天、文艺的春天的到来。

第三,文艺观念的转变。政治、思想观念的转变,必然带来文艺观念的转变。在文学领域,随着国门的打开,形形色色的西方思潮大批涌入,并先后引发了重新界定文艺与政治关系的"工具论还是反映论"的争论,现实主义的"真实性"争论,文学与"现代化"的争论,文学中人性、人道主义和异化问题的争论,文学主体性的争论,关于通俗文学、文学商品化的争论,重评文学史的争论,等等。值得注意的是,正是在这一系列争论中,西方的价值观逐渐在文艺创作中占据了上风,所以有论者认为,"从整个文化思潮背景来看,80年代中国文坛受西方哲学、美学影响最大、最广、最深的是西方现代主义文学,尼采、弗洛伊德、萨特是对80年代中国文学影响最大的西方思想家,'上帝死了了''力比多''他人即地狱''存在先于本质'的思想观念或多或少地渗透于80年代的小说创作之中"②。毋庸置疑,西方价值观的介入,给文艺创作突破了许多思想的禁区,带来了一定的自由,也产生了一批重要的作品,但不容忽视的是,对全盘西化的推崇,不仅有意无意地将马克思主义边缘化,而且极大地贬损、否定了中国优秀的传统文化。

第四,电影观念的转变。电影观念是文艺观念之中的一个重要组成部分,发生在文艺观念之中的转变必然也影响着电影观念,而电影作为日渐重要的文艺形式,其自身也发生着种种重要的转变。新时期十年电影领域中最为重要的观念之变,无疑来自那场电影的文学性与电影性之争。1979年,白景晟先生率先提出"丢掉戏剧的拐杖",他首先发问,"长期以来,人们总是习惯于从戏剧角度、沿用戏剧的概念,来谈论电影;电影剧作家也常常

---

① 本书编写组《中国共产党简史》,人民出版社、中共党史出版社,2021年,第229页。
② 朱栋霖、丁帆、朱晓进主编《中国现代文学史(1917—1997)》(下册),高等教育出版社,1999年,第89页。

是运用戏剧构思来编写电影剧本。不可否认,电影艺术在形成过程中,确实从戏剧中吸取了不少有益的东西,电影依靠戏剧,迈出了自己的第一步,然而当电影成长为一种独立的艺术之后,它是否还要永远依靠戏剧这根拐杖走路呢?"在比较了戏剧与电影在戏剧冲突、时空形式、对话与声画结合等方面的异同后,他指出,"电影在综合了各种艺术之后(包括戏剧、文学、绘画、音乐、照相等),已经成为一种不同于任何艺术的新艺术了。电影艺术的特点远远超出了戏剧的范围,也超出了任何其他艺术的范围"①。几乎是同时,张暖忻、李陀也提出"电影语言的现代化"问题,其在比较了电影语言与文学语言的不同之后,明确指出,"电影史上长久以来存在着'戏剧电影'和'文学电影'之争。还有'诗电影''散文电影'等等。由于科学技术在近十余年内突飞猛进地发展,使得电影造型手段不断在日新月异地得到充实,得到发展。所以,近代的电影加速了与戏剧、与小说、与诗的分离而愈来愈表现出它的独立性"②。反对的意见也有,如张骏祥先生认为,"我今天想着重强调的,还是要求导演们更多地重视影片的文学价值","为什么呢? 因为现在似乎在坚持'导演中心'的同时,又出现了一种忽视编剧作用的倾向","现在有一种想法,好像影片艺术质量高低就看表现手法,甚至认为只要把外国电影里的 70 年代技巧运用上了,电影就上去了。我们绝不反对学习 70 年代技巧,但是针对某些片面强调形式的偏向,我们要大声疾呼:不要忽视了电影的文学价值。我认为,许多影片艺术水平不高,根本问题还不在于表现手法的陈旧,而在于作品的文学价值就不高"③。这场讨论在电影史上的意义是重大的,不少电影理论家参与其中。其意义一方面体现在,中国电影第一次正面面对电影的文学性与电影性的分野问题。这种分野,其后陈犀禾在《中国电影美学的再认识》中总结得较明晰,即,"从把握电影的本末观来看,中国人把'戏'看成是电影之本,西方人把'影'看成是电影之本;中国人把'影'看成是完成戏的表现手段,西方人把'戏'

---

① 白景晟《丢掉戏剧的拐杖》,《电影艺术参考资料》1979 年第 1 期。
② 张暖忻、李陀《谈电影语言的现代化》,《电影艺术》1979 年第 3 期。
③ 张骏祥《用电影表现手段完成的文学》,《电影文化丛刊》(第二辑),中国社会科学出版社,1980 年。

看成是'影'的一种具体形态；中国人执着于戏剧性、文学性斗争，西方人执着于蒙太奇和长镜头之分；中国人只是在完成'戏'的意义上，去研究蒙太奇和长镜头，西方人也只是在纯技巧的意义上研究剧作理论。从根本上说，这反映了两种不同的思维方法：中国用一种直观整体的方法把握对象，西方人用一种抽象分析的方法把握对象。由此造成了两种电影理论的不同类型"①。另一方面，这场讨论中双方的观点各有其片面的一面，也各有其合理的一面，而无论片面还是合理，对中国的电影实践都不无启迪。比如，持电影必须与文学分家的一方就没有能看到，一旦抛弃了电影的文学性，仅凭影像创作，就会导致电影主题上的思想缺失，情节上的胡编乱造、支离破碎、漏洞百出，人物性格的逻辑混乱、面目不清等。而坚持电影的文学性的一方也没有看出，这种坚持不仅极大地限制了电影语言的丰富多彩和探索空间，而且更多的是一种完全不了解类型电影美学、传统现实主义美学的言说。比如，十七年时期的电影原创与改编基本上是在现实主义美学范畴下进行的，但是到了 20 世纪 80 年代后期，随着好莱坞类型大片的引进，电影类型观念的出现，不仅带来中国电影观念上的重大转变，而且极大地提高了电影的影像特征即电影性。其在解构中国电影实践中一直占据主流的现实主义观念的同时，还确立了电影的商业化、产业化、娱乐化观念，并导致电影创作从机制到体制、从内容到形式都发生了根本的变化。

将 80 年代包括原创和改编的中国电影摆放到这一背景中考察，可以肯定，这一时期的电影创作一方面都受着上述各种观念变化的影响，另一方面又都体现着这些观念变化。这是考察 80 年代电影的一个维度。考察 80 年代电影的另一维度无疑是这一时期电影与文学、现实的同步性、同步中的不同步以及由同步逐渐趋向不同步。

从同步性的角度考察，不难发现，这一时期的文学进程绝大部分对应着现实的进程，而电影创作很大程度上又对应着文学进程。从某种意义上说，80 年代的现实进程、文学进程与电影进程所体现出来的这种紧密相连

---

① 陈犀禾《中国电影美学的再认识》，《当代电影》1986 年第 1 期。

的对应性,以及对应的时效性,与十七年时期的电影实践相似,是中国电影史和改编史上又一个较为清晰、突出的阶段性特征。

整个80年代的现实进程主要围绕着经济层面展开,从70年代末党的十一届三中全会提出全党的工作重心从抓阶级斗争转移到抓经济建设上来,到80年代后期中国的经济体制由计划经济转向市场经济,文学可以说完整地记录下这一过程。这里不妨作一个简单的回顾。

新时期十年的文学是从伤痕文学开始起步的。1977年11月,刘心武的小说《班主任》发表,立即引起巨大反响。小说的主人公是两个中学生,宋宝琦在读书无用论的影响下打架斗殴,形如白痴,谢惠敏学习刻苦,但思想僵化,他们在肉体和精神上的伤痕无疑都是极左路线对青少年的毒害。1978年卢新华的小说《伤痕》发表,小说所描写的母子由于极左政治的干预而造成的骨肉分离的悲剧,是一代中国人普遍的伤痕,"伤痕文学""伤痕小说"便得名于此。在这一思潮中的代表作还有张洁的《从森林里来的孩子》,王亚平的《神圣的使命》,肖平的《墓场与鲜花》,陈国凯的《我应该怎么办》,韩少功的《月兰》,从维熙的《大墙下的红玉兰》《第十个弹孔》,礼平的《晚霞消失的时候》,莫应丰的《将军吟》,张扬的《第二次握手》,周克芹的《许茂和他的女儿们》等。伤痕文学中,中国人民在动乱时期积压了十年的苦水可以说一下子倾泻了出来。倾泻过后是反思,是什么造就了这场空前的民族悲剧? 这场动乱中有哪些荒谬的现象? 反思小说就此而生。茹志鹃的《剪辑错了的故事》率先将不同时期的党群关系作了交叉比较;张弦的《被爱情遗忘的角落》借两代人的爱情选择揭示了历史的某种倒退;高晓声的《李顺大造屋》通过富庶的江南地区农民李顺大数十年造不成一间瓦房,张一弓的《犯人李铜钟的故事》通过农民的粮荒,反思的都是极左路线对中国农村的破坏。谌容的《人到中年》反思的是长期以来的脑体倒挂问题;方之的《内奸》比较复杂,其反思的是如何评价那些对革命有过贡献但又有历史污点的人物;李存葆的《高山下的花环》从题材看是军事小说,但其着重反思的也是党群、军民关系。在反思文学中反思力度最大的,无疑是极左政治造就的两个特殊阶层,即知青与右派,前者的代表作有韩少功的《西望

茅草地》，梁晓声的《这是一片神奇的土地》《今夜有暴风雪》，史铁生的《我的遥远的清平湾》等，后者的代表作则有鲁彦周的《天云山传奇》，王蒙的《布礼》《蝴蝶》《相见时难》，古华的《芙蓉镇》，张贤亮的《灵与肉》等。党的十一届三中全会召开之后，文学开始"回到当下"，一批关注现实改革的小说涌现，代表作主要有蒋子龙的《乔厂长上任记》《燕赵悲歌》，柯云路的《三千万》《新星》，张洁的《沉重的翅膀》，李国文的《花园街五号》，张贤亮的《浪漫的黑炮》，陆文夫的《围墙》，高晓声的《陈焕生上城》，贾平凹的《鸡窝洼人家》《腊月·正月》《浮躁》，王润滋的《鲁班的子孙》，张炜的《秋天的愤怒》《古船》，路遥的《人生》《平凡的世界》等。这批作品不仅反映了经济体制转换过程中的社会矛盾，而且挖掘了阻碍改革进程的各种陈旧的观念。在改革文学陷入困境之后，文学曾经短暂地向大自然寻找某种原始的伟力，出现了邓刚的《迷人的海》，张承志的《春天》《北方的河》《黑骏马》，刘舰平的《船过青浪滩》等小说，其后不久，一批从文化的高度反思中华民族传统的寻根小说诞生。寻根小说的前奏可追溯至 80 年代初汪曾祺的《受戒》、邓友梅的《那五》等，其勃兴则肇始于 1985 年韩少功所发表的《文学的"根"》一文，代表作主要有韩少功的《爸爸爸》《女女女》，陆文夫的《美食家》，阿城的《棋王》《孩子王》，莫言的《红高粱》，郑万隆的《异乡异闻》，王安忆的《小鲍庄》，李杭育的《沙灶遗风》《最后一个鱼佬儿》《土地与神》，郑义的《老井》《远村》，冯骥才的《神鞭》等，其重心所关注的则是如何在传统文化中寻找某种撬动现实的资源，以及反思传统文化中有哪些束缚现实前进的观念。寻根文学退潮后，80 年代中期最为引人注目的现象无疑是王朔的走红，其小说《顽主》《一点正经没有》《千万别把我当人》《我是你爸爸》《过把瘾就死》《浮出海面》《橡皮人》《动物凶猛》《一半是海水，一半是火焰》《无人喝彩》《空中小姐》《你不是一个俗人》等不仅在当时拥有庞大的读者群，而且绝大部分被改编成电影。王朔的小说以"我是流氓我怕谁"的痞子姿态，不仅无情地批判、解构了极左文化，而且站在小市民的立场否定嘲笑了知识分子文化。其红火实质是精英阶层的思想断层之后市民阶层的自我认同与傲慢无知。80 年代后期，在现实和传统中所能寻绎的精神资源枯竭之

后，文学最后又掀起一波新写实小说浪潮，代表作有刘震云的《一地鸡毛》
《单位》《官场》，池莉的《烦恼人生》《不谈爱情》《太阳出世》等，其所提倡的
"作家退出小说""零度写作"等实质反映的都是作家再也无力思考、无从把
握现实的窘况。90 年代之后，随着大众文化的兴起，文学精英们精神导师
的地位下降，以及网络文学的兴起，文学与现实的关系呈现的又是另外一
番景象了。

重温这段文学史，一方面是因为，在既往的改编研究中，研究者由于没
有对全部文学作品通读的经验，对文学史也缺乏较为完整的认识，其研究
只能针对某一部改编电影与其所改编的原著作点对点的、单本对单本的比
较，无法从更高、更为宏大的理论层面得出更为深刻的甚至规律性的结论；
另一方面，则可以使我们看清，这一时期的文学进程是如何紧跟现实进程
的，而电影改编又是如何与现实进程、文学进程亦步亦趋的。

毋庸置疑，电影由于原创的薄弱以及改编的滞后性和改编问题的时效
性，其与现实进程、文学进程的对应一方面呈现出某种间断性，另一方面从
整体上亦可见出连贯性。

80 年代电影的开篇，呈现出多种态势，而其中最为显著的，还是其与
现实、文学的同步。但是，这种同步主要体现在改编电影方面，而原创电影
很明显的在伤痕思潮到新写实思潮的进程中是多有缺失的，严格地说，原
创电影所呈现的发展轨迹仅仅与伤痕思潮有一定呼应，代表作主要有批判
极左年代人性异化的《苦恼人的笑》(1979 年)，赞颂青年音乐家、被迫害的
诗人和"四人帮"斗争的《生活的颤音》(1979 年)、《巴山夜雨》(1980 年)；直
到以青年男女的爱情曲折批判动乱年代的《小街》(1981 年)的出现，才算
是正面触及了"伤痕"；如果再宽泛一点，可以把喜剧电影《瞧这一家子》
(1979 年)、《甜蜜的事业》(1979 年)、《喜盈门》(1981 年)等也算作是对伤
痕思潮的回应，原因是，表面上看，其所嘲讽的是几个不同家庭的成员身上
的性格弱点，而实际上其欢快的氛围、发自内心的欢笑其实展示的都是中
国人历尽劫难之后精神上的舒展，将青年男女美好的爱情摆放到风光秀丽
的大自然中加以表现的《庐山恋》(1980 年)也可作如是观。不可否认，整

中国电影改编研究

个新时期原创电影也有自己的探索,但或许是原创力量的薄弱,这种探索的美学成就大多并不尽如人意。比如,常常为电影史家称道的《沙鸥》(1981年)、《都市里的村庄》(1982年)、《乡音》(1983年)其实可归于平庸之作,《沙鸥》讴歌的是女排运动员为国拼搏的精神,《都市里的村庄》展现的是一个青年女工的被人误解,《乡音》表现的是一个丈夫对妻子的亏欠,这些作品实质都是编导还没有找到与现实的切合点,只能在一种保险的、中规中矩的观念中创作,再比如,这一时期原创电影对历史题材的关注也常为人所提及,代表作有《西安事变》(1981年)、《南昌起义》(1981年)、《风雨下钟山》(1982年)、《廖仲恺》(1983年)、《孙中山》(1986年)等,但总的说来,这些电影除了把某种新发现的或者在新的历史条件下可以披露的史实当作所谓的创新,在主体思考、艺术观念方面都比较陈旧。此外,这一时期还出现过少量的女性题材原创电影,如《良家妇女》(1985年)、《人鬼情》(1987年)等,但其除了借鉴西方女性主义的视角,在具体的表现中可以看出导演并不真正了解女性主义。不讳言地说,若干年后的电影史再回顾这一时期的原创电影,其中绝大部分原创电影将会被淘汰出局。如果要界定这一时期原创电影的美学建树,倒是像《神秘的大佛》(1980年)、《老少爷们上法场》(1989年)等极少的几部电影值得深究。

80年代电影其所以给我们与现实进程、文学进程同步的强烈印象,严格地说源于改编电影的实践。70年代末80年代初,改编自伤痕小说、反思小说的代表作就有改编自孙谦、马烽小说《新来的县委书记》的《泪痕》(1979年),讲述的是新上任的县委书记为受"四人帮"迫害的老书记的冤假错案平反的故事;改编自鲁彦周同名小说的《天云山传奇》(1980年)讲述的是知识分子罗群被打成右派之后的悲惨命运;改编自郑义同名小说的《枫》(1980年)讲述的是武斗中红卫兵的自相残杀;改编自周克芹同名小说的《许茂和他的女儿们》(1981年)讲述的是农民阶层在那场政治风暴中的悲欢离合;改编自张弦同名小说的《被爱情遗忘的角落》(1981年)勾勒的是极左政治造就的历史曲折;改编自刘心武同名小说的《如意》(1982年)描写的是"以阶级斗争为刚"的荒唐年代对两个不同阶层的小人物的摧

残;改编自谌容同名小说的《人到中年》(1982年)率先提出知识分子问题,其中既有对极左路线贬抑知识分子的批判,亦有对知识分子在当下的境遇与作用的正视;改编自叶蔚林同名小说的《没有航标的河流》(1983年)讲述的是在那个遍布人心创伤的年代里三个各具痛苦过往的底层百姓对一个落难的老区长的救助;改编自阿城同名小说的《孩子王》(1987年)出现稍晚一点,但其所讲述的一个插队知青误为人师、率性教学而被解职的故事,揭示的也是荒唐岁月的荒谬以及其给教育造成的伤痕。

改革开放的号角吹起之后,取材于改革文学的代表作则有,根据高晓声同名小说改编的电影《陈焕生上城》(1982年),老实巴交的农民陈焕生第一次住进县城招待所的窘态,反映的是重新富裕起来的农民与改革进程的精神落差;根据水运宪同名小说改编的《祸起萧墙》(1982年)批判的是官僚主义对改革的阻挠;根据蒋子龙同名小说改编的《赤橙黄绿青蓝紫》(1982年)讴歌的是改革者在大刀阔斧的改革中所迸发出来的藐视一切困难的、大无畏的英雄气概;根据李国文同名小说改编的《花园街五号》(1984年)围绕着市委书记接班人的选择问题展现了改革派与保守派的较量;根据古华小说《相思树女子客家》改编的《相思女子客店》(1985年)描写了改革的艰难,锐意改革的女青年张观音要把工农兵食宿点改造成相思女子客店,提高服务质量,却遭到陈腐势力的围攻,只能含恨远走他乡;根据贾平凹小说《鸡窝洼人家》改编的《野山》(1985年),讲述的是西部山村的两对农民夫妻,其中的一对丈夫热心改革,妻子却胆小、保守,另一对正好相反,结局是两对夫妻重新组合,希望改革的走到一起,保守落后的重组了家庭。电影告诫观众的,无疑是不改革,家庭有可能解体,老婆也保不住。《野山》虽然没有正面描写改革,但其揭示的改革中的观念更新问题,显然比仅仅停留于描述改革表象更为重要。在20世纪文学史上,由传统意义上的严肃作家创作的武侠小说有两部,一部是老舍的《断魂枪》,描写的是武功武术在现代文明面前的无奈和退隐,另一部是冯骥才的《神鞭》,1986年根据其改编的同名电影不仅勾起了观众有关武侠的回忆,而且通过"神鞭"在洋枪枪炮面前的不堪一击以及主人公舍弃神鞭练就神枪的转变,揭示了绝不

能在观念上抱残守缺而应与时俱进的道理，也从一个侧面呼应了改革浪潮。

恩格斯在致英国作家哈克奈斯的信中曾说，他从巴尔扎克的小说里，"甚至经济细节方面（如革命以后动产和不动产的重新分配）所学到的东西，也要比从当时所有职业的历史学家、经济学家和统计学家那里学到的全部东西还要多"①。恩格斯的这段话很长一段时期内使得我们的作家误以为自己也具有超越许多历史学家、经济学家的能力。其实不然。犹如科技的进步不为科技素养欠缺的中国作家们所知一样，经济体制的变革对于大部分中国作家来说也是一个陌生的领域，所以，改革浪潮中的大部分作品仅仅是发出了必须改革的热情呐喊，对于如何改革则基本上未能提出切实可行的方案，他们所不知道的是，就在其为改革的困境一筹莫展之际，中国的政治、经济层面其实正在酝酿着重大的变革，这就是 80 年代末 90 年代初中国社会由计划经济向市场经济的转换。此时的他们唯一能做的，就是继续在观念上向更久远的传统文化回溯，寻根思潮就此产生。从这个意义上说，寻根思潮不是如某些只能在概念、术语中游走的论者所说的，是中国文学在对外开放条件下自觉地走向世界，是对中国文学的世界性和民族性问题的探索，而仍然是着眼于现实的一种文化反思。

在寻根文学的电影改编中率先引起广泛关注和重大反响的，无疑是根据路遥同名小说改编的《人生》（1984 年）。影片讲述的是一个回乡青年高加林抛弃了热恋他的农村少女巧珍，选择城市姑娘黄亚萍的故事。表面上看，影片触及的是计划经济框架下很长一段时期存在的城乡差距，而实际上，其所反映的是现代文明与传统的旧道德、旧观念之间的矛盾。高加林作为一个时代青年，他不满故乡山村的落后生产和生活方式，努力追求一种符合时代水平的个人生活和社会生活，即追求现代文明，这种要求是合理的。因此他舍弃巧珍而选黄亚萍，就不能单纯看作是喜新厌旧、见异思迁或攀高枝儿，而是自觉地选择了现代文明。巧珍善良、温柔、勤劳、美丽，

---

① 恩格斯《致玛·哈克奈斯》，《马克思恩格斯选集》（第 4 卷），人民出版社，1972 年。

有着比一般的贤妻良母还要质朴美好的品质，但她不识字，而这一切都是蒙昧落后的生产和生活方式以及建立于其上的旧道德在她身上烙下的印记。可以说，巧珍身上具备了我国传统旧道德的一切优点和缺点。既有旧道德的温情、纯朴，又有旧道德的愚昧、简单。比较两个人物的命运，不难发现，高加林不愿俯就巧珍的那种旧观念与旧生活方式，巧珍所具有的旧道德也不是其所醉心的，而高加林所向往的现代文明又不是巧珍一时所能企及的。这就注定了他俩的不结合是必然的。这是现代文明和同传统的旧道德之间的矛盾。这是个悲剧。我们不可以把悲剧的原因归之于哪一方，因为这是人类由必然王国走向自由王国的过程中客观存在，也是一定要存在的现象。既如此，当时的观众为什么都对高加林不满呢？因为他追求现代文明虽然有一定的合理性，他和巧珍的结合虽有缺乏共同语言等缺陷，但他太自私了，他把个人的追求发展成个人主义和利己主义，这是应该谴责的，人们之所以把全部同情倾注在巧珍身上，是因为巧珍虽然代表了旧的传统美德，却坚韧执着，不仅具有某种传统道德中的奉献精神，而且有传统价值特别看重的人间真情。影片中导演用六分钟的长镜头再现巧珍的用旧俗结婚，与其说是渲染巧珍的爱情悲剧，毋宁说是为我们现代生活中那些正在消逝或已经消逝了的旧的传统美德，唱了一曲浓重而伤感的挽歌。

如果说《人生》中对传统道德的批判还具有某种犹疑，那么，根据柯蓝散文《深谷回声》改编的电影《黄土地》(1984年)对于传统观念的批判就比较显性了。陕北农村女孩翠巧不满其父从小为她定下的娃娃亲，常常借信天游的歌声抒发内心的苦闷，八路军文艺工作者的到来，为她燃起了希望，在她即将完婚之际，毅然冒死驾舟东渡黄河，却不幸被滔滔的黄河淹没。翠巧的压抑是传统观念所致，翠巧最终死亡而没有能到达她所向往的婚姻自由的延安，更说明了这种传统观念的强大。对传统观念的抨击较为激烈的，无疑是根据郑义同名小说改编的《老井》(1986年)，电影不仅从观念层面剖析了改革的艰难，而且将这种观念的透视也延伸向传统。发生在这个山西山村的悲剧故事，不仅有传统观念对青年人爱情的扼杀，而且有这种

观念的落后与愚昧对村民们迫切需要打井取水愿望的阻延。导演曾坦言，"它的深层立意是：我们民族几千年的历史不就像茫茫黑夜中苦熬苦斗吗？"①言下之意这个"茫茫黑夜"其实即陈旧观念的漫漫长夜。

当然，在这股寻根思潮中对传统文化的评判也有持肯定态度的，如根据阿城同名小说改编的《棋王》（1988年）。主人公王一生的一生中只痴迷两件事：吃和下棋。表面上看，作品批判的是那场动乱，而实际上其是从传统的道家文化高度超然而冷静地观察中国人的人生，以及重新审视了道家文化。作为中华民族儒道互补心理结构中的重要组成部分，道家文化所提倡的回归自然、简朴归真、清静无为等曾经是无数中国知识分子无力回天之后最后避隐的精神港湾，而王一生等底层百姓则是凭着吃和下棋也就是说最简单的物质与精神需要度过了许多艰难时世，这是道家文化的无奈，也是道家文化的魅力。

"寻根"之后，曾经在新时期十年指点江山、叱咤风云的作家们陷入了某种困境，电影改编也转向了其时仿佛横空出世的王朔，根据其小说改编的电影就有：改编自《浮出海面》的《轮回》（1988年），主人公辞去公职甘当"倒爷"，显示了对僵化体制的叛离；改编自《橡皮人》的《大喘气》（1988年），描绘的是倒爷们黑吃黑的畸形生活，较早地反映了在计划经济向市场经济转型过程中曾经出现的短暂的无序现象；改编自同名小说的《顽主》（1989年），讲述三个无业青年开办"三T公司"替人排忧解难，以一种痞子的姿态批判了现实中的某些缺失，也把此前的历史进程视为某种荒诞；改编自同名小说的《一半是海水，一半是火焰》（1989年），揭示的是那些外表玩世不恭的人物内心深处也有对真情的企盼和坚持。电影改编在此时对王朔的青睐，原因是多方面的，有精英作家们的纷纷失语，有其对既往的一切不合理观念的否定，有电影对文学跟踪的惯性使然，有其拥有的庞大的读者群所形成的先天的潜在的观众群对改编者的诱惑，而其中最为重要的，则是其所代表的大众文化的崛起。80年代中后期，在政治层面，中国

---

① 罗雪莹《回望纯真年代——中国著名电影导演访谈录》，学苑出版社，2008年，第315页。

社会已逐渐从计划经济转向市场经济，在电影层面，好莱坞类型大片已相继引进，一股商业化、娱乐化的浪潮已席卷而来，精英阶层与大众阶层的话语之争也就此展开。遗憾的是，精英们"抵抗投降"的呼声很快就被滔天的大众娱乐浪潮淹没，而王朔所代表的大众文化不仅风头正健，而且还要持续下去，所以，直到90年代初期，根据其小说改编的电影仍时有出现，如根据其小说《空中小姐》改编的电影《永失我爱》，根据其小说《你不是一个俗人》改编的《甲方乙方》，根据其同名小说改编的《我是你爸爸》，根据其同名小说改编的《无人喝彩》，根据其小说《动物凶猛》改编的《阳光灿烂的日子》等。某种程度上可以说，也正是从王朔开始，电影的文学改编从此迈向了一个更为多元也更为复杂的时代。

新时期十年，电影改编呈现出来的另一重要关注点则是对现代以及十七年文学作品的重新审视与挖掘。改革开放以来各种思想禁区的打破，不仅在文学界引发了"重评文学史"的讨论，而且在电影的改编方面也呈现出一些"不变"和诸多的变化。

所谓"不变"，指的是一批改编电影仍然沿袭的是十七年陈旧的改编观念。代表作有80年代初期根据鲁迅同名小说改编的《阿Q正传》《伤逝》《药》。《阿Q正传》《伤逝》虽然在情节上略有增删，但基本上是忠实于原著精神改编的，前者批判的是中国的国民性"精神胜利法"，后者表达的是鲁迅关于妇女解放的思考，即，一个社会如果没有给妇女工作机会，没有提高其经济地位，那么子君虽然能冲破封建家庭的束缚勇敢地与涓生结合，也只是实现了妇女的个人解放而非社会解放，其爱情最终也只能是悲剧。《药》的改编变动较大，原著表现的是辛亥革命未能唤醒民众，主人公华老栓竟然想用烈士的鲜血医治他儿子的痨病，革命先行者的寂寞与老百姓的愚昧在原著中揭示的可谓淋漓尽致，但改编后的电影却隐去华老栓这条主线，改由革命烈士夏瑜担任主人公，增加了他刺杀巡抚、在狱中宣传革命真理、刑场就义时大骂反动派的情节，一个大无畏的、有点类似共产党员的革命者形象出来了，摆放到十七年语境中可能是值得赞许的创造，但却未能见出鲁迅的原意，即辛亥革命之所以失败就在于历史的条件还极不成熟，

这就极大地贬损了原作的思想性；根据老舍同名小说改编的《骆驼祥子》（1982年）对原作意蕴的把握也不够深入。或许受十七年文艺观念的影响，改编者在改编中有意无意地突出了祥子与虎妞的阶级对立，而未能看出，老舍的原作更多呈现的是人物在恶劣环境下滋生的劣根性，以及老舍一生痴迷的"北京情结"，即对北京文化的由衷热爱；根据老舍同名话剧改编的《茶馆》（1982年），根据曹禺同名话剧改编的《雷雨》（1983年）也都是忠实于原著的改编，其忠实的程度基本上是原舞台表现的翻版；而根据曹禺同名话剧改编的《日出》（1985年）别出心裁地增加了"陈白露与诗人分别""陈白露义卖""陈白露方达生吃馄饨""陈白露方达生游园""陈白露翠喜相遇""顾八奶奶办寿宴"等情节，但基本上是画蛇添足、纯属败笔。在忠实于原著方面改编比较成功的，当数根据茅盾同名小说改编的《子夜》（1982年）与根据巴金同名小说改编的《寒夜》（1984年），前者虽然由于电影的表现时空有限，未能还原出原著的宏大面貌，但基本上传达出了原著的主导精神；后者由于原著的体量较小，主题也不算深刻，基本上再现出了巴金控诉黑暗年代的意图。两者都对观众有一定的认识作用，但就改编而言，都无足道。

"不变"，无疑是陈旧观念的惯性使然，而变化，则是对陈旧观念的突围，其最为主要的一个表征，就是突破十七年时期从阶级斗争的角度统揽文艺创作的理念，全方位地还原和重新评价为阶级斗争所掩盖、遮蔽了的中国近现代以至十七年的历史表象与历史文化，扩大了改编者选择现代文学资源的视野，从宏大叙事走向个人叙事，并由此呈现出多姿多彩的美学风貌，主要体现在：

重新审视人性之美。代表作有根据曹禺同名话剧改编的《原野》（1981年）。仇虎回乡复仇，却发现未婚妻金子已经成为仇人家的儿媳妇，二人相约逃跑。逃跑路上，仇虎为掩护金子自杀身亡。乍看之下，这也是一个类似阶级斗争的故事，而实际上，原创者与改编者着重渲染的是二人烈火般的爱情，仇虎的性烈如火，以及二人身上所蕴含的人性的原始、野蛮之美，用作者的话说，"它不是一个简单的复仇故事，也不仅仅揭露了封建社会的

黑暗,表现被压迫、被摧残的农民对美好生活的向往,还更深地发掘了人性的复杂多面性"①。稍早的根据前涉小说《桐柏英雄》改编的《小花》(1979年)表现的也是人性之美。电影在当时引起很大反响,就在于其虽然是战争题材,但并没有因袭十七年电影在处理这类题材时的常用模式,也没有正面表现战争,而是将战争作为背景,浓墨重彩地描绘了小花一家人的真情。

重新审视自然之美。代表作有根据沈从文同名小说改编的《边城》(1984年)。古拙偏僻的边城茶峒,两个摆渡人翠翠和她的外公相依为命,当地船总的两个儿子傩送和天保同时爱上了翠翠,傩送俊美,天保善良,天保为成全弟弟,外出闯滩却不幸遇难,悲痛不已的傩送也驾舟运行,留下了翠翠在孤独中等待。《边城》所要传达的,不仅是爱情的凄美,人性、人情之美,而且有哺育了这种美好人性、人情的大自然之美。环绕着翠翠的,不仅有湘西的绿水青山,还有茶峒的码头、碧溪的竹篁、静谧的白塔、水边的吊脚楼,这些绮丽的风光,在中国古典文学中常常是主角,但在充斥着腥风血雨的现代文学以及一切以阶级斗争为纲的十七年文学中更多的是作为政治隐喻出现的,唯有沈从文,他笔下的自然就是大自然本身,是人类一直也必须相依为命的家园。这是沈从文在现代文学史中独特的建树,也是改编者对其的一种重新发现。

重新审视古典之美。代表作有根据林海音同名小说改编的《城南旧事》(1983年)。林海音的童年、少年是在北京城度过的,远渡台湾后,作为老中国的儿女,她怀念故国、故都、故园,在这种怀念中她写下了《城南旧事》,文本中,早年并不美好的生活都已成为亲切的回忆,而其中最为感人的,还是她对那个古老、古典的中国的眷念。电影的结尾,李叔同作词的《送别》响起,"长亭外,古道边,芳草碧连天。晚风拂柳笛声残,夕阳山外山",勾起观众思绪的,就不仅有其个人从中获得的人生感喟,而且有其对古典中国的逝去的无限惆怅。电影《城南旧事》的改编有许多成功之处,如

---

① 李清《中国电影文学改编史》,中国电影出版社,2014年,第237页。

中
国
电
影
改
编
研
究

将《送别》的旋律若有若无地贯穿全片,引人遐思;再如,有意舍弃原作中父母不和、父亲与兰姨娘的婚外情等细节,不仅突出了电影的唯美主义倾向,而且再续了费穆所开创的诗化电影传统。

重新审视现代中国教育之美。代表作有根据张天翼同名小说改编的《包氏父子》(1983年)。在很多人印象中,1949年之前的旧中国暗无天日,一无是处,其实,除了国民党反动统治的黑暗、丑陋,现代中国由于有一大批爱国知识分子的努力,在经济、教育、科技、文化等方面也取得过一些成绩。邓云乡先生在《文化古城旧事》中就曾详细地记录了民国时期在学校、图书馆、博物馆、医院、剧院、公园等方面的建设情况。张天翼的《包氏父子》描写的就是30年代江南某小镇的包氏父子围绕着教育所产生的矛盾。老包和绝大多数中国家长一样望子成龙,他省吃俭用、费心尽力、哪怕是举债也要供子上学,儿子小包却无心读书,羡慕有钱人的生活,成天跟在一帮纨绔子弟后面吃喝玩乐、打架斗殴,最终小包被学校开除,老包的希望破灭。在既往的文学史中,由于受"进步"观念的限制,论者一般很难界定这篇作品的美学价值,如有论者认为,其"不仅逼真地描绘了可悲的父亲和可笑的儿子。而且让人们透过父与子的矛盾,看到30年代社会的变动。老包是封建型的老奴才,思想还停留在科举时代。而在半殖民地城市成长的小包,已沾上了满身的流氓阿飞习气,这样他才有可能争取当上资产阶级花花公子郭纯的小奴才,两种类型的奴才,两种人生理想和道德观念,这之间的摩擦、痛苦,正是30年代中国社会更加半殖民地化造成的"[①]。这种言说显然是将作品的主题人为地纳入"进步"的框架之中,而没有看出,张天翼表现的是现代中国的教育问题。发生在包氏父子之间的矛盾不仅在半殖民地化的社会中存在,在重视教育的中国社会一直存在,从这个意义上说,《包氏父子》所呈现的,不仅是包氏父子的悲剧,而且有现代中国的教育文化状况。而如果撇开"进步"与"反动"的框架以及包氏父子的遭际,文本所透露的现代中国教育也还是有许多可圈可点、值得赞许之处的。坦率

---

① 黄修己《中国现代文学发展史》,中国青年出版社,1997年,第290、291页。

地说，小说所含蕴的这种美学价值，改编者在改编之初是否有清晰的认识还很难说，所以我们不能简单地认为改编者当时选择这个文本独具眼光，而只能猜测，《包氏父子》的电影改编，极大可能是小说所具有的这种一时说不清楚但又很强大的美学魅力，与改编者既往的人生经验发生了某种遇合的结果。而这种情形在改编中是常常存在的。

重新审视青春之美。代表作有根据王蒙同名小说改编的《青春万岁》（1983年）。在《中国当代散文艺术演变史》中，我们曾这样评价《青春万岁》：

　　在某些历史学家看来，历史的发展似乎是无序的、无目的的，任何从中寻绎规律的企图都是徒劳的、无益的，其最终证明的并不是历史发展的规律，而是历史学家本人所建构的理论体系。然而，历史的发展真的是那么杂乱无章吗？它为什么有时那样的亢奋，有时又是那样的沉闷？并且，常常还给人以一种似曾相识的感觉？不，历史的发展应当有它的阶段性、合目的性、合理性，最起码，我们发现，在某种沉重的历史负担卸去之后，历史本身必将展示出一种令人惊喜的青春活力。譬如，在中华民族五千年的文明进程中，就曾经有过三次难得的、转瞬即逝的"青春期"：第一次是在盛唐，那时候，"结束了数百年的分裂和内战"，摧毁了根深蒂固的封建门阀观念，到达了一个文治武功全面鼎盛的时代，"一条充满希望前景的新道路在向更广大的地主阶级知识分子开放，等待着他们去开拓"，于是，出现了"闪烁着青春、自由和欢乐"的盛唐之音，出现了"达到了中国古代浪漫文学交响音诗的极峰"的大诗人李白，而"盛唐"也就成为那一暮气沉沉的封建社会历史程途中罕见的"青春阶段"；第二次是在本世纪初期，为曹雪芹所诅咒过的"百足之虫，死而不僵"的封建政体终于摇摇欲坠、终了垮台了，中国从此步入了现代社会，于是，我们读到了梁启超的《少年中国说》，谈到了郭沫若的《凤凰涅槃》，文本热情洋溢地对那个还很遥远的新中国发出了跨越时空的呼唤，读到了冰心女士的那些褪去了全部封建阴影、坦示着一种全新的健康的人类情感的小诗、散文；第三次是在

中国电影改编研究

1949 年之后的 50 年代前期，随着中华人民共和国成立，中华民族又一次进入了绚烂亮丽的青春时期，王蒙的《青春万岁》无疑是这一时期最为纯粹地表达了那种青春气息的优秀文本，"郑波"们的纯真、自信、狂热与理想主义，正是那一奋发向上的时代全部的青春特征与内涵。①

20 世纪 70 年代末 80 年代初，可以说是中华民族历史上的又一青春期，动乱结束，新时代开启，人心喜悦，普天同庆，改编者把目光投向《青春万岁》，不仅有对中华人民共和国成立初期青春热情的向往，而且更多的是对自我和全社会此时此刻社会心理的感应和回应。

如果说对现当代文学的重新解读是新时期十年电影改编的一个亮点的话，那么，纵观整个 80 年代，电影改编中最为重要的亮点和关注点无疑是电影实践由文学性向影像性的转换。

1984 年，改编自郭小川同名长诗的电影《一个和八个》悄然问世，却一下子引起观众的广泛关注，并被理论界命名为"探索电影"。电影中，在肃反运动中被诬陷的八路军指导员王金蒙冤入狱，与八名罪犯关在一起，虽然蒙受冤屈，仍然保持着共产党员的本色，用自己的言行感化了罪犯，最终带领他们冲出日寇的包围，重新回到革命的队伍。这部自问世以来在理论界获得许多好评，如被称作电影史上里程碑式的作品，被视为第五代导演的开山之作，曾经在 1985 年的香港国际电影节上被誉为"1949 年以来中国几部最优秀的电影之一"，被认为开辟了"中国电影新浪潮"等，究其原因就在于，其不仅是白景晟、张暖忻、李陀等人所提倡的"丢掉戏剧的拐杖""电影语言的现代化"等主张的具体实现，而且也在类型化电影涌进之前率先完成了从文学性向影像性的过渡。对此，有不少论者作过肯定，如"《一个和八个》突出了整体的灰色，这与后来的《黄土地》《大阅兵》的视觉造型是完全一致的。沉滞、缓慢的镜头运动形态，有时接近于'呆照'，长焦镜头

中宽旷的大全景画面,大块的灰色,形成一种雄浑而苍凉的气势,呼应着影片沉郁顿挫的主题"。《一个和八个》是一种"全新的电影语言","表现出与以往中国电影完全不同的一面:轻叙事,重描写,淡化情节,渲染环境,重视人物塑造,具有很强的造型意识和鲜明的导演意识。重要的是这种创作个性一直延续在《黄土地》《大阅兵》《孩子王》《红高粱》等影片中,形成了'第五代的整体风格'"①。另有论者指出,《一个和八个》"宣告了一个电影时代的开始","它是一个文化出发点,初步确立了'第五代'电影的美学发展方向,它的许多'标新立异',后来也就成为'第五代'电影的经典语汇,例如'静态构图''环境主题''不完整构图''色彩蒙太奇'以及声音造型,不断地为以后'第五代'电影所反复演绎,成为'第五代'镜像语言的典型标识。《一个和八个》,开创了中国电影的影像美学时代"②。从改编的角度看,《一个和八个》在革新了电影思维的同时也革新了电影的改编思维,使得改编者不再满足于是否忠实于原著,是否讲述好一个文学性故事,是否传达出一个重要主题,而是将电影的构图、造型、色彩、镜头运动、声音设计、影像的符号化等全方位纳入改编的考虑之中。

客观地说,《一个和八个》中所作的由文学性转向影像性的探索,在电影史上是第一次,但并不是凭空出现的,其有此前电影语言讨论所形成的革新电影语言思潮的影响,也有中国电影实践运行至今内在形成的求新求变的要求。因为,几乎与其同时,一批电影都在电影语言的运用上展示出同样的特征,如黄建新根据张贤亮小说《浪漫的黑炮》改编的电影《黑炮事件》(1986年),吸引观众的不仅有荒诞的主题、情节与人物,更有其在电影语言上的崭新探索,不少论者都做过较为详尽的总结,如饶曙光认为,"影片《黑炮事件》创造出了内涵深刻、意蕴丰厚的电影符号形式","小说原作《浪漫的黑炮》由叙述语言指向体验的世界,而电影《黑炮事件》则是以连续运动的有声画面来直接展示体验的世界","从色彩上看,影片设计了由红、黄、黑、白组成的色彩总谱","影片对音响也采取了夸张和变形的处理方

---

① 汪方华《〈一个和八个〉与中国电影新浪潮》,《当代电影》2006年第4期。
② 厉震林《电影〈一个和八个〉造型意象的修辞学分析》,《浙江传媒学院学报》2011年第1期。

法,其主要构成是一种比较抽象的音响性音乐而不是旋律性音乐","在构图和场面上,影片采取了风格化处理方法"等,也正因此,小说的原作者张贤亮高度肯定电影的改编,认为"《黑炮事件》在如何使文学变为电影这一点上做出了突破性的贡献"①。此外,陈凯歌的被视为代表着第五代导演真正崛起的改编电影《黄土地》,其一直为人所称道的也是其在影像语言上的创新,而《黄土地》"通过对镜头、场景、画面、造型、色彩等一系列因素进行创造性的美学处理和表现,形成了与众不同的艺术风貌"②的语言探索某种程度上可以说与《一个和八个》《黑炮事件》等一批影片是异曲同工、殊途同归的。而在这股由文学性转向电影性的探索浪潮中影响最大、成就最高的,无疑是第五代导演的领军人物张艺谋。

明眼人可以看出,在有关十七年时期、新时期十年的电影改编考察中,极个别电影文本之外,我们对绝大多数电影文本的导演有意没有提及,究其原因就在于,在我们看来,这两个时期的导演虽然也各有自我的艺术追求,但总体上看,他们并没有将自我作为一个具有独立思想和艺术建树的艺术家来定位,他们的工作更多的是一种翻译,即将文学文本翻译成影像文本,他们参与某一部电影的改编,更多的是一种计划经济体制下电影生产的职能分工,且大部分情况下是临时性的,直到"第五代",真正作为一个有自己的、持续性的思想艺术追求并形成个人风格标识的导演才开始出现,这也是我们这里特别提出张艺谋并对其重点分析的原因。

此前我们曾经提及,"第五代"是一个并不严谨的概念,而且,当某位艺术家强调自己属于什么"代"、什么群体、团体时,说明的是这些艺术家对自我的艺术个性还缺乏自信,需要将自我摆放到某种群体中才能凸显自我的某种特色。所以,考察张艺谋,我们首先发现的,就是其除了年龄上与这个所谓"第五代"中的其他导演相近,其在价值表达、艺术传达上与其他人均相去甚远。张艺谋在中国电影史上的横空出世,其在理论界一直为人所称道的,无疑是他在色彩、构图、场景等电影语言上的极致追求,《红高粱》中

---

① 饶曙光《电影〈黑炮事件〉的美学开拓》,《文艺评论》1987 年第 1 期。
② 龚晓青《〈黄土地〉电影的美学研究》,《电影文学》2009 年第 5 期。

的红遍天涯的高粱地,《满城尽带黄金甲》中的万盆菊花,《英雄》中红黄蓝白的大色块转换,《十面埋伏》中美轮美奂的内外景设置等,在给观众强烈的视觉冲击时,也组成了他个人风格的一部分。从 1987 年的《红高粱》开始,张艺谋的导演实践已有 30 多年,有关他的电影美学研究文章也汗牛充栋,而我们在回顾了他这数十年的电影文本之后,对其的一个总体印象是:成也改编,败也改编。

这里有必要梳理一下张艺谋的导演历程。需要说明的是,为了全面、客观的评价张艺谋,我们这里的梳理将越出 80 年代,一直延续至今。1986 年的《红高粱》,是张艺谋作为导演的成名之作,根据莫言的同名小说改编。时代背景为抗日战争,地点为山东高密,主人公是男女两个青年农民,影片既表现了他们炽烈的爱情,也表现了其对日寇的自发斗争,全片充满了原始的、野性的力量。1990 年的《菊豆》,改编自刘恒的小说《伏羲伏羲》。时代背景为 20 世纪 20 年代,地点是一处染坊,染坊的主人是个性无能,却娶了一个年轻貌美的妻子,妻子不堪痛苦,与其侄儿杨天青发生一段不伦恋,最终酿成一出人伦悲剧。1991 年的《大红灯笼高高挂》,根据苏童的小说《妻妾成群》改编。时代背景为民国,小说的故事地点原本是江南,电影将其置换到西北黄土高原,这不仅因为导演熟悉那里的风情,更主要的是为了突出作品氛围的沉重。主人公 19 岁的大学生颂莲不幸沦为陈姓大户人家的四姨太,陈老爷要到哪个姨太太房间过夜,就会在这个姨太太房前挂上红灯笼,电影伪造的这一民俗,成为西方观众猎奇的看点。1992 年的《秋菊打官司》,根据陈源斌的小说《万家诉讼》改编。时代背景应为改革开放时期,地点是西北的一个小山村。主人公秋菊是一个农村妇女,她的丈夫被村长踢伤下体,这原本是农村常见的小事,秋菊却不依不饶,坚持打官司,层层上告,"要个说法",电影表现的是中国农村、农民法律意识的觉醒。1994 年的《活着》,根据余华的同名小说改编。影片的时间跨度较长,从解放战争到改革开放之前,主人公福贵是一个由破落富户子弟转变而来的农民,影片着重表现的是历次重大的历史事件对其命运的拨弄。1995 年的《摇啊摇,摇到外婆桥》,根据李晓的小说《门规》改编。时代背景是 20 世纪

30 年代，地点是上海，主人公一个是刚刚进城的乡村少年，一个是上海滩的歌舞皇后，他们共同演绎了一段黑帮悲情。1997 年的《有话好好说》，改编自述评的小说《晚报新闻》。影片的时代背景大致为 20 世纪 90 年代，地点为北京。主人公赵小帅是个个体户，为将其女友安红从某娱乐公司老板刘德龙那里拉回来，闹出了一出荒诞不经的纷争，影片叙事流畅、诙谐，本片传达的无疑是 90 年代商品大潮中小人物的无奈和躁动，此前在张艺谋电影中一直未出现的城市生活在其中也有了淋漓尽致的展示。1999 年的《一个都不能少》，改编自施祥生的小说《天上有个太阳》。时代背景也是 90 年代，地点为北方某乡村。主人公魏敏之自己还是一个十三岁的孩子，却被村长找来为一帮孩子代课，其中的一个孩子辍学进城打工，为保证所有学生一个都不能少，魏敏之一个人踏上了寻人之路。1999 年的《我的父亲母亲》，根据鲍十的小说《纪念》改编。影片讲述的是母亲招娣与父亲骆长余既传统又浪漫、虽经磨难却相守一生的爱情故事，故事主题、情节非常一般、老套，本片第一次启用酷似巩俐的章子怡为主角，不知道是不是导演在巩、张分手后某种心结的流露？2000 年的《幸福时光》，根据莫言的小说《师傅越来越幽默》改编。主人公老赵是个经济窘迫的退休工人，为了娶妻到处借钱，娶妻没有着落，却多了一份义务：为相亲对象抚养其遗弃的盲女。影片在表现其善良的同时，也展示了 90 年代下岗潮中底层人物的生存状况。2002 年的《英雄》，这是张艺谋第一次不依赖文学原著而原创的电影。影片的拍摄，无疑有李安电影《卧虎藏龙》成功的激发，也是张艺谋第一次从现实主义电影的创作转向类型片的创作，而且，作为中国导演，其类型的选择自然而然地倾向于中国人擅长和喜爱的武侠片。2004 年的《十面埋伏》也是一部原创电影，与《英雄》一样，其也并没有述说什么重大的主题，而是以其浓烈的视觉语言征服观众。2005 年的《千里走单骑》，是张艺谋为日本著名演员高仓健量身定做的一部原创电影，故事讲述的是一个处于父子不和中的父亲，在儿子身患绝症时来到中国，希望通过为儿子还愿取得儿子的谅解。不难看出，影片的主题、情节都很简单，尤其重要的是，影片中的日本演员可以置换成任何一个国家的人物，仅此一点，影片的

架构就坍塌了。2006 年的《满城尽带黄金甲》,根据曹禺的话剧《雷雨》改编。影片中,曹禺原作的主题已为其所抛弃,导演感兴趣的是其母子乱伦的情节,以及极度绚烂、耀眼的视觉营造,而这,都是着力迎合观众的商业电影的特征。2009 年的《三枪拍案惊奇》,改编自美国科恩兄弟的电影《血迷宫》(1984 年)。在电影改编研究中,翻拍电影与根据文学作品改编的电影一样,在改编原理上是相近的,因而也是重要的研究对象。《血迷宫》讲述的是一个老板雇凶杀人的故事,《三枪拍案惊奇》沿袭了这个情节,却将其中的影像符号作了中国化的处理。影片的故事背景为古代,类型为武侠与喜剧的混合,主要演员为国内著名小品喜剧演员赵本山、小沈阳,影片的喜剧性也更多地依托二人在小品中建立的喜剧风格。影片上映后招来不少诟病,如未能抓住原片的内涵,叙事逻辑不清,跳跃性太大,人物服装的混搭模糊了作品的年代等。2010 年的《山楂树之恋》,根据艾米的同名小说改编。时代背景是 20 世纪 70 年代,地点也在北方农村。影片宣称要表现一个纯美的爱情故事,然而,在静秋和老三的爱情中,我们发现,所谓的纯美是可疑的,片中的老三英俊潇洒,他是带薪下乡的城里人,有经济基础,有大把的空闲时间谈恋爱,影片结尾,静秋探望病重的老三,才发现他是军区司令员的儿子。所有这些关于老三的人设,都说明爱情的产生是要有一定的条件的,仍然是在世俗的视角下发生的,所谓纯美、抽象的爱情并不存在。2011 年的《金陵十三钗》,根据严歌苓的同名小说改编。影片以抗日战争时期的南京大屠杀为背景,讲述的是一群逃到教堂避难、互不相识的人互相掩护并与日寇抗争的故事。影片获得过很多赞誉,但在我们看来,其以十三个金陵风尘女子为视角,虽然也能体现卑贱者的高贵,却不免有以风尘女子为看点的商业考虑,一定程度上降低了南京大屠杀题材的严肃性。2014 年的《归来》,根据严歌苓的小说《陆犯焉识》改编。时代背景是 20 世纪 70 年代,遭受迫害的陆焉识归来后,深爱他的妻子却身患重病,与他不能相认了。影片表现了这对夫妻在患难中的相互坚守,无论主题与情节,影片均无新意,与 80 年代的伤痕文学、反思文学相差太远,与 21 世纪初期的社会心理也严重脱节。2016 年的《长城》,是张艺谋首部与好莱

坞合作的原创电影。时代背景设定为中国宋朝,影片中融入较多中国元素,如长城、上古神话中的怪兽、四大发明中的火药等,但影片基本上是对好莱坞大片的模仿,讲述的无非是一个好莱坞式的打怪兽、保护人类的故事,影像的奇观性也是若干好莱坞影片如《魔戒》《指环王》等的翻版。2018年的《影》。《影》的创作灵感来自日本黑泽明导演的《影子武士》,时代背景设定在中国古代,讲述的是一个关于替身的故事。替身,顾名思义,是一个人充当另一个人的替身,在危急关头不惜牺牲自己掩护主人。作为主人的影子,其在长期扮演另一个人的过程中必然会有种种人格上的分裂,并会发生种种意想不到的事情如以假乱真、弄假成真等。从这个意义上说,影片的主题是一般人都能想到的,因而其并未给予观众更多的、新的思考和心灵的震颤。2020年的《坚如磐石》,系原创电影。影片集聚了一众大牌演员,前期宣传也较强劲,还有意设计了反腐情节,但讲述的却是一个老套的警察办案的故事,乏善可陈。2020年的《一秒钟》,改编自严歌苓的小说《陆犯焉识》。该片是对《归来》改编时未能用上的情节支线的再采纳,只不过主人公的名字由陆焉识改为张九声。影片中张九声从某部新闻宣传片中发现了女儿一秒钟影像,于是发疯似的寻找这盘可能存在女儿影像的胶带。影片表现了非常时期人物的精神坎坷,但无论主题还是情节都非常单薄,上映后几无反响。2021年的《悬崖之上》,这是张艺谋自己参与编剧的原创电影。作为电视剧《悬崖》的前传,其虽非改编之作,却对电影改编研究有重要启迪,因为,续写某部作品的前传或后传,实质是对该作品的主题、情节的内在逻辑向前回溯或向后延伸,在写作中需要照顾到原作的主题和情节构成,也需要写作者的再想象和再创造,既是一种原创,也有改编的意味。电影《悬崖之上》即是如此,其既照顾到原电视剧的基本美学风貌,又有张艺谋的个体特色。所以,在《悬崖之上》中,既保持了原电视剧情节紧张、峰回路转、悬念迭出等美学特征,也体现了张艺谋一贯注重构图、色彩、音响、人物造型、镜头运动等电影语言的特点。以商业电影的标准衡量,本片是成功的,但从美学的创新看,该片没有超越近年来若干火爆的谍战剧如《潜伏》《暗算》《隐秘而伟大》以及《悬崖》等的水准。2022年的《狙

击手》,该片是由张艺谋、张末父女合作的原创电影。其以抗美援朝战争中的"冷枪冷炮运动"为背景,讲述了我志愿军中的一个冷枪手在敌我力量悬殊的情况下,凭借着精湛的狙击本领以弱胜强的故事。同样,影片的商业性是无可厚非的,但其与同时期同类抗美援朝题材电影如《长津湖》等相比,不仅美学含量稀薄,而且体量较小,未能做到以小见大,等等。

综观张艺谋电影创作的历程,不难看出,从《红高粱》到《有话好好说》,由于其依托的文学原著原有的思想内涵比较厚重,都可以纳入文学史的进程中予以考察,因而《有话好好说》之前的电影其美学价值也比较突出,不客气地说,张艺谋最具有思想性和代表性的作品就体现在这几部电影之中。从《一个都不能少》至今,其电影大致分为两类,一类仍然是改编自文学作品,但是这些文学作品基本都是平庸之作,思想内涵比较浅薄,比如为张艺谋等人所倚重的严歌苓的小说,其实在文学史上毫无建树,其所表达的主题和讲述的故事在 80 年代司空见惯,严格地说,严歌苓只是一个职业写手,其小说都是照着一般编剧的路子所写,因而容易为导演选中。在《一个都不能少》之后,张艺谋的电影改编也曾涉猎过文学名著如《雷雨》,但与此前的名著改编重在传达名著原有的美学意蕴和风貌不同,张艺谋对《雷雨》的改编已完全不是为了重现《雷雨》的风采,而仅仅是采纳其中的某些元素如部分主题、情节框架、人物人设等,表达的是自己的主题设定以及其所醉心的华丽影像,另一类是原创作品。但也就是在其原创作品中,我们发现张艺谋在失却了优秀文学作品的支撑之后,一下子暴露出几个致命的弱点,其一是所有作品的主题都很平庸,除了影像营造比较出彩,其余的艺术呈现都比较老套;其二是讲不好一个故事,不少作品的人物面貌较为模糊,人物性格逻辑、叙事逻辑不清,情节漏洞百出,如《十面埋伏》的结尾,刘德华与金城武在冰天雪地中决战,身中十数刀的章子怡在其漫长的决战过程中不时抬头观看决战的结果,这一情节就不合情理,试想,在如此严寒的天气中,身中十数刀、血早已流得差不多的章子怡早就应死翘翘了,她怎么可能还和没事人一样观看他们的决战? 所以据说《十面埋伏》在国外放映时曾被要求剪去这一情节,因为这种描写"降低了人类的智商";其三,张艺

谋所有的电影涉猎范围较广,时间上从古到今,空间上从都市到县城到乡镇,人物的身份也三教九流,时代背景也有大有小,但是,在张艺谋电影中,我们发现,其总是将重大、复杂的政治、经济、军事、历史、社会事件等统统简化成男女两性关系来表现,缺乏全方位、全景式把握当代现实生活的能力。进而导致,没有能拍摄出史诗式的"现实主义大片"。何谓"现实主义大片"? 我们曾经指出,所谓"现实主义大片","不仅是指其同样可以采用大制作、大宣传、高投资、高科技、超强的明星阵容等'高概念'运作电影,而更多的是指其具有一种大思想、大气魄、大境界与大视野,能够全方位、全景式的展示时代的精神风貌与社会生活画卷,不仅能够最为广阔地反映现实表象,而且必须传达出一种历史的纵深感,从而往往具有一种史诗品格"①。与这个标准相比,张艺谋显然还存在着不小的差距。也正是在这个意义上,我们说,张艺谋的电影成也改编,败也改编。即,其真正在电影史上富有美学建树的电影都在《有话好好说》之前,并且都是建立在有价值的文学文本的改编之上,而当其开始原创,或因其思想性欠缺、缺乏美学眼光选取一些平庸之作加以改编时,其电影的美学含量就大幅流失,其创作也就每况愈下了。

回顾整个 80 年代,电影改编中还有一个值得研究的问题是,小说有长、中、短篇之分,甚至还有微型小说,改编者是如何将这些体量不等的小说改编到电影的统一时长之中的? 在篇幅较长的小说中,改编者是如何取舍的? 对于篇幅较短的小说,改编者又是如何发挥想象填补内容的? 90年代之后,随着科技的发展以及大众阶层的广泛参与,电影也有了时长不等的电影、大电影、微电影之分,而电影、大电影、微电影并不一定对应着长篇小说、中篇小说、短篇小说、微型小说,这也就导致,电影改编中的取舍与填充必然呈现出错综复杂的状况。所有这些,都是我们在其后电影改编考察中必须注意的。

① 沈义贞《现实主义电影美学研究》,南京师范大学出版社,2012 年,第 314 页。

八、1990—1999:回归商业性的电影改编

　　90 年代是 20 世纪最后一个十年。在这十年,一方面,随着大众文化在 80 年代中后期的崛起,具有精英性的知识分子话语在与大众话语的对峙中败下阵来,文学虽未完全失语,但基本上退居边缘。所以,尽管此时仍有不少作品改编自文学,如张艺谋的《菊豆》《大红灯笼高高挂》《秋菊打官司》《有话好好说》,陈凯歌的《霸王别姬》等,但基本上是电影在改编时对此前文学的一种延迟性回应,80 年代常见的电影与文学即时性的紧密呼应到了 90 年代已走向松散、游离的状态。另一方面,90 年代的电影创作异常繁盛,数量惊人,根据我们的不完全统计,每年出品的作品都有数十部甚至上百部之多。将这个十年拍摄的所有影片罗列出来,将是一份庞大的清单。这里我们不妨选取其中的一年作为样本考察。

　　以 1994 年为例,这一年拍摄的电影计有《活着》(张艺谋)、《阳光灿烂的日子》(姜文)、《永失我爱》(冯小刚)、《背靠背,脸对脸》(黄建新)、《五魁》(黄建新)、《股疯》(李国立)、《炮打双灯》(何平)、《危情少女》(娄烨)、《女人万岁》(张刚)、《二嫫》(周晓文)、《凤凰琴》(何群)、《家丑》(刘苗苗)、《弹道无痕》(宁海强)、《雾宅》(黄健中)、《画魂》(黄蜀芹)、《铸剑》(张华勋)、《狂吻俄罗斯》(徐庆东)、《绝境逢生》(张建亚)、《九香》(孙沙)、《头发乱了》(管虎)、《悲情枪手》(于本正)、《寻仇阴阳界》(李育才)、《叱咤香洲叶剑英》(肖朗)、《木兰传奇》(肖朗、邱丽莉)、《十字架下的魔影》(王学新)、《天地人心》(王学新)、《小岛情深》(王学新)、《白日女鬼》(赵文炘)、《秀女》(高峰)、《飞车世家》(罗泰)、《啼笑冤家》(林书锦)、《感光时代》(阿年)、《朝前走,莫回头》(张欣)、《古庙倩魂》(孙满义)、《你没有十六岁》(米家山)、《紫禁城奇恋》(段吉顺)、《一家两制》(陈国星)、《情人的血特别红》(占俊科)、《千年

梦》（王刚）、《舞马》（王刚，动画）、《惊恐时分》（董玲）、《寡妇十日谈》（肖风）、《这辈子不欠你》（戈日泰）、《浪子街》（薛彦东）、《偷渡的女人》（薛彦东）、《遗落荒原的爱》（金丽妮）、《傍晚她敲开我的门》（王凤奎）、《风流蜜月》（王凤奎）、《绑架童心》（张汉杰、刘惠宁）、《留村察看》（雷献禾、王兴东）、《秃探与俏妞》（雷献禾、李俊）、《黄沙·青草·红太阳》（周友朝）、《炎帝传奇》（李劲松）、《小芳的故事》（江海洋）、《救豪猪》（曹小卉，动画）、《慰安妇七十四分队》（陈国军）、《笑傲人生》（王群）、《生死拍档》（江澄、成捷）、《男人也难》（汝水仁、王赤）、《金秋鹿鸣》（詹相持）、《婚恋者的奇遇》（张中伟）、《冰城擒魔》（张中伟）、《救命 48 小时》（白宏）、《胡僧》（陆成法，动画）、《打水井》（王启中，动画）、《红帽子浪漫曲》（于杰）、《都市萨克斯风》（石晓华、包起成）、《椰岛情仇》（达式彪）、《暗号》（杨韬）、《奥菲斯小姐》（鲍芝芳）、《杨贵妃秘史》（鲍芝芳）、《洗星海》（王亨里、卫宁）、《痴男怨女和牛》（于向远）、《四大天王》（于向远）、《最长的彩虹》（满旭春、曹纯）、《真假情人》（胡仲球）、《珊娘》（许同均）、《女人的选择》（陈鲁）、《永无宁日》（徐云生）、《陌生的爱》（徐伟杰）、《福尔摩斯与中国女侠》（刘云舟）、《滚烫的青春》（广春兰）、《不亦乐乎》（王为一、林书锦）、《飞来横福》（陈佩斯）、《一个独生女的故事》（郭林）、《南中国 1994》（张暖忻）、《真假幽默大师》（刘二威）、《歧路英雄》（王瑞）、《大漠双雄》（吴荫循）、《吾家有女》（马崇杰）、《西门警事》（黄军）、《情碟》（刘宝林）、《战争童谣》（陈力）、《刑侦风云》（高飞、袁方）、《危情狂蝶》（强小陆）、《步入辉煌》（颜学恕、周友朝）、《复活的罪恶》（赵为恒）、《偷渡的女人》（薛彦东）、《金客·商客·镖客》（刘忠明）、《天网行动》（江洋、王彪）、《黑山路》（周晓文）、《宫廷斗鸡》（王秉林）、《天网》（谢铁骊、邱中义）、《金沙水拍》（翟俊杰）、《与往事干杯》（夏钢）、《人鬼之战》（郝冰、罗亮）、《女人花》（王进）、《青铜狂魔》（顾晶）、《大漠奸匪》（姜戈）、《带辘轳的摇篮》（米家山）、《自首的爱》（徐庆东）、《怒海红颜》（徐庆东）、《飞天蜈蚣》（孙清国）、《梁山伯与祝英台新传》（刘国权）、《杏花三月天》（尹力）、《杀机四伏》（乔克吉）、《死亡预谋》（李云东）、《惊魂桃花党》（曾剑锋）、《追捕野狼帮》（李钊、成家骥）、《天生胆小》（彦小追）、《古龙镇碟影》（周康

谕)、《香香闹油坊》(滕文骥)、《天伦》(郭凯敏)、《三女休夫》(罗渝中)、《血囚》(吴天戈)、《警魂》(王薇)、《乔迁之喜》(姚寿康)、《铁血娇娃》(胡立德)、《红尘》(古榕)、《生死关头》(杨晶)等130多部。

从这份清单中不难看出,其一,除了张艺谋、陈凯歌、冯小刚等少数具有个人风格的知名导演,绝大部分导演都是陌生的面孔,其所拍摄的影片绝大部分不为人知,其面世时毫无反响,理论界与电影史都未有提及,估计将来也不会再有人提及了,这批影片的存在,说明进入大众文化时代,少数精英垄断电影话语权的格局被打破了,更多的由于教育的普及获得了话语能力的普通主体参与到电影创作中来。在这份清单中,我们也发现一些观众相对熟悉的导演如黄建新、黄蜀芹、滕文骥、夏钢、周晓文等,但这些导演之中的大多数都如我们在考察张艺谋时所说的,是文学的电影翻译型导演,本身并未形成自己的导演风格,在导演、改编艺术上也无建树,有的甚至由于思想艺术的平庸在改编中几乎不能把握改编的针对性,所以在电影的改编研究中都可忽略不计。

其二,新生代导演如管虎等开始崭露头角。这批青年导演曾经被称作"第六代",由于这个概念的不准确性,我们还是更愿意称其为"新生代",除了管虎,还有贾樟柯、王小帅、路学长、娄烨、张扬、王全安、陆川、宁浩等人。这批导演,以及刚刚提及的大量无名导演,其在电影实践中的一个鲜明特征就是,或许对传统文学资源的不熟悉、不了解,也缺乏这方面的教育经历,其在电影实践中改编文学名著的情况较少,而是更多地改编不知名的、即时遇合的小说,或依托原创性的小说和剧本。譬如,以《小武》《站台》等经典之作闻名于世的贾樟柯,其剧本都是自己原创或根据自己所写的小说改编。曾经有论者在考察90年代的电影编剧时说:

> 20世纪90年代,主要是通过改革开放后的发展,中国电影形成了新的秩序,为了适应经济的转型与变革,电影产业也开始实现大规模的改革。这些改革致使电影文学剧本创作需要面向市场、走向市场,剧本内容的娱乐性便得到很大程度的张扬,而相应的剧本的文学

中国电影改编研究

性则遭到了前所未有的忽视；同时很多电影制片厂取消文学部，迫使编剧改行，编剧地位急剧下降，编剧权益受到侵犯，势必会打击编剧的创作积极性……这一切的一切造成了编剧资源的匮乏以及电影文学剧本质量的急剧下降，成为影响 90 年代中国电影艺术质量的重要因素，90 年代电影文学剧本的创作陷入了困境，整个电影经济也严重滑坡。①

论者这里显然看到了 90 年代编剧匮乏的窘境，而没有看出，一大批无名导演的无名之作，大多出自刚刚走上影坛的编剧的原创，而新生代导演之中的编剧大多也是初出茅庐的新人，从这个角度说，90 年代原创性编剧的队伍正在形成，只不过，由于其文学素养的薄弱以及艺术功力的稚嫩，他们的这些原创大多流于平庸、浅薄，无足轻重，在其后的实践中，这种一大批人致力于编剧的原创，又由于原创能力的不足而导致一大批平庸之作源源不断生产的状态始终存在，也正因此，在高校影视教育中有关创新型编剧人才培养的呼声一直不绝于耳。而如何培养优秀的编剧人才，不同高校有不同的做法，而在我们看来，所有高校的影视编剧教育，只能教给学生编剧、改编技巧以及正确的价值观，有两个方面是无法教导的，一是先天的情怀、胸怀。优秀的作家、编剧、改编者必须具有以天下为己任、先天下之忧而忧后天下之乐而乐、老吾老以及人之老幼吾幼以及人之幼的悲悯之心，某种程度上可以说这是天性，教不会的；二是阅历。十五岁读《红楼梦》与五十岁读《红楼梦》，感受必然是不同的；也无法想象一个小镇的农村青年作者能够描写政治家、军事家、外交家、科学家、大学教授的生活。所以，在 90 年代之后绝大多数原创性编剧以及新成长的青年改编者那里，我们只能看到其对各种编剧、改编技巧游刃有余，但终因情怀、阅历的缺失始终只能在一个较低的层次打转，无法推导出重量级的作品来。

其三，形成了主旋律电影、艺术电影、商业电影三足鼎立的格局。这一

---

① 赵剑兰《90 年代电影文学剧本创作的困境与突围》，辽宁大学中国现当代文学专业硕士论文，2015 年 5 月。

格局开始于 90 年代，一直延续到 21 世纪初期。计划经济转向市场经济，商品社会出现；好莱坞类型大片的引进；电影由事业向产业的转换；等等，都使得电影的商业性重回公众的视野，一大批追求电影票房的商业电影堂而皇之地涌现，在这批电影中，其在如何迎合世俗口味方面也发展出一套编剧和改编策略，但终因其对主流价值的回避与艺术审美的缺失，而常常招致诟病，很多影片并没有获得真正商业上的成功，也在编剧和改编的叙事策略方面暴露出只重媚俗、不及其余、挂一漏万等许多问题。在这股商业大潮中，主旋律电影在坚持主流价值观方面仿佛是做到了不忘初心、牢记使命，但由于编导们大多缺乏对主流价值观发自内心的理解和认同，也不擅长运用商业时代观众喜闻乐见的叙事策略，因而其所拍摄的绝大多数主旋律影片在尚未走进自己心灵的情况下，又怎么可能走进观众的心灵？而其在创作中的所谓编剧或改编也就停留在图解层次。至于这一时期的艺术电影，情况就更不乐观。大部分所谓的艺术电影的编导们，既不懂主流价值，又不具备商业性的叙事本领，只能循着个人的一己悲欢、一点浅见、一些薄技来创作，其所创作的电影也就必然思想艺术肤浅、美学含量稀少、艺术空间窄逼，其在为院线所拒否时常常大打悲情牌招徕观众的窘态，既可怜又可笑。也只是在这个意义上，我们说，电影的主旋律、艺术、商业的三足鼎立的状况是不正常的，是中国电影转型期的暂时现象。真正的电影创作是没有三足之分的，是主旋律、艺术、商业一体化的。所以理论界才提出"主流电影"的概念。遗憾的是，从有关主流电影的讨论中，我们发现，"主流电影"的倡导者只是模模糊糊地察觉出电影三足分立的不合理，从而提出了这一概念，比如，有论者曾经指出，"主流电影从思想意识形态的角度来说，应该反映一个时期国家主流的意识形态。从艺术形式的角度来说，主流电影应代表一个时期电影艺术表达和技术实践的主流方向的电影。从主流电影市场和影响力的角度来说，主流电影应该是市场上拥有票房，并在社会上具有一定影响力的电影"①。论者这里显然已有整合"三

---

① 陈洋《商业化转型背景下主流电影艺术表现力的升华》，吉林大学广播电视艺术学专业硕士论文，2013 年 5 月。

中国电影改编研究

足"的意图,但囿于"主流电影"的原初概念,即"所谓'主流电影'当然是指在电影创作生产和电影市场上占据主导地位的电影样式,它是相对于'非主流电影'而言的电影形态"①,论者并没有明确提出以"主流电影"概念取代原有的主旋律电影、艺术电影、商业电影之分。另有论者指出,"引入'主流电影'的概念,建构'中国主流电影',其意义和作用在于,中国现有的'主旋律电影''艺术电影''商业电影'的生产、创作和传播都存在明显的欠缺,因此,需在上述三种电影形态之上,整合各方力量,调和观念、立场的分歧,以此形成中国电影产业发展的合力",但在其后的论述中,论者却反复强调"主流电影"是"电影观念和体系的变革"②,而没有看出,主旋律电影、商业电影、艺术电影的合而为一,其实只是回归电影的常态。在种种有关主流电影的讨论中,我们发现,理论界对其的理解始终是模糊的,对以"主流电影"整合电影三足分立格局的认识并不清晰,所以其后又提出了一个"新主流电影"概念。但所谓的"新主流电影"在很多人那里,又被视为"主旋律电影的升华"③,这就无形中又回到了三足鼎立状态。而在我们看来,主流电影并不是主旋律电影的新说法,其真正的意义应是,所有的电影创作都必须兼顾主流价值、艺术性与商业性,在一部优秀的电影中,这三者缺一不可。从此之后,所有仍然在三足鼎立思维或格局下创作的电影都没有探讨价值。也正因此,我们说,改编研究可以不考虑三足鼎立格局下创作的电影,而应将考察的重点放在那些主流价值、艺术性、商业性兼具的优秀文本上。

考察 90 年代的电影改编,除了我们已经重点讨论过的张艺谋,在改编研究中常常为人所提及的改编电影还有,根据李劼人长篇《死水微澜》改编的电影《狂》(1990 年),根据史铁生小说《命若琴弦》改编的电影《边走边唱》(陈凯歌,1991 年),根据周大新中篇《香魂塘畔香油坊》改编的电影《香魂女》(1992 年),根据王朔同名小说改编的电影《大撒把》(夏刚,1992 年),

---

① 周斌《关于中国主流电影的理论探讨》,《当代电影》2012 年第 1 期。
② 李春《中国主流电影与中国主流电影的建构》,《东岳论丛》2012 年第 2 期。
③ 李赫、王俊欢《新主流电影刍议》,《新闻传播》2021 年第 3 期。

根据老舍同名长篇改编的电影《离婚》(1992 年)，根据邓刚小说《左邻右舍》改编的电影《站直啰，别趴下》(1992 年)，根据霍达长篇《穆斯林的葬礼》改编的电影《月落玉长河》(1993 年)，根据香港女作家李碧华同名长篇小说改编的电影《霸王别姬》(陈凯歌，1993 年)，根据刘醒龙同名中篇改编的电影《凤凰琴》(1993 年)，根据王朔同名中篇改编的电影《无人喝彩》(夏刚，1993 年)，根据冯骥才同名小说改编的电影《炮打双灯》(1993 年)，根据贾平凹同名小说改编的电影《五魁》(1993 年)，根据张平同名长篇改编的电影《天网》(1994 年)，根据李一清同名中篇改编的电影《被告山杠爷》(1994 年)，根据刘醒龙小说《秋风醉了》改编的电影《背靠背，脸对脸》(1994 年)，根据苏童同名小说改编的电影《红粉》(1994 年)，根据郁达夫短篇小说《迟桂花》《春风沉醉的晚上》改编的电影《金秋桂花迟》(1995 年)，根据张承志同名中篇改编的电影《黑骏马》(1995 年)，根据苏童小说《米》改编的电影《大鸿米店》(1995 年)，根据叶广琴小说《学车轶事》改编的电影《红灯停，绿灯行》(1995 年)，根据王朔小说《动物凶猛》改编的电影《阳光灿烂的日子》(姜文，1995 年)，根据张平长篇《抉择》改编的电影《生死抉择》(1995 年)，根据叶兆言小说《花影》改编的电影《风月》(陈凯歌，1995 年)，根据沈从文小说《丈夫》改编的电影《村妓》(1996 年)，根据王朔小说《我是你爸爸》改编的电影《爸爸》(王朔，1996 年)，根据刘恒小说《贫嘴张大民的幸福生活》改编的电影《没事偷着乐》(杨亚洲，1998 年)，根据陈建明同名小说改编的电影《那山那人那狗》(1998 年)，根据曹禺同名话剧改编的电影《北京人》(1999 年)，等等。坦率地说，这些电影，除了《霸王别姬》《没事偷着乐》等极少的几部电影在电影史上值得一提，其余的绝大多数电影在美学表现上都较平庸，从改编的角度看，都是一种漫无目的的、随机性的改编，是对文学名著的一种仰慕性的图解。严格地说，90 年代的电影改编，除了张艺谋，另一值得探讨的导演无疑是无论在中国电影史或中国电影改编史中都独树一帜的冯小刚。

在理论界的众多言说中，不少人习惯性地将冯小刚视为"第五代"导演。其实，除了年龄与所谓"第五代"中的导演相近，冯小刚与所谓"第五

代"并无渊源,其本人也在一次访谈中撇清了他和"第五代"的关联:

中国电影自创业以来,经前三代导演的艰苦奋斗,建造了中国电影这座宝殿。"宫殿"建成后,一哨人马杀了进来,占领了这座宝殿,并把大门把得很死。他们创立了一种流派,别人要想拍电影,就得按他们的路子拍,但别人要按这个路子拍肯定拍不过他们。这一代接着,又有一帮人杀到。他们没走大门,"破窗而入",自己创立了一种拍法。他们就是第五代导演,其中的代表人物有张艺谋、陈凯歌等。以北京电影学院"78班"为主体的第五代导演同第四代一样,杀入中国电影宝殿后,把窗子关严了,这时,第四、第五代导演一起住在宝殿中,也过上了安稳的日子。导演的代表人物有谢飞等人。可是万万没有想到,第六代导演竟然也杀入了这座宝殿。他们既没有走门,也没有走窗户,而是从地底下钻出来的。第六代导演的代表人物有张扬。等我杀到这里来一看,不但进不去这座宝殿,即便就是进去,也没有我下脚的地方。于是,我索性就在宫殿旁边自己建了一个耳房。没想到,通过不断发展,日子过得还挺不错。而我再往宫殿里一看,那里面太挤了,想让我进去我都不愿往里钻了。如今,在宫殿里的人看我过得不错,也忍不住想出来,甚至已经有人把头探出来了。[①]

就是这个自建"耳房"的冯小刚,在90年代国产影片整体营收低迷的情况下,屡屡创造了令人咋舌的票房奇迹,每部影片都保持了3000万以上的业绩。也正因此,有必要梳理一下这样一个重要导演的创作历程,同样,为了完整把握其电影艺术以及电影改编的特色,我们这里的梳理也从其创作之初延续至今。

与张艺谋一样,冯小刚在漫长的个人实践中也身兼导演、编剧、演员、制片等多重职务,与张艺谋不同的是,冯小刚还涉猎电视剧领域,担任过电

---

① 冯小刚《我把青春献给你》,长江文艺出版社,2003年,第102、103页。

视剧《编辑部的故事》(1991年)、《一地鸡毛》(1995年)的编剧,导演过电视剧《北京人在纽约》(1993年)、《情殇》(1995年)、《月亮背面》(1997年)等。其作为电影导演的第一部作品是1994年的《永失我爱》,根据王朔的小说《永失我爱》《空中小姐》改编。故事讲述的是一个幽默的青年个体户司机苏凯努力赢得了空中小姐格格的爱情,在发现自己身患重病后主动疏远了格格,格格的好友杨艳却对他不离不弃,最终苏凯在杨艳的照料下含笑辞世。多年以后,杨艳、格格两家人都在苏凯留下的小木屋中幸福地生活。王朔的小说一贯以"痞子"的姿态面世,但这两部小说却写得清新、温情,这说明在其貌似玩世不恭的外表下也有着对坚贞、纯美爱情的渴望,冯小刚选择这两部小说改编,既是由于冯小刚自身的大众性、草根性与王朔小说的大众性、市井性的天然契合使然,也有着冯小刚一贯的对纯艺术言说的偏爱。具言之,在冯小刚的电影实践中,其一直对纯艺术的电影表现情有独钟,开局的《永失我爱》票房失利后,他转向商业创作,在稳居票房大腕的位置后,其时不时还是会转向他感兴趣的艺术创作,所以才有了其后的《天下无贼》《集结号》《唐山大地震》《一九四二》《我不是潘金莲》《芳华》等。1996年的《冤家父子》,根据王朔的小说《我是你爸爸》改编,与王朔合作导演,反映一对父子由关系紧张转为父子情深,题材、主题、格局都很狭窄,上映后反响平平。1997年的《甲方乙方》是冯小刚第一部大卖的电影,根据王朔的小说《你不是一个俗人》改编,讲述的是四个无业青年异想天开地开办了一家公司,专门承办"好梦一日游"的业务,于是各种顾客粉墨登场,一个开书店的想当一天巴顿将军,一个厨子想当一回宁死不屈的烈士,等等,整个故事看似荒诞不经,实质反映了商品经济大潮下普通的底层小人物形形色色、有时是难以启齿的欲望和梦想。所以,影片的人物、情节是假定性的,影片中的诉求仍然是现实主义的,这是冯小刚喜剧特有的美学建树,其不同于《乌鸦与麻雀》等传统喜剧中严肃的讽刺,不同于《喜盈门》中洋溢着乐观主义精神的喜剧,不同于《老少爷们上法场》中以悲剧为内核的喜剧,也不同于其后类型片登场后周星驰式的无厘头喜剧,而是一种仍然具有现实主义底蕴、继承了"京味幽默"的精髓但却躲避崇高、以市民阶层的世俗

中国电影改编研究

欢乐的倾吐为主的喜剧。《甲方乙方》的上映恰逢 1998 年的春节前夕,因而其不仅奠定了冯氏喜剧的风格,而且也无意间打开了中国式"贺岁片"的大门。《甲方乙方》成功后,冯小刚一发不可收,1998 年又拍摄了《不见不散》,剧本为原创,影片讲述的是两个在美国的北京人的爱情遭际,故事本身并不出彩,但全片模仿《甲方乙方》中的喜剧套路,并有意为 1999 年的贺岁片量身打造,同样收益颇丰。《没完没了》(1999 年)是冯小刚拍摄的第三部贺岁片,剧本仍为原创,片中的主人公是一个出租车司机,为了报复拖欠他工资的旅行社老板,绑架了其女友,闹出了一堆笑话。剧本的写法模仿王朔的小说,但无论立意、情节安排都比较牵强,搞笑的手段也因袭前两部影片,上映后未能取得预期的效果。2000 年的《一声叹息》,改编自王朔的小说《狼狈不堪》,讲述的是一个作家在妻子与情人之间的三角恋爱故事。影片虽然触及了商品经济社会中出现的种种家庭婚姻危机问题,但无论主题还是情节都很普通,其中虽有一些幽默桥段,但基本是冯氏喜剧常见的调侃,在美学上并无进展。2001 年的《大腕》,剧本系原创,影片讲述的是一个中国的下岗职工为好莱坞大腕操办葬礼的故事。明眼人都不难看出,这个故事纯属编造,现实中是不可能发生的,编导完全是依赖电影的假定性来叙事,但也正因完全依赖假定性,所以其中虽有意制造了若干笑点,但总体上并无可赞之处。值得注意的是,纯粹依托假定性来编剧和改编,在其后的电影实践中多有所见,但基本上都不成功。2003 年的《手机》,改编自刘震云的同名小说。手机的出现,在给人们带来方便的同时,也带来许多新的烦恼,影片中的电视台名主持严守一就是因为手机的出现导致婚外情的泄露与婚姻的破裂。影片有现实的影子,也有冯氏喜剧的特点,但其创作仅仅丰富的是冯小刚喜剧电影家族,在电影美学上并无突破。究其原因就在于,我们曾经指出,"在所有的文艺样式中,没有哪一种与科技的关系有电影这么密切。所以,在早期的电影中,我们都曾经发现,每一种新的科技产品如电话、电灯、冰箱、洗衣机、电视、电脑等进入了社会生活,其马上就会在电影中出现,其不仅起着一种引领时尚的作用,而且还会

参与到具体的剧情中,成为结构剧情的重要因素"①。也就是说,《手机》的题材选择、叙事策略与改编动因,在此前的电影实践中已经屡见不鲜了。

2004 年的《天下无贼》,根据赵本夫的同名小说改编。赵本夫于 20 世纪 80 年代初凭借处女作《卖驴》一炮打响,其本人也因此由农民转变为作家,成为 80 年代的文学青年借写小说改变身份的样板,但其后的创作一般。虽然我们无法考证其创作《天下无贼》的动机,但小说明显是照着电影剧本的路数写的,即希望能改编成电影。在原小说中,农民工傻根笃信天下无贼,坚持带着一年打工的钱回乡过年,而不是通过最为便捷、安全的邮政汇出。在路上,一个经验丰富的扒手团伙盯上了他,与此同时,一对小偷鸳鸯为傻根"天下无贼"的信念感动,出手相助,最终护送傻根平安到家。一个傻根,两伙贼人,这个配置明显是人为的,但冯小刚却从中看到了喜剧意味,将其作为改编的素材。这里显示的,是电影改编中几个值得关注的现象,其一是编导在改编资源的选择中所选的往往是与自己的审美趣味相近的文本。其二是编导在改编中往往特别突出与其一贯志趣相投的部分。其三是编导如果没有对原作更高、更深层次的解读,其改编在突出了自己所感兴趣的某些元素的同时,却无暇顾及其他元素的挖掘,从而损害了作品的整一性与合理性。所以,在本片的改编中,我们看到,经验老到的冯小刚对原作的某些欠缺作了补充,如那对小偷鸳鸯为什么会大发善心帮助傻根,原作没有交代,而冯小刚则增加了女小偷怀孕的情节,正因其怀孕,他们萌生了洗心革面重新做人的念头,才有了帮助傻根的动力。但或许是冯小刚为加深电影的内涵,将其所擅长的喜剧性引向更为深刻的悲剧性,其对这对鸳鸯的命运的改写就过犹不及了。原作中,小偷鸳鸯有惊无险地护送傻根安全到家,电影却"丰富和发展"了这一情节,改为男小偷为保护傻根而死,这就不仅人为拔高了这个人物,也破坏了冯氏喜剧原有的喜剧效果,以至于有评论认为,冯小刚此前的电影缺少人文关怀,这一次却又关怀过头了。

2006 年的《夜宴》,根据莎士比亚的名剧《哈姆莱特》改编。这是冯小刚第

上篇 中国电影改编史略

---

① 沈义贞《影视批评学导论》,中国电影出版社,2004 年,第 168 页。

一次拍摄好莱坞意义上的类型大片。电影的改编只采撷了原作的人物与部分情节元素,其改编已与原作的美学诉求与美学风貌无关,着重聚焦的是一个多姿多彩的影像奇观。本片与张艺谋的《满城尽带黄金甲》一样,其在电影改编史上的意义就在于,开启了大片时代改编名作却不以还原名作的样貌和主旨为目的,而是仅仅借助名作的号召力与部分元素,述说编导个人的某些认知,营造视觉盛宴以招徕观众的先河。2007年的《集结号》,根据杨金远的小说《官司》改编。原小说讲述的是解放战争期间我军的一个连队为掩护大部队转移,约好了在大部队转移到安全地带就吹响集结号,通知打掩护的连队撤退,不知为何集结号始终没有吹响,连队也战至连长谷子地一人。中华人民共和国成立后谷子地无意中发现在一份档案中,他所在连队牺牲的战友被记录为"失踪",为还战友的烈士身份,谷子地开始寻找证据。辨析原作与电影的异同,我们发现,电影对原作作了重大改编,即将原作中谷子地为还战友的烈士身份寻找证据改为谷子地寻访当年为什么没有吹响集结号的真相。这一改,就差之毫厘失之千里了。因为,在其时的国际语境中,西方人拼命抹黑中国,指责中国人在国际竞争中不讲诚信,而《集结号》作为中国大片,却以最易为观众接受的形式明确无误地昭示了我们的不讲诚信!影片出品的那一年,还未智能化的手机上短信已经满天飞,其中的一则短信就说,"看电影《色戒》,男人不可靠,看电影《苹果》,女人不可靠,看电影《集结号》,组织不可靠!"也正因此,我们说《集结号》在某种程度上损害了中国形象。2008年的《非诚勿扰》,据说电影的创作灵感来源于中国台湾导演陈国富的《征婚启事》。如果说《集结号》显示的是冯小刚对艺术电影的一直念念不忘,那么《非诚勿扰》显示的是其重又回到商业轨道。电影的主人公秦奋是个天才,发明了"解决分歧终端机",一夜暴富后开始了他的征婚、爱情之旅。毋庸讳言,影片所讲述的这个征婚、爱情故事,与陈国富的《征婚启事》借主人公的征婚反映台湾社会的光怪陆离所体现出的现实主义魅力与力量不可同日而语,而影片设置的所谓发明"解决分歧终端机"的噱头也明显是虚构的、假定的,不仅不能增加喜剧性,反而破坏了作品的现实肌理。这也说明,在电影的原创或改编

中,依靠某种夸张的、假定的虚构,可以取得一定的成功,但一而再再而三的重复这一策略,就不仅因循守旧,而且令人生厌了。2010年的《非诚勿扰2》延伸《非诚勿扰》的情节逻辑继续编造,更无可观。2010年的《唐山大地震》,根据张翎的小说《余震》改编。影片讲述的是在那场震惊中外的唐山大地震中,一个母亲在儿子、女儿只能抢救一个的情况下选择了儿子,但女儿也奇迹般地生还,由此母女、姐弟产生嫌隙,多年以后仍难平复。作为改编,影片所预期的社会心理反映无疑寄托在人们对那场惨痛灾难的回忆,但毕竟时过境迁,影片所展现的这场灾难,熟悉这场悲剧的中国观众早已耳熟能详,影片未能赋予这场灾难更为深刻的反思,所讲述的也就是一般的亲情故事,所以,影片虽然是大制作,却未有大主题。2012年的《一九四二》,改编自刘震云的小说《温故一九四二》。1942年,河南大旱,千百万民众流离失所,背井离乡地逃难,这是中华民族现代史上的一场灾难,冯小刚选择其改编,与《唐山大地震》一样,一定程度上可能是受好莱坞灾难大片的影响,希图拍摄中国式的灾难大片。但好莱坞灾难大片往往指向未来,切中的是人们在各种可能毁灭人类,甚至地球的灾难来临前的恐惧心理,而冯小刚所选择的这两场灾难,可能有一定的历史认识价值,但与当下的社会心理是脱节的,也未能呈现出灾难的不可预期性、不可抗拒性以及不可左右性,因而,虽然影像奇观有之,却并不惊人、动人。由此可见,在电影改编中,需要影像翻新,但更需要针对当下的社会心理,以及编导的价值发现。2013年的《私人定制》,可能是《唐山大地震》《一九四二》未能取得较高的票房,冯小刚再度重回商业电影,拍摄了这部影片。剧本虽系原创,但基本情节参照的是此前的电影《甲方乙方》以及根据王朔小说改编、米家山导演的《顽主》,仍然是四个小人物组成"圆梦四人组"帮人圆梦,其中的荒诞不经的梦想以及帮人梦想成真的搞笑手段,与《甲方乙方》《顽主》相似,只不过已经缺少了这两部影片中的现实主义内涵,而完全流于商业化的模仿了。2016年的《我不是潘金莲》,根据刘震云的同名小说改编,小说中的李雪莲是一个普通的农村妇女,因为被人诬称为潘金莲,十多年中到处申诉,希图为自己的名誉平反。李雪莲夸张的执着,潘金莲的淫秽暗示,

中国电影改编研究

李雪莲与形形色色的男人的碰撞，无疑能产生一些笑点，冯小刚可能就是看中了这一点将其改编成电影。电影虽有现实主义的色彩，但由于立意不高，主题狭小，所讲述的故事与同时代人更为关注的许许多多重大主题相比无足轻重，所以上映后也无太大的反响。2017 年的《芳华》，改编自严歌苓的同名小说。可以说这是冯小刚迄今为止拍摄的最为成功的一部艺术片，原因是，"本片所拍的文工团故事，实质是原小说作者严歌苓、导演冯小刚等一代人的青春记忆，还原的是他们当年的生命体验，颇具自传意味，其打动、冲击观众的，主要也就是导演回溯平生所生发的一种强烈的生命冲动以及在这种生命冲动驱使下所吐露的一种生命感喟。换句话说，其成功，很重要的一个原因就在于其表达了冯小刚以及与冯小刚的人生经历相近似的一代人或一类群体的生命冲动"①。《芳华》虽然获得了较高的票房，但从改编角度看，其所选择的改编资源在与其个人生命历程相吻合并也是在其个人所能理解和把握时，其才驾驭得得心应手，一旦超出其认知范围，面对许多更为宏大的社会现实图景，他就只能回避或视而不见了。2019 年的《只有芸知道》，也是一部艺术片，剧本为原创，讲述了一对中年夫妇跨越多年的相爱相守，其中可能有冯小刚人到老年时某些心境的反映，但无论思想还是艺术都无建树。2022 年的《手机 2》炒的也是以前《手机》的冷饭，显示了导演在创作中的某些困顿，等等。

回溯冯小刚整个创作历程，不难看出，其电影无论原创还是改编，呈现着这样几个重要特色。其一，其自始至终都是在主旋律电影、艺术电影、商业电影三足鼎立的格局中创作的，由于个人的美学偏好，其对主旋律电影基本未有涉及，《集结号》虽是主旋律题材，但却不是主旋律电影。由于其不是思想型导演，所以其艺术电影大多欠缺宏大叙事，仅以个人叙事见长，也正由于缺乏价值的探索，其所选取的改编文本以及在改编中所采取的策略大多以推导喜剧效果为宗旨，这些策略为他早期的喜剧带来了某些成功，但在其后的反复运用中变得陈旧而虚假，有时甚至是败笔。其二，冯小

---

① 沈义贞《2017 年度中国电影现象观察》，《艺术百家》2018 年第 6 期。

刚电影的改编,一方面所选择的都是文学史上并无太多建树的文本,其对之又未有更深的思想开掘,因而成就有限;另一方面,其改编资源过多集中在少数作家如刘震云、严歌苓身上,这说明,其电影改编更多地出于商业考虑,而未能看出,真正在美学上具有巨大成就的改编,都是紧紧围绕、针对着社会的现实需求、更为复杂而重要的社会心理的,所选择的改编资源也更为广阔而丰富,中外古今悉在可选之列。推而言之,如果一个创作主体始终囿于个人叙事而不能将整个广阔的现实图景纳入视野之中转向宏大叙事,其作品可能取得一定的成功,但终将难以为继或格局不大;同理,一个导演在改编中如果过分依赖某一两个作家或职业编剧的文本,其可能取得部分商业上的成功,但其改编与现实进程极大可能发生脱节,其改编的美学意义也就难免缩减了。其三,所谓冯氏喜剧,除了在编剧、改编技巧上有所贡献,其实并不真正具有喜剧精神。不讳言地说,冯小刚所有喜剧的深刻性,都不及同时期根据刘恒小说《贫嘴张大民的幸福生活》改编的电影《没事偷着乐》,这部电影虽然很少人注意,却真实地反映了社会转型时期小人物的悲欢,张大民式的贫嘴,是自嘲,也是对生活压力的抵抗,这就不仅体现出真正的喜剧都具有一定的悲剧意味,而且再度说明了真正的喜剧都具有现实主义品格。其四,冯小刚喜剧在中国电影史和中国电影改编史上最为重要的贡献,应该是其通过商业电影的创作以及在商业上的成功,将电影重新拉回商业的轨道。电影史告诉我们,电影的出现最初是由商业驱动的,到了计划经济时代,其商业性才由意识形态性所取代,进入商品经济社会,好莱坞类型大片的涌入,电影产业的形成,都使得电影的商业性再度为人们所重视,而冯小刚可以说是中国电影由此前的严肃电影向娱乐电影过渡期的一个重要人物。正是从他开始,中国电影走向一个更为丰富多彩的时代。

九、2000 年以来:徘徊在文学性与影像性之间的电影改编

进入 21 世纪,随着全球化浪潮的铺展、大众文化的崛起、电影产业化进程加速、中国互联网的诞生以及数字化时代的到来,电影的外部环境、美学风貌、叙事策略、制作方式、技术手段、传播渠道、发展态势等都发生了前所未有的改变。特别是,随着更多获得话语能力的创作主体的加入,电影也有了传统意义上的电影、微电影以及时长介于电影、微电影之间的大电影之分。由于大电影、微电影在我们看来是众多新涌进电影领域的参与者在拍摄传统意义上的电影之前的练习,因而一直缺乏精品力作,因此,我们对 2000 年以来电影改编的考察,主要还是聚焦传统意义上的电影。此外,华语电影的版图主要由中国内地、中国台湾和中国香港的电影构成,三地的电影在既往的实践中形成了各自不同的特色,可分别考察,但自从 1997 年香港回归,香港导演北上,与内地导演融为一体,传统意义上的香港电影严格地说已不复存在,因此,我们对 2000 年以来电影改编的考察,也自然而然地把 1997 年之后香港导演的作品纳入视野。

综观 21 世纪以来的电影实践,就电影改编而言,从横向上整体看存在着这样几个特点:

首先,电影改编资源的多元化。其中包括:一、旧电影。即以前已经拍摄过的电影,由于导演有了新的理解,或由于数码科技的发展,在影像上有了新的处理,于是重新翻拍。比如,胡金铨的《龙门客栈》之后,徐克又拍了《新龙门客栈》,袁和平在 1982 年拍摄过《奇门遁甲》,2017 年再度重拍。重拍也是一种改编,重拍之后的电影在影像和主题上都有了新的处理。再如,金庸、梁羽生、古龙等人的作品在之前有过多种电影文本,数码科技介

入后,各种翻拍层出不穷,有的翻拍对原作的主题略有改动,更多的则是借助新的科技呈现更为炫目的影像奇观。比较一下胡金铨版的《笑傲江湖》与徐克版的《笑傲江湖之东方不败》,不难发现,徐克版不仅在哲学的层面更深层次地思考了武侠的意义,而且其中的打斗、场景也更为绚丽精彩。

二、漫画。根据漫画改编的电影在此前的电影实践中一直有之,如根据张乐平漫画《三毛流浪记》改编的《三毛从军记》,香港影史上的《头文字D》《古惑仔之人在江湖》《风云雄霸天下》等。进入21世纪后,中国内地电影产业的发展需要更多的改编资源,漫画虽然没有由原先的零星改编转向大规模改编,但可以察觉到的是,漫画资源一直在改编者的关注之中,如张之亮的武侠大片《墨攻》就是根据日本漫画家森秀树的同名漫画改编,只不过由于优秀的漫画资源稀缺,改编成功的电影也不多,所以尚未能引人注意。

三、游戏。20世纪90年代,电子游戏进入中国,当时的许多单机游戏如《仙剑奇侠传》《轩辕传》《浣花洗剑录》《剑侠情缘》《月影传说》《古墓丽影》等备受万千玩家喜爱,网游出现后,《王者荣耀》《魔兽》《生化危机》《三国》《阴阳师》等风靡一时,不少游戏文本被改编成电影,如《古墓丽影》《生化危机》《侍神令》等,游戏不仅成为利润丰厚的产业,而且成为电影改编的重要资源,以至于有学者提出了"影游融合"的主张,而在我们看来,电影可以将游戏作为重要的改编资源,但切不可游戏化,即将电影降低或等同于游戏,否则其带来的绝不是电影工业的兴盛,而是电影的消亡。同时,尤须注意的是,游戏为了吸引玩家,在情节安排上特别注重悬念,但有时候悬念有了,情节是否合理,就缺乏考虑了。这种情节上的漏洞在游戏玩家那里并不是什么大的问题,因为玩家的注意力更多的是如何"通关",但在电影中就是不可原谅的Bug。比如根据《阴阳师》改编的电影《侍神令》,在情节设置上就过多依赖假定性,情节的运转、反转就太过随意,主人公晴明最后为什么能打得过大反派慈沐,为什么能死而复生,为什么能宣布侍神令无效,都缺乏交代,因而也就缺乏说服力等。四、IP。IP是Internet Protocol的英文缩写,原指网际互联协议,在影视产业中的IP则是Intellectual Property Right的缩写,意指知识产权。电影产业化之后,为合法地掌握

电影改编的资源，电影生产企业往往会买断拥有一批粉丝数量的文学文本、游戏文本、动漫文本等的版权，以为其后的改编之用。至于已过版权期的文本则可以为所有人使用，比如无产权争议的中外一切文学作品。五、文学文本。其中又分两类，一是传统的文学作品，一是新兴的网络文学作品。六、网文。根据有论者的考察，所谓网文除了小说，还包括"复杂的故事、爽文，以及为影视剧、网游、动漫等产品定制的故事脚本"①，等等。

其次，传统文学文本的 IP 化。在 2000 年以来的电影改编中，传统的文学作品依然是改编所依赖的重要资源，但与既往的文学改编不同，这一时期的电影改编除了《我不是药神》(2018 年)等极少的几部电影，其余绝大多数并不以重现传统文学作品的美学风貌为追求，而是更多地将传统文学文本作为一个 IP，编导着重营造的是更能为观众接受的影像奇观和各种笑点，张艺谋的《满城尽带黄金甲》、冯小刚的《夜宴》等莫不如此。由于中国古典小说资源丰富，且经典众多，在当前的电影改编中，我们就看到，经常为人们所采用的古典小说所形成的 IP 就有《西游记》IP、《三国演义》IP、《水浒传》IP、《封神演义》IP、《聊斋志异》IP、《杨家将》IP 等。在武侠文学文本中，民国武侠小说《江湖奇侠传》《蜀山剑侠传》等自不必说，港台武侠四大家金庸、梁羽生、古龙、温瑞安的小说在知识产权到期前后也一直是电影改编首选的重要 IP。值得注意的是，在 IP 的选择以及形成过程中，我国古典小说中的重要名作《红楼梦》《儒林外史》、晚晴谴责小说《官场现形记》《二十年目睹之怪现状》以及现代严肃作家的小说始终未受青睐，究其原因就在于，《红楼梦》强烈的诗性、抒情性以及所蕴含的巨大的思想性不仅使一般的思想薄弱的改编者望而却步，而且也是注重娱乐性、动作性的编导不感兴趣的。《儒林外史》《官场现形记》《二十年目睹之怪现状》虽然其辛辣的讽刺性含蕴着丰富的喜剧精神，但也是思想苍白的编导们无法把握的，所以也一直遭到冷遇。至于现代严肃作家的小说其严肃性也不容改编者随意调侃。我们提出这一点，实质是提请苦于改编资源枯竭或将来有

---

① 何平《再论"网络文学就是网络文学"》，《文艺争鸣》2018 年第 10 期。

思想的编导多多关注这些文本,说千道万,从来就不存在改编资源的撞车、匮乏问题,缺少的是编导者的思想和艺术功力。

再次,网络文学与电影紧密联姻。据第 45 次《中国互联网络发展状况统计报告》显示,"截至 2020 年 3 月,网络文学用户规模达到 4.55 亿,较 2018 年末增加 2337 万,占网民总体的 50.4%。手机网络文学用户规模为 4.53 亿,较 2018 年末增加 4238 万,占手机网民的 50.5%"[①]。另有论者统计,仅 2019、2020 年两年,"'热度'最高的 100 部影视剧中,网络文学改编的达 42 个,占比超四成,几乎撑起了'半壁江山'。据前不久披露的《2019—2020 年度网络文学 IP 影视剧改编潜力评估报告》显示,网文 IP 拉动下游文化产业总产值累计超 1 万亿元"[②]。由此可见,网络的出现催生了网络文学,网络文学的出现则为电影以及电视剧的改编提供了丰富的资源。某种程度上可以说,21 世纪电影改编的主要格局很大程度上就是改编网络文学,从而导致,一方面,电影改编仍然离不开文学资源,而电影对网络文学的依赖其实与对传统文学的依赖是一样的,这是因为,网络文学就是文学。具言之,网络文学是在传统的精英文学逐渐边缘化之后异军突起的。乍看之下,网络文学不同于传统的精英文学,也不同于传统的通俗文学,但不可否认的是,网络文学、传统精英文学、传统通俗文学都隶属于文学这一大的范畴之下,也就是说,网络文学并不完全是与传统精英文学相对立的大众文学,而是"文学"或者说我们习惯指称的"当代文学"存在的一种新形态。另一方面,网络文学的格局决定了电影改编的格局。有论者指出,从台湾作家痞子蔡的《第一次亲密接触》开始,网络文学的发展历程,已经有三次比较明显的转型,"这三次转型,分别代表了网络文学所处的言情、幻想和现实题材三个不同时期",即"网络文学的言情时期"、"网络文学的幻想时期"、现实题材时期[③],其实,这也是网络文学迄今为止所呈现出来的三种主要类型。其一是根据网络言情小说改编的电影,有《第一次亲

---

① 江河《网络文学影视改编的发展及应对》,《新闻传播》2020 年第 20 期。
② 许旸《网文 IP 改编国风剧升温》,《文汇报》2021 年 8 月 10 日。
③ 周洪立《网络文学的三个发展时期》,《当代文学研究资料与信息》2010 年第 3 期。

密接触》《那些年，我们一起追的女孩》《致我们终将逝去的青春》《失恋33天》《七月和安生》《左耳》《山楂树之恋》《小时代》等。其二是根据网络幻想小说改编的电影，有《寻龙诀》《九层妖塔》《盗墓笔记》《诛仙》《悟空传》等。其三是根据现实题材小说改编的电影，有《成都，今夜请将我遗忘》《杜拉拉升职记》等。或许由于现实题材小说容量相对较大，不少作品如《蜗居》《裸婚时代》等，往往是电视剧改编热衷的对象。所以，大致上看，在网络文学中，具有传统现实主义文学的样貌的作品大多改编成电视剧，而更多的适应大众趣味的、以娱乐、幻想、悬疑等为主要诉求的网络文本则改编成电影。

毋庸讳言，迄今为止在网络文学中最受读者欢迎的，是以恐怖、探险、奇幻为主导特征的幻想小说，其改编成电影后，又催生了一个新的电影类型，即玄幻电影。但或许是网络文学与严肃文学相比，在价值探索、人物性格刻画、情节逻辑、语言淬炼等各个方面都比较粗糙，其在更多追求情节的曲折离奇时常常不顾及其他，特别是其为了吸引读者所设置的千奇百怪的悬念，最终都未能给出一个合理的、智慧的、既在情理之中又在意料之外的解释，而是无一例外地归于某种神秘主义。这可以是这类小说最大的致命伤。因为，如果一切都以神秘来解释，那么无论作者制造什么紧张离奇的悬念都无所谓，但读者的期待却整体地落空了。遗憾的是，这类电影的改编者基本上不能将原作中存在的问题一一纠正出来，仅仅借助原作本就经不住推敲的情节框架纳入所谓的动作和画面奇观，其最终的结果也就只能全军覆没。比如，根据《鬼吹灯》改编的电影已有《云南虫谷》《龙岭迷窟》《龙岭神宫》《九层妖塔》《黄皮子坟》《怒晴湘西》《寻龙诀》《精绝古城》等多部，一部比一部糟糕，其他如《盗墓笔记》等电影的改编也一塌糊涂。

最后，在文学性与影像性之间偏重影像性，一定程度上导致21世纪以来的电影改编娱乐有之，人文欠缺。坦率地说，2000年之后，除了李安、张艺谋、冯小刚、陈凯歌等少数导演在改编中依然把电影的人文性作为美学目标，绝大多数导演的改编都以娱乐性为首选。但是，一方面，由于缺乏人文性的支撑，迄今为止，所有的改编在价值层面的探索几乎是空白。另一

方面,除了极少的改编电影如《蜀山传》《西游降魔篇》《捉妖记》等由于影像奇观性的营造较为突出从而取得某些成功,绝大多数改编都存在着智慧性不足的毛病。在讨论电影的特性时,我们曾经提出,"就目前而言电影首要的、最值得重视的特性就是奇观性和智慧性"。奇观性即不同于日常生活图景的异常景观,而智慧性则主要包括三方面内容,其一是人文性。所谓人文性"指的是电影归根到底是一种意识形态载体,其终极的美学目标仍应是一种人文关怀,是世界各民族依据自己的文化传统和本土体验对人类自身可能性的猜测,以及对人类前途与命运的思考,并且,不同电影所表露的不同的人文特色,也是取决于该电影的创作主体所拥有的民族文化传统,以及在广泛的社会实践中所形成的独特的个人精神谱系";其二是"由人文的高度俯视世界而生成的悲悯性或幽默性";其三是"叙事的技巧性",包括如何设置合理的悬念、如何保持人物性格逻辑、情节逻辑的流畅等[①]。前两个方面取决于编导的思想性,后一个方面则取决于编导的艺术水准。遗憾的是,这一阶段的电影改编普遍在这两个方面集体翻车了。

从纵向上看,尽管不如前一阶段主旋律电影、艺术电影、商业电影的三分格局那么明显,这一阶段的电影改编某种程度上可以说奔驰在文学性与影像性两条轨道上。在文学性轨道上创作的,张艺谋、陈凯歌、冯小刚等之外,最为值得重视的无疑是李安。

2000 年,李安的《卧虎藏龙》横空出世,不仅受到国内观众的广泛欢迎,而且也得到西方观众的首肯,并获得国内众多导演梦寐以求的奥斯卡金奖。《卧虎藏龙》改编自清末民初通俗小说家王度庐的同名武侠小说。原作讲述的是大侠李慕白与女侠俞秀莲相爱,却因俞秀莲的未婚夫与他是好友,朋友妻不可欺,再加之其又因救他而亡,双重的障碍使得他只能将这份爱深压在心底;另一重要的主人公玉娇龙也面对多重难题:不愿接受家长为她安排的门当户对的婚事,出走江湖;早年在大漠认识的初恋情人来找她,回归上流社会的玉娇龙眼光已经改变,瞧不上他的土匪身份,但对方

① 沈义贞《影视批评学导论》,中国电影出版社,2004 年,第 25、43、44 页。

中国电影改编研究

不依不饶;爱上了社会地位、江湖地位兼具的李慕白,但身处情感泥潭的李慕白看不上她,她也因自身的原因无法启齿,最终只能从悬崖上一跃而下。这是一个凄婉的武侠奇情故事,在近现代武侠小说中并不鲜见,李安却从中发现了新的改编价值。从李安的创作历程以及相关导演阐述里,我们看到,其作为一个生于台湾、客居美国的中国导演,多年来一直对中国文化情有独钟,他的"家庭三部曲"《推手》《喜宴》《饮食男女》探讨的都是在中西方文化的碰撞中中国传统文化的困境,其《卧虎藏龙》所表达的,则是他对古典中国的痴迷和向往。《卧虎藏龙》为什么成功,明面的原因无疑是其所呈现的"梦幻中的抽象中国"①不仅是李安的个人情结,而且是置身喧嚣的娱乐大潮中万千大众对中国古典文化的再度回归。而更深层次的原因则是我们曾经指出的,"这个导演一直在思考,他是个很严肃的导演。早年在台湾拍的家庭三部曲《推手》《喜宴》《饮食男女》等,表现的是中西方文化的对抗。到了美国以后,李安的思考扩大了,他在《卧虎藏龙》中表现了一个世界范围的主题,也是当今世界每个人都会碰到的一个问题,这就是理智与情感的冲突。上至总统克林顿,下至下岗工人。都会碰到第三者,碰到这些问题怎么办? 理智上告诉我们不能这么做,不要破坏家庭,但是感情上又割舍不下。这就是理智与情感的冲突,这种冲突是人类永恒的矛盾、永远的困境、谁也无法摆脱,《卧虎藏龙》表现的就是这个主题"②。亦即,作为一部改编电影,其改编不仅在诸多方面重现了武侠电影的光彩,如诗化的武侠等,而且更为重要的是切合了一个世界范围的观众心理。

将李安的所有的电影改编综合起来考察,可以发现有这样几个特点。其一,是李安所有的电影改编,都具有较高的文学性。这不仅体现在他的主要的、有代表性的电影都改编自文学作品,如《冰风暴》改编自美国作家里克·穆迪的同名小说,《理智与情感》改编自英国女作家简·奥斯汀的同名小说,《卧虎藏龙》改编自现代通俗小说家王度庐的同名小说,《断背山》

---

① 沈义贞《"梦幻中的抽象中国"——关于〈卧虎藏龙〉的美学思考》,《电影艺术》2003 年第 4 期。
② 沈义贞《漫谈当前中国电影存在的若干问题》,参见沈义贞《艺文漫话》,江苏美术出版社,2013 年。

改编自美国作家安妮·普鲁克斯的同名小说,《色戒》改编自张爱玲的同名小说,《少年派的奇幻漂流》改编自印度作家扬·马特尔的同名小说,《比利·林恩的中场战事》改编自美国作家本·芳汀的同名小说等,而且体现在其电影都十分注重讲述一个好的、文学性细节丰富而生动的故事。比较一下 2000 年以来的许多娱乐大片,不难看出,故事在其中仅仅是一个情节框架,编导着重追崇的是炫目的影像奇观,普遍缺少意味深长的文学性细节。其二,李安的电影改编有时特别偏重技术美学。在改编自漫威漫画的《绿巨人》中,可以看到他对电影运用科技制造特效的执念,片中绿巨人大战三只变异犬的场面被网上视为影史上"最复杂和最有难度"的特效;《少年派的奇幻漂流》是李安对 3D 电影的初次尝试,片中的老虎均由 CG 制作,大量惊人的画面如腾空飞跃的密密麻麻的飞鱼等都是实景拍摄与数字技术的高度融合。《比利·林恩的中场战事》采用 120 帧拍摄,并始终以 120 帧、60 帧、24 帧、3D 等多种规格上映,被网评为"电影史上一次大胆的技术实验"。值得注意的是,李安注重技术美学,但始终将技术美学服从于艺术美学,从不因炫技而破坏艺术表达的流畅和完美或艺术美学的首要性。其三,李安的电影改编始终针对的是一个哲学性主题。在华语电影导演群体中,李安是极少的保持精神探索并具有思想高度的导演之一。他的电影实践尤其是他的电影改编一直都在寻找电影的主题如何具有普世性,如何与世界观众的心理的相通。早年的"家庭三部曲"探讨的是中西方文化的碰撞问题;《理智与情感》(1995 年)表现的是理智与情感的矛盾。片中的姐姐在感情中始终理智,妹妹则听由情感的爆发,两者都很美丽,情感丰富而又理性坚定的姐姐最终获得了美好的爱情,表达了李安对现代主体在情感与理智如何平衡中理智战胜情感的赞许;《冰风暴》(1997 年)表现的是肉欲与伦理的冲突。片中的性解放和换妻游戏,不仅再现了美国传统家庭观念解体之后的真实图景,而且表达了李安对肉欲横流的批判以及对家庭保守性的肯定。放纵还是克制情欲,这是一个人类的普遍难题,这也就是李安曾经在阐释影片主题时所说的,"保守的家庭是如何带给你安全感的。另一方面,你想把自己从它中解放出来。所有这些都是非常普世的";而

《卧虎藏龙》(2000年)中可以说将理智与情感、肉欲与伦理的对立表现得淋漓尽致;《绿巨人》(2003年)是李安对好莱坞科幻大片的模仿,票房不太理想,但其中也表达了李安对科技异化的忧虑;《断背山》(2005年)是一部同志电影,其感染观众的,不仅有两个男性主人公跨越一生的矢志不渝的爱情,而且有李安对纷纷扰扰的情感游戏中感情专一的期待;《色戒》中的汉奸易先生与女大学生王佳芝在乱世相爱了,王佳芝明明可以逃生,却为了易先生的安全牺牲了自己的性命,而易先生明明深爱王佳芝,却为了他的荒唐使命不得不处决了她。这里表达的无疑是李安对爱情常常为许多不可抗拒的外力毁灭的悲悯;《少年派的奇幻漂流》(2012年)是李安电影中最具有哲学色彩的一部。片中在海上漂流的少年不仅要面对大海的凶险,而且要时时刻刻提防着身边老虎的威胁。这里的大海象征的是人类在漫漫长途中无处不在的各种灾难,而老虎则象征着人类内心中须臾不能忽视的敬畏。在大众文化时代普天娱乐的大潮中,人们普遍变得肆无忌惮,而忘却了内心应该敬畏的许多崇高、神圣的东西,老虎的存在无疑是一种提醒,少年与老虎的同行,说明的是人类在历史的跋涉中应该始终保持着一种敬畏之心;《比利·林恩的中场战事》(2015年)以伊拉克战争为背景,除了对战争的批判,李安还展示了人在非常状态下人性的复杂和人心中的恐惧,等等。可以认为,李安的电影在整个华语电影中最具有哲学性,而李安的全部电影改编也可以说是一种哲学性改编。诚然,李安电影的票房有高有低,反响也不一,但其哲思的品格与故事讲述的全程无尿点可以说在整个华语电影中独树一帜,某种程度上是华语电影的一个标高。

在21世纪迄今为止的电影改编实践中,除了李安以及我们已经讨论过的张艺谋、冯小刚,值得注意的导演或改编电影还有:

陈凯歌。在中国内地导演中,一直仰仗文学资源并明确注重追求哲学性的导演无疑是陈凯歌。他早年的几部代表性作品《霸王别姬》《黄土地》《孩子王》等都体现着严肃的思想追求,但毋庸讳言,这些作品的思想性都是原作提供的,其只是准确地还原了原作的思想。进入21世纪之后,陈凯歌电影的美学追求主要从两个方面展开,一是呈现娱乐性,这是为迎合大

众、博取票房的需要；二是突出作者性，这是希图凸显其电影一贯的主体思索性。但因思想火候的不足以及不能完全放下身段笑颜媚人，其在这两个方面的表现都不尽如人意。其首次尝试的原创性的武侠大片《无极》就因"一个馒头引发的血案"引起网络的嘲笑，其原创电影《梅兰芳》(2008 年)从艺术上看表现尚佳，但因梅兰芳作为 20 世纪重要的戏曲大师，其个人的经历连接着许多重大的历史人物与重要的时代风云，导演舍时代性而专取梅兰芳的情感生活，未免把一个大题材拍小了，所以影片上映后并未取得预期的叫座又叫好，毕竟，梅兰芳的生平和情感观众已经相当熟稔，电影的还原如果没有更新的发现，是很难打动观众的。

2010 年，力图兼顾哲学性与娱乐性的陈凯歌拍摄《赵氏孤儿》，电影根据历史记载、元杂剧及诸多关于《赵氏孤儿》的文学版本改编。历史史料及元杂剧述说的基本史实是，春秋战国时期，晋国大夫屠岸贾诛杀赵朔及其家族，大屠杀中，赵朔的门客程婴偷偷用自己的亲生儿子换下赵朔的儿子赵武，自己的儿子被杀，赵武经他多年抚养长大成人，最终报仇复爵。程婴救孤的故事在中华民族的历史上一直为人所传颂，其中所蕴含的忠孝节义等传统美德可以说是中华民族传统中极为珍贵的部分，后人对这个故事的推崇和所感受到的震撼，主要就在于程婴舍弃自己的亲生儿子救下主人的儿子当中所包含的巨大的崇高性与悲剧性。王国维曾说，《赵氏孤儿》"即立于世界大悲剧之中，亦无愧也"。然而，在陈凯歌的《赵氏孤儿》里，程婴被改编为一个江湖医生，其并未有救孤的意愿，只是在阴差阳错中使自己的儿子被误以为赵朔之子并最终被杀，最为离奇的是，影片的后半段，程婴竟然投靠了屠岸贾，两人共同抚养赵武成长。最终的结局是赵武不相信眼前的义父是全家的大仇人，程婴竟然放弃了复仇而老奸巨猾、凶残成性的屠岸贾早已看出赵武是赵朔的儿子，竟然对他怜爱有加，打消了杀他以绝后患的念头。显而易见，陈凯歌已经完全置换了传统戏曲中的核心情节，其所以这样，他也有自己的见解，其在多次访谈中坦言：

> 电影《赵氏孤儿》不是一部传统意义上的古装片。在这个舍子救

孤的故事中,我们试图找到它在当下的价值立足点。这个立足点就是程婴独特的、具有现代意味的复仇方式——你用暴力消灭人的肉体,我就把你最想伤害的人带到你的面前;我不是强迫灌输意识形态,复仇与否让孩子自己选择。①

"对今天的观众来说,《赵氏孤儿》超出了人们的理解范围,但这也是故事吸引人的地方,它激起人们的好奇心。走进程婴的世界,我们慢慢发现,他就是一个普通老百姓,并不像戏曲里那样是个不可企及的英雄和圣人,这符合当今时代特点——平民性。为什么普通人能受到人民的尊重? 这似乎印证了'历史是人民创造的'。"而电影改编的难点在于,"我要求剧本要兼顾合情理、合事理、合人性","具体来说,程婴作为一名古代的士,用亲生孩子换取其他孩子的命,在春秋战国时代可以理解,而在今天却可能被看作是违背人性的。我自己也是父亲,我就不相信,今天的观众更难相信。这是第一个难点。第二个难点,赵孤是否复仇,怎么复仇? 在组织剧本过程中,我想了两套方案,一是按照纪君祥版《赵氏孤儿》的故事发展,程婴把孩子养到15岁,告诉他孩子的仇人是谁,让他去报仇。我认为,如果程婴只是为了复仇而'救孤'就等于否定了这一行为的意义。所以,在电影中,程婴把孩子当成一个独立的生命看待,尊重他的成长和选择,让孩子自己选择是否杀死屠岸贾"。②

"一直有记者问我,中国历史上有那么多悲剧,这里面最大的悲剧在哪里? 我说是对生命的无视。中国人的命不值钱啊,用夺取他人生命,消灭肉体的方式,来解决所有的问题。""我拍《赵氏孤儿》的态度就是:尊重每一个生命。""《赵氏孤儿》是主题先行,'大忠大义'这四个字好不好? 好。忠和义这两个概念在西方文化里,忠可能还有,faithful。义没有,什么叫义? 义就是没你的事你要掺乎,叫路见不平拔刀相助。西方没有这个东西。程婴是不是英雄? 他伟大不伟大?

---

① 徐佳《〈赵氏孤儿〉:在浓重的商业氛围中讲道理》,《第一财经日报》2010 年 11 月 30 日。
② 何晓诗《〈赵氏孤儿〉打掉约定俗成的东西》,《中国电影报》2010 年 12 月 2 日。

且慢,人未必需要伟大,真实就行。程婴在我的故事中没骗过谁,所有都是真话。这已经是伟大了。程婴被命运捉弄了,卷入一个危险的漩涡,家破人亡,而后才有了报仇的想法:我要掌握我自己的命运;程婴把孩子救了,会怎么样养育他? 把这个孩子培养成一个复仇者? 经历了那样的惨痛,程婴是想报仇,但如果说你救了他是大义的话,你让他去杀人,让他去报仇,你还是对他生命的无视,你的救又有什么意义? 这两点解决好了,这戏才能在今天站得住。一个英雄姿态出现,也不是一个单纯的复仇者,原来怎么活着,现在还怎么活着,这个太难了。西方电影复仇者狰狞甚至丑恶,他们一定会说我的血海深仇还没报。程婴没有做一个被仇恨毁了的人,我不仅救你,还把你养育成人,我不能随意地让你冒这种生命危险。这是一个个体生命对另一个个体生命的尊重。我觉得中国的进步,就应该从珍视生命开始。"①

不难看出,陈凯歌这里的述说都是一些现代常识性话语或话语的碎片,并非什么重要的思想发现,其所谓的思想也是驳杂的,这也就直接导致其电影改编的失败。影片放映以来招来不少质疑,如有人指出,电影版《赵氏孤儿》"如何理解复仇呢? 有媒体转述,陈凯歌曾表示,他也觉得杂剧版赵孤太脸谱化,所以创作过程中,特意加入了自己对人生、人性的理解。但从观众反应来看,大多数人并无感觉,导演没能把自己的理解有效传达给观众。电影中程婴的救孤完全被动,并无用亲子替代之意,几番不忍心的阴差阳错之下,不得已抱回了赵孤,之后的抚养和投靠动机,也多是为了替自己儿子复仇,无关赵氏家族和国家大义,也无关个人品性和道德选择,那么作为主角的戏眼究竟在哪里? 这样的改编,既丢弃了古典版的高义,又缺乏现代版的迷茫和焦虑,编导通过这个被动人物、被动剧情,究竟想表达什么? 又能表达出什么?"毕竟,"《赵氏孤儿》作为中国古代的悲剧名作,以现代人的价值来重估和改编,人性的悲剧、挣扎、崇高究竟体现在哪里呢?

① 张英《陈凯歌:别让那些"高调"继续毒害观众》,《南方周末》2010 年 11 月 25 日。

中国电影改编研究

这是每一个现代观众期盼看到的一份新答卷,也是大众通过所有当代文化作品,想要寻找的心灵鸡汤,考验着每一个编导,对人生的理解,以及最重要的,对所处的这个时代大众心理的透彻了解。归根结底,所有的经典改编,唯有切准时代脉络,学会在古典与现实之间、史与剧之间如何取舍,方能道出人生的艰辛和挣扎,才是改编的意义所在"①。另有论者认为,"陈凯歌导演的电影《赵氏孤儿》以'人性'为突破口,以放弃'高调'为由消解了'赵氏孤儿'故事中蕴含的'忠义'和'诚信'母题,力图给这个悲壮的'舍子救孤'故事以合理化的诠释,最终将其转化为'人性如何向善'的故事。但是,这个志在昭示'人性'复杂性的故事,却仍然没有摆脱'复仇'的模式,使得电影的颠覆是不彻底的,由此而带来的价值观也是暧昧模糊的"②。而在我们看来,陈凯歌的误区主要在于这样几个方面,其一,有些神圣的价值是不可解构、不可嘲讽的,人类的尊严就在于,有些事即使牺牲性命也绝对不能做,而有些东西即使牺牲性命也是要去捍卫的。忠孝节义不仅是中华传统美德,而且是当代人必须继承、遵守和发扬的价值准绳。当代主体如果不能在思想层面全方位超越古人的这一理念,而随意地用一些一知半解的所谓"新见"去取代它,严格地说是不自量力的。其二,忠孝节义形成于特定的历史语境,尊重个体生命形成于现代语境,电影改编中将原有的历史语境置换为现代语境,也未尝不可,同样可以拍出优秀的作品,但陈凯歌《赵氏孤儿》中的语境仍然是历史的,却又让当代语境中的许多话语硬生生地楔入其中,这就不仅不能赋予作品更深的意蕴,而且不伦不类。其三,程婴舍子救孤所体现的崇高性与悲剧性才是千百年来最为震撼中华民族心理的主要因素,将这两个因素解构了,这个故事还有什么价值呢? 如果你要表现尊重个体生命价值,完全可以重编一个故事,何必要糟蹋"赵氏孤儿"这个经典文本? 其四,影片对所有人物的处理都是混乱的,原因在于,从"二律背反"的角度看,对所有人事的评价都存在着正反两方面意见,当

① 龚丹韵《经典改编背后有时代脉络:〈赵氏孤儿〉改到点上了吗》,《解放日报》2010 年 12 月 18 日。

② 张煜《不彻底的颠覆 暧昧的价值观——电影〈赵氏孤儿〉的意义阐释》,《郑州航空工业管理学院学报(社会科学版)》2012 年第 4 期。

一个主体缺少一个主导的、统领性的价值,而在作品中根据二律背反的指引对所表现的人事时而肯定时而否定时,其影片给予观众的只能是糊里糊涂、不知所云。

在哲学性与娱乐性之间失衡的还有《道士下山》(2015 年)。影片根据徐浩峰的同名小说改编。徐浩峰小说主要致力于还原民国武术的风采,但文学性较弱。其小说《道士下山》"故事结构较为散乱,不成章节"①,这一点就改编来说其实并非难事,因为一个成熟的电影改编者哪怕就一个创意都能敷衍出优秀的剧本。所以,陈凯歌的《道士下山》基于原作的十几个故事加以筛选,重新编排,所讲的故事大致也还能成立。但影片公映后,学界与网上的批评仍然尖锐,如有人指出,"拿等级打比方,陈凯歌脑洞到 4,拍出来只到 2,内涵勉强能到 3,观众初看只能看到 1.5,再看一遍能脑补到2.5","主线不清晰、剪辑稍显凌乱、画蛇添足的旁白,夸张的造型、莫名的特效,观众对于《道士下山》的吐槽集中在此"②。另有论者认为,《道士下山》将"道释文化混为一谈","所表现的观念与道家文化的原貌、原义相差甚远。可以肯定地说,陈凯歌的《道士下山》并未真正辨识清楚什么是道家文化,故事混杂了大量的释家文化,甚至成为道士的价值选择、情节的文化底色"。在艺术上,"不会讲故事成为张艺谋、陈凯歌等第五代电影导演的通病。在陈凯歌的系列作品中,从《黄土地》《边走边唱》到《无极》,再到《赵氏孤儿》《搜索》等,故事确实存在明显的弊端甚至漏洞",《道士下山》在叙事上虽有改善,但仍存在瑕疵③。总之,"陈凯歌的改编由于缺乏对小人物世界真正的洞察和醒悟,大道理临空在段落串烧中,没有一个一以贯之的情感力量,影片华丽却流之空洞,最终沦为一部伪武侠电影"④,等等。这些意见都有一定道理,但均未能见出,陈凯歌除了常常讲不明白一个故事,最大的致命伤实质在于,其并非思想型导演,但总是在电影中强塞进一些生熟不分、忽而高深忽而浅薄、杂乱无章的"思想",这就不仅使得其电影的

---

① 万山红、朱荣清《电影〈道士下山〉的改编研究》,《电影评介》2015 年第 14 期。
② 何晶《〈道士下山〉:又一部〈无极〉?》,《文学报》2015 年 7 月 16 日。
③ 陈林侠《〈道士下山〉:文化的"似是而非"》,《社会观察》2015 年第 9 期。
④ 余莉《〈道士下山〉:一部伪武侠电影》,《电影艺术》2015 年第 5 期。

意图呈现既模糊又矛盾，而且很大程度上影响了其叙事的清晰。比如有论者就指出，电影中，"松长老的角色多余且概念。原著中这个角色并不存在，导演在片中加入了这个角色，他在片中基本没有融入何安下的几段恩怨情仇，所以很难给他进行角色和功能的戏剧定位。他像是拯救者，但又丝毫没有起到救赎的作用，应是不食人间烟火的得道高僧，但又没有任何超凡脱俗的味道，所以，他只能讲些玄而又玄的大道理。结果片中他一出现，就打断了整体的氛围和节奏"①。

　　类似的毛病在《妖猫传》(2017 年)中显露得也较明显。《妖猫传》改编自日本作家梦枕貘的小说《沙门空海之大唐鬼宴》。原小说讲述的是大唐长安连续发生妖异事件，日本僧人空海与诗人白居易紧跟一只口吐人语的妖猫联手追踪，其间与各种妖怪斗技斗法，最终不仅发现了杨贵妃之死的秘密，而且拯救了大唐王朝。原小说是日本妖文化的产物，"在盛产'妖怪'的日本，讲述'妖怪'的故事不足为奇。'妖怪学'在日本是一门严肃学问。19 世纪末，日本佛教哲学家井上圆了就编撰了专门的妖怪学著作，共计八卷千万余字，详细记录分析了日本从古至今的妖怪。鸟山石燕创作的《百鬼夜行图》，将日本人脑海中的妖怪一一描绘出来，从画卷中可以看到日本妖怪带有浓厚的日本风情。'妖怪民俗学'之父柳田国男认为妖怪研究可以用来理解日本历史和日本民族性格"②。从这个意义上说，原作并没有多少深文大义，仅仅是依托妖文化讲述一个引人入胜的故事。值得注意的是，陈凯歌对其的改编，有原小说的奇幻、悬疑、推理、动作等元素的吸引，更有 2017 年前后中国电影中的妖文化思潮的影响。在考察 2017 年中国电影现象时，我们曾经指出，2017 年前后，以"妖"命名或以"妖"为题材或艺术符号的电影逐渐增多，较有代表性的如《捉妖记》《妖猫传》《妖铃铃》《伏妖·白鱼镇》《二代妖精之今生有幸》《大梦西游 4 伏妖记》《捉妖战记》《奇门遁甲》等，其他如《悟空传》《降魔传》等也可归于这一序列。以严格的"美学的"与"历史的"标准衡量，这些影片的艺术质量都不高，除了缺失"生

---

① 赵卫防《［道士下山］商业表意的得与失》，《影博·影响》2015 年第 7 期。
② 李彬《〈妖猫传〉：从妖怪文化到盛唐想象》，《艺术评论》2018 年第 4 期。

命冲动",其无论主题的设置抑或艺术的呈现均存在着这样那样的问题。然而,将这批影片集中到一起考量,其不约而同地选择"妖"这一题材或符号加以表现,则绝非偶然,其中的原因就在于:

> 毋庸置疑,"妖"作为艺术符号出现,在既往的电影实践中虽然由来已久,但与西方宗教体系中的上帝、魔鬼、幽灵、僵尸以及中国佛道传统中的神、仙、鬼、怪等符号相比,其出现的频率相对要少一些。其于现阶段的中国电影中大规模出现,庶几可从这样两个方面予以解释:

> 一方面,其从一个侧面反映出当下的现实心理悄然发生的某些变化。具言之,在相当长的一段时期内,国人面对种种矛盾的心理是紧张的、对立的,非此即彼,非白即黑,非生即死,而随着改革开放的深入以及物质与精神生活水准的提高,整个社会的心理渐趋缓和,不仅能宽容地看待现实中仍然存在的局限,而且能以一种积极、乐观的心态面向未来。

> 另一方面,这种现实心理的变化必然也影响到部分创作主体创作心理的变化。所以,其才在创作中摈弃了传统神话题材中常见的、体现着激烈冲突甚至生死对抗的上帝、魔鬼、幽灵、僵尸、神仙、鬼怪等符号,转而选择相对中性的"妖"符号。之所以说相对中性,是因为"妖"一般活动于民间,与人杂居,某种程度上具备着一定的人性;其虽有可怕的、有害的一面,隐喻着现实的缺陷或障碍,但因其丑陋的外形、笨拙的反应、言行举止等带有一定的喜剧性,暗示着其并不是不可战胜的,有时甚至会化敌为友,等等,也正因此,熟谙体现着妖文化传统的《西游记》《聊斋志异》等古典文学资源的当代主体,有意无意地选择"妖"这一符号作为表现对象,亦可说是其在回应现实心理时所采取的一种能够最广泛调动中国观众审美经验的叙事策略。[①]

---

① 沈义贞《2017 年度中国电影现象观察》,《艺术百家》2018 年第 6 期。

中国电影改编研究

亦即，暂且不论电影的改编成败，陈凯歌此时将目光投注到妖文化，是有着时代心理的支撑的。但是很显然，陈凯歌并未意识到这一点，其一方面要"梦回大唐"，再现大唐胜景，将其所拍摄的《妖猫传》视为写给大唐的"一封情书"，但另一方面，由于其并不真正了解大唐，同时又受制于原小说阴冷风格的羁绊，其所呈现的大唐又鬼气森森，所以有论者评论说，"精致华丽的电影《妖猫传》最终未能收获与其主创团队、制作成本和作品质量相匹配的票房与口碑。一方面，影片采用'怨灵复仇'这种视角较为单一的叙事套路去呈现一个开阔、深远、宏大的史诗故事，造成叙事类型间的抵牾与消解，从而导致叙事的断裂；另一方面，情感设定的精英化、人物塑造的理念化、观点呈现的思辨化砌高了受众鉴赏的门槛，增加了理解与认同的难度。《妖猫传》显现出陈凯歌在平衡作者风格与大众趣味之间的新进展，但其故事表达的核心——人物、情感、观点——依然停留在精英的视野和境界中，与时代精神、现实痛点等保持着距离"[①]。简而言之，还是因为导演在思想方面的欠缺，不能从较高的价值层面透视妖文化、大唐文化，其在电影中对影像基调的把握、对人物言行的处理才顾此失彼。

陈可辛及其《投名状》。综观21世纪以来的中国电影改编，可以看到，陈凯歌的蹈入误区并非个例，在他之前与之后，一些并不具思想性的导演也犯过同样的错误。比较典型的就有陈可辛的《投名状》（2007年）。《投名状》所讲的故事原本是清末"张汶祥刺马"的一段史实，也是清末四大奇案之一，事件发生后，各种戏文、曲艺多有表现，1973年张彻就曾拍摄过《刺马》。陈可辛的电影无疑根据前人的各种文本改编。在香港导演中，陈可辛以表现细腻的情感见长，其在九七回归背景下所拍的《甜蜜蜜》（1996年）堪称爱情电影的经典，但是其《投名状》则破绽较多。根据一些史家的研究，张汶祥刺马很可能是清廷权力斗争的后果，而在民间，老百姓更为看重其中的奸情与复仇元素，无论是根据前者或是后者或将两者结合起来改编，电影均不失为一部历史性与娱乐性兼具的作品，但陈可辛非要在之中

---

① 唐瑞蔓《电影〈妖猫传〉：曲高和寡的精英迷境》，《四川戏剧》2019年第4期。

加入其个人的所谓现代解读,在一次访谈中他曾说,"我不喜欢现在很多电影一开始就打,一打就飞,观众看多了高手们飞来飞去也是会累的,我喜欢看剧情,而《投名状》也不是武侠片,我更想表达的是人物和情绪,所以里面的人基本是不飞的。我讲述的是一个传统的人性故事,是大时代中的兄弟情义,我希望靠这种东西来打动观众"①。也正是基于这一认识,其《投名状》对原史实与前文本作了重大的改动。权欲熏心、霸占兄弟妻子的两江总督马新贻变身为忧国忧民、重情守义的大英雄庞青云,而他与结拜兄弟的矛盾以及最后被杀,是因为他的兄弟们不能理解他的崇高胸怀以及兄弟之间的误会。他与兄弟妻子的私通也不是乱伦,而是出于志同道合、惺惺相惜与真诚相爱。确实,这里每个人的人性复杂有了,但是如果电影是一个不依托"刺马案"而新编的一个故事,我们对其的得失评价将从另一个层面展开,但其又是以"刺马"案及有关"刺马"的文本为基础改编,那么,导演完全无视已经固定的历史史实以及前文本的故事原型,特别是完全解构这段史实或故事中所包含的那些已经为中国观众接受的价值,而又不能提出更新的、更高的理念,仅仅用所谓的人性复杂评说一段更为复杂的史实或故事,其改编也就必然与观众的期待相去甚远。说到底,当编导的思想远未达到一定的高度,仅仅用一些常识性、碎片化的现代认识去解构传统的、有其合理性与稳定性的价值,往往是吃力不讨好的,或者是捡了芝麻丢了西瓜。

　　类似的例子还有张之亮的《墨攻》(2006 年),吴宇森的《赤壁》(上、下,2008、2009 年)与麦兆辉、庄文强的《关云长》(2011 年)。《墨攻》改编自日本漫画,讲述的是战国时期一个墨家弟子凭借着"兼爱非攻"的墨家智慧击败了赵国十万大军挽救了梁国的故事。《墨攻》在运用大量的电影特效再现古代战争场景方面较为成功,其不足还是出在思想方面。墨家思想博大精深,在诸子百家中自成一家,而编导对其并未有深刻的研究,仅仅用一些对爱、对亲情、对和平的现代常识性的理解去图解墨家思想,这就不仅使得

① 丁一岚《陈可辛:〈投名状〉讲述的是人性故事》,《中国电影报》2007 年 5 月 17 日。

其电影以智止战的呈现与"兼爱非攻"的理念相矛盾,作为墨家弟子的主人公对自己的本门主张"兼爱非攻"也不甚了了,而且也曲解了墨家思想,未能传达出墨家学说的真谛。

吴宇森的《赤壁》取材于《三国演义》第四十回"蔡夫人议献荆州,诸葛亮火烧新野"到第五十回"诸葛亮智算华容,关云长义释曹操"中的大部分情节,对古代战争场面的描写同样出色,也取得较高的票房,但公映后却褒贬不一,誉之者称其再现了"暴力外壳下的唯美三国",并且,电影中"置入投壶、蹴鞠、剑舞、书法、绘画、茶艺、音乐等中国传统文化艺术形式,使人们在观赏电影的同时也领略了中国传统文化的风貌,对于传承与弘扬悠久的华夏文化起到了积极的促进作用"①。贬之者则认为,"实事求是讲,《赤壁》在近些年的中国电影中,算是一部上乘之作了。有人对它'篡改'名著太多,表示了相当的不满。但在笔者看来,《赤壁》并不是《三国演义》,没理由要求拍《赤壁》者,必须按照原著来讲故事。更重要的一点是,一部大片需要表现人性,以及人物间的价值观冲突,等等。《赤壁》的剧情与原著相比,增加了女性角色和感情戏份,不应被简单视为媚俗。然而我们并不能说,《赤壁》中有了'复杂'的人,它就是一部杰出的经典。事实上对人性的表现,只是电影创作的一个前提。没有足够开阔的眼界,和足够高超的智慧,角色形象再'丰满',也不能提升整部作品的层次"②。另有论者认为,"一部真正优秀的电影,一部希望'具有世界水平的电影',绝非仅仅是一种视觉享受,它必须具备丰厚的文化内涵、深刻的人文精神、强大的心灵震撼力。电影《赤壁》在这方面虽然付出了一些努力,但值得评说之处仍然不少。本文从三个方面对其提出疑问:其一,是据史改编,还是故事新编?其二,是历史正剧,还是娱乐传奇?其三,是史诗归来,还是商业盛宴?吴宇森没有实现自己设置的艺术目标,留下了种种遗憾。正视这些缺陷与不足,全面而客观地评价其得失,对于从事名著改编或古代题材新编的艺术

---

① 岳振国《论电影〈赤壁〉对中国传统文化的传承与弘扬》,《衡水学院学报》2010 年第 3 期。
② 李清《出了〈赤壁〉,中国电影仍是小弟》,《观察与思考》2008 年第 14 期。

家来说,无疑具有非常重要的意义"①。孰是孰非?我们认为,吴宇森的《赤壁》对原著的改编虽不能说完全失败,但也存在着若干可商榷之处,这主要体现在三个方面,其一,如同许多当代导演一样,其在并没有更高的、独立的价值观的情况下,对历史史实、历史人物的解读,仍然采用的是现代的种种常识化、碎片化的观点。在一次访谈中,吴宇森曾经阐述过其拍摄《赤壁》的初衷,即,"虽然《赤壁》要重现场面巨大的古代战争场面,但是影片更重要的是人性的刻画、人性的表现,讲述的是一个'人性化的三国'","强调友谊是我的电影以往的主题,在《赤壁》中,弱小的国家如何应对强敌挑战?其中友谊占据非常重要的地位","人性里有爱情,爱情在人性中什么角度?影片中爱情也是比较感情化、人性化的。每个导演都有他心目中的三国,我是很乐观的人,希望通过《赤壁》能唤起现代观众的共鸣,看了以后觉得人生是有希望的。简单说,这是部励志的电影"②。我们曾经指出,"吴宇森没有读过大学,从小家境贫寒,9岁时才在教会的资助下读过几年书,其全部的精神资源就来自他少年时期读过的《水浒传》《西游记》《三国演义》《刺客列传》等古典名著","吴宇森的思想并不复杂、深刻,有着一定的片面性,甚至还有些凌乱"③,即其也非思想型导演,因此,其对《赤壁》主题的设定无疑是肤浅的。其二,中国民间话语中一直有"少不看《水浒》,老不看《三国》,男不看《红楼梦》,女不看《西厢记》"之说,即在长期的流传与接受中,《三国演义》在中国社会心理中已经被视为老年戏的样板,而吴宇森则将其处理成青春戏、女人戏,所以,在电影《赤壁》中,足智多谋的诸葛亮被改编为阳光活泼的大男孩形象;曹操不是政治家、军事家,而是一个爱恋女人的痴情男人,说出"欲望使人年轻"的台词;有意增加了林志玲扮演的小乔的戏份,让她关心难产的母马,让她私访曹营,与仰慕她的曹操长谈以拖延时间等,所有这些并不是说不可以,因为《三国演义》本身就是对《三国志》的演绎,同样加进了若干虚构的情节,但《三国演义》作为一部家喻户

① 沈伯俊《三问电影〈赤壁〉》,《文艺研究》2009年第6期。
② 张晋锋《吴宇森:〈赤壁〉是一部励志的电影》,《中国电影报》2007年4月19日。
③ 沈义贞《影视批评学导论》,中国电影出版社,2004年,第81、82页。

中国电影改编研究

晓的名著,其已在中华民族审美心理中形成了固定的审美期待,编导如果没有足够的美学功力,希图去解构这种稳定的审美心理,就难免贻笑大方。其三,运用台词与语境的背离制造笑点。在《赤壁》中,人物的语言的确常常让观众笑场,如刘备送诸葛亮去东吴时捧出一碗米饭说"去东吴路途遥远,需要体力,来,多吃点……";周瑜问诸葛亮"这么冷的天为什么还要扇扇子?"诸葛亮一本正经地回答"我需要随时保持冷静";孙尚香气完孙权,问诸葛亮"我是不是做得太过分了?"诸葛亮回答"我觉得你很有个性";诸葛亮给新产下的母马起名"萌萌";曹操将"如虎添翼"说成"如虎添蹼";孙尚香将"天下兴亡,匹夫有责"说成"天下兴亡,匹女有责";等等,所有这些,都是编导有意为之,也的确让观众哄堂大笑,但我们以为,作为一种改编策略,在大片中偶一为之是可以的,但一部大片从头至尾都是这种插科打诨,就使得大片降低为小品,即降低了大片的品格。

与《赤壁》相比,同样取材于《三国演义》的《关云长》的改编就更等而下之。关云长迫降曹操、身在曹营心在汉、过五关斩六将、护送二位嫂嫂归汉、千里走单骑的故事脍炙人口,也正是这段故事,奠定了关公形象千百年来一直是中华民族文化传统中"忠义"的象征。但电影在改编中则加进了一个刘备未过门的小妾、关羽的旧情人绮兰的形象,让她与关羽发生一段不伦之恋,虽然最终关羽在情、义之间作出清醒选择,但关羽"武圣""忠义"的形象已经被大幅度解构。编导这里显然又是用所谓现代眼光看待古人,让关羽像普通人一样在兄弟之义与男女之情中徘徊、犹疑,其结果,古人的形象被颠覆了,但新人的形象并未能建立。由此可见,在商业大片的改编中,脱离了现实进程的节制,尤其是脱离了与社会现实问题相关的心理诉求,仅仅面向大众娱乐心理或人类的娱乐本性改编是可以的,但如果当改编者企图表达编导个人的所谓见解,而这种见解又常常是一知半解的,其改编也就难免归于失败。所以,《关云长》上映后遭到观众的一片吐槽,据说本片的主演甄子丹也十分后悔接了这个角色。

徐克的电影改编。徐克是华语电影中的重要导演,为中国电影贡献了许多优秀的电影,原创类的有《蝶变》(1979年)、《鬼马智多星》(1981年)、

《最佳拍档之女皇密令》(1984年)、《刀马旦》(1986年)、1991年开启的"黄飞鸿"电影系列、《狄仁杰之通天帝国》(2010年)、《狄仁杰之神都龙王》(2013年)、《狄仁杰之四大天王》(2018年)、与人联合执导的《长津湖》等。改编类的则有《新蜀山剑侠》(1983年)、《笑傲江湖之东方不败》(1992年)、《新龙门客栈》(1992年)、《梁祝》(1994年)、《蜀山传》(2001年)、《七剑》(2005年)、《智取威虎山》(2014年)、《西游伏妖篇》(2017年)等。徐克电影无论是原创还是改编中的总体特色是,比较偏重古装武侠题材,在叙事上追求喜剧性,在影像上突出奇观性,在思想层面上,除了对武侠人物、武侠人生有一点哲学性思考,其余均是基于人类的普遍价值。在2000年以后,徐克可以说完全根据商业电影的要求来原创或改编电影,力图讲好一个精彩的故事,呈现炫目的、争奇斗艳的奇观,无论是《七剑》中试图还原武技的写实性,还是《新蜀山剑侠》《笑傲江湖之东方不败》《新龙门客栈》对老电影的重拍,以及在《西游伏妖篇》中的影像创新,徐克改编的重心都集中在如何在一个悬念迭起的故事框架中营造精彩绝伦的场景、动作奇观。徐克电影及其改编的成功就在于,商业片就是商业片,为娱乐就是为娱乐,始终针对人类的娱乐心理改编,无须在其中夹杂导演的所谓新的认识、新的解读或新的"创见"。所以,徐克的电影除了在讲故事方面还存在一些瑕疵,基本上在娱乐性上是可圈可点的。其所以如此,应该归功于香港电影、香港武侠小说所奠定的一直以来的娱乐传统,徐克在这个传统中不仅如鱼得水,而且积累了丰富的经验。至于徐克所改编的《智取威虎山》,在娱乐性方面也常为人所称道,将其视为一部纯粹的商业电影也无可指责,但如果从弘扬红色文化的角度看,则有待商榷,因为影片的娱乐性很可能会在一定程度上解构了原作的崇高性。一般说来,香港导演的价值观很大程度上都是金庸等人的小说所教的,只要涉及中国现实题材,其改编往往失败居多。

除了未涉及主流话语,周星驰的电影改编与徐克相似。作为香港著名喜剧演员,其备受中国观众喜爱。1995年执导的《大话西游》是他作为导演的成名作。该片值得注意的是,作为一部改编之作,其不仅融爱情、武侠

中国电影改编研究

与喜剧于一体,做到了类型杂糅,而且更重要的是,其改编不仅针对着大众的娱乐心理,而且还切中了当代社会的现实心理,这也就是我们曾经指出过的,"周星驰的《大话西游》,其中的那一句'我爱你,如果非要给这份爱加上一个期限,我希望是,一万年',曾经感动了多少男男女女,这不仅因为爱情是文艺永恒的主题,折射着人类的'普世价值',而且在至尊宝的这一声发自肺腑的呐喊里,其实还包含着一切都平面化、游戏化了的大众时代里无数人心灵深处对情感深度的渴望,以及其正在遭逢的情感困惑,即同样具有较强的现世价值"①。可以说,《大话西游》如果没有这句台词,其品格也就是一般的娱乐片而已。进入 21 世纪,周星驰执导的原创电影有《少林足球》(2002 年)、《长江七号》(2008 年)、《美人鱼》(2016 年)等,改编电影则有《功夫》(2004 年)、《西游降魔篇》(2013 年)等。从《功夫》的故事元素看,其可以说是对早年的《如来神掌》《七十二家房客》等电影的改编,其中还致敬了李小龙的《龙争虎斗》、斯坦利·库布里克的《闪灵》、乔·沃茨的《蜘蛛侠》等电影,也正因此,《功夫》的改编可以说是编导对此前文本的各种经典人物形象、经典桥段、经典台词等在一个重新讲述的故事框架中的一次成功杂糅,并且,由于周星驰的艺术经验丰富、艺术感觉准确,其所讲的故事逻辑清楚、人物性格定位明晰,所呈现的动作与场景奇观新颖,所以可视为商业片或娱乐片的经典。《西游降魔篇》与徐克的《西游伏妖篇》一样,脱胎于《西游记》,但除了人物形象是由原《西游记》所提供的,全部故事情节已完全是新编,可以说是改编中最具创新性的"二度创造"。在"二度创造"的改编中,如何依托原作所提供的人物原型、故事原型、原主题、细节,以及原文本在读者或观众心理中所形成的印象与审美期待,来重新讲述一个创造性的故事,周星驰与徐克的"西游"改编,可以说是两个可资借鉴的样板。

关锦鹏的《长恨歌》(2005 年)。电影根据王安忆的同名小说改编。原作中主人公王琦瑶是一个典型的上海女人,经历了 20 世纪若干重大的历

---

① 沈义贞《影视批评学导论》,中国电影出版社,2004 年,第 65 页。

史事件，与四个不同类型的男人恋爱，其中，有上海人的生存状态，有时代风云对人物命运的拨弄，有上海女性相对恒定的婚恋观，有上海文化在小人物身上的体现，有王安忆对上海这座城的观照与咏叹等。但关锦鹏的电影改编大致上是失败的，除了对原作故事情节的截取比较生硬，故事的讲述比较局促、叙事逻辑比较紊乱，关锦鹏作为一个香港导演最大的缺陷就是，他根本不了解20世纪的中国历史与现实，也不了解上海文化，虽说上海文化与香港文化有相似之处，香港文化中继承了上海文化的许多特质，不少学者也曾把上海与香港作为"双城记"研究过，但上海文化与香港文化毕竟有很大的不同，所以，电影《长恨歌》可以说只是展现了上海城市与上海文化的一点皮毛，不仅电影遭到诟病，而且也有损观众对王安忆原作的接受。

姜文的电影改编。姜文也是"演而优则导"的导演。早年他在电影《芙蓉镇》《红高粱》《本命年》《有话好好说》中所塑造的形象深入人心。1995年首次执导《阳光灿烂的日子》，电影根据王朔的小说《动物凶猛》改编，由于姜文与王朔有着共同的生命体验，并力图还原这段生命体验，其所导演的这部影片在观众中引起广泛共鸣。2000年执导的《鬼子来了》改编自尤风伟的小说《生存》，叙事的混乱、台词的夸张与近乎神经质的表演令人难以卒看，由此也暴露出姜文的一个致命弱点，其也非思想型导演，当其在电影中希图表达某种思考时，由于思考的浅薄甚至错误反而让影片的影像表达不伦不类。2007年的《太阳照常升起》改编自叶弥的小说《天鹅绒》，改编时由于姜文在情节上"留白"太多，再加之故弄玄虚，将一个原本简单的故事有意复杂化，影片上映后观众的反应都是晦涩难懂。2000年以后姜文最引人注目的改编电影无疑是《让子弹飞》（2010年）、《一步之遥》（2014年）、《邪不压正》（2018年）。《让子弹飞》改编自马识途的小说《夜谭十记》中的一篇《盗官记》，《一步之遥》改编自早年的电影《阎瑞生》等文本，《邪不压正》改编自张北海的小说《侠隐》，三部电影在影像奇观的呈现上煞费苦心，画面美轮美奂，但无论是故事的讲述还是人物的性格刻画都紊乱不堪，再加之浮华夸张的情色与暴力展示、荒诞自恋以及近乎神经质的台词和表

演使得影片喧闹不已。看他的这三部电影，我们一个强烈的印象就是，姜文是一个真正无厘头的导演。如果说周星驰的无厘头背后有着其内在的理性、清晰的理路、深刻的思考与深厚的人文关怀的话，那么姜文的无厘头就是无厘头，凸显的不仅是其艺术上的把握失衡，而且是其思想上的苍白、驳杂。

所以，当许多论者从思想层面考察姜文电影的特色时，可以说都陷入了某种误区。诸如，在评述《让子弹飞》时，不少论者认为，这是"一部杂糅了'野史'的'革命寓言'"①，"《让子弹飞》因为对于'土匪'的人性矛盾与'公民身份'和'公民权利'的勾连，其角色展现了某些'国民特征'，探索了现代社会价值趋势及法制可能的预期和结果，随着中国内地公民身份意识的普遍觉醒，其价值终将被中国学界所重新认识"②，"影片以喜剧和寓言的方式为观众讲述了一个充满政治意味的故事，将'兴'的意义发挥到了极致；暴力、权力、金钱、民心等是该片最为关注的内容，观众借此对社会现实进行反思，实现了'观'的价值；《让子弹飞》在学术界和坊间都得到极其广泛的关注，为'群'的交流搭建起一个公共的平台；影片对政权的合法性，以及如何避免政权危机的问题上提出诸多深刻的认识，'怨'的功能得到充分体现"③，《让子弹飞》的成功原因之一"在于自身传达的文化内涵——中国传统文化在与西方现代文化冲突中逐渐消逝。中国传统文化的失落主要表现在贵族精神的没落，民间自由精神的失落与知识分子理想的失落三个层面。其传统文化的失落使观众产生普遍的文化'漂泊'感。对中国传统文化的探索与思考，使影片承担起关注当今社会文化的责任，同时也赋予影片丰富的内涵，经得起观众多层次的解读与品味"④。《让子弹飞》"以想象与隐喻的方式对中国式革命的发生进行了推演和还原。而这场虚构的对革命的重新建构和演绎某种程度上是对旧式中国革命的一种回应，或者

---

① 陈岩《〈让子弹飞〉：商业喧嚣中的自我表述》，《电影文学》2011年第22期。
② 赵煜堃《〈让子弹飞〉的公民身份意识研究》，《电影文学》2012年第18期。
③ 王艳云《〈让子弹飞〉中的传统现实主义美学》，《东南传播》2012年第2期。
④ 徐宁《电影〈让子弹飞〉的文化解析》，《长江丛刊·理论研究》2016年第1期。

上篇　中国电影改编史略

说是对未来的中国式革命的一种寓言"①,《让子弹飞》是"一个中国式朝代更迭的寓言"②,等等;在评述《一步之遥》时,论者认为,"在阐释历史真相与人类谎言之间关系的故事框架中,《一步之遥》表达了姜文对于时代、社会的思考,对于人性和国民性的审视与批判"③,"姜文电影也像鲁迅的小说,总有一群麻木的'看客'。《一步之遥》中,王中王表演'枪毙马走日'这一粗俗的闹剧,演到完颜英之死,台下观众笑得前仰后合,热烈鼓掌欢呼,活脱脱就是一群以他人痛苦为乐的无情看客",而"姜文电影的讽刺和批判,正体现着姜文电影的人文关怀,正体现着他的爱国之情、民族自尊心和责任感,也正是他作为知识分子的良心"④。在评述《邪不压正》时,论者认为,"《邪不压正》是他送给年轻人的电影。电影里充斥着他对于歧视东亚人种的洋人和跪舔的东亚人的讽刺。然而赋予更大意义的是他的期望,他希望新一代的年轻人能够从优秀的文化中汲取真正有用的知识"⑤,等等。其实,所有的这些评述都高估了姜文电影的思想性,黄式宪先生在评述《让子弹飞》时就曾一针见血地指出,"《让子弹飞》场面不可谓不大,其内在文化底蕴却是空洞而苍白","《让子弹飞》患的其实乃是一种文化贫血症","《让子弹飞》所缺的,一曰不敬畏历史,又何来对历史的感悟。二曰不尊重艺术审美的创造,独独欠缺由衷而发的人文情怀","随心所欲地铺陈荒诞与枪战,放纵血腥与情色",但"在阉割了历史真实后荒诞就不成其为荒诞,在剥离了历史真实后的枪战再壮观也仅只是一场游戏式的枪战"⑥。而在我们看来,所有从思想角度考察姜文电影的论者都没有看出,其从姜文电影中所挖掘出来的思想性都不是姜文自己的,而是原作或原文本所提供的。与陈凯歌、陈可辛、吴宇森等人力图在改编中呈现自己的所谓思考不同,姜文对原作的思想可能有一知半解的认识,但其并不真正理解原作的

---

① 李君威《姜文电影革命叙事思路及策略的演变》,《山东艺术学院学报》2016 年第 6 期。

② 商景鹏《〈让子弹飞〉:一个中国式朝代更迭的寓言》,《电影文学》2012 年第 9 期。

③ 胡文谦《〈一步之遥〉与"姜文电影"》,《扬子江评论》2015 年第 5 期。

④ 汪江欣《姜文电影的美学色彩》,《沈阳工程学院学报(社会科学版)》2019 年第 3 期。

⑤ 梁紫薇《〈邪不压正〉再现姜文式电影形态》,《传媒论坛》2018 年第 17 期。

⑥ 黄式宪《〈让子弹飞〉患了文化贫血症》,《人民论坛》2011 年第 4 期。

思想价值,原作的思想在他那里很大程度上只是一种娱乐的手段,也就是说是他推导闹剧式狂欢的一种元素。

根据古典文学资源改编的动漫电影。自《大闹天宫》(1964 年)问世以来,有关"中国动画学派"的研究逐渐成为理论界关注的重点。如何在动画电影创作中突显中华民族的文化特色,几代动画人一直在孜孜以求,直到数字技术飞速发展之后,中国的动漫电影才有了长足的进步,不仅创作出《雄狮少年》(2021 年)这样优秀的原创电影,而且出现了《大鱼海棠》(2016 年)、《白蛇:缘起》(2019 年)、《哪吒之魔童降世》(2019 年)、《姜子牙》(2020 年)、《新神榜:杨戬》(2022 年)等一批上乘的改编电影。从改编策略上看,这批电影有的针对的是社会的现实心理,如《哪吒之魔童降世》针对的就是现实中平凡的青年人如何获得他人认同、如何在个人命运中作出正确选择的心理;更多的则是针对一般的娱乐心理。两者走的都是娱乐化路线,所以在其中我们不必寻绎多么高深的主题,编导较为侧重的是如何在一个流畅的叙事中容纳更多的奇观画面,以最大限度地愉悦观众。从美学建树上看,这批电影的最大成就就是突破了"写实"与"写意"的美学屏障,将中国美学中的写意性与西方美学中的写实性完美地融合起来,从而使中国动漫成为中西方观众都能接受的一种新的语言。在既往的考察中我们就曾发现,所有西方的文学艺术,中国的读者或观众都能接受,并且能够将其转化为我们的写意性语言,如《滑铁卢大桥》我们可以转译为《魂断蓝桥》,《随风而去》我们可以翻译为《飘》,而中国文学艺术的写意性就很难为西方文化所接受,比如,充满写意性的《水浒传》在西方只能被翻译为《一百零八个强盗的故事》,这种写实性与写意性的对峙很长时间影响了中国文化的传播。但是,在近年来的中国动漫电影中,我们欣喜地看到,这些电影中的人物造型与场景展示都既具有西方传统的写实性,又彰显着中国美学传统中唯美的意味、意象和意境,真正做到了中西合璧、中西交融。或许是受其影响或相互影响,在近年来真人版的古装爱情片、武侠片、玄幻片中,这种交融着写实与写意的电影语言也时有出现,如《三生三世十里桃花》《侍神令》等,有理由相信,这种语言的探索一定能有利于中西方文化的交流。

郭帆的《流浪地球》(2019年)。电影根据刘慈欣的同名小说改编。作为中国科幻电影在影史上的重要突破,《流浪地球》出品的2019年被称为中国科幻电影元年。其实,这一说法并不准确,中国第一部科幻电影应该是1980年上映的、根据同名小说改编的《珊瑚岛上的死光》。关于电影《流浪地球》,理论界已从多种角度评说过其所取得的成就,如与好莱坞科幻电影相比,《流浪地球》在思想层面整体地抛弃了好莱坞常常宣扬的个人英雄主义,其所采用的是极具中国特色的"集体主义叙事"[1],表达的是"人类命运共同体的逻辑"[2],"是中国力量和中国文化自信的一次展示"[3]等。另有论者在指出其"将好莱坞灾难片中的个人英雄主义与中国传统文化中的家国情怀融合在一起,不仅张扬了中华民族的传统价值观,同时也体现了艺术家对构建人类命运共同体理念的自觉认同"时,也发现,除了观众对电影中"那些违背科学常识的硬伤"的质疑,比如"不少科学家认为由于地球本身结构的特殊性,通过发动机推动地球摆脱太阳的引力根本就是不可能的事,此外像刘培强用一瓶伏特加砸在监控摄像头上烧毁控制空间站机器人的情节、地球即将被木星的引力捕获以及点燃木星这些情节都有违科学常识,经不起推敲",等等,"电影中那些容易被人忽视与误读的价值观盲区同样值得警醒","其中最值得商榷的是,电影所展示的主人公在丛林法则下对弱者的抛弃行为。电影中航天员刘培强在只有两张通往地下城的通行证的情况下,当老婆和岳父只有一个人能进入地下城时,他毫不犹豫放弃了病重的妻子,刘培强在做这一选择时没有任何内心的矛盾与挣扎。虽然事出有因,但不得不说这一行为本身在道德上的合法性是值得商榷的",此外还有,"电影很容易让观众得出这样的结论:当人类面临'人性'与'生存'的抉择时,所谓世俗的道德和个体的生命价值都可以忽略不计,'即在足够大的尺度面前,人类的人性或者自由意志都不值一提'。这样的结论很容易让外国观众对中国传统的价值观产生误读"[4]等。所有的这些分析都很

① 宋高熙《电影〈流浪地球〉的集体主义叙事分析》,《视听》2020年第10期。
② 李洲《〈流浪地球〉中人类命运共同体的逻辑表达》,《采写编》2021年第11期。
③ 易红、龙玉红、闵梦怡《对电影〈流浪地球〉的文化思考》,《文化创新比较研究》2022年第9期。
④ 魏家文《〈流浪地球〉的改编策略及价值观盲区》,《电影文学》2020年第13期。

客观、公允,而我们对电影《流浪地球》的肯定则主要在于,其是对原小说的一次成功的改编。坦率地说,刘慈欣的小说无论《三体》还是《流浪地球》,存在着两大不足,其一是文学性不足。刘慈欣小说的语言表达、情节构思、人物刻画、意图呈现等都相当粗糙,以严格的审美标准衡量,可以说是不及格的。其二是科幻性不足。在刘慈欣的所谓科幻小说中,我们可以看到好莱坞许多科幻电影的影子,在科幻上未见真正的原创性,甚至其《流浪地球》中的核心情节"人类建造超级发动机驾驶地球偏离原有轨道",根据很多网友的考证,抄袭的也是日本1962年的老电影《妖星哥拉斯》。所以,小说《流浪地球》充其量只是一个 IP,而电影的了不起之处就是将这个并不完美的 IP 改编成一部相对完美的科幻大片。总之,尽管还有这样那样的瑕疵,电影《流浪地球》在思想的探索与艺术的传达上可以说还是接近完美的,中国科幻电影乃至整个中国电影如果能一直保持着这种品格,未来一定是大有可期的。

下篇　中国电影改编专题研究

一、编剧　改编者　创剧人

在既往的影视创作与理论研究中,编剧是一个出现频率较高的关键词,并且,也的确是伴随着电影的诞生才获得某种新的含义的概念。这是因为,在电影之前的话剧、戏曲领域,虽然也会把剧作家如莎士比亚、关汉卿等称为编剧,但这时的编剧人们的理解基本上等同于作家。进入电影时代,编剧与作家在概念上开始分道扬镳,这主要体现在两个方面。其一,虽然某种程度上也可以把编剧看作是作家,特别是,有许多编剧与作家的身份是重叠的,由作家到编剧或由编剧到作家的现象比比皆是,但严格地说,纯粹的影视编剧已完全不同于传统的作家。诚如我们曾经指出的,"在电影的创作过程中,编剧的作用仿佛有点暧昧",因为,"一个具有原创性的、个人独立追求的影视编剧,无论他发表了多少影视文学剧本,只要其没有被转化成影像文本,其成就往往既不能为影视界所承认,也不大容易为传统的文学史所接纳"[1]。其二,众所周知,一方面,电影以及其后的电视剧是一门综合艺术,一部电影或电视剧作品的完成,是导演、编剧、演员、美工、音乐家、音响师、摄像师、剪辑师、数字合成师等众多艺术家共同合作的结果。另一方面,电影创作又是一种工业生产,兼具着艺术与商业的双重属性,所以,除了艺术家的共同劳动,还必须有制片、策划、宣传、后期产品的开发等工作要做。在这个庞大的影视创作与制作家族中,编剧很大程度上已经衍化为一种职业,或影视工业流程中的一个角色。其所做的工作与传统作家相似,但又有很大的不同。比如,传统作家强调追求个性、独创性,而编剧则要臣服于商业性,其剧本完成后,仅仅是一个草稿,其后的艺

---

① 沈义贞《影视批评学导论》,中国电影出版社,2004年,第99页。

术展示或发挥更多地只能交给导演、制片甚至演员、剪辑师等了。所以,常常会出现这样的情况,一个作家的作品经由编剧改编成剧本再经由导演拍成电影之后,作家会发现,拍出的电影与其原作相较已面目全非;而一个成熟的编剧也会发现,其所写的剧本不仅要经过"剧本医生"(常见于好莱坞)的修改,其个人的意见不仅在集体创作中不被尊重,其所"创作"的剧本与电影、电视剧最终呈现出来的样貌也大不相同。

从作家概念中剥离出来的编剧概念可以说拥有了新的界定或新的理解,但同时也使得这一概念长期以来一直处于一种认识不清的状态。最为显见的是,无论在中外电影史家眼里,抑或在普通观众心中,指认一部电影的"作者",第一首选无疑是导演。甚至有时人们能对影片中的演员耳熟能详、如数家珍,但对其编剧大多数情况下可以说漠不关心甚或一无所知。进一步深究下去,则会发现,迄今为止,所有关于编剧的探讨,大多集中在这样两个层面,其一,编剧理论。在林林总总的编剧研究中,人们言说较多的,往往是编剧的叙事策略或技巧,诸如,如何处理编剧理论中"危机"与"悬念"的关系①,数字化对影视编剧的影响②,如何制造或强化喜剧效果等;此外,像阿契尔的《剧作法》、劳逊的《戏剧与电影的剧作理论与技巧》、麦基的《故事——材质、结构、风格和银幕剧作的原理》等专著,以及国内学者编撰的各类影视编剧教程,侧重阐述的也是如何讲好一个故事。严格地说,这些研究,与传统的文学研究之中的艺术研究是类似的,聚焦的都是如何艺术地表达某种主题思想,而其区别则在于,影视编剧在主题创新性的追求上有意无意地稍弱于作家,其特别看重的是,如何将故事性处理得精彩绝伦,因而,在文学传达中的某些艺术经验并不一定适用于影视,而影视的视觉性与娱乐性则又使其独立地发展出一系列诸如蒙太奇、奇观性、动作性等特有的艺术传达程式。可以肯定,随着影视产业的发展,网络与数字技术的更新,以及影视作品的不断涌现,这类研究必将一直持续下去。其二,编剧现状。其所研究的,主要是"在这个好故事稀缺的行业,为什么

---

① 高墨《对编剧理论中"危机"与"悬念"关系的重新解读》,《剧作家》2020 年第 3 期。
② 林琳《数字影视特效对影视编剧的影响探析》,《大众文艺》2020 年第 21 期。

编剧成了最底层的那个？"①"中国电影编剧行业的现状和发展研究"②等，重点关注的是编剧在影视行业中的地位、编剧的生存状况即报酬问题、如何保护编剧的知识产权等。这类研究，揭示了编剧这一职业群体在当下影视制作和创作中普遍遭遇的时而尴尬、时而无足轻重的境遇，但如何破解这一难题，则语焉不详。

　　学界和业界对编剧地位有意无意的轻视，或认识上的不足，还在于编剧在影视实践中还承担着一个重要角色，即改编者。一部经典的文学名著改编成功了，人们往往将功劳归之于原作者，而倘若改编失败，所有的诟病无疑又很大程度上归之于改编者即编剧。此外，改编者无论是对文学文本的改编，抑或是对历史史实、真实(新闻)事件、人物传记或所谓 IP 的改编，都缺乏作家主体在创作之初源自自我生命体验的"生命冲动"，或者说缺乏原创性，等等。这些情形的存在，都导致编剧或改编者的作用得不到应有的重视，进而导致在相当长的一段时期内，很多国产影视作品，立意较高，题材较好，但就是讲不好一个故事，或情节的漏洞较多，或情节逻辑、人物的性格逻辑紊乱，或矛盾冲突、悬念的解决不合理，或滥用巧合、误会，或人物形象概念化，人物的语言与人物身份、语境错位等，总之，缺乏动人的效果或感人的力量。

　　也正因此，诚如我们多次指出的，当今中国的影视实践，不缺资金、技术，也不缺导演、演员、摄像等，唯一所缺的，"是思想艺术水平上乘、能够与那些成熟的、成功的作家相媲美的编剧"③。所以，有必要重新认识编剧在影视实践以及影视家族中的作用。在这方面，美国的"创剧人中心制"或许是破解这一难题的关键。在《当代美国电视剧新势力——类型创作下的创剧人研究》一书中，青年学者尤达指出：

---

　　① 葛怡婷《在这个好故事稀缺的行业 为什么编剧成了最底层的那个》，《第一财经日报》2021 年 10 月 21 日。

　　② 王春亮《中国电影编剧行业的现状和发展研究》，《时代报告》2021 年第 7 期。

　　③ 沈义贞《中国电影改编的多重视角考察》，《云南艺术学院学报》2021 年第 4 期。

创剧人首先是首席编剧,他们打造试播集,组建编剧室,成为剧集主管,甚至出任剧集导演,掌控整个剧集的拍摄和制作,并且配合播出宣传,设计衍生产品。创剧人对作品拥有绝对的控制权,而且是指挥、领导、协调整个团队的主管,如果需要,他们完全可以每一集都换导演、换编剧。①

不难看出,这里的创剧人已不是简单的、单一的编剧,其已身兼编剧、制片、导演等数种重要的角色。创剧人中心制的确立,无疑是对既往影视实践中常见的"导演中心制""制片人中心制"的一种反拨或革新,其不仅驱动影视工业体制进入"减法时代",使原有影视家族中的成员数量、结构极大地简化、优化,从而既在一定程度上节省了项目运作成本,又减少了原有影视实践中由于导演、编剧、制片人等角色的理念不合所导致的艺术呈现上的紊乱,而且极大地保证了编剧或改编者、创剧人的作者性,使其在工业化、类型化的影视生产中极大地保留其独立的艺术个性以及整个艺术传达过程中艺术的统一性。在《当代美国电视剧新势力——类型创作下的创剧人研究》一书中,论者以美国当代犯罪剧、惊悚剧、奇幻剧、科幻剧、家庭剧、职业剧、情景喜剧等类型剧中一大批代表性创剧人如大卫·蔡斯、文斯·吉利甘、弗兰克德·拉邦、达菲兄弟、格里格·伯兰蒂、戴维·贝尼奥夫、D. B. 威斯、乔斯·韦登、乔纳森·诺兰、马克·切利、乔希·施瓦茨、珊达·莱梅斯、阿伦·索尔金、查克·劳瑞、塞思·麦克法兰等成功的、丰富的案例,详细而充分地论证了这一点。

从导演中心制、制片人中心制转向创剧人中心制严格地说既是影视实践对当前影视工业实践中出现新形势、新特点的一种回应,也是影视工业和艺术实践的必然趋势。这里,我们不妨考察一下我国电影实践中有关"主创人"或"作者"选择的轨迹。

从 1905 年中国第一部电影《定军山》诞生,到 1949 年中华人民共和国

① 尤达《当代美国电视剧新势力——类型创作下的创剧人研究·引言》,华中科技大学出版社,2021 年。

成立,中国电影总体上以导演中心制为主。提及这一阶段的电影,虽然观众对阮玲玉、周璇、胡蝶、王丹凤、上官云珠、白杨、陶金、赵丹、金山等著名影星至今仍耳熟能详,电影史上也会对夏衍、田汉、欧阳予倩、鸳鸯蝴蝶派作家的编剧贡献有所评论,对出品电影的公司如明星公司、联华公司、昆仑影业公司等有所研究,但提及这一阶段电影的"作者",无论观众还是理论界首选的,无疑还是导演,诸如张石川、郑正秋、黎民伟、侯曜、孙瑜、蔡楚生、吴永刚、应云卫、史东山、沈西苓、袁牧之、郑君里、费穆等。之所以如此,原因就在于,这一阶段严肃文学占据主流,电影的艺术性还没有被普遍认同;电影作为新生事物以及其先天的大众性、娱乐性等,都使得大部分严肃作家虽然可能爱看电影但还不屑于介入电影;此时的电影公司还只是一个商业机构,投资人大多有自知之明,一般不会对电影的创作横加干涉,其对票房、利润的关注,更多地建立在对导演、演员等当时还未被认可但今天已普遍承认为艺术家的艺术追求的信任之上;尤为重要的是,整个这一阶段,稳定的、有着强烈作者意识的电影编剧队伍还未形成,编剧创作的主动性不强,大都是应影视公司或导演的邀约,严格地说,此时的编剧工作只是电影实践中的一个环节,编剧角色也更多的是一份职业,等等。所有这些因素都决定了这一阶段的电影创作与制作都是以导演为主,导演中心制就此确立,这是特定的历史条件下电影所能作出的客观选择,也是电影发展过程中的必由之路,但同时,也说明这种选择也具有某种阶段性。

从1949年到20世纪80年代末商品社会诞生前,中国电影整体上在一种计划经济的框架中运行。电影的出品方统一为国营机构,在后来电影实践中异常重要的所谓制片仅仅是一种行政管理的角色,基本不参与电影的创作。在这一阶段,作家的地位相当高,而编剧的作用不太明显,究其原因就在于这一阶段绝大多数经典的、优秀的电影都改编自现当代文学作品,编剧的功能很大程度上就是将文学作品转化成电影剧本,甚至还有些编剧就是作家兼任,所有这些因素,再加之中华人民共和国成立前确立的导演中心制的影响,都使得学界和观众习惯性地将这一阶段电影的作者默认为导演。即便也有一些非改编的原创电影,但由于总体上比较数量偏

少,同时,由于这一阶段原创性电影在编剧时很多时候是集体创作,因而编剧的重要性普遍未受重视,不仅不被视为作家,进入不了文学史,而且即便编剧本身也会自觉不自觉地将电影的作者让位于导演。综观这一阶段,稳定的编剧队伍也没有形成,整个电影创作虽然没有明确地归为导演中心制,但却是事实上的导演中心制。

不可否认,这一阶段出品了许多电影史上的杰作,但同样不可否认的是,这一阶段绝大部分电影杰作改编自文学作品。以"第五代导演"的领军人物张艺谋为例,他在这一阶段为观众所熟知的成名作与代表作《红高粱》《摇啊摇,摇到外婆桥》《活着》《大红灯笼高高挂》《秋菊打官司》《有话好好说》《菊豆》等有哪一部不是改编自文学作品呢? 推而广之,这一阶段其他广为人知的优秀电影如陈凯歌的《黄土地》《霸王别姬》,探索电影的代表作《一个和八个》等也都是改编自文学作品。所以,严格地说,指认这一阶段的电影作者,不是导演,不是还未确立地位的编剧,而是作家。而这说明的是,决定一部电影艺术品位的关键,其实是剧本,或真正具有作家品格的、具有独立、权威话语权的编剧。值得一提的是,"第五代导演"这一提法,其实是导演中心制的产物。严格地说,这是一个极其粗疏、极不准确、缺乏严密论证的概念。这一概念不仅不能涵盖同时代的所有导演,而且,其对之前的四代导演只是一种勉强的拼凑,对之后的导演只能勉强拼凑出一个面貌模糊的第六代,再之后就不了了之了。这种"代"的难以为继,说明的不仅是这一概念的临时性或缺乏科学性,而且某种程度上也预示了导演这一角色的逐渐边缘化。

进入 21 世纪,随着商品经济的全面展开,电影也全方位走向了市场,票房、投资、策划、宣发、IP、观众、影院档期、明星报酬、商业性、数字化、大数据、互联网、电影工业、文化产业等或新或旧的名词成为影视实践中的活跃因素与理论界关注的热点,与此同时,尤为重要的是,制片人也从原有的幕后走向了前台,成为影视创作与制作的主管。所有这一切,都是由于影视生产从原有的事业性质转变为企业性质,影视创作更多地以项目化运作的方式出现。因而,拍摄之初的资金来源、谁来投资、成本多少,影片上映

中
国
电
影
改
编
研
究

后的票房收益、利润分成等成为影视生产的首要考虑。影视生产的这种功利性直接导致的就是似乎并未有人明确主张制片中心制,但制片中心制已或隐或显地存在于影视实践之中。

值得注意的是,这一情形与中华人民共和国成立前电影生产的格局是相似的,但何以在现代电影史上制片的作用不太明显,而到了这一阶段制片的话语权却超越了导演?究其原因就在于,这一阶段的电影生产已经构成了一个重要的产业,正是这种产业自身发展的内驱力,使得掌管拍摄资金、渴望投资回报的制片有着比导演、编剧、演员等更为迫切的生产欲望,其出于商业的考虑常常介入导演、编剧、演员的工作,也就自然而必然。同时,还须看到,这一阶段的制片很多具有较高的艺术素养,或本行业科班出身,对艺术有自己的见解,而很多导演由于自身的影响力自当制片,这都使得这两者的面目、话语交织在一起,无形中加深了人们以制片为中心的印象。然而,具有艺术眼光的制片也罢,具有商业头脑的导演也罢,其影视创作的功利性是一致的,所有的艺术追求在他们这里,统统必须服从商业考虑,从而导致,为了迎合观众,常常胡编乱造故事,人为制造闹剧,主题浅俗或媚俗,语言低俗甚至恶俗,庸作、劣作蔚然大观。

影视实践中的这些现象显然是不正常、不健康的,其不仅使得影视生产并不能真正取得丰厚的经济效益,而且极大地危害了社会效益。也正因此,习近平总书记在中国文联十一大、中国作协十大开幕式上的讲话中就严肃地指出,"文艺要通俗,但决不能庸俗、低俗、媚俗","文艺要创新,但决不能搞光怪陆离、荒腔走板的东西","文艺要效益,但决不能沾染铜臭气、当市场的奴隶","低格调的搞笑,无底线的放纵,博眼球的娱乐,不知止的欲望,对文艺有百害而无一利!"①所以,影视创作要回到人民的立场,要回归文艺性与严肃性。就我国当前影视实践的现状与未来可能的走势来看,我们认为,创剧人中心制应该成为最佳的选择。其不仅能够保证主创者始终坚持为人民服务、为社会主义服务的方向,诚如总书记所要求的,"深刻

---

① 习近平《在中国文联十一大、中国作协十大开幕式上的讲话》,人民出版社,2021 年。

把握民族复兴的时代主题，把人生追求、艺术生命同国家前途、民族命运、人民愿望紧密结合起来"，而且能在类型化的框架下保持主创者的个人风格或作者性。

可以肯定，如果创剧人中心制在全行业形成共识，不仅将促进我国影视实践的繁荣发展，而且将引领我国高校现有影视专业与学科建设的革新，同时还会极大地推动困扰我国影视理论界多年的编剧研究、改编研究。

二、电影改编史的写作

　　传统的电影史写作与文学史写作有较大的相似之处,诸如,均注重从社会历史变迁的角度探寻文学或电影的运行轨迹;按照某种历史分期作宏观概述,然后就该历史时期内重要的作家或导演及其代表作进行聚焦考察;对作家或导演的分析着重从创作历程、思想内容、艺术特色等层面展开等。此外,也有一些文学史家或注重探寻文学发展的规律,如美国罗伯特·E·斯皮勒的《美国文学的周期》,或注重描述群体性现象,如丹麦勃兰兑斯的六卷本《十九世纪文学主流》,这些独特的文学史视角也就使其成为文学史名著。

　　电影与文学不同,电影既是艺术,也是商品,电影的创作过程涉及工业、产业(经济与市场)、科技等不同领域,以及包含文学、绘画、摄影、音乐、雕塑等一切艺术形式,即便在电影内部,也还有题材、类型之分。因而在电影史写作中,除了有仿照传统文学史写作的电影史,如程季华的两卷本《中国电影发展史》,或者在仿照传统文学史写作的同时掺杂一些科技、经济等等的分析,如萨杜尔的《世界电影史》,也还有专门的电影技术史、电影经济史、电影美术史、电影音乐史、电影类型史等。

　　电影史的写作原本已经很复杂,从改编的角度写作电影史一般来说更加复杂。因为其不仅要关照电影史写作所要关照的方方面面,而且更注重电影文本与文学本文的关系,特别是文学文本所产生的时代与改编文本所处时代的同步、置换、呼应等。也正因此,研究电影改编史的写作,很重要的一点就要比较电影史写作与电影改编史写作的异同,进而在此基础上提出电影改编史写作的范式、方式与重心等。

下篇　中国电影改编专题研究

一

还是在考察根据张天翼小说改编的电影《包氏父子》时，我们就注意到，"纵观整个电影实践，不仅《包氏父子》，还有一大批和《包氏父子》一样的思想性、艺术性乃至观赏性俱佳的作品，如中国台湾的《搭错车》《征婚启事》，英国的《野鹅敢死队》《美丽战争》，法国的《蛇》《总统逸事》《战争真相》，意大利的《有你，我不怕》，南斯拉夫的《桥》《瓦尔特保卫萨拉热窝》等等，不仅个案研究基本付诸阙如，而且在现有的整个电影史中均难觅踪迹"①。亦即，既往的电影史写作，并未能将那些真正在电影史上具有美学建树的电影作为不可或缺的、明确的、重要的考察对象，其要么将写作者所搜罗到的电影文本不辨良莠地统统纳入电影史，既模糊了接受者的审美判断，也忽略了随着网络大电影、微电影的崛起，电影文本的海量性所导致的这种求全式电影史写作的不可能；要么就是在电影的美学考察之外旁逸出去，谈论所谓的电影出品公司简史、彼时的市场状况，以及对于大部分文科研究者并不擅长的科技革新等。所有这些都使得相当一部分电影史著流于各种五花八门的史料堆砌，读者尤其是电影从业者从中能够获得的思想、艺术的启迪微乎其微。之所以会出现这种情况，很重要的一个原因，就是未能构建起电影史写作的美学范式。

在中国电影史写作中，很长一段时期内，程季华主编的两卷本《中国电影发展史》可谓经典，因其所奉行的"史学范式"是一种"革命史"范式，改革开放以来不少学者开始讨论范式转换，如李道新就提出应由"现代化"范式取代"革命史"范式②。然而，革命史也罢，现代史也罢，均不仅未能涵盖电影史上全部的丰富多彩的实践，而且也使得电影史沦为某种非电影的、服从于其他历史的案例史。

具言之，韦勒克、沃伦的《文学理论》在谈到文学史写作时曾经指出，

① 沈义贞《现实主义电影美学研究》，南京师范大学出版社，2012年，第362页。
② 李道新《史学范式的转换与中国电影史研究》，《当代电影》2009年第4期。

中国电影改编研究

"大多数的文学史著作,要末是社会史,要末是文学作品中所阐述的思想史,要末只是写下对那些多少按编年顺序加以排列的具体文学作品的印象和评价",应该把文学史看作一个"系统"或"一个包含着作品的完整体系","这个整系随着新作品的加入不断改变着它的各种关系,作为一个变化的整体它在不断增长着",更为重要的是,"文学上某一个时期的历史就在于探索从一个规范体系到另一个规范体系的变化"①。质言之,韦勒克、沃伦反对将文学史写成社会史、思想史、编年史,文学史应自成一个"系统""完整体系"或是由一个"规范体系"向另一个"规范体系"不断转换的历史。韦勒克、沃伦所提出的这个标准显然是很高的,按照这个标准,既往的若干文学史、电影史、艺术史的写作显然均是有偏颇的,不仅未能凸显写作对象的本体性,更未能见出写作对象演变的规律性。

然而,韦勒克、沃伦的观点也是有缺陷的,因为其将文学史视为一个相对独立的"系统"或"完整体系"时,虽然强调了文学的本体性,却忽略了所谓文学本体并不是抽象的,其仍必然与社会史、思想史有着密不可分的关联。如果把文学史、电影史、电影改编史等的写作定位于美学范式,则不仅为这些"史"的写作找到"系统"或"完整体系"的构建旨归,而且也为电影史或电影改编史的写作找到了叙述的重心与遴选、评判的准则。

也正因此,我们认为,无论电影史写作还是电影改编史写作,其所采用的均应是一种美学范式,即均应该专注于电影的美学实践,电影史写作的目的应该是一种纯粹的美学对话。唯其如此,电影史写作以及电影理论研究、电影批评才能真正在美学层面与电影实践者产生有效的美学互动,进而推动电影的思想艺术水准的提高。

值得注意的是,美国学者罗伯特·C·艾伦、道格拉斯·戈梅里在《电影史:理论与实践》一书中提出,应该有四种电影史,即美学电影史、技术电影史、经济电影史与社会电影史,并且认为,"我们大多数触及电影史的人——无论是在大学课程中,还是从书本中——都是从电影作为一种艺术

---

① 〔美〕韦勒克、沃伦《文学理论》,生活·读书·新知三联书店,1984年,第290、294、307页。

形式的角度来看待电影史的"。遗憾的是,虽然他们承认"美学电影史是电影史学的主导形式"①,但却由于有感于电影美学史在构建时常常无视在电影的发展过程中发挥重要作用的技术、经济与社会等因素,因而才特别提出要同时构建技术电影史、经济电影史与社会电影史。我们认为,这些电影史都可以写,但却是科技学者、经济学家、社会学家的主要工作。就电影美学史而言,科技、经济、工业等因素在其写作中的确不可或缺,但其仅仅是作为电影创作的某种外因或某种服从于电影内在美学建构的技术或商业的考量予以关注的。

另须一提的是,由于电影是一种工业生产,以及电影的意识形态性,近年来有学者提出电影工业美学、共同体美学等研究视域,严格地说,这些视域虽然也冠以美学之名,但实质上则是一种非美学研究。如电影工业美学,其值得肯定的是注意到电影研究无法回避美学分析,以及电影美学与一般的文艺美学的差异,如文艺美学强调创新,而电影美学则肯定模仿;文艺美学注重创作者对时代的超越,而电影美学则特别看重对大众的迎合等。其忽略了对电影工业美学的关注,归根到底是对电影商业美学的关注,即关注电影如何运用有别于传统的、融入较多商业考量的艺术策略以吸引大众的审美趣味,从而获得最大的票房。而这原本就在传统电影研究的范畴之内,是电影研究有别于传统美学研究之处,也是电影研究对传统美学研究的一种拓展。再如共同体美学,"共同体"概念呼应的是当前我国的国际主张,可以视为电影实践的一种思想引领,是电影众多价值追求中的一种,并不能涵盖电影的所有价值追求,将其作为电影的唯一追求显然是狭隘的,将其作为一种美学提出来,不仅语义含混,更缺乏操作性。所以,电影工业美学、共同体美学与我们所坚持的电影的艺术美学是完全不同的,其所侧重的商业考虑、意识形态考虑等是传统电影美学研究的组成部分,将其单列出来构建美学体系不仅挂一漏万,而且模糊不清。换言之,在我们所理解的电影史与电影改编史写作的美学范式中,这两种提法均是

185

下篇 中国电影改编专题研究

---

① [美]罗伯特·C·艾伦、道格拉斯·戈梅里《电影史:理论与实践》,中国电影出版社,1997年,第87页。

可以忽略的。

二

遵循"美学范式"的电影史写作与电影改编史写作的共同之处首先就在于，其均必须以审美判断为前提，即所有进入电影史或改编史的作品都必须是在电影的美学探索上做出一定贡献的，电影史家或改编史家首先必须依据一定的审美标准对所有文本作美学品位的鉴定，在此基础上从作品与时代的关系、作品在电影美学史上的地位、作品的思想与艺术特色等方面有面有点地展开分析，所谓面的分析，即对某一时代的创作作全面的概述，所谓点的分析则是对某一导演或某一重要作品作个案解剖。在某些注重规律探寻的史家那里，还会进一步考察电影发展与社会进程的互动等。不难看出，这种写法很大程度上与传统的采用"革命史范式"或"社会史范式"的文学史写作是类似的，电影史尤其是电影改编史写作仅止于此，就电影史而言或许未尝不可，但电影改编史的写作就显得多余了，因为如此写作也无非是将电影史中专门改编自文学作品的电影单列出来，重新编排一下而已。

不可否认，电影史写作与传统文学史写作除了一般的相同之处，其实已然在很多方面呈现出不同之处。诸如，第一，文学史关注作家的个体创新，电影史除了关注导演的创新，仍需关注其如何最大限度地"从众"，即从俗、迎合观众心理。在文学创作中，作家的自我重复或作家间的相互因袭往往被视为失败的，而在电影创作中，翻拍、重拍、跟拍、续拍等是常态，也是电影史家特别需要探究的。第二，在文学史中，文学的发展有雅俗之分，古代有传递上层士大夫价值概念的高雅文学与代表着民间立场的通俗文学之分，当代则有精英话语与大众话语之分。如果说古代通俗文学的创作主体虽然持民间立场，但无论其身处庙堂抑或江湖，其实仍属于古典知识分子阶层，因而其创作仍属文学史重要的考察对象。近现代以来，随着大众阶层的兴起以及其后商品社会中大众阶层的崛起，大众文学蔚为大观，

但其在文学史家眼里，通常是作为一种语境或群体性现象加以关注的，基于大众文学的海量性与模仿性，文学史不可能也无必要将大众文学纳入考察范畴。与文学史相比较，电影史写作在文本的选择上不仅同样需要区分传统大电影与庞大的、大众性的网络大电影、微电影的界限，而且更为主要的是，摒弃雅俗对立的框架，从艺术电影与类型电影的分流与合流等两个方面建构电影史。第三，从媒介语言的角度考察，文学所运用的是单一的文字媒介，而作为综合艺术的电影除了文字，还有演员、画面、声音（音乐与音响）等诸多媒介，因而在电影史写作中，其所考察的范围或对象相对要宽广、复杂得多，电影史所要关注的内容，也就较文学史更为丰富。值得注意的是，很多论者之所以强调科技视角，很大原因就在于电影的这些媒介与科技的进展与密切关联，诸如，从无声到有声，从黑白到彩色，从真人演员到数字形象，从实景画面到数字奇观，从人工音乐到电子音乐等无不是源于科技的革新。然而，就电影史写作而言，所有这些科技的革新，都必须服从电影的艺术美学的追求，因而对其的考察，仍必须从艺术美学的层面展开，将其单列出来研究所谓电影科技或建构科技电影史，虽然从广义上看也可归于电影学研究的范畴，但严格地说已属于电影本体之外的研究领域。

电影史写作与文学史写作同中有异，电影改编史的写作与电影史写作亦同中有异。电影史以及电影改编史、电影类型史、电影艺术史、电影音乐史等的写作从宏观的、大的方面来看，所采用的都应是一种美学范式。具体到某一专门史，则其均应还有自己的写作方式与叙述重心等。

在为数不多的电影改编史写作中，李清的《中国电影文学改编史》可以说是研究电影改编史不可忽略的言说对象。论者"以电影和文学关联作为切入点，将从这里去梳理一百多年中国电影文学改编的脉络，对于期间的重要流派和有过较大影响力的思潮以及擅长从事文学改编的导演和重要文本，都将做重点探讨和资料整合"[①]。某种意义上这应是论者所持有的

---

① 李清《中国电影文学改编史》，中国电影出版社，2014年，第16页。

一种写作方式。然而,在具体的写作中,我们发现,其虽然以丰富的史料将电影史上改编自文学作品的电影单列出来,并且也力图突破"革命史"范式,以一种更为宽阔的视域探讨电影改编史上的种种流派、思潮、重要导演与文本,但总体上看,其并未能找到电影改编史的核心方式,阅读该著,一个突出的印象是,其仍然是一种改编电影的编年史,从中可以了解到电影史上哪些电影改编自文学作品,其余的论述则与阅读一般的电影史并无太大的差异。

也正因此,我们认为,电影改编史的写作方式,一方面必须服从"美学范式"这一总的前提,另一方面也必须对所考察的对象有所分期,必须介绍一段时期内的创作主体或群体,其代表性的电影文本,评判其在电影美学上的贡献与局限,所接受的影响以及其对其后文本的影响等。但在具体的写作中,电影改编史的写作至为关键的,就是必须扣紧"改编"展开,其写作方式严格地说应该是一种"关系考察",即,一方面,在宏观的层面重点探寻"时代美学精神追求""文学文本选择""电影改编"等三者之间的关系。需要说明的是,我们这里所讨论的电影改编,主要是对文学文本的改编,大范围的电影改编还应包括对电影文本、电视剧、游戏、IP 的改编,至于电影对真实人物与事件、历史文本的改编则不在内,这些问题另文再述。另一方面,在微观的层面,还必须关注两层关系,一是重点关注改编的电影文本与同时代的原创性电影文本的关系,其是如何合力回应时代的审美精神追求的;二是辨析同一个导演在其全部创作历程中,其原创性电影与改编电影之间的关系,其是如何共同构成一个导演的创作特色或风格的。不难看出,电影改编史的写作比一般的电影史写作要复杂得多,困难得多,因为,简单的资料堆砌与审美评判已无意义,其需要写作者在错综复杂的关系中追问一系列有价值的问题,唯其如此,电影改编史的写作才能与电影史写作区隔开来,并在理论上有所发现与推进。

三

传统的文学史或电影史大多采用的是社会史范式或革命史范式,其所

采用的写作方式也就更多地专注于文学或电影演进与社会或革命演进两者之间的关系,而我们所提出的电影改编史写作方式关注的则是"时代美学精神追求""文学文本选择"与"电影改编"三者之间的关系,改编电影与同时代原创电影的关系,同一导演的改编电影与原创电影的关系,这就不仅使考察的关系由两重增加到多重,而且考察的重心也大有改变,主要体现在:

(一)传统电影史与文学史在考察创作主体与文本时,一般先要根据特定的分期,描述其在这一时期内所置身的社会环境或背景,在此基础上寻绎其与社会或革命演进的呼应或互动,其写作重心往往落实在本时期的政治、经济状况分析上。而我们所强调的电影改编史写作重心则在关注特定时期政经形势的同时,更为关注这一时期的"时代美学精神追求",即更为关注对一个时代的精神状况、意识形态、国家号召、民族意志、人民愿望、社会思潮等诸方面的综合观照,并将此诸方面的观照统一到"时代美学精神追求"的把握上来。这就使得我们的电影改编史写作既包含了革命史、社会史、思想史等方面的分析,又避免了将电影改编史写成革命史、社会史或思想史的局限。在诸多的电影史著中,将"时代美学精神追求"的考察纳入电影史写作视野,周星的《中国电影艺术史》可谓较早、较为自觉的一本。在该书的绪论中,其就特别单列了"中国电影美学形态流变略论"一节,将百年中国电影的美学追求区分为古典化追求时期、社会悲剧美时期、浪漫化的英雄美学时期、真实化的纪实美学时期、表现化的影像美学时期、多元化的生命——自由美学时期等若干阶段①,虽然未尽周全、准确,但已显示了将电影史写作从传统的革命史、社会史叙述转向美学叙述的努力。

这里,特别值得注意的是,在电影史、电影改编史写作中,不可忽略的除了"时代美学精神追求",在电影原创或改编中始终还贯穿着一个重要的"娱乐需求"。有很多纯粹的娱乐性电影乍看之下似乎与我们所说的"时代美学精神追求"没有太大的关系,其实不然。这是因为,"时代美学精神追

① 周星《中国电影艺术史·绪论》,北京大学出版社,2005年。

中国电影改编研究

求"是历时性的,而"娱乐需求"则具有某种共时性,即任何时代人们的"娱乐需求"其实大同小异,无非惊险、悬疑、恐怖、奇幻(科幻、魔幻、玄幻)、搞笑等。呈现"时代美学精神追求"的电影,无论是现实主义影片或类型片均并不排斥"娱乐需求",而单纯地呈现"娱乐需求"的电影主要是类型片也存在着高下之分。最高者,其娱乐需求往往与"时代美学精神追求"存在着或隐或显的联系。诚如我们曾经指出的,电影史上所有堪称经典、娱乐性极强的类型片其实都"内蕴现实主义精神"与"呼应了彼时的社会心理或社会问题"①,即其总是与"时代美学精神追求"相关联,某种意义上可以说,"时代美学精神追求"的参与,才是其取得成功的关键或奥秘。再次者,单纯追求娱乐,确实与"时代精神追求"缺乏关联,但因其在意念设计、奇观展示、悬念处置、情节结构、人物对白、构思安排、叙事逻辑等各方面无懈可击,且取得了最大的娱乐效果,因而也可成为电影史或电影改编史的考察对象,只不过,研究者对其的关注,也仅能止于总结其编剧方面的成功经验。最弱者,以娱乐为唯一目的,却既与"时代美学精神追求"无关,又在叙事诸方面漏洞百出。电影史或电影改编史的写作虽然不一定严格遵循"唯杰作论",但也的确没有必要在这类失败文本上浪费言说。对这类文本,唯一可探讨的,是那些思想艺术极其低幼、低劣的电影何以会取得高得惊人的票房。

(二)传统文学史、原创性电影实践关注的重心往往是作家或导演如何反映现实或迎合大众,以及其如何在现实或历史中取材,为何如此取材等,而电影改编史关注的重心则是文本选择,即,改编者在回应现实需求或单纯追求娱乐最大化时是如何选择文学资源的。从表面上看,一方面,所有的文学作品都可以成为改编的对象,即便是二三流的作品也可能因为其中的某一或某几个精彩之处,成为导演"二度创造"的基点;另一方面,随着电影产业时代的来临,电影创作主体在经济利益的驱动下,可能会调动自身一切的阅读积累,将其所接触到的一切文学作品纳入改编的视野。也正

---

① 沈义贞《电影八讲》,江苏凤凰美术出版社,2020年,第13、14页。

因此，在此前的一些电影改编史研究中，改编者如何选择文本的问题，常常被忽略或遮蔽了。严格地说，就电影改编史而言，从电影改编的发生学角度，去探查中国电影的文学资源采用史，某一时期的电影实践如何选择文学资源以及何以集中采用同一类资源，改编者如何处理同时代或异时代、本土或异域的文学资源以呼应或引领当下的"时代美学精神追求"或"娱乐需求"，改编者对某一文学文本的全新解读或其解读与当下精神建构、娱乐期许的联系，等等，才是电影改编史写作的重心。

如此写作，电影改编史才能够独具特色，并提出或发现一系列有价值的问题。譬如，犹太裔法国导演罗曼·波兰斯基饱经"二战"的戕害，从波兰返回法国后，何以仿佛凭空或任意地选择了托马斯·哈代的小说《德伯家的苔丝》改编成电影《苔丝》并大获成功，该作与波兰斯基的心路历程与创作历程有何联系？其又是如何呼应了其时欧洲乃至世界各国的观众心理或"时代美学精神追求"的？日本电影史上《元禄忠臣藏》何以被改编八十多次？"每当日本电影界陷入低潮时，就会重拍《元禄忠臣藏》"，"《元禄忠臣藏》仿佛成了日本电影界的救急灵丹"①。阿加莎·克里斯蒂的小说《控方证人》何以在百年影史上一再被改编？每次改编与"时代美学精神追求"或"娱乐需求"有何关联？再譬如，如果说"建国初期十七年"在一种相对封闭的环境下，导演响应时代的号召集中改编红色经典小说自然而然，那么，当下的红色经典改编热又是出于什么样的动因？为什么2017年前后中国内地电影特别青睐以"妖"为题材的小说改编如《妖猫传》②？金庸武侠小说中的意图表达、叙事原型、符号系统何以被反复采用，且在改编中常常成败不一？等等。

（三）与一般的电影史写作只单纯地评判电影的美学建树或局限不同，电影改编史写作除了要评判改编文本在整个电影美学史上的建树与局限，其还有一个重要的写作重心，就是要从改编的角度探讨改编中的成与败、得与失等诸问题，并且，有关电影改编是否要忠实于原著其实并不重

---

① 郑树森《电影类型与类型电影》，江苏教育出版社，2006年，第19页。
② 沈义贞《2017年度中国电影现象观察》，《艺术百家》2018年第6期。

中国电影改编研究

要,研究者特别需要关注的是电影改编中的增与减、"二度创造"等问题①。

尤须一提的是,切不可以票房的高低衡量电影改编的成败。电影改编史上,改编成功但票房惨淡的电影也时有所见。譬如,侯孝贤改编自唐代小说的《刺客聂隐娘》上映以来,评论两极分化,赞誉者有之,但极少,且基本未说到点子上;贬损者众多,或斥其为烂片,或直呼看不懂。而我们认为,要看懂此片,观者必须具有丰富的阅历与深厚的古典文学与文化素养。《刺客聂隐娘》的主角是侠客,但不是武侠片。侯孝贤借助侠客、道家、唐朝等这些"最中国化"的元素,描绘的其实是他心目中的那个古老、古典中国的形象。如果说李安的《卧虎藏龙》拍的同样不像武侠片,其只是借助武侠符号表达他心目中的古典中国、"梦幻中的抽象中国"形象②,那么侯孝贤的《刺客聂隐娘》表达的则是他心目中的古典中国的形象,这就是:慢与静。片中的许多长镜头、空镜头、慢镜头所传达的就是那种慢到极致、静到极致的意境。文化积累不足的观众会在这种慢与静中失去耐心、拂袖而去,只有那些对中国历史和中国文化有深刻理解的观影者才会在这种慢与静中读出中国历史的悲哀与中国文化的寂寞。

理论上说,电影改编史的写作范式、方式与重心无疑具备着无数可能,但不管采用何种范式、方式,关注何种重心,其均必须紧扣改编展开,必须探寻改编的原理与规律,舍此,则电影改编史的写作也就失去了意义。

---

① 沈义贞《影视批评学导论》,中国电影出版社,2004 年,第 104 页。

② 沈义贞《"梦幻中的抽象中国"——关于〈卧虎藏龙〉的美学思考》,《电影艺术》2003 年第 4 期。

三、中国电影改编的多重视角考察

一部改编自文学文本的电影，未曾阅读过原著的普通观众对其的评判，是不受原著所给予的阅读经验影响的，只有那些读过原著的观众，才会在电影的接受过程中，将电影的观影经验与其对原著的阅读经验加以比较，从而不仅获得比未曾阅读原著的观众更多的观看体验，而且其对电影的成败感受也更为丰富。理论研究者的情形与此也大体类似。未曾读过原著的，其对影片的评价，更多依据的是一般的艺术评判标准，而读过原著的，其评判则相对复杂得多，既要依据一般的艺术标准判断其高下优劣，亦要从改编的角度，评估其成败得失。然而，不可否认的是，在大多数情况下，研究者大多未曾接触过原著，特别是国外改编电影所依托的原著，又或者，即便阅读过原著，但印象不深，因而其对某一部改编电影的评价，也只能依据一般的艺术评判标准。也正因此，迄今为止，国内的电影理论研究以及电影史写作，主要存在这样两种状况，一是将某一部电影先天性地默认为原创文本，在此基础上开始展开言说；二是尽管从改编的角度切入，却一直纠缠于改编的忠实与否、改编中的技术处理与具体得失等微观评判，而忽略了改编作为一种创作与生产机制，其发生原理以及其发生规律与电影史演进规律之间的关系等问题的整体考察。这不仅导致有关电影改编理论的研究始终未有实质性的推进，而且无助于迫切需要编剧理论指导的电影实践。

一

一部中国电影史很大程度上其实就是一部中国电影的文学改编史。

这不仅源于文学是电影持续而巨量生产得天独厚的重要资源,而且是因为在一百多年来的中国电影实践中,能够独立原创的、稳定的、优秀的编剧队伍始终未能形成。进入 21 世纪以来,中国电影无论在制作规模、产品数量、票房成绩等各个方面都取得了长足的进步,也间或有叫好又叫座的佳作出现,如《战狼2》《我不是药神》《哪吒之魔童降世》《流浪地球》等,但整体的、常态的、能够像好莱坞那样保质保量地出品优秀之作的生产机制并未形成,无论是传统意义上的"大电影"还是各种视频网站上海量涌现的"网络大电影""微电影"等,真正能够达到思想精深、艺术精湛、制作精良的水准,或以"美学的""历史的"标准衡量可圈可点、有益于民族的精神成长与审美积淀的作品并不多见,相反,倒是各种胡编乱造、粗制滥造、低俗无聊的伪劣之作充斥着观众的视野,这不仅使中国电影实践始终在低层次徘徊,既不能导人向上,又不能走出国门,而且也延缓了优质的、健全的文化产业的形成。究其原因就在于,一方面,在整个中国电影生产流程中,编剧的地位始终未能得到应有的重视。其实,坦率地说,当前中国电影的实践,并不缺导演、演员、资金或技术,真正缺乏的是思想艺术水平上乘、能够与那些成熟的、成功的作家相媲美的编剧;另一方面,就改编而言,编剧在选择某一文本进行改编时,虽然也有各种各样的考量,但对于选择何种视角切入文本,或在某一文本的改编中应该突出何种视角,始终未有清醒的、清晰的认识。

在既往的一百多年来的中国电影实践中,就电影的文学改编而言,已经出现过的视角主要有教育/社会视角、商业/娱乐视角、政治/历史视角、美学/艺术视角、文化/民族视角、产业/工业视角等。

教育/社会视角。教育视角在我国源远流长,从两千多年前孔子提出"兴观群怨"说,到曹丕的"文章经国之大业,不朽之盛事",刘勰的"文变染乎世情,兴废系乎时序",韩愈的"文道合一",白居易的"文章合为时而著,歌诗合为事而作",再到梁启超的"欲新一国之民不可不先新一国之小说",等等,中国古典文论一直强调的是"文以载道",即文艺要承载、传播某种国家理念或某种价值,发挥教化、教育功能。严格地说,无论采用何种视角,

教育视角总是必不可少,这是由文艺的主导性的"教育功能"所决定的,即便教育性极度微薄、虽有若无的某些纯娱乐电影,其仍然要乞灵于教育视角以保证娱乐的合法性。但另一方面也须注意,在具体的创作中,教育视角作为一种功利性要求,其总是借助其他视角实现的,即其必须隐藏在其他视角之后,如直接裸现,则必然导致说教、主题先行等弊病。

在文艺创作的诸多视角中,社会视角与教育视角的关系最为紧密,因为,在商业/娱乐视角那里,票房与娱乐是放在第一位考虑的,而在政治/历史视角、美学/艺术视角、文化/民族视角那里,其突出的是政治、历史、美学、艺术、文化、民族等的考量,教育性是内在于其中无须特别言明的。唯有社会视角,创作主体所传达的意图一方面来自其对现实的社会问题的分析、思考与判断,另一方面则来自其对某种国家主流话语或某种价值理念的服膺或追寻,是两者相互砥砺的结果,因而总是具有某种当代性、导向性或教育性。

所谓社会视角,就是主体的创作总是必然、必须结合着当时社会的主要或重要的问题。在既往的电影实践中,采用这一视角的创作是常见的,如张石川、郑正秋导演的,最早的故事短片《难夫难妻》(1913),郑正秋编剧、张石川导演的《孤儿救祖记》(1923),20世纪30年代集中涌现的《狂流》《桃李劫》《十字街头》《马路天使》《渔光曲》《三个摩登女性》《新女性》《神女》等佳作,所反映的都是当时社会较为突出与关注的婚姻家庭、底层境遇、经济萧条、女性命运等问题;40年代的杰作《一江春水向东流》很大程度上所表现的亦是劫后余生的中华民族心理创伤问题。就改编而言,现代影史上采用社会视角的影片相对少一些,这可能与其时的私营电影公司更多考虑盈利有关,但也不是完全阙如,间或也会有佳作出现,诸如,1914年张石川根据文明戏改编(该戏又是根据吴趼人的小说改编)、被视为"开启了中国电影文学改编之路"①的《黑籍冤魂》,所反映的是当时社会上比较猖獗、危害甚广的吸食鸦片问题;1933年夏衍根据茅盾小说改编的《春

---

① 李清《中国电影文学改编史》,中国电影出版社,2014年,第5页。

蚕》，反映的是在世界经济危机冲击下中国民族工业与农业所遭遇的破产、丰收成灾问题；1948年黄佐临根据高尔基小说《在底层》改编的《夜店》，则形象地揭示了旧时代即将崩溃前夕穷苦百姓的走投无路问题。进入新中国，在文艺为政治服务理念指导下，十七年时期较为强调的是政治视角，直到改革开放以后，社会视角才又活跃起来，借助这一视角改编的代表作有《人到中年》（1982），反映当时比较突出的知识分子待遇问题；《人生》（1984），反映城乡差别问题；《秋菊打官司》（1992），反映传统人情与现代法制的冲突问题；《有话好好说》（1997），反映商品社会到来都市芸芸众生的心理浮躁问题；《没事偷着乐》（1998），反映社会转型期小人物的生存状况问题；21世纪以来，以社会视角改编的电影再度沉寂，这一方面源于商业/娱乐视角跃居主流，另一方面则是因为与现实同步的、以社会视角创作的文学原著大幅消退。坦率地说，近年来电影质量总体偏低，其实是与主创人员社会视角的缺失有关的。

二

电影史上，一直与教育/社会视角并列并行的，无疑是商业/娱乐视角。所谓商业视角，指的是创作者或改编者在创作或改编之初更多关注的，是如何获取最高的票房。毕竟，电影是艺术品也是商品，电影生产投资巨大，如果没有一定的商业回报是难以为继的。而要获得最佳票房，最大的秘诀就是给观众提供娱乐，所以，商业视角与娱乐视角从来都是一体的，相伴相随的。其区别在于，前者更多的是拍摄前的初衷或动力，后者则是在拍摄过程中为追求娱乐效果调动各种手段或技巧时所持的一种总体的创作观照。

如果说在教育/社会视角那里，电影的教育与社会意义是第一位的，票房是第二位的，那么，在商业/娱乐视角那里，票房永远是第一位的。改编者首先重视的，是如何调动各种娱乐元素以诱惑最大限度的观众，进而赢得最大的利润。而电影的教育与社会意义在商业/娱乐视角那里，则大致

存在这样三种情形:其一,是影片也反映了较为重要的社会现实问题,有较强烈的教育意义,但这种教育性与社会性虽然是影片的美学价值所在,却更多是影片召唤观众的一种依托,即影片是以其作为一种询唤或亮点对应社会心理的焦点,从而激发广泛的社会共鸣。从这个意义上说,教育性与社会性在此时很大程度上是一种服从于娱乐性的内容元素或叙事策略。比如,美国影片《贫民窟的百万富翁》(2009)是一部以构思精巧、悬念迭起见长的娱乐片,但其所反映的全球化进程中世界性贫富悬殊问题,则无疑也是获取观众关注的重要元素,可以说,这是一部商业/娱乐视角与教育/社会视角兼具、教育/社会视角作为重要亮点强化商业/娱乐视角的优秀影片。近年来在国内颇受欢迎的印度电影《摔跤吧,爸爸》《起跑线》《厕所英雄》等,也都与此相类,即首先是娱乐片,教育性与社会性内在于其中,与影片的其他元素一起,共同构成吸引观众的诱点,从而实现票房的最大化。其二,影片也体现了某种社会与教育意义,但其社会与教育意义一般,或基于某种普通价值或常识,其更多的是在某种共识的基础上最大限度地追求娱乐性。中外电影史上那些有一定知名度的类型片莫不如此。譬如好莱坞的《夺宝奇兵》系列、《星球大战》系列、《魔戒》系列、《哈利波特》系列、漫威英雄系列,中国张艺谋的《英雄》《十面埋伏》等。这些影片在情节上往往设置一个简单、清晰的善恶框架,即也为观众提供一种基本的价值判断,但编导更多着力的,还是各种争奇斗艳的影像奇观与引人入胜的叙事智慧,并最终以这种奇观性、智慧性征服观众。其三,在那些思想幼稚甚至苍白的编导那里,影片的社会与教育意义原本一般甚至低俗,再加之其艺术功力不足,在奇观的展示与叙事的展开方面荒唐不堪、漏洞百出,其结果,则是影片原本就稀薄的一点社会与教育意义也荡然无存了。中国内地大量失败的类型片,以及网络上泡沫般存在的大量"网络大电影",大多可归入此类。

从二十世纪二十年代初期的《阎瑞生》《呆婿拜寿》等开始,一百多年的中国电影进程中,商业/娱乐视角可以说贯穿始终。即便是内忧外患的三四十年代、突出政治的"建国初期十七年"以及紧跟现实的"新时期十年"等

197

下篇　中国电影改编专题研究

以教育/社会或政治/历史视角为主流的时期,注重寓教于乐、借助喜剧性、奇观性、叙事智慧性从而也独具或兼具娱乐视角的电影也间或有之,如《夜半歌声》(1937)、《假凤虚凰》(1947)、《太太万岁》(1947)、《乌鸦与麻雀》(1949)、《我们村里的年轻人》(1959)、《今天我休息》(1959)、《大李小李和老李》(1962)、《瞧这一家子》(1979)、《喜盈门》(1981)、《神秘的大佛》(1981)等。

从改编的角度看,侧重商业/娱乐视角的改编电影在中华人民共和国成立前主要有这样三类:其一,改编自鸳鸯蝴蝶派小说的言情片,如《玉梨魂》《啼笑因缘》等。值得注意的是,一方面,鸳蝴派一直因缺乏深刻的思想探索、迎合大众的消遣心理而遭到严肃的文学史与电影史的贬抑,这种贬抑不能说全无道理,因为综观根据鸳蝴派小说改编的电影,成功者也无非是《玉梨魂》《啼笑因缘》两部。鸳蝴派对中国早期电影的贡献其实并不在于其小说的文本成就为电影生产提供了充足的资源,而更多的是在于其凭借着在小说文本创作时所追随的商业/娱乐视角,以大量原创剧本与改编剧本丰富了其时的电影创作。另一方面,鸳蝴派虽然推崇商业/娱乐视角,以取悦大众为第一要务,但其毕竟是有一定价值坚守的文人,因而其在突出商业/娱乐视角时也或多或少地注重影片的教育与社会意义,尽管其教育与社会意义并非他们原创,且流于一般。譬如《玉梨魂》与《啼笑因缘》,其所渲染的悲情其实更多的是为观众提供一种心理宣泄,具有较强的消费性或娱乐性,但其在表现青年男女爱情悲剧时对社会不公、旧式伦理道德等的批判,仍然具有一定的教育性与社会性。其二,改编自武侠小说的武侠片,如《火烧红莲寺》《儿女英雄》《荒江女侠》等。武侠片是中国原创的、唯一获得世界公认的类型片,也是娱乐片家族中最为重要的类型之一。武侠片的出现,某种程度上标志着中国电影娱乐意识的成长与定型。其三,改编自中外文学作品或民间传说的娱乐片,如《红粉骷髅》《空谷兰》《良心复活》《多情的女伶》《西游记女儿国》《盘丝洞》《石秀杀嫂》《武松血溅鸳鸯楼》《刘关张大破黄巾》《西厢记》《白蛇传》《孟姜女》等。这些影片对某一文本的选择,或对文学原著内容的截取,都无疑侧重的是其最具有娱乐性的

基础或最能够娱乐化的部分。现代电影史上对中外文学资源的大规模采用,不仅开启了中国电影改编文学作品的传统,而且在原创性编剧缺失的情况下,丰富了中国的电影实践,保证了电影产业的持续发展。从 1949 年到 20 世纪 80 年代末期,商业/娱乐视角一直处于贬抑状态。80 年代末 90 年代初,随着中国经济转型、商品社会出现,以及好莱坞大片的引进,中国电影的商业/娱乐视角才再度崛起,且渐趋主流。曾经一度"主旋律电影""艺术电影""商业电影"三足鼎立的局面也很快被打破,形成了主旋律电影、艺术电影向商业/娱乐电影靠拢、合谋的态势。近年来口碑、票房均佳的《湄公河行动》、《战狼》系列、《红海行动》系列即是明证。

　　或许是电影作为艺术品与商品的双重特性,特别是好莱坞一百多年来娱乐化生产的成功示范,电影实践中的产业/工业视角很早即引入电影考察之中。所谓产业视角,指的是将电影视为文化产业的重要组成部分,即电影除了承担传承、弘扬中华文化核心价值的使命,还应为民族经济的发展做出巨大贡献;所谓工业视角,指的是将电影生产视为一种工业生产,因而也应具备自身的工业化生产规律与产品标准。从某种意义上说,产业/工业视角其实是商业/娱乐视角的延伸,只不过后者侧重的是电影的创作实践,而前者侧重的是电影的运营实践。严格地说,产业/工业视角是一种纯经济学研究视角,就改编而言,可以不考虑这一视角,这里将其提出来,主要是因为近年来有关电影工业美学的言说渐成热点,而这一主张,极有可能将电影的创作与研究导入某种误区。确实,传统的、纯粹的美学/艺术研究是完全忽视产业/工业研究的,而产业/工业研究又完全忽视了美学/艺术研究,电影工业美学的提出,有将这两个方面糅合起来的企图,"是一种理论上的折中"①,然而,我们认为,这种折中的可行性是存疑的。因为这原本就是分属于美学与经济学两个范畴的问题,人为地将其捏合起来,并不能促进研究与创作的突破。考察若干电影工业美学的主张,其论述较多的也无非是电影要重视大众美学,而这原本就是传统的电影美学研究中

---

① 李玥阳《电影工业美学——中国电影文化批评的转向》,《北京电影学院学报》2020 年第 1 期。

同样重视的问题，无须非冠以"电影工业美学"的名头。如前所述，这些年中国的电影实践始终徘徊不前，缺的不是导演、演员、技术、资金，而是编剧，而中国的电影研究，需要产业/工业的观照，但更需要的是从美学/艺术视角的系统的、建设性的分析、评估与总结。

三

政治/历史视角、文化/民族视角其实都是教育/社会视角之下的一种更为具体的视角。其共同点都是重视反映社会问题，凸显教育意义，不同点则在于，社会的历史发展进程、政治导向、文化传统、民族特性原本都包含在社会视角之中，但一般说来，在具体的操作中社会视角往往侧重于当下现实问题的把握，就问题谈问题，而政治/历史视角、文化/民族视角则不仅关注当下的具体问题，而且能引入政治、历史、文化或民族视角考察与表现这些问题，从而在某种程度上越过了问题的具体性，进入一个更为宏阔、更具有特殊指向性的层面认识与思考问题。

所谓政治视角，并非单纯指以政治题材作为电影的表现对象，其更多突出的是电影要为国家的主流意识形态服务，具言之，其在表现现实问题时总是上升到政治的高度，并以服务于国家政治为作品的主旋律。所以，有些以政治题材为表现内容的电影，反而未必是从政治视角创作的，如美国影片《塘鹅暗杀令》(1993)表现的是美国政治生活中的故事，但其并非弘扬或批判美国的政治，而是以其政治领域的暗黑与凶险作为招徕观众的娱乐元素。所谓历史视角，指的是秉承人类历史发展遵循着一定的阶段性与规律性的观念，从历史沿革的角度看待与反映社会问题。比如，进入现代社会，中国古典主体所奉行的大一统的"道"解体了，各种学说涌现，尤其是历时性历史观的出现，导致了"社会进步"理念盛行，不少以这一理念创作的影片都特别强调从进步与反动的框架设置正反冲突的情节。所以，在三四十年代的《狂流》《桃李劫》《塞上风云》等片中，我们都看到代表着历史前进方向的正面力量与代表着历史阻力的反面力量的交锋，而在十七年时期

的绝大多数电影中,无论是表现新民主主义的革命历程,如《林海雪原》《青春之歌》《渡江侦察记》等,还是反映社会主义建设初期的社会矛盾,如《金光大道》《艳阳天》等,都特别注重刻画代表着正反两方面人物的斗争。进一步深入下去考察,还会发现,历史视角不仅特别注重展现一定时段的历史轨迹,如《活着》《霸王别姬》等,而且还要注意寻绎历史发展的规律。遗憾的是,在既往的电影创作中,编导们往往是从商业/娱乐视角切入历史题材的,大多忽视或无视历史规律的探寻,这不仅导致中国电影中优秀历史片的稀缺,而且以娱乐性阻隔了观众的历史反思,许多革命历史题材的主旋律电影其所以未能激起观众真正的心灵共鸣,原因正在于此。

就中国电影实践来看,政治/历史视角主要集中于十七年时期。随着改革开放进程的深入,文化/民族视角悄然而起。所谓文化视角,指的是无论观照现实还是考察历史,都不仅注重从文化的层面解释特定的问题,而且特别注重文化传统的挖掘、扬弃与承继。20 世纪 80 年代中期,改革思潮消退后,围绕着改革的阻力,一批创作主体不约而同地将目光转向了中国的文化传统,"寻根电影"应时而生。在《黄土地》(1984)、《猎场扎撒》(1985)、《神鞭》(1986)、《老井》(1987)、《红高粱》(1987)、《孩子王》(1987)、《棋王》(1988)、《黑骏马》(1995)、《图雅的婚事》(2006)等作品中,我们看到,编导们都特别注重从文化传统的高度透视历史或现实的表象,进而反思文化传统的张扬与内敛、野性与迂腐、精华与糟粕,以及其对现实的促进或羁绊。所谓民族视角,小而言之,是以某一民族作为观照对象,集中剖析、评判其国民性、民族性的构成与优劣;大而言之,则是指在全球化视野下比较一个国家或民族的本土文化与其他各国、各族文化的异同,以求同存异的态度探寻各国、各民族文化的碰撞点与交流点。在这方面,李安的"父亲三部曲"《推手》《喜宴》《饮食男女》堪称经典。由于文化视角总是聚焦一个国家或民族的国民性、民族性,以及民族视角总是从文化的角度切入,因而文化视角与民族视角总是交织在一起,在具体的呈现中往往或并重,或侧重,或一显一隐,对此,改编者或改编研究者应予注意。

下篇　中国电影改编专题研究

四

　　如前所述,政治/历史视角、文化/民族视角是教育/社会视角之下的一种更为具体的视角,而美学/艺术视角某种程度上则可以看作是高悬于这三种视角之上、统率这三种视角的更高的视角。这是因为,教育/社会视角、政治/历史视角、文化/民族视角侧重于从不同角度呈现、解决社会问题,具有较强的功利性,但作为一种艺术的言说,其功利性无一例外均必须通过塑造美、创造美来实现。也就是说,表现社会问题,力图引起观众的关注、认识与思考,并最终能行动起来解决这些问题,就艺术品而言,其均离不开观众的美学沉浸。也正是在这个意义上,我们说,美不仅是教育/社会视角、政治/历史视角、文化/民族视角呈现与解决问题的手段,而且是遵循这三种视角以及美学/艺术视角创作的最高目的。如果说教育/社会视角、政治/历史视角、文化/民族视角在求美的同时,更多侧重的是求真、求善,那么,在美学/艺术视角那里,其纯然侧重的就是求美。所谓美学视角,简言之就是以塑造美、创造美为明确的、终极的目的。或许是纯美的追寻总是曲高和寡,不太适应电影的票房要求,中国电影实践中以美学视角改编的经典也就《小城之春》《城南旧事》等少数几部。所谓艺术视角,就是坚持作品的艺术本性,这种坚持不仅体现在其始终以美的追寻为主导特征,而且更为重要的是指创作主体力求运用高超、精妙、娴熟的艺术技巧或艺术传达系统呈现作品的意图,做到形式与内容完美统一,电影史上所有取得一定思想艺术成就的影片均可归于此列。

　　进一步考察还会发现,美学/艺术视角与教育/社会视角、政治/历史视角、文化/民族视角是一种从属的关系,而美学/艺术视角及其统率下的三种视角与商业/娱乐视角则均是一种并列的关系。而这也正是艺术电影与商业电影或现实主义影片与类型片的分野。亦即,一般说来,艺术片或现实主义影片在创作时较多采用的是美学/艺术视角或教育/社会视角、政治/历史视角、文化/民族视角,而商业片或类型片较多采用的则是商业/娱

乐视角。值得一提的是,诚如我们曾经指出的,现实主义影片与类型片"不仅在诸多方面互相均有可借鉴之处,而且在理论上还存在着一种可能,即两者最大限度地相互靠拢,催生出现实主义特征与类型片特征兼具或并重的影片"①,同理,美学/艺术视角及其统率下的三种视角与商业/娱乐视角亦并非截然对立,其也是可以相互渗透、包容的,譬如,类型喜剧片《疯狂的石头》的成功,很大程度上就依赖于其纳入的社会视角:以一群下岗工人的命运串联起整个故事;而近期基于真实事件创作的《中国机长》《攀登者》等主旋律影片在叙事中均借鉴了娱乐视角:以惊险、奇观等类型片元素激起悬念、吸引观众。只不过,在美学/艺术视角、教育/社会视角、政治/历史视角、文化/民族视角等那里,美是其文本的终极目的,而娱乐只是手段,而在商业/娱乐视角中,娱乐是其文本的终极目的,而美则是提升其文本思想性艺术性的重要的、内在的、有机的组成部分。

此外,还需说明的是,所有上述视角在一般的、原创性的电影创作中也或多或少、或明或暗地存在,但原创性的创作更多源自创作主体的一种生命冲动或娱乐召唤,创作主体在其创作之初或之中可能也会有意无意地采用到某一或某几种视角,但其更多关心的还是如何完美地表达出自我的思想感情,或娱乐效果的最大化,至于其作品中凸显了何种、哪些视角,就留待批评家去探查了。改编则不然。改编者选择某一文本更多的是出于一种理性的考虑,有着相对明确的目的性,比如,针对哪些观众群体? 突出何种问题可迎合最广泛的社会心理? 待改编的文本中有哪些因素可以最大程度地电影化、宣教化或娱乐化? 等等,所有这些,都既是创作问题,同时又是一个技术问题,而改编视角在改编研究中也才成为一个相当重要的问题。弄清了这一问题,我们才能进一步从电影与文学或导演与某一文学文本的遇合角度,考察导演依据某一视角何以会选择某一文学文本,或选择了某一文学文本何以会突出采用某一视角,进而探查文学演进与电影演进的关系。

---

① 沈义贞《现实主义电影美学研究》,南京师范大学出版社,2012 年,第 302 页。

四、武侠电影改编的动因、策略与趋向

  以公众号"六神磊磊读金庸"活跃于互联网的六神磊磊在看了电影《流浪地球》之后由衷地感慨,科幻电影的时代到来了,"我们武侠的时代,真的、真的是过去了"。武侠电影"真的老了,早已远离了想象力和创造力的前沿。它已无力突破金庸、古龙的藩篱,无力去描绘更广阔的世界"。作者的这一论断,证之以当前的武侠电影实践,似乎不无道理。以 2020 年出品的两部根据网络小说改编的武侠电影《玄天风云》《斩风刀》为例,两片均可说制作精良:人物造型、武技、服饰、内在场景与外在风光、音画质量等均属上乘,这无疑应得益于数字技术的进步与编导者的悉心打磨。然而,前者的前半部叙事尚可,后半部的情节就走下坡路了,不仅对前面所设置的悬念缺乏合理的解释,而且将原先引人入胜的动作奇观转向俗套、拖沓的谈情说爱,最终的情节反转也无铺垫与依据,未能给观众智慧的或惊奇的享受;后者虽然人物的性格逻辑和情节逻辑都是严谨的,但所有的叙事套路与故事元素均系模仿的前人,除了在环境、技击的奇观展示上有所不同,其余的均无新意。两片给我们的总体感受是,金庸、梁羽生、徐克、李安之后,中国的武侠小说与武侠电影或许并不会像六神磊磊所预言的即将谢幕,但也确实陷入了某种瓶颈。武侠小说创作的困顿无疑在很大程度上局限了武侠电影的改编,诚然,在武侠电影的实践历程中,完全原创的文本亦不在少数,但总体上看大部分还是根据武侠小说原著或此前已经获得一定成功的武侠电影文本改编的,因此,我们这里拟在回顾武侠电影改编的动因与策略的基础上,一方面探讨既往的武侠电影改编的成功经验,另一方面则试图在这种探讨中寻觅武侠电影新的叙事方向以突破当前的困境。

　　关于武侠电影的改编,首先要弄清的一个问题是,其改编的动因是什么?

　　中国武侠电影起步较早,1928 年,在改编自武侠小说《江湖奇侠传》的《火烧红莲寺》成功问世之前,"中国有文字记载的武打、侠义、复仇类影片已经出品了 30 多部"①,其中既有原创性的《方世玉打擂台》《女侠李飞飞》《山东响马》《王氏四侠》,亦有根据小说改编的《五鼠闹东京》《儿女英雄》《宋江》等。不难看出,尽管尚显幼稚,但其时的中国电影创作与文学创作一样,既有严肃的、以"载道"、教化人心为宗旨的作品如《黑籍冤魂》《孤儿救祖记》等,亦有通俗的、娱乐的"古装片""武侠片""神怪片"等。既然在文学领域雅俗一直并存,那么在电影创作中突出电影的娱乐、休闲功能也无可厚非。从这个意义上说,早期中国武侠电影的改编,首先是其时文学惯性的一种驱动或延伸。

　　《火烧红莲寺》一炮打响后,其所引发的 20 世纪 20 年代武侠电影的浪潮,不仅开启了中国武侠电影实践的漫漫程途,而且奠定了迄今为止中国唯一一个为世界公认的原创电影类型。对于这一现象,程季华先生的《中国电影发展史》在论及其时包括武侠电影在内的古装片时曾经认为,"这些影片的封建落后的意识及它的远离现实斗争的题材","投合了那些在人民革命运动高涨中想要逃避现实、苟安偷生的有闲阶级和落后小市民的心情及需要"②。程先生的观点在 20 世纪 80 年代之后的学术界遭到反驳,最主要的就是这一观点忽略了电影的商业性与娱乐性。然而,撇开这一观点所依托的"进步"与"反动"框架,其所揭示的其时武侠电影创作的社会心理还是部分准确的。因为,晚清以降,国人屡败于西洋利器,民族心理既有趋于

---

① 贾磊磊《中国武侠电影史》,文化艺术出版社,2005 年,第 45 页。

② 程季华主编《中国电影发展史》(第 1 卷),中国电影出版社,1963 年,第 89 页。

中国电影改编研究

逃避的一面,亦有希图借武侠"恢复、张扬中华民族久已失去的'尚武'精神"①的期待。亦即,或许当时的武侠电影创作者与改编者并不一定十分清晰地意识到其创作或改编是为了迎合国人的逃避或尚武心理,但所有的创作尤其是改编无疑均潜在地受到特定的社会心理的制约。

所以,回顾武侠电影的发展历程,可以发现,很多堪称经典的影片之所以经典,有的还引起不小的轰动,很大程度上就在于其切中了当时社会心理的某一关键部位。以胡金铨为例,这位被宋子文先生誉为台湾武侠片的"至尊掌门人",60 年代来台后曾试图拍摄根据《聊斋志异·画皮》改编的《阴阳法王》,审查未能通过,其后得益于传统戏曲的启迪,拍摄了震惊岛内外的《龙门客栈》。《阴阳法王》的流产与《龙门客栈》在当时创造的票房神话,其实均系出于同一原因,即胡金铨在两片中所呈现的"三不管的地界""荒郊野外的客栈"等都是对当时台湾乱世的"政治隐喻",这些"风雨飘摇之中的栖息地,更类同于国民党退守台湾后所组织的'临时'政权,外表看起来似乎逃离了时局之外,内里却是剑拔弩张,时时都有山雨欲来般的覆灭威胁"。换言之,胡金铨在两片中所表达的忧患情结,触及的均是当时居于主流的、立足未稳的国民党当局与深感前途无望的台湾民众的恐慌心理。也正因此,其才或遭禁,或为台湾文化界识破,"在相当长的时间里都成为文化界讨论胡金铨电影的不二命题"②。再如李安,其根据王度庐小说改编、2000 年出品的《卧虎藏龙》罕见地受到了中西方观众的共同欢迎与高度肯定,究其原因就在于,其于世纪之交"基于对中西方文化的全面体察、比较与把握",提出了一个"具有世界性意义的话题",即"东西方两大文明在既往的历史实践中共同追寻的一个目标其实都是社会秩序的和谐、稳定与发展。而在所有破坏社会秩序的天灾人祸中,人类的理智与情感的矛盾应该说是引发了无数人生的悲喜剧、无数的悲欢离合、喜怒哀乐的最为恒久的一个因素"③。亦即,《卧虎藏龙》的成功,很大程度上就在于,其呼

① 范伯群主编《中国近现代通俗文学史》,江苏教育出版社,2000 年。
② 宋子文《台湾电影三十年》,复旦大学出版社,2006 年,第 71 页。
③ 沈义贞《影视批评学导论》,中国电影出版社,2004 年,第 260 页。

应了世界范围内身处于传统道德崩驰之中的现代人,面对形形色色的婚姻与爱情困境所共同经历的理智与情感冲突的矛盾心理。

在华语电影版图中,香港武侠电影不仅曾独树一帜,而且是迄今为止中国武侠电影谱系中主要的、重要的组成部分。从 60 年代效力于邵氏公司的张彻、刘家良、胡金铨,到其后崛起的徐克、成龙、周星驰、袁和平、刘镇伟、张鑫炎、王家卫等,不仅为中国武侠电影的丰富与繁荣做出了杰出的贡献,而且相继将武侠电影美学提升到了新的高度。不讳言地说,其成功的因素有较多,但其中较为重要的一个因素则是得益于对中国古典小说、现代武侠小说以及金庸、梁羽生、古龙、温瑞安等港台四大家小说的改编。那么,何以这些导演不约而同地对武侠题材情有独钟? 并且,尽管香港电影的类型也较多样,何以在相当长的一段时期内,其一直以武侠片、黑帮片/警匪片独步天下,甚至能与好莱坞分庭抗礼? 在既往的理论探讨中,学术界也曾做过多种解释,譬如,这是因为武侠电影里的中国镜像慰藉了游离于祖国母体的华人心灵;武侠电影里流淌着传统中国文化的血液;还有论者认为,香港武侠电影的盛兴,源于“现代的香港与当年的上海有一相似之处”,即都“处于中、西文化的冲突与交汇之中心点,从而其文化具有(中西/新旧)兼容的性质”,“形成了一种更纯粹的,然而又已汰旧换新的民族文化形态,从而成为全中国的民族/大众文化的先锋”①。这些意见都很正确,但我以为,香港武侠电影的创作尤其是改编之所以久盛不衰,很大程度上其实是因为其传达或投合了其时香港整体的、主流的社会心理。具言之,诚如我们曾经指出的,香港黑帮片/警匪片的盛行很大程度上“是由香港社会特殊的社会性质决定的”②。亦即,回归之前的香港因受殖民统治并不具备正常的社会形态,整个香港其实是一个帮会社会或一个巨大的“江湖”,维系、规范这个“江湖”的,就是武侠世界里为大多数江湖人士所遵奉的忠孝礼义信等传统儒家理念。“人在江湖”可以说是香港社会群体共同的心理认同。可以认为,武侠电影中的江湖某种意义上就是香港社会的缩

---

① 陈墨《刀光侠影蒙太奇——中国武侠电影论》,中国电影出版社,1996 年,第 9 页。
② 沈义贞《艺文漫话》,江苏美术出版社,2013 年,第 147 页。

影,回归前的香港武侠电影创作可以说全程得到香港社会心理的支撑,既是香港社会心理的驱使,亦是对香港社会心理的回应。

所以,武侠电影创作尤其是改编的动因,很大程度上就源自特定社会心理的召唤。从这个意义上说,武侠电影虽然反映的并非当下的现实生活,但其主题一定与当下的现实进程有关。换言之,武侠电影作为类型片只是一种表象,其内在精神仍然是现实主义的,这也就是我们曾经论述过的,所有的类型片其实都是"类型其表,现实其里"①。

二

严格地说,所有的武侠电影在改编之初,都应该考虑其与社会心理的关联。对改编者来说,这种关联有时是有意识追求的,更多的时候则很可能是一种无意识的契合。但无论有意或无意,只要其契合了,就一定能激起充分的反响。从这个意义上说,武侠电影改编最大的、首要的美学策略就是找寻其主题或立意与现实生活或社会心理的关联性。然而,不可否认的是,在漫长的武侠电影改编史上,也还有相当一部分作品并未与现实生活或社会心理有明显的、清晰的关联,但也取得了一定的成功。这部分作品改编的动因一方面可能是武侠电影实践的一种惯性延伸,另一方面亦有可能是对此前某一成功文本的模仿、追随或跟风。至于其成功,则说明除了主题与现实的关联,在武侠电影改编中一定还存在着其他的、多元的美学策略。

从文本内在的构成看,这种美学策略既可以体现在价值的探索与发现层面,亦可以体现在艺术呈现层面,即既可以体现在导演对某种思想体系或价值的追寻,进而在这种追寻中形成某种独特的、个性化的风格,亦可以体现为导演对某种独特的叙事智慧或叙事语言的偏爱,进而在文本中着力经营,形成具有某种标识性的、能够招徕观众的"核心魅力"。

---

① 沈义贞《现实主义电影美学研究》,南京师范大学出版社,2012 年,第 23 页。

在价值的探索与发现层面较有代表性的导演无疑当数李安与徐克。如前所述,李安的《卧虎藏龙》在价值探索上的最大成就,是思考了中外古今人类在婚姻与爱情中永恒的理智与情感的困惑;而徐克,我们在论及这位极具创造性的导演时曾经指出,其之所以高出一般的武侠电影导演,就在于其他大多数导演在改编小说原著特别是改编金庸、梁羽生等原本已经具备了丰富思想内容的小说时,大多忽略或放弃了自我的思考,仅仅在原著所提供的思想框架内着力对原著情节冲突、人物塑造的再现或修改。徐克则不然,其不仅在每部文本中均凸显着某一方面的核心魅力诉求,而且始终致力于传达"富有个性特色的主题",进而"建立起属于自己的主题体系"①。所以,在他之前,有关黄飞鸿题材的电影已经拍过近百部,几乎毫无影响,但他的黄飞鸿系列电影则由于反思了武侠、武功在现代文明面前的无奈、无力甚至妥协,这就不仅高人一筹,而且引人深思;其《笑傲江湖》《新龙门客栈》改编自金庸小说与胡金铨早年的电影文本,但他的思考已全然不同于金庸与胡金铨,借助那些在充满了争斗、血泪与沧桑的江湖中的人物与人生,他所表露的已完全是身处商品社会之中的现代人生命的内敛与张扬、厌倦与寂寞,唯其如此,其才更为深切而恒久地感染着数代观众的心灵。

价值的探索与发现可以说是所有导演的共同追求,但在具体的实践中能够取得成功的无疑是少数。在武侠电影领域,大多数导演的价值表达往往流于一般的常识、共识,还有些导演则蹈入了某种误区。譬如张艺谋根据曹禺话剧《雷雨》改编的《满城尽带黄金甲》与冯小刚根据莎士比亚话剧《哈姆莱特》改编的《夜宴》,两作分别失去了原著中对封建性、人性的批判,对"生存还是毁灭"的哲学拷问,导演津津乐道的是人物在权力与情欲上的争斗,传递的是一种极其阴暗、负面的文化;再如陈凯歌,其根据古典戏曲改编的《赵氏孤儿》不仅"改编之逻辑混乱与情节破绽"比比皆是,而且更重要的是对"程婴和公孙杵臼的英雄义举"人为地作了"降格化"处理,使程婴

---

① 沈义贞《影视批评学导论》,中国电影出版社,2004年,第81页。

中国电影改编研究

与公孙杵臼"从历史传说和演义故事中树立起来的英雄形象""被消解了大半",这种对"传统伦理道德和英雄主义的遮蔽"显示的只能是导演"善恶的不明与价值取向的混乱"①；其根据日本魔幻系列小说《沙门空海之大唐鬼宴》改编的《妖猫传》,原本是企图还原大唐的盛世风貌的,但由于过多屈从于原作的窥视视角,因而呈现给观众的,只是一个阴阳怪气、妖里妖气的大唐,不仅引导观众误读了中国文化,而且也在一定程度上损害了中国形象。

所以,价值的探索与发现不仅取决于导演个人的主观追求与思考的深度,而且与导演的思想能力有关。在武侠电影改编中,更为常见的情况是,大多数导演往往回避价值的探索,而仅将文本的目标定位于、集中于艺术呈现方面,其围绕着文本某一方面核心魅力的聚焦所形成的若干美学策略,不仅也吸引着无数观众趋之若鹜,而且极大地丰富和拓展了武侠电影的美学空间。

检视武侠电影改编的众多美学策略,首先引起我们关注的是香港武侠电影在群体上所凸显出来的一个共同策略,即"动作美学"。所有那些为观众熟悉与喜爱的香港武侠电影导演,在动作的展示上不仅各有创意与妙招,如张彻的暴力与血腥,刘家良的硬桥硬马,胡金铨的写意,成龙的谐趣,周星驰的无厘头等,而且也因此形成了其电影各自独特的美学标识或风格。美国电影史家大卫·波德威尔在论及"香港电影的秘密"时曾经指出,"香港大众电影最叫人难忘的,主要是那些异常刺激的身体动作",香港武侠电影作为香港动作片的代表,远比"其他大多数动作片都要优胜",原因就在于"他们依从的一套设计及摄制法则","远非表面看来那么简单。他们是划一与创新之间的灵活掌控,是成规与创意的融会贯通"②。某种程度上可以说,动作美学不仅是香港武侠电影导演群体既共同又各呈异彩的选择,而且也是其给全球电影文化最重大的贡献。当然,动作美学并非香港武侠电影首创,自武侠片作为一种类型确立以来,对动作美学的追求一

① 刘帆《从〈赵氏孤儿〉的电影改编看当下武侠大片的困境》,《西南大学学报(社会科学版)》2012年第4期。

② [美]大卫·波德威尔《香港电影的秘密》,海南出版社,2003年,第245、246页。

直贯穿于武侠电影实践之中，但确实是香港武侠电影将这一美学发挥到极致，不仅令观众心醉神迷，获得全新的视听感受，而且也成为无数武侠导演殚精竭虑、孜孜以求的核心美学魅力或美学策略。

从改编的角度看，除了动作美学，导演在选择某一文本时，原著的人物、情节、主题等在给其提供有关动作的美学想象的同时，无疑还存在着其他诸多方面的核心魅力，也正因此，导演们才依据其对某一核心魅力的偏爱、偏重与聚焦，发展出其他诸多方面的各具个性的美学策略。这些策略归纳起来，主要有这样几种：一、奇观类。这种奇观不仅体现在动作上匠心独运的设计，而且体现在环境、场景上的瑰奇壮观，诸如徐克《新龙门客栈》中的大漠，《蜀山传》中的蜀山，《狄仁杰之通天帝国》中的通天塔，李安《卧虎藏龙》中夜幕下的京城、竹海等。二、悬疑类。在武侠小说中，古龙、温瑞安的小说一直以悬疑或探案见长，根据其改编的《绝代双骄》《新流星蝴蝶剑》《天涯明月刀》《楚留香》《萧十一郎》《多情剑客无情剑》《白玉老虎》《三少爷的剑》《四大名捕》等电影中的悬疑，可以说是中国观众由衷喜爱的核心魅力。三、奇情类。在热热闹闹的打斗或搞怪中凸显主人公对爱情的痴迷与决绝，坚守与隐忍，可以说是刘镇伟《射雕英雄传之东成西就》《天下无双》、王家卫《东邪西毒》《一代宗师》的感人至深之处，一句"念念不忘，必有回响"令无数观众落泪。四、喜剧类。动作、语言、形体、冲突等的喜剧化处理，一直是许多以搞笑见长的导演的不二法宝，在这方面较有代表性的无疑是成龙与周星驰，其对喜剧性的追求，不仅化解了武侠打斗中的血腥与暴力，而且成为观众观影时饶有趣味的另一种审美期待。五、写意类。写意是中国古典美学中的一个深厚传统，写意与电影所注重的娱乐无疑相去甚远，但即便如此，仍有一批钟爱中国古典文化的导演将其视为电影的核心魅力着意经营。从早年的胡金铨，到李安的《卧虎藏龙》，再到侯孝贤的《刺客聂隐娘》，其写意性尽管有时曲高和寡，但却是中国武侠电影中最为可贵的一种美学聚焦，等等。

显然，我们这里所列出的几种美学策略，仅仅是博大、丰富的武侠电影谱系中几个主要的方面，同时，尤需指出的是，这些美学策略在某一导演那

211

中国电影改编研究

里,有时是主导的、单一的追求,但更多的时候则是在某一美学策略统领下交叉并现于某一文本之中的。唯其如此,其才不仅缔造了中国武侠电影曾经的辉煌,而且也为其后武侠电影的改编提供了有益的启迪。

三

随着数字技术的进步,武侠电影的制作越来越精良,打斗的炫目,细节的逼真,服饰的华丽,环境的美化,氛围的还原,等等,均达到前所未有的水平,然而,由于创意的匮乏,以及人物性格定位与情节逻辑上的混乱,近期武侠电影的创作与改编虽然相当活跃,但艺术水准总体上未有突破,一定程度上陷入了僵局。在既往的考察中,我们曾经指出,当今武侠电影创作与改编中的一个难题就在于,"武侠片当中所表现的那种草莽精神,和当代社会法治精神是针锋相对、背道而驰的"①。而逾越了这道障碍,武侠电影的创作尤其是改编仍将是大有可为的。也正因此,我们在探析武侠电影的未来趋向时,仍然坚信,其不仅不会消亡,而是仍然具有极为广阔的发展空间。从理论上看,起码存在着这样几种可能:

第一,古典文学资源的全面梳理与深入挖掘。一方面,中国古典文学资源博大精深,迄今为止武侠电影改编所侧重的还仅仅是《三国演义》《水浒传》《西游记》《聊斋志异》《说岳全传》《杨家将演义》《封神演义》等一些耳熟能详的名著,如果将全部中国古典神话、小说、戏曲诸如《山海经》《搜神记》《淮南子》《独异记》《太平广记》《三言》《二拍》以及汗牛充栋的古代文人笔记诸如纪晓岚的《阅微草堂笔记》等纳入视野,改编的资源可以说数不胜数。另一方面,中国的武侠文化源远流长,改编者目前所关注的,也仅是其中有知名度的作家与文本,诸如《史记》、近现代武侠小说创作、金庸梁羽生古龙温瑞安的小说等,不仅未能囊括所有的经典武侠小说,如郑证因的《鹰爪王》、宫白羽的《十二金钱镖》等长篇巨制迄今就无人问津,即便是对某一

---

① 沈义贞《艺文漫话》,江苏美术出版社,2013 年,第 149 页。

作家或文本的采用,也仅是其全部作品或某一作品之中的一个部分,远未穷尽这些作家和文本所有的丰富的内涵。

上述所列举的文学资源,并不全都是武侠小说,但武侠电影史上,非武侠题材的小说改编成武侠电影的时有所见,如程小东导演的《倩女幽魂》,周星驰主演的《唐伯虎点秋香》,以及前面提及的改编失败的《满城尽带黄金甲》《夜宴》《赵氏孤儿》等。从这个意义上说,所有的文学资源其实都是有可能处理成武侠形式的,或者都是武侠电影改编的 IP。如果把视野再扩大一点,中国古典历史资源更为厚重,只不过,取材于历史资源的武侠电影更多地已是一种原创而非改编了。

第二,用新的价值观或新的读解重拍、翻拍旧的武侠电影。旧有武侠电影文本无疑也是当今武侠电影改编的重要资源。武侠电影史上根据旧有武侠电影文本改编的作品比比皆是,如徐克根据胡金铨《龙门客栈》改编的《新龙门客栈》,麦当杰的《新流星蝴蝶剑》,袁和平 2017 年根据早年同名电影改编的《奇门遁甲》等。但在当前的武侠电影改编中,我们发现,大多数导演往往借助数字技术、动漫形式的参与,以及借助与玄幻、魔幻、科幻等类型的交融,在影像奇观上不断翻新、争奇斗艳,不仅常常因袭了原有文本人物性格逻辑、情节逻辑上的漏洞,而且更重要的是普遍忽略了用新的价值观或新的读解超越或修正原有文本思想上的贫乏、平庸或谬误。所以,如果当下新一代的导演能够认真挖掘、继承中国古代优秀的传统价值,并与当代主流核心价值观相对接,可以预见,其改编一定能使旧有的武侠电影文本焕发出新的光彩。

第三,重拾写意传统。在此前的论述中,我们曾将写意列为武侠电影的美学策略之一,但严格地说,在相当长一段时期内,采用这一策略的也仅是胡金铨、李安、侯孝贤等少数几位。写意性无疑是中国古典文学艺术最主要也是最具中国性的美学特征。其不仅是西方社会接受中国古典文艺的一道美学屏障,而且在当今中国现代化进程中渐行渐远了。也正因此,在既往的武侠电影创作和改编中,注重写意性的导演或曲高和寡,或不被理解。诸如最早将写意引进中国武侠电影的胡金铨,其"融会了中国山水

画意境"的《大醉侠》，首创"竹林对决"的《侠女》，以及后期代表作《空山灵雨》《山中传奇》等在艺术上已臻上乘，"在意境上都酣畅淋漓，但似乎格调过高，导致了无人观赏的尴尬局面"①；李安的纯粹以中国视角表现中国精神的《卧虎藏龙》，艺术成就世界公认，但即便如此，也有人质疑其拍的不像武侠电影；以长镜头见长的侯孝贤，其 2015 年出品的《刺客聂隐娘》不仅票房惨淡，而且饱受诟病。过去，由于受西方文化的影响，特别是由于错误地认为电影就是娱乐性、动作性的，电影的诗性总是阳春白雪难以进入下里巴人，绝大多数导演都集体性地回避了中国古典美学中的写意传统，其实，只要我们的导演肯在这方面下功夫，持续地引领观众走近写意性，电影的美学空间与意蕴就一定能得到更大的开拓与开掘。值得肯定的是，在近年来武侠电影的改编或创作中，借助数字技术，不少武侠电影如真人片《三生三世十里桃花》《灵魂摆渡黄泉》《门神》、动画片《白蛇·缘起》《风语咒》《豆福传》《姜子牙》等都在影片中全方位地追求中国古典意境或画面诗意的营造，这些意境或充满诗意的画面的大规模展示，某种程度上已构成中国武侠电影在动作美学之外为世界观众所创造的新的美学奇观。可以认为，尽管上述武侠新作对写意美学的运用还停留在形式层面，但随着这种运用的持续，以及观众对中国古典写意传统的逐渐熟悉与了解，像侯孝贤浓墨重彩地呈现中国古典社会之慢，以及在这种慢到极致之中传达静寂、空灵之美的《刺客聂隐娘》，就一定能为更多忙碌而疲惫的现代观众所体味，并深深的折服。

第四，跟踪现实流变，表达民族企盼。宏观上看，所有类型片对应的均是"特定的历史时期、特定地区的主要的社会状况和社会问题"②，武侠片也不例外，其外在镜像可以由武侠符号系统出之，其内在的精神则必须与当下的社会心理或现实诉求相关联。唯其如此，其不仅才能反映出同时代人民的意愿与民族的企盼，而且也才能真正超越前人取得创新，等等。

也正基于此，我们认为，未来武侠电影改编或创作的趋向不仅依然大可期许，而且仍然存在着无限的可能。

① 宋子文《台湾电影三十年》，复旦大学出版社，2006 年，第 62 页。
② 沈义贞《艺文漫话》，江苏美术出版社，2013 年，第 146 页。

五、红色经典电影的改编

2021 年 2 月 1 日，习近平总书记同党外人士共迎新春时首度提出，中共中央决定，今年在全党开展中共党史学习教育，激励全党不忘初心、牢记使命，在新时代不断加强党的建设。习近平总书记的号召无疑给已经有数十年红色经典电影的创作和改编实践提出了新的要求，电影创作如何呼应党史教育、电影如何弘扬建党精神、红色经典电影的改编研究等也就成为当前理论界必须关注的核心课题。

一、红色经典电影的界定

一般说来，红色经典电影的取材一方面基于中共党史，另一方面则是基于反映中共党史的文学作品以及电影文本。基于党史创作的电影属于真人真事改编范畴，基于文学作品与电影文本创作的电影则属于传统意义上所理解的、侧重经典重读的改编范畴。在未来的电影实践中，红色电影的真人真事改编无疑是一个广阔的领域，而红色经典文学与电影文本的改编亦十分重要。这不仅是因为红色经典文学与电影本身就是电影改编的重要资源，而且更重要的是，站在百年历史交汇点上，回望既往的红色经典文学与电影实践，如何重新挖掘和评价红色经典文学与电影所蕴含的包括了井冈山精神、南泥湾精神、雨花台精神等在内，为总书记所概括的"伟大建党精神"，如何在当代语境中再度弘扬和呈现红色经典电影的美学价值，都是当下电影实践让党史教育走进观众、让中国电影更加丰富、更具活力所必须承担的使命。

所谓"红色经典电影"狭义地理解，指的是以马克思主义为思想指导、

以中国新民主主义历史时期的斗争生活为题材、以中国共产党人形象为主体、以讴歌无产阶级革命文化为主题的电影。代表作主要有《中华女儿》(1949)、《刘胡兰》(1950)、《钢铁战士》(1950)、《上饶集中营》(1950)、《赵一曼》(1950)、《白毛女》(1951)、《翠岗红旗》(1951)、《新儿女英雄传》(1951)、《关连长》(1951)、《南征北战》(1952)、《智取华山》(1953)、《渡江侦察记》(1954)、《鸡毛信》(1954)、《平原游击队》(1955)、《董存瑞》(1955)、《南岛风云》(1955)、《铁道游击队》(1956)、《柳堡的故事》(1957)、《永不消逝的电波》(1958)、《回民支队》(1959)、《青春之歌》(1959)、《红色娘子军》(1960)、《红旗谱》(1960)、《林海雪原》(1960)、《洪湖赤卫队》(1961)、《51号兵站》(1961)、《地雷战》(1962)、《东进序曲》(1962)、《红日》(1963)、《野火春风斗古城》(1963)、《小兵张嘎》(1963)、《地道战》(1965)、《苦菜花》(1965)、《烈火中永生》(1965)等。这些电影诞生的时间均为"建国初期十七年",其所囊括的内容包括土地革命、红军长征、抗日战争、解放战争以及我党的地下斗争,几乎完整地再现了我党领导广大人民推翻帝国主义、封建主义、官僚资本主义三座大山、缔造人民共和国的全过程,可以说是一种形象的、影像中的党史。

值得注意的是,上述红色电影有的是原创,有的根据真人真事改编,而绝大部分则改编自同时期的文学作品。这些作品之所以成为经典,原因就在于,一方面,本时期反映新民主主义革命的文学作品以及原创类的红色电影文本,均源于创作者自身的生命体验,是其在亲历了个体命运与民族命运的融合以及新旧社会两重天的对比之后所萌发的感动、感悟与感叹,因而,无论其在艺术处理上的成就高低,这些文本不仅内在地含蕴着一种可贵的、我们在此前的言说中反复强调的"生命冲动"①,而且天然地兼具着一种"生活真实"与"艺术真实"之美。另一方面,改编自文学文本的电影,无论对原著有怎样的增删,均能够把握住原著主要的精神风貌,这不仅得益于其时的时代要求,更主要的是在于改编者无论是否亲历过波澜壮阔

---

① 沈义贞《电影八讲》,江苏凤凰美术出版社,2020年,第10页。

的新民主主义斗争，均能够对其所呈现的对象保持着一种发自内心的敬畏。

关于"红色经典电影"的界定，还有一种广义的理解，即，将十七年时期反映新民主主义斗争之外的所有电影均纳入"红色经典电影"范畴。具体包括，反映抗美援朝的战争片《上甘岭》（1956）、《英雄儿女》（1964）等；反映为捍卫新中国的稳固与各种暗藏的敌特斗智斗勇的"反特片"《神秘的旅伴》（1955）、《虎穴追踪》（1956）、《国庆十点钟》（1956）、《寂静的山林》（1957）、《羊城暗哨》（1957）、《铁道卫士》（1960）、《冰山上的来客》（1963）、《跟踪追击》（1963）、《霓虹灯下的哨兵》（1964）、《秘密图纸》（1965）等；反映旧中国旧社会人民生活的"现代名著改编片"《我这一辈子》（1950）、《祝福》（1956）、《家》（1956）、《林家铺子》（1959）、《早春二月》（1963）等；反映古代英雄人物、历史事件的历史片《宋景诗》（1955）、《李时珍》（1956）、《林则徐》（1959）、《甲午风云》（1962）等；反映封建社会劳动人民生活与斗争的"戏曲片"《梁山伯与祝英台》（1953）、《天仙配》（1955）、《十五贯》（1956）、《杨门女将》（1960）、《野猪林》（1962）等；此外，尤为重要的是，在广义的"红色经典电影"范畴中，反映十七年时期火热的现实生活的影片可以说占据了主要的位置，其中就包括，反映中华人民共和国成立初期社会主义建设或农村社会主义改造的现实题材影片《刘巧儿》（1956）、《老兵新传》（1959）、《我们村里的年轻人》（1959）、《李双双》（1962）等；反映社会主义新人新事新面貌新风尚的歌颂片《今天我休息》（1959）、《大李小李和老李》（1962）、《满意不满意》（1964）等；反映民族团结、边疆风情的"风情片"《五朵金花》（1959）、《刘三姐》（1961）、《阿诗玛》（1964）等。

上述电影从广义上看，归于红色经典电影也有一定的道理，因为，其均诞生于以红色革命理念为主流意识形态的十七年时期，不仅与本时期的以新民主主义斗争为题材的电影相映成辉，而且是新民主主义革命理念在当代现实生动的、原汁原味的体现。譬如，上述电影所塑造的人物形象，有的直接就是从新民主主义斗争中走来又投身到新中国建设中来的共产党人，如《老兵新传》中的"老战"等；有的是处处以新民主主义时期优秀共产党人

中国电影改编研究

为榜样的新党员、共青团员、先进人物,如《我们村里的年轻人》《李双双》中的高占武、李双双等;有的则是经过无产阶级理念重新审视、赋予了一定的反抗或斗争精神、胸怀天下苍生的历史人物或民族英雄,如《宋景诗》《林则徐》《甲午风云》《野猪林》《李时珍》中的宋景诗、林则徐、邓世昌、林冲、李时珍等。可以说,这些人物身上所洋溢的精神,与中国共产党在新民主主义时期的建党精神不仅同属于一个精神谱系,而且更多的是建党精神在当下现实的延续、继承与发扬或在历史长河中的回溯。然而,即便如此,我们认为,上述电影与红色经典电影还是有一定区别的,因为,红色经典电影取材于中国共产党的建党历程,而上述电影中的绝大部分则是取材于中华人民共和国成立以后党所领导的中国特色社会主义建设进程,严格地说,1949年中华人民共和国成立之后反映社会主义建设的电影,与狭义的红色经典电影共同构成或所属的,是其后理论界所定义的"主旋律电影"。

"主旋律"概念最早出现于 1987 年,时任广电部电影局局长滕进贤针对当时的创作提出要"突出主旋律,坚持多样化",并指出,"弘扬民族精神的、体现时代精神的现实题材""表现党和军队光荣业绩的革命题材"是主旋律电影主要的题材特征[①],这一特征在其后的电影实践中逐渐形成了主旋律电影主导的创作特征,即,以弘扬"爱国主义、集体主义和社会主义"(江泽民语)为创作宗旨,以"宣传真善美"(邓小平语)为创作目标,以传达党和国家主流意识形态为创作使命等。不难看出,所有的这些创作特征或要求,都具有极强的政治色彩,因而极易被误解为文艺即政治的"传声筒",主旋律电影实践史上,很多不成功的作品所蹈入的就是这一误区。20 世纪 90 年代,随着电影市场化展开,追逐票房的商业片甚嚣尘上,一直在肤浅而僵化的叙事策略中打转的主旋律影片,以及缺乏真正艺术水准的所谓"艺术片"艰难支撑,在很长一段时间内形成了所谓主旋律电影、商业电影、艺术电影三足鼎立的局面。这一局面的存在严格地说是不正常的,割裂了电影创作的整体性与有机性,也正因此,我们较为认同近年来理论界提出

---

① 滕进贤《中国电影:一九八七》,《当代电影》1988 年第 2 期。

的"主流电影"概念,因为其不仅显示的是"当下的主流电影已经是我们社会包容性最广,并且起着核心价值观多方面体现的主导性的电影创作"[1],而且将结束三足鼎立的局面,将我国的电影创作,从此前的侧重于意识形态、商业票房、艺术建树等各自为政的诉求,统一到习近平总书记所期望的"坚持以人民为中心的创作导向"上来。

从这个意义上说,红色经典电影不仅是主流电影的一个重要组成部分,而且其所蕴含的丰富而深邃的建党精神更是主流电影的价值指导与依归。在具体的讨论中,则应将红色经典电影与广义的主流电影区别开来,在总结其成就的同时寻绎其发展的空间。

二、建党精神:红色经典电影改编的价值导向

探讨红色经典电影的改编,一方面必须注重包括红色革命史实、红色文学作品、红色经典电影在内的红色资源的挖掘,另一方面尤为重要的是,如何通过讲好红色故事弘扬建党精神。综观改革开放以来的红色经典电影改编,一个总体印象是,绝大部分作品都还存在着这样那样的局限。究其原因就在于,很多编剧、导演的改编,要么停留在史实的还原,或突出某一新史实的发现,要么就是将建党精神中的某一种机械地设定为作品的主题,其结果,不仅不能获取真正的高票房,而且也缺乏真正感人的美学力量。

如何表现好建党精神,很重要的一条就是,不能简单或抽象地照搬某一或某几种建党精神的内涵,而应从党史教育所要求的弄清"中国共产党为什么能、马克思主义为什么行、中国特色社会主义制度为什么好"等三个层面深刻地把握、理解和呈现建党精神。

首先,中国共产党为什么能?

1945年抗战胜利、全面内战爆发之初,国共两党仅从军事上看力量对

---

[1]　周星《从主旋律电影到新主流电影:中国电影核心价值观与丰富性发展之路》,《艺苑》2019年第6期。

中国电影改编研究

比就很悬殊,根据党史记载,"在军事方面,国民党军队总兵力约430万人,其中正规军约200万人,解放区人民军队总兵力只有约127万人,其中野战军61万人。双方总兵力对比为3.4∶1。国民党军队拥有装备较好的陆、海、空军;解放区人民军队没有海军和空军,装备基本上是缴自日、伪军的步兵武器,仅有少量火炮"①。在数量和装备都处于劣势的情况下,凭借着"小米加步枪"的中国共产党最终战胜了全副武装的国民党军队,已经成为世界军事史上的奇迹,中国新民主主义革命胜利的原因就是毛泽东主席所总结的,"统一战线,武装斗争,党的建设,是中国共产党在中国革命中战胜敌人的三个法宝,三个主要的法宝"②。一般说来,既往的红色经典电影改编都能将这一原因程度不同地揭示出来,但其揭示,很多情况下只是一种图解,并未能深入、深刻地领会。其实,十七年时期的红色经典电影已经从多方面形象而生动地回答了"中国共产党为什么能"的问题。

诸如,对农民文化的改造。漫长的中国封建社会一直是一种"共时"的历史,始终未有"历时"的质变,从春秋战国、先秦两汉、魏晋南北朝到唐宋元明清,历次的农民起义带来的只是王朝的变更,但城头变幻大王旗,换汤不换药,究其原因就在于,农民文化的本质是一种草莽文化,而草莽文化并不能"构成历史进步的第一推动力,不能创建崭新的政治体制与社会形态",并"曾经给中国社会带来长期的动荡与混乱"。但另一方面,草莽文化在"阶级矛盾异常激化,整个社会全面失衡的时刻",又往往"承担着重整乾坤的重任",并"作为社会秩序的对立面与巨大存在,客观上制约了历代统治者个人意志、私欲的恶性膨胀",是一种"强劲的民族活力"③。新民主主义时期,以工农为主体的革命力量其原初的文化底蕴也是草莽文化,如果一直停留在草莽文化的层面,那么其抗争可能会取得些许的或局部的成功,但并不能取得整体的胜利。中国的工农大众之所以能在抗击外侮、推翻三座大山的斗争中,迸发出惊人的力量,最终缔造了人民共和国,归根到

---

① 本书编写组《中国共产党简史》,人民出版社、中共党史出版社,2021年,第117页。
② 毛泽东《〈共产党人〉发刊词》,《毛泽东选集》(第2卷),人民出版社,1991年,第606页。
③ 沈义贞《艺文漫话》,江苏美术出版社,2013年,第178页。

底是因为有了党的领导，是党运用马克思主义的先进理论将这股巨大的农民文化改造成无产阶级革命文化，这才有了中国革命的胜利。所以，在《红旗谱》中，我们看到，朱老忠的个人反抗一挫再挫，他所幻想的两个儿子一文一武代他复仇的期许也一再落空，但是，有了党的领导，当他自觉地将个人的抗争汇聚到民族解放的斗争中，最后的胜利也才如愿而至。在《铁道游击队》《回民支队》《红色娘子军》《林海雪原》《苦菜花》等影片中，均能看到，原本草莽意义上的铁道飞虎队、马本斋领导下的回民支队、前身为农民赤卫队、绝大多数由农村青年妇女组成的"红色娘子军"、在深山老林里孤狼式反抗的李勇奇、饱受欺凌的苦菜花冯大娘，都是因为有了政委、党代表、地下党员等的教导，才成长为无产阶级革命战士，并最终保证了抗战的胜利、国共决战的胜利与新中国的诞生。

再如，对知识分子文化的引领。封建社会，从战国时期孟尝君豢养"鸡鸣狗盗"之徒，到萧何月下追韩信、刘备三顾茅庐，再到隋唐时期建立科举制将"天下英雄尽入吾彀中"（唐太宗语），历代统治者对待知识分子所采取的策略无非是在总体打压、贬抑前提下的利用与拉拢。而知识分子对待帝王的态度，则是本着儒道互补的文化心态，或"天下有道，出而佐之"，或"天下无道，避而隐之"。可惜，由于封建历史上"无道"的时候居多，从陶渊明不为五斗米折腰、高呼"归去来兮"始，一部分知识分子逐渐形成了隐逸文化传统与清高自律、孤芳自赏的个人美德或人格类型，而另一部分热衷于功名利禄的知识分子则甘心投靠皇权，逐渐形成了"士为知己者死"的依附心理。现代社会，科举取消，无法"学而优则仕"的知识分子转换为独立的职业阶层。与因物质贫困导致文化贫困的工农大众阶层相比，现代知识分子阶层凭借丰厚的文化资本不仅在科技、人文、教育等领域发挥巨大作用，而且拥有绝对优势的话语权。所以，"五四"时期的知识分子意气风发，率先承担起启蒙大众、教育大众的任务，"五四"退潮后，少部分知识分子进入庙堂，绝大部分知识分子则如鲁迅一样"两间余一卒，荷戟独彷徨"，而广大的、与鲁迅、胡适等大知识分子相比较"经济上始终未达自给自足的层次，

中国电影改编研究

又未能确立自身的文化地位"①的小资产阶级知识分子则更加苦闷、迷惘。二十世纪三四十年代,巴金的《家》《寒夜》,路翎的《财主底儿女们》,以及电影《渔光曲》《桃李劫》《青年进行曲》《十字街头》《一江春水向东流》《小城之春》等对此都曾有过细致的描写。作为中国革命与现代化进程中一股不可小觑的力量,知识分子无论大、小,都是我党高度重视、或统战或引领的对象。如果说,三十年代初期,面对日趋激烈的阶级矛盾、民族矛盾,艾青的《大堰河,我的保姆》,曹禺的《日出》《北京人》都还只是朦胧地指出知识分子的出路在于与工农大众相结合的话,那么,随着党所领导的左翼新文化运动的开展,以及红色圣地延安的感召,一大批知识分子开始自觉地投身到党所领导的革命阵营中来。而毛泽东1942年《在延安文艺座谈会上的讲话》更明确地为知识分子指明了方向,即知识分子必须向工农兵学习,与人民群众结合,为人民服务。可以说,党对知识分子文化的引领和改造,同样是中国革命胜利的重要保障。

其次,马克思主义为什么行?

中国共产党之所以能改造、引领农民文化与知识分子文化,很关键的一点就是找到了先进的、科学的思想武器,即"中国共产党之所以能把革命引向胜利,一条根本性的经验就是,必须坚持把马克思主义基本原理同中国具体实际结合起来,不断推进马克思主义中国化"②。马克思主义学说博大精深,其关于无产阶级争取自身解放和整个人类解放的理论不仅科学地阐述了贫富悬殊、阶级对立、剥削阶级与被剥削阶级的矛盾根源等一系列问题,而且也为中国革命提供了理论基础、指明了方向道路。不弄清这一点,就无法向今天的观众解释红色经典电影中所描写的土地革命、阶级斗争、国共决战等重要的历史现象,更无从在改编中客观、准确地还原与评价近现代历史景观。

尤须指出的是,"创造性地揭示了人类社会发展规律"(习近平语)的马克思主义,不仅在新民主主义时期指导了中国的革命实践,而且在当下仍

---

① 沈义贞《艺文漫话》,江苏美术出版社,2013年,第49页。
② 本书编写组《中国共产党简史》,人民出版社、中共党史出版社,2021年,第144页。

然具有强大的生命力。曾几何时,西方学术界普遍以为马克思主义已经是一种过时的学说,然而,随着全球化进程的迅猛推进,人们逐渐发现全球化是一个"陷阱",其目的是在全球范围内建立一个由少数富人组成的俱乐部,而其余广大的人民大众则沦为"喂奶阶层"。也正是这一事实,促使很多西方学者觉醒,"全球化是帝国主义的变种";马克思、恩格斯在《共产党宣言》中所呼吁的"全世界无产者,联合起来"转变为全世界的有钱人联合起来,而全世界的无产者则到处流浪,寻找工作机会,既无从缩短贫富差距,亦无从突破阶层固化;全球化"其实就是资本主义在全世界范围的扩大化","马、恩所指出的常常发生于一个国家内部的无产阶级与资产阶级的斗争也相应地扩大到全球范围",所以有西方学者惊叹,"在卡尔马克思逝世 113 年以后,资本主义再度驶入这位革命的经济学家为他那个时代所正确描述的那个方向上"①。近年来,尽管还未很显著,但对全球化的批判在境外的一些电影中已有所体现,如吉姆·贾木许展示不同国家五大都市的五个出租车司机在同一时刻的遭遇、表现全球化压迫下普通人环球同此凉热的《地球这分钟》(1991),吕克·贝松监制的、反映全球化到来后防止贫民干扰富人生活将其集中隔离的《13 区》(2004),以被封闭的外星人居住区隐喻全球化社会被隔离的贫民区的美国影片《第九区》(2009),讲述两个菲律宾劳工在台北寻找机遇的中国台湾电影《台北星期天》(2010),以及揭示穷人在全球化浪潮中苦苦挣扎、求告无门、盲目反抗的《三块广告牌》(美,2017)、《小偷家族》(日,2018)、《小丑》(美,2019)、《寄生虫》(韩,2019)等。所有这些影片都表明,历史再度回到了马克思。所以,当今中国导演如果不认真学习、弄懂悟透马克思主义,就不可能富有有说服力和感召力地处理红色资源、原创或改编红色电影,也不可能深刻而富有启迪性地表现当下的现实生活。

再次,中国特色社会主义为什么好?

如果说在新民主主义时期,社会主义还只是中国共产党与人民大众的

---

① 沈义贞《全球化与当代中国散文话语策略研究》,江苏教育出版社,2009 年,第 97 页。

奋斗动力与目标的话,那么,中华人民共和国成立后,社会主义已是中国共产党领导下的中华儿女所开展的一项伟大实践。中国特色社会主义为什么好,可以用中华人民共和国成立以来所取得的一系列举世瞩目的辉煌成就来证明,也可以从反映新民主主义革命斗争的历史史实、文学作品尤其是红色经典电影中找到答案,亦即,红色经典电影中所揭示的英雄主义、集体主义、乐观主义、理想主义不仅是中国共产党人在前赴后继的革命斗争中所展现出来的独特的精神风貌,是中国特色社会主义实践中必须继承和发扬的精神传统,而且也是中国社会主义实践的特色所在①。

当下的红色经典电影创作,无论原创或改编,常常陷入概念化、说教化的泥淖,很重要的一个原因就在于,绝大多数导演和改编者未能真正理解这一宝贵的精神财富,仅仅满足于一般的、肤浅的呈示。譬如,关于英雄主义,一方面,当下的电影实践基本未能正确阐释什么是英雄。所谓英雄,严格地说指的是这样两类人物,一类是在国家、民族的危亡关头先国后家、舍生取义的仁人义士,一类是为人类的科技进步、思想探索、文化建设、艺术创造做出巨大贡献的名家大师。而那些在个人奋斗、金钱物欲等方面的佼佼者至多只能称为成功人士。另一方面,当下的电影实践大多未能分清以中国共产党人为代表的"人民英雄"与好莱坞所炮制的美国式的、个人主义英雄的区别,在具体的描写中,要么把人民英雄处理成不通人情、不食人间烟火的"圣人",要么模仿好莱坞的英雄书写,将我们的人民英雄与好莱坞英雄混为一谈。再如,关于集体主义,一般的理解是个人必须服从集体,公而忘私、团结互助等,甚或理解为某种小团体的团队精神。其实,既往所有作品在表现集体主义时都忽略了其至为关键的一个特质,即强大的组织性。这也就是毛泽东主席曾经指出、习近平总书记《在纪念中国人民志愿军抗美援朝出国作战 70 周年大会上的讲话》中所引述的,"现在中国人民已经组织起来了,是惹不得的"。而有学者则总结为,中国共产党最大的成就之一就是把"一盘散沙"的中国人民"组织起来了"②。此外,关于乐观主

---

① 沈义贞《红色经典电影再认识》,《学术评论》2018 年第 6 期。
② 张维为《最大成就是把中国人民组织起来了》,《北京日报》2021 年 5 月 24 日。

义、理想主义,大多数导演与改编者均未能从"四个自信"是乐观主义的基础、理想主义是一个民族高贵的精神气质等角度予以认识和表现。

明乎此,才能明白当下红色经典电影改编的局限所在、如何改编以及如何突破等。

三、崇高美:红色经典电影改编的艺术聚焦

改编者在精神上最大可能地靠拢、接受、把握红色文化精神,还仅仅是红色经典改编的思想保证,能够以高超的艺术策略讲好党史故事,才是最大限度地征服观众与传播建党精神的成功标识。

近年来随着数字技术的发展,电影的艺术表现手段更趋丰富,营造奇观的能力也大幅提升,但总体看改编的成绩不佳,除了思想层面的幼稚,艺术呈现上的误区也不少。譬如,为了追求观赏性,很多红色重大题材的电影交由香港导演来拍,原因是香港导演熟悉类型语言,擅长制造娱乐效果。但是,在徐克的《智取威虎山》(2014)、刘伟强的《建军大业》(2017)中,奇观性、游戏性、娱乐性兼备,却不仅未能起到党史教育的作用,相反还在某种程度上解构了红色文化应有的神圣性,如将严肃的革命斗争处理成帮会纷争,将共产党人高尚的情感处理为一般的江湖人物的爱恨情仇,盲目崇拜民国风情等。毕竟,香港导演缺乏对新民主主义革命历程与中国现当代历史与现实的深刻体认,缺乏对中国共产党人初心、使命的深切感悟,红色资源在他们那里,也就是服从于娱乐效果的类型化元素而已。

不可否认,观赏性、娱乐性都是大众文化时代红色经典电影改编中十分重要的考量。如何在改编中营造最大的观赏性或娱乐性,同时又保证红色文化的神圣性与严肃性,可以说是当下以至未来红色经典电影改编始终不可回避的问题,而其中最为核心的一个问题就是如何表现崇高美。

毋庸置疑,所有的红色文化资源都属于崇高美的范畴。"电影对崇高

并不陌生",无论是现实主义电影抑或类型电影都曾将崇高作为表现对象①,但"传统的或文学形态的现实主义电影"诸如十七年时期的红色经典电影,其对崇高的表现主要是通过悲剧或悲壮叙事来完成的,这种叙事手段在今天的电影实践中仍可继续,也有一定的拓展空间。就红色经典电影改编而言,在崇高美的表现上,至少有这样三个方向值得探索:一、在类型叙事中表现崇高。如前所述,好莱坞电影所塑造的英雄与我们的人民英雄是有区别的,但从《巴顿将军》到《生死豪情》,从"007"到漫威英雄,好莱坞在塑造英雄形象方面所积累的经验相当丰富,可资借鉴。二、在喜剧叙事中表现崇高。喜剧叙事是类型叙事中的一种,理论界早已认识到,喜剧的内核就是悲剧。从理论上说,真正具有喜剧精神的作品不仅可表现悲剧,同样可表现崇高。喜剧片《老少爷们上法场》(1989)中主人公强举人决心赴死前在公堂上的那一番慷慨陈词所揭示的民间底层知识分子身上所蕴藏的"位卑而未敢忘忧国"的崇高品格就是例证。三、在游戏叙事中表现崇高。游戏叙事是后现代以来喜剧叙事的一种。运用游戏叙事表现严肃的主题,周星驰无厘头电影中就有许多成功案例。如《大话西游》的叙事整体上是游戏化的,但周星驰最后一段表白"如果上天能够给我一个再来一次的机会,我会对那个女孩子说三个字:我爱你,如果非要在这份爱上加个期限,我希望是一万年",一下子就在无厘头的狂欢之中传达出某种类似崇高的、撼人心魄的力量,等等。

综上所述,可以肯定,无论是红色文化资源的开掘与红色经典电影改编,都具有极其广阔的空间。杰出的红色经典电影改编,不仅可最大限度地弘扬建党精神,而且必将丰富和推动中国的电影实践。

---

① 沈义贞《现实主义电影美学研究》,南京师范大学出版社,2012年,第288、289页。

六、港台电影改编一瞥

在中国电影理论和电影史研究中，港台电影一直是重要的组成部分。但迄今为止有关港台电影研究的整体的、系统的、高屋建瓴的成果并不多，有关港台电影改编的研究则更少之又少。究其原因就在于，港台电影的改编显示的是完全不同于内地的发展轨迹，并且香港与台湾电影的改编分别所走的又是两种不同的道路，需要区分开来予以考察。

一、香港电影改编

研究香港电影改编，在时间跨度上可设置为 1949 年至 1997 年。原因是，1949 年之前的香港电影基本上是中国现代电影的一个侧面，或统属于中国现代电影范畴。换句话说，现代历史上的香港虽曾受殖民统治，但是其地位与其时中国内地其他众多的省、市如上海、北京、杭州、重庆、南京、南通、延安等一样，都是中国的某个地方性区域，其所发生的电影活动与其他各地的电影活动都是中国现代电影这个总的实践中的一部分，可以从区域的角度特别地加以关注，但不必要将其视为中国现代电影传统之外的某种亚传统或子系统。比如，在众多香港电影史写作中，提及 1949 年之前的有代表性的导演，也无非是黎民伟、朱石麟、蔡楚生、夏衍、欧阳予倩、柯灵、吴祖光、程步高、李萍倩等，而其均是中国现代电影史上的重要人物。所以，1949 年之前的香港电影无须独立成史。1949 年中华人民共和国成立，因政治体制、意识形态的不同，香港电影才自创一脉，开启了自己的实践行程。在既往的言说中，有论者在评说"香港电影新浪潮"时曾经指出，"'新

中国电影改编研究

浪潮'电影体现出的美学特色,首先在于内容方面的本土化"①,某种程度上可以说,香港电影的真正起步,是在香港电影内容的本土化之后才开始的。我们将香港电影的下限设定在 1997 年,是因为,直到 1997 年香港回归前后,先是内地与香港合拍,继而大批香港影人北上,再然后香港电影大幅度地与内地电影融合,区域性的香港电影也就逐渐淡出了观众的视野。所以,研究香港电影,严格地说,研究的是 1949—1997 年间的电影,研究香港电影改编,所考察的对象也应限定在这个范围之内。

换个角度看,无论是理论界高度肯定还是观众心目中普遍认同的香港电影都形成与盛兴于这一时期。李小龙、成龙、徐克、许鞍华、吴宇森、林岭东、关锦鹏、杜琪峰、尔冬升、王家卫、周星驰、刘伟强、陈果等著名香港影人,《醉拳》《警察故事》《红番区》《我是谁》《蝶变》《鬼马智多星》《新蜀山剑侠》《刀马旦》《新龙门客栈》《笑傲江湖》《黄飞鸿》《青蛇》《蜀山传》《疯劫》《投奔怒海》《胡越的故事》《客途秋恨》《女人四十》《英雄本色》《喋血双雄》《纵横四海》《监狱风云》《东方三侠》《暗战》《枪火》《旺角黑夜》《旺角卡门》《阿飞正传》《重庆森林》《东邪西毒》《花样年华》《赌圣》《逃学威龙》《鹿鼎记》《国产凌凌漆》《西游记之月光宝盒》《少林足球》《武状元苏乞儿》《古惑仔》《风云之雄霸天下》《决战紫金之巅》《无间道》《大闹广昌隆》《香港制造》等一大批名片,都诞生于这一时期。为电影史家概括的香港电影若干重要的美学特征如"尽皆过火,尽是癫狂"②等也都是于这一时期奠定的。

从改编的角度看,香港电影在改编中有这样几个方面值得注意。首先,香港本土的严肃文学资源匮乏,其电影改编更多依赖的是通俗文化资源。作为一个从南海小渔村发展起来的现代化大都市,香港在步入商业社会之前的很长一段时间,与中国内地的大部分地区一样,并没有自己的各种"史",也没有自己独立的文脉,甚至还被视为"文化沙漠",这虽说是一种偏见,但也道出了香港没有在传统文学史上占据一定地位的严肃作家的事实。譬如,在《香港文学史》一书中,我们就发现,除了个别南迁的现代作家

---

① 赵卫防《香港电影史(1897—2006)》,中国广播电视出版社,2007 年,第 293 页。
② [美]大卫·波德威尔《香港电影的秘密》,海南出版社,2003 年,第 14 页。

如许地山、黄谷柳，所谓香港代表性严肃文学作家如吕伦、舒港城、徐速、海辛、高旅、董千里、张军默、陶然、白洛等基本上名不见经传，以美学的和历史的标准衡量几乎可忽略不计①。此外，香港也曾出现过一些触及现实或介于严肃与通俗之间的女性言情小说家如梁凤仪、严沁、亦舒等，但她们作品的美学空间太小，美学含量太低，既无思想性，又更多偏向表达个体的主观性的小情小调，改编的价值不大。严肃文学的极度稀缺还表现在 1949 年之后的香港社会基本不关心内地的现实进程与文学创作，也与现代文学传统断绝了联系，所以 1949 年尤其是新浪潮之后香港电影的改编基本上与严肃文学无缘，某些原创性电影可能还会就香港的现实有所表现，而其改编基本上依赖的，是中国近现代通俗小说，金庸、梁羽生等新武侠名家的作品，同样属于通俗作家的、名为科幻实质缺乏科学精神的倪匡小说，以及娱乐性的漫画等。

其次，考察香港的编剧队伍，不难发现，其编剧既是原创者又是改编者。在其电影实践中，原创与改编常常是合二为一的。由此也就导致，此一阶段的香港编剧在很大程度上所做的就是作家的工作，而香港的编剧们在剧本创作中并没有明确的原创与改编之分。所以，我们看到，香港影史上很大一部分著名电影都是原创，而香港编剧在创作中常常游刃自如、如鱼得水地在原创与改编之间游弋，没有丝毫的障碍与迟疑，也绝不会发生内地电影改编中要不要尊重原著、将原创与改编分得很清楚的情形。

最后，香港电影改编绝大多数针对的是观众的娱乐心理。1949 年之后，香港进入了一个相对稳定的殖民结构社会，在这个社会中，全体社会成员致力于个人的发家致富、为钱打拼，既不关心世界发展大势、内地的政经风云，也不关心香港的前途命运，除了整个社会以及个人的财富增长，香港社会基本上没有其他社会所具有的体现着历史进步的阶段性线性进化，唯一体现历史的质的演进的事件就是 1997 的香港回归。也正因此，香港的社会心理除了关心如何发财、提升个体的社会地位，就是如何娱乐休闲。

---

① 王剑丛《香港文学史》，百花洲文艺出版社，1995 年。

而主宰香港社会意识形态的,则是传统中国遗留下来的江湖道义、纲常伦理,这也就决定了香港电影的原初和改编并不注重价值的探索,其倾全力、全方位地针对的是香港民众的娱乐心理,进而奠定了香港电影娱乐化商业化的主导美学特征。

曾经有论者指出,香港喜剧片大致可分为功夫喜剧,社会生活喜剧,鬼怪喜剧,而这些喜剧都是以中产阶级为服务对象的[①],究其原因就在于中产阶级比任何社会阶层更为关心生活与心理的舒适、逸乐。而在我们看来,香港的导演、原初和改编的编剧、演员、严肃的或通俗的作家,所有的包括社会各阶层的观众其实都共处同一个文化娱乐的话语场内,这就使得其创作与接受几乎毫无违和的无缝对接。这也就是大卫·波德威尔在《香港电影的秘密》中所说的,"与其把大众电影说成是反映社会当下情绪,倒不若视之为与自身文化进行开放式对话的其中一环。观点各异者都加入对话,结果就不会简化为某种时代精神或民族性格的一个抓拍定格镜头。导演、影评人与观众——或者说是不同类别的观众,一同以本地话交谈,热门的也好,传统的也好,熟悉的话题都在不同议程下反复讨论"[②]。

二、台湾电影改编

台湾电影起步较晚,大约在 20 世纪 60 年代,才有了真正意义上的台湾电影。毋庸置疑,台湾的电影实践也是从原初与改编两个方面开展的,在原初方面,台湾电影推出了一大批杰作,我们耳熟能详、堪称经典的《蚵女》《养鸭人家》《小城故事》《龙门客栈》《侠女》《空山灵雨》《风柜来的人》《推手》《饮食男女》《老莫的第二个春天》《悲情城市》《一一》《麻将》《搭错车》《无言的山丘》《艋舺》《蓝色大门》等都是原创。在改编方面,优秀的杰作也不少,如《汪洋中的一条船》《原乡人》《玉卿嫂》《杀夫》《我这样过了一

① 杨德建《香港喜剧电影研究》,原载中国台港电影研究会编《香港电影回顾》,中国电影出版社,2000 年。
② [美]大卫·波德威尔《香港电影的秘密》,海南出版社,2003 年,第 49 页。

生》《窗外》《一帘幽梦》《海角七号》《那些年我们一起追的女孩》等。

或许是由于特殊的历史境遇,台湾电影的改编,与内地、香港相比较,呈现出很多不同之处,主要体现在这样几个方面:

首先,台湾的编剧与香港一样,也常常是编剧与作家合二为一的,这一方面是由于台湾电影兴起之际,电影某种程度上已经是社会阅读的主要方式,电影创作与文学创作处于同等重要的地位,所以,完成一个编剧作品与完成一部小说并没有高下之分,另一方面则是由于台湾的很多电影人本身就具有作家的素质,其选择编剧、电影来表达自己的人生体验也自然而然。与香港编剧不同的是,香港编剧仅仅考虑的是如何编一个适合电影呈现、观众欢迎的电影剧本,而台湾编剧则是把编剧当作作家来追求的,或者说是以作家的标准来衡量自己的编剧作品的,所以,其编剧无论是原创还是改编都具有较高的文学价值。

其次,台湾电影改编并不太看重如何取悦观众,或总体上并不重视如何针对观众心理。所以,类似香港的那种娱乐片在台湾一直发展不起来,连胡金铨所开创的武侠片也难有立足之地,而台湾电影也就一直不温不火,甚至几度被人判断为即将消亡。台湾电影的这种状况以及其改编中的这种偏向是由台湾社会特有的忧郁气质决定的。在《台湾的忧郁》一书中,学者黎湘萍曾经分析过其忧郁形成的原因,诸如,"在'自由'尚未实现之间徘徊"所萌生的"苦恼意识",压抑的写作机制、苦难的传统等①。可以肯定,台湾只有回到祖国的怀抱,这种忧郁的气质才会消散。

最后,台湾电影改编所注重的是文学的经典性。与香港欠缺严肃的文学与作家不同,台湾的文学传统是比较深厚、悠久的。虽说国民党当局有意回避、打压"五四"新文化传统,但台湾文学资源还是相当丰富的,老一代作家中有来台的胡适、白先勇、余光中、林海音等文坛宿将,本土崛起的则有陈映真、黄春明、王祯和、琼瑶、李昂、朱天心等新生力量。台湾电影很多改编自这些作家的作品。但饶有意味的是,台湾电影对这些作家作品的改

---

① 黎湘萍《台湾的忧郁》,生活・读书・新知三联书店,1994年。

编,并不注重这些作家作品与社会现实、社会心理的对应关系,而只注重这些作品的文学经典性,从而导致,其所改编的电影与现实进程、民众期待常常是游离的、脱节的,虽然电影无论在思想还是艺术层面无可挑剔,但就是不能引起轰动,因而票房也就一直低迷。

有理由相信,台湾电影如果在现实针对性上有所侧重,其电影一定能取得艺术与商业的双赢。台湾影史上《搭错车》《悲情城市》《窗外》《蓝色大门》《艋舺》《海角七号》等的成功就是例证。

三、海峡两岸电影改编比较

在观看中国内地电影时,我们的观影心理有一个鲜明的特征,就是全程处于担心状态:担心故事出现漏洞。然而不幸,绝大多数内地影片常常漏洞百出,每当看见漏洞,我们基本上就认定这部电影在艺术上是不合格的,不再看下去了。因为,只有一部影片在故事的现实逻辑、人物的性格逻辑或类型的叙事逻辑上站住了,并且在人物对话处理上完美无缺,我们才会进而欣赏其主题传达、人物形象塑造、演员表演、画面呈现等方面。而在观看港台电影时,我们的这种担心就很少。究其原因,就在于内地电影与港台电影相比,无论是原创还是改编,存在着一个"隔"与"不隔"的区别。

中国古典美学理论与文艺批评中有一个关键词"隔",说的是审美鉴赏中的一个现象,即面对某部作品,我们在阅读(现在还包括观看)过程中感觉不太流畅,要么是情节逻辑、人物性格逻辑有漏洞或不符合生活逻辑;要么是人物语言不符合人物身份或所处的语境;要么是观念大于形象、意图呈现僵硬、说教;要么是技巧痕迹较重、外露;等等,总之是作品不太完美的瑕疵或缺陷,所以在阅读或观看上有"隔"之感。比如张艺谋的《英雄》,整部电影营造的古典氛围非常到位,让观众如同亲临其境,置身于那个古典社会和古典氛围之中。但这部电影结尾中却有个 Bug,一下子让我们有"隔"之感,这就是秦始皇最后对刺客无名说,我之所以要统一中国,为的是天下和平。一个具有现代气息的"和平"在这里出现,就破坏了电影的古典

氛围，让观众不仅有说教感，而且有滑稽感。其实，如果编导将这句话改为：我之所以要统一中国，为的是天下太平。一个"太平"，不仅与"和平"意思一样，而且又使电影的氛围回到了那个古典的氛围。

就改编而言，内地电影给观众感受上的这种"隔"，不仅体现在艺术处理上，而且体现在改编者与原作者、观众在思想艺术层面上的"隔"。即改编者往往既不能准确地领会原作者的思想艺术成就，又不能妥帖地把握改编者与观众对话的语境。而这类毛病在港台电影中就较少见，说到底，还是内地与港台的编导者在思想艺术修养上的差异所致。也正是在这个意义上，我们说，随着中国统一大业完成，海峡两岸电影合流，在未来的华语电影框架下，海峡两岸暨香港的编导取长补短，一定能共同展现中国电影的辉煌。

下篇　中国电影改编专题研究

七、西方改编电影管窥

　　他山之石，可以攻玉。在漫长的世界电影实践中，西方尤其是好莱坞留下了许多经典的改编电影。囿于观影范围的限制、语言和资料的障碍，我们无从掌握世界电影改编的整体状况，也不了解许多优秀的电影是否改编，或改编自何处，所以我们这里只能就平时凌杂的观片经验，谈谈对几部明确已知为改编电影的随感，以期为中国电影的改编提供一些启迪。

　　一、美国影片《头号玩家》(2018)，斯皮尔伯格导演，根据恩斯特·克莱恩的同名小说改编。乍看之下，这是一部标准的好莱坞娱乐片，也就是我们曾经提出的"假电影""游戏电影"的典范。然而细究来，此片仍大有深意。其一，其是斯皮尔伯格"拍电影是为了好玩"观念的体现。斯氏一生，物质与精神方面的体验已臻人间顶峰，剩下的就是玩了，悦己娱人。张艺谋的《长城》、陈凯歌的《妖猫传》也是玩，但他们在玩的时候往往又故作高深，在里面塞进一些所谓的、他们的严肃思考，结果不仅反而不好玩了，而且使他们的努力自身变得很可笑，不像斯氏玩得这么洒脱、自由。其二，影片仍然部分地反映了现实。当今世界有一个庞大的游戏玩家群体，这些人不在公众的视野之内，但是他们已经构成当今人类的一个重要方面，影片某种程度上是这部分人生存状态的反映。其三，影片最为深刻之处在于，其是斯氏对未来世界的一种想象和预言：未来世界，贫富依然悬殊，阶层依然固化，爱情友情依然稀缺，人生的缺憾即便如乔布斯之流依然难以幸免，最为关键的是，未来世界将变得极度的无聊、乏味！这让我们想起明朝，有明一代，知识分子回首历史，嚇然发现，将近两千年的农耕社会，生活方式是如此的单调，日出而作，日没而息，耕读传家，两千年过的是相同的日子，或两千年等于一日，单调而无聊，也正因此，明朝的知识分子崩溃了，发狂

了，他们不愿走科举老路，李时珍写《本草纲目》，徐霞客以旅游为志业，《肉蒲团》《金瓶梅》盛行，总之奇人异事层出不穷……斯皮尔伯格在本片中也悲观地指出，未来人类的全部生活与当今一样，没有改变，但是在今天人类的各种实践中仍然残存的一点意义到那时将丧失殆尽，人类所有的辉煌和意义只有在游戏的世界里才能实现！说实话，本片给予观众的最大感受就是，如果未来世界就是这样一幅图景的话，不仅活着失去了意义，就连永生也变得无聊、无趣、没有意义了。从这个意义上，本片在娱乐性的背后有着浓厚的悲剧性。

二、美国影片《毒液》（2018）。鲁本弗雷斯彻导演，改编自漫威漫画。就科幻而言，本片并无新意，剧中角色造型也多从怪兽、变形金刚系列衍化而来。然而还是拍得好看。同时给我们两点感受，其一，好莱坞的科幻片其实一直在表达一种紧张：紧张地逃离地球、逃离死亡。虽然我们生活在一个物质富裕、精神发达的时代，但是总是一张无形的网笼罩着我们，令我们窒息！这张网就是人的生命与地球的生命的极限！其二，本片观赏性很强，最近好莱坞许多大片观赏性都很强，但我们总觉得少了点东西，这就是早期经典类型片中经常会有的浪漫性与抒情。比如，在早期优秀类型片中，导演往往能从紧张的剧情中跳脱出来，来一段优美的风光、动听的音乐、充满异域情调的日常生活图景，把观众的情绪引向远方，让人感受到生活的美好、生命的美丽，进而对剧中的人与事久久地回味。

三、法、美合拍影片《冷血追击》（2019），汉斯·皮特尔·默兰德导演，根据 2014 年挪威电影《失踪顺序》改编。电影中的叙事策略无疑是好莱坞化的：流畅，简洁，扣人心弦。电影中的画面、色彩与舒缓、细致、深度的情感处理，以及每个"顺序失踪"的角色在"失踪"后都会以墓碑的形式打出姓名或外号的结构形式颇具法国电影的特点：追求电影的艺术性，也正是这一点也才使本片与一般的黑帮片、警匪片或暴力片显著区别开来。影片中寒冷的色调、人物的内热外冷无疑与挪威有关。一般说来，来自北欧寒冷地带国家的电影或小说都带有寒冷的特色，并且因寒冷而使作品具有了某种哲思或冷思考的风格。也正因此，本片的主题是深邃的，主要体现在，其

一,强调了复仇的必要性、正义性,blood for blood。近来由于强调法制、宽容,电影对坏人的处理软弱多了,而法律、人道主义在残酷的现实面前往往是无力的,比如,一个 13 岁的恶少杀死 10 岁小女孩却仅得刑 3 年,而公众对此判决也只能表示无奈。其二,影片中三个主人公都是父亲的角色,他们为儿子拼死复仇,颇具张力地表达了面对当代西方逐渐疏离的亲情而强烈期盼通过血缘的纽带重挽这一颓势的愿望。其三,影片以大量的日常人生与暴力人生的交叉对比,揭示了导演对生命形态、生命价值的认识,即,生命可以庸常,但每遇不可原谅、回避的矛盾冲突,生命必须迸发! 唯其如此,生命才走向高贵! 此外,这部电影还体现了我们曾经指出的好莱坞创作的某种新动向:类型片与艺术片的杂糅、融合。

四、美国影片《天使与魔鬼》(2009),朗·霍华德导演,改编自丹·布朗的同名小说。构思精彩绝伦,从头至尾充满了内在的紧张,全部情节不仅基于宗教知识与梵蒂冈历史、地理、景观知识,而且逻辑严密。编导在引领观众穿越知识的迷宫的同时,也将侦探、悬疑的过程演绎得跌宕起伏,峰回路转。影片不仅内在的看点异常丰富,有神圣的教会选举,古老的复仇组织,睿智的哈佛大学符号学教授,美丽的女科学家,一直让观众以为是反派的侍卫队长与教皇选举召集人,集天使与魔鬼一身的教宗侍从,狂热的信徒等,而且充满了对宗教与科学的智慧思考。是一部不亚于《肖申克的救赎》的了不起的杰作。此外,影片最让我们感兴趣的是汤姆·汉克斯饰演的大学教授,他和好莱坞不少影片中出现的大学教授形象一样,平时在大学的象牙塔里从事着枯燥的研究,但内心非常丰盈,一旦政府或社会有事征号,不仅可凭借自己专业的知识拯救危机,而且也令自己的人生焕发出浪漫的光彩! 这就不仅很好地表现出教授的价值,而且在一定程度上揭示了大学的使命。

五、美国影片《但丁密码》(2016),朗·霍华德导演,根据丹·布朗的小说《地狱》改编,与《天使与魔鬼》《达芬奇密码》同一系列。《达芬奇密码》(2006)也是根据丹·布朗的同名小说改编。本片构思精彩绝伦,情节跌宕起伏却又严谨缜密,全片不仅具有《天使与魔鬼》同样的优长,更重要的还

有两个值得赞许之处，一是善用不经意的细节巧妙伏笔，前后照应，二是穿插了主人公的情感生活，着笔不多，却引人无限遐思！看本片，不仅是一次愉快的观赏，而且是与导演、原小说作者的一次智慧的谈话！总体上看，三部影片的台词均不仅富有哲理性、抒情性，而且都能反映出剧中人物当下的生命状态。

六、美国影片《利刃出鞘》(2019)，莱恩·约翰逊导演，根据阿加莎·克利斯蒂的同名小说改编。本片从悬念的设计看，与早年改编自阿加莎·克利斯蒂、柯南·道尔小说的电影相比，并无太大的突破，而且，影片刻意模仿早年侦探片的那种老派作风，也使得该片所反映的生活以及人情世故，与当今西方社会的真实状态相去甚远。然而，影片的主题却是现实的，影片中来自拉美的小护士最终成为美国富翁的唯一继承人，表达的正是今天作为移民社会的美国的忧虑：外来者正在取代本土的居住者。从这个意义上说，本片是以侦探片的形式隐喻当今美国社会的现实。

七、美国影片《控方证人》(1957)，比利·怀尔德导演，根据阿加莎·克里斯蒂的同名小说改编。早年看《控方证人》，我们曾为阿加莎·克里斯蒂精密的逻辑推理、精巧的情节安排、精彩的法庭辩论所折服！然而，当年看这部影片，我们在为情节的翻转所惊叹的同时，也像片中的大律师在成功翻案之后一样，隐隐地感到不安，总觉得哪里有不对的地方，直到重看本片，才终于看明白了，本片最大的精彩就在于结尾的情节反转，而最大的漏洞也正在于这个反转，这个漏洞就是，嫌疑人夫妇的确是真诚相爱的！但是作者为了让这个反转惊人，故意增加了男主出轨这一情节，一方面让情节再度反转，另一方面则以便于男主有罪而现已脱罪的情况下，让愤怒的女主刺死他，以完成《海斯法典》所规定的罪犯必须在片中得到惩罚的条款。作者这样安排，无疑出于这样的苦衷：如果不这么做，其无法在短短的剧情中交代真正的凶手是谁，而且，本案的胜诉建立在女主的伪证上，这不仅调戏了法律，又让大律师的形象受损！由此可见，优秀侦探片中的推理必须建立在合乎逻辑的情理、事理、人物性格的肌理之上，这一点，像阿加莎这样优秀的侦探小说家是十分明了的，只是为了追求情节的出人制胜，

237

中国电影改编研究

就连阿加莎这样的大师也会情不自禁地稍微牺牲人情事理、人物性格的逻辑性。这一点可以理解,但一定要指出来,因为,一方面,很多西方的类型片为了追求情节的反转反转再反转,往往会牺牲人物的性格定位与逻辑,不断改变他或她的"人设"以制造情节的陡转,比如《哈利波特》续集就是如此,而这种处理严格来说是不可取的、失败的。另一方面,当今中国的许多烂片,包括票房很高的垃圾片,最大的问题或通病就是情节、台词、人设漏洞百出,既不符合情理,又不符合逻辑,而素质低下的观众们却甘之如饴。所以,我们认为,中国电影批评首要的任务并非去建立什么宏大的体系,提出一大堆大而无当、空洞荒唐的概念,而应当沉下心来,帮助观众从微小处分析剧情,持续地培养观众的审美能力、辨别情节漏洞的能力,这样烂片才不会有市场、有票房! 这也是我们这里对阿加莎这样的大师苛求的原因。

八、电视电影《控方证人》(2016)。该片由英国广播公司 BBC 出品,朱利安·杰拉德导演,其实是以两集电视剧形式出现的电视电影。令我们感兴趣的是,阿加莎克·里斯蒂的《控方证人》多次被改编成电影、电视剧,从改编角度考察,有一个重要问题值得注意,为什么这部小说会反复地激起影视剧导演的兴趣,一而再再而三地重现于银幕或银屏? 在我看来,主要有这样几点原因:其一,剧情的复杂性、剧情的不断反转以及剧情的多元发展的可能,不仅强化、丰富了悬念,而且形成了叙事史上特有的、阿加莎式的、具有原型意味的故事迷宫,进而吸引着无数改编者从中找到重新叙事的无限可能。其二,原著人物性格、人性、人情的丰富与复杂,也为后来的改编者提供了可纵深开采的"富矿"。其三,主题的多义性亦使得不同时期的改编者总能从中找到与当代的契合点。基于以上认识,再来看 2016 年两集电视剧版的《控方证人》,可以说这是一部改编相当成功的杰作。

第一,该剧增添了许多现实主义内容,如,对战争的批判,对主人公战后心理创伤的揭示,对小人物命运的同情,对贫富悬殊现象的关注,对人物在不同语境中出于不同心理和情感需要所说谎言的分析,等等。

第二,该剧整体地修正了原小说以及 1957 版电影中情节逻辑、人物性格逻辑中所存在的若干矛盾、混乱与漏洞。比如,在原小说与 1957 版电影

中，为了追求戏剧化、戏剧冲突的紧张性，安排男嫌犯出轨、女主刺死男嫌犯等都太过牵强，而2016年电视剧版则整体回避了这些不当描写，而处理成这对男女在事件进程中的合谋，这就不仅合理多了，而且更为深刻地暴露了人性的卑劣，尤其是底层人物因贫穷而诱发的凶恶。

第三，该剧最大的改编，是"创造"了约翰·梅休这个底层律师的形象，他已不是原小说以及1957版电影中的那个高傲的上流社会的大律师，他贫困潦倒，却坚持正义；为了荣誉，他曾谎报儿子的年龄让其与他一起作为父子兵上前线，儿子牺牲了，他也落下了咯血的疾病；他对男嫌犯的同情很大程度上源于他对战争中牺牲的儿子的情感；他热爱妻子，他的妻子因他牺牲了儿子已不再爱他，而他所做的一切都是为了重新唤回妻子的爱。某种程度上可以说，该剧改编最大的成功就是创造了这个人物，以他作为主人公，而原作中的推理、悬疑、反转等已退居二位，当他得知那对犯罪男女的真相，当他清楚了妻子再也不会爱自己，他毅然决然地蹈海自杀了。该剧的这一结尾，说明导演并不在乎原作中的犯罪案件，如何破案，如何惩罚罪犯等，而是借他的死，警醒世人，曾经为欧洲人所珍视的那些美好的价值已一去不复返了！如今的欧洲，已蜕变为一具没有生命的、腐朽的、没有灵魂的躯壳。

第四，该片与许多成功的侦探片一样，巧妙地运用了"叙事遮蔽"这一叙事策略。何谓"叙事遮蔽"？这是我们的一个新提法。虽然，学术研究切忌使用大量生僻、主观臆造、含义模糊以及互相矛盾的概念、术语。但如果在学术研究中提出的某个概念、术语能够得到学术界普遍承认和使用，实际上也就是提出了一种原创性观点、主张、思想、理论发现或总结，并以"关键词"的形式通行于理论语境。譬如，马克思提出"典型环境""典型人物"，黑格尔提出"主体""客体"，王国维提出"选境""造境"，等等。而我们这里所说的"叙事遮蔽"则是基于对若干侦探片的考察所得出的。众所周知，在叙事艺术中叙述者的视角分为"外视点"与"内视点"，又称"全知视点"与"限知视点"。叙述者无论采用哪一种视点，为了制造悬念或使情节紧张曲折，都会先有意遮蔽一些内容，这些内容叙述者是已知的，而接受者（读者

239

下篇　中国电影改编专题研究

或观众)未知,所谓叙事中的期待就源于叙述者逐步释放被其有意遮蔽的内容,一步一步将接受者从未知引向全知。叙述者叙事时遮蔽什么?如何遮蔽?如何一步步拆除遮蔽?这是一个智慧的过程,需要做到符合生活逻辑、情节逻辑,以及人物的情感逻辑与性格逻辑。

叙事遮蔽不仅在于文学、艺术作品的叙事之中,在某些纪录片或电视栏目中也常有应用。譬如,在央视几档法制节目《天网》《一线》《今日说法》《忏悔录》中,主持人事先对某一案件应该是全部知晓的,但其在案件介绍与案情分析中就运用了叙事遮蔽,有时还故意制造叙事遮蔽,在调动观众的兴趣、引发观众的悬念期待的同时,也打造了节目自身的特色。而叙事遮蔽在侦探片中的运用尤其普遍,弄清其含义,则可使我们更能够认识此一类型影片的叙事奥秘。

九、日本奇幻片《镰仓物语》(2017),山崎贵导演,改编自西岸良平的推理漫画。片中有日本文化、日本民族性格的特点、日本当今现实的写照、社会心理的投影,更重要的是会讲故事、想象奇特。

十、日本影片《被嫌弃的松子的一生》(2006)。中岛哲也导演,改编自山田宗树的同名小说。观看该片,最大的感受是,这个民族的精神已经崩溃了:懒惰,颓废,躺平,不思进取,不治家产、房产,不管父母,不顾儿女,不尿婚姻,不负责任,得过且过,这是全球化时代很多西方社会成员的真实写照。夸之者誉为随性自由,而在我眼里则是一种动物式的生存,远不如中国人的坚守责任,吃苦耐劳,尊老爱幼,勤奋进取,先天下之忧而忧,后天下之乐而乐。

十一、韩国影片《新世界》(2013)。朴勋政编导,翻拍自刘伟强的《无间道2》。乍看起来,片中刻画的兄弟情,隐喻的是朝韩之间的关系,而实质上,影片的含义远不止此。主人公作为卧底警察,不甘心被人安排或设计自己的命运,最后将如此安排他的警局上司杀死,其实申述的是韩国不愿被大国主宰自己命运的心声。具言之,朝鲜半岛有史以来一直为四周的强邻主宰,其渴望自主,本片主人公最后的独立,就是他们的目标。并且,其在独立过程中的各种委屈、隐忍、怨恨、兄弟相残之痛等都形象地揭示了

当今韩国看待外部力量的心理。影片与韩国电影的总体美学特征一样,都是对该国"恨"文化的一种表达。

将上述影片综合起来考察,不难看出,在当今甚嚣尘上的大众娱乐浪潮中,西方导演在很大程度上还是注重电影改编的现实针对性的,这一点值得中国导演深长思之。

八、江苏影视改编资源研究

　　早在 20 世纪 90 年代江苏就在全国率先提出建设"文化大省"的战略目标,其后又提出建设"文化强省"的口号。随着这些年的建设与发展,衡量"文化大省"或"文化强省"的标志并不在于有多少先进的、一流的文化设施,而更多地在于是否培养出在国内甚至国内公认的、一流的文化人才,以及能够对现实产生重大影响、在文化艺术史上占据重要地位的文化产品,包括文学、艺术尤其是影视作品。然而,纵观既往的江苏文化艺术实践,不难看出,除了在小说领域涌现过一批具有全国性或国际性影响的作家、作品,以及在电视领域出现过个别具有广泛影响的电视栏目,在其他领域尤其是电影、电视剧、动漫、纪录片等领域,迄今为止尚未出现过以"美学的"和"历史的"标准考察,思想性、艺术性与观赏性均臻于一流的优秀作品;还没有出现在国内外影视界具有重大影响的导演、编剧、演员;尤其是,所有既往的创作都未能鲜明地体现出江苏文化特色。

　　近年来,围绕着文化强省建设的战略目标,江苏省委省政府出台了一系列政策、措施,江苏影视业的发展也突飞猛进,取得了一批优秀成果。在电视领域,江苏卫视的《非诚勿扰》《非常了得》《一站到底》《最强大脑》等栏目,南京电视台的纪录片、专题片等,不仅在省内有较高的知名度,而且在全国均有一定的影响;在电影、电视剧领域,江苏亦有部分作品获得全国以及省级"五个一工程"奖。然而,综观整个江苏影视实践,不难看出,目前已有的成果还存在着诸多问题,特别是,在如何构建中华民族的核心价值观、如何彰显江苏文化的特色、如何弘扬和传播中华文化的优秀传统、如何创作出思想性、艺术性、观赏性兼备,能够让国内外观众共同接受、雅俗共赏的作品等方面可谓欠缺甚多。针对这一现状,我们认为,有必要从这样几

个方面展开探讨：一、全面梳理江苏文化资源，积极寻绎江苏文化资源影像化的途径和策略。包括，江苏文化资源的特色界定与价值重估；建立以江苏文化资源为题材的影视作品的创作招标与评估体系；考察江苏自然景观、文化景观、现有的影视城等文化符号在江苏影视实践中的参与与呈现，特别是考察以往影视作品对江苏文化资源的运用。既往的影视实践无疑都运用过江苏文化资源，包括物质层面与文化层面，但一方面这种运用大多处于无意识状态，另一方面也未能鲜明地体现出江苏特色。因此，考察既往影视实践在这一问题上的成败得失，可为当代影视从业者提供有益的借鉴，等等。二、厘清江苏文化资源与江苏文化特色的推导、江苏各区域文化建设的关系，特别是要弄清将丰富的江苏文化资源转换成影视作品与影视产业时，需要哪些外在的和内在的条件。三、传统媒体与新兴媒体融合发展中江苏影视的应对策略以及江苏文化体制的改革，等等。

　　针对上述问题，我们相继调研了江苏省电视台、南京电视台、徐州电视台、江苏省广电总局、江苏幸福蓝海传媒有限责任公司、苏州福纳文化科技有限公司、无锡华莱坞电影产业园、扬州甘泉影视基地等多家单位，在获取相关数据的基础上，就"江苏影视改编资源的构成"与"江苏影视产业的发展战略与策略"提出如下几点具体思路与措施。

一、江苏文化资源的梳理及其影像化策略

　　江苏影视产业的发展，离不开江苏文化这块丰沃的土壤。从国际层面看，影视产业的竞争，很大程度上是各个国家或民族的文化资源以及由其拥有的文化资源所推导的文化价值的竞争。而从国内的情况看，尽管中华文化整体上具有大一统性，但具体到各个省份或地区，每一省份或地区亦在长期的历史进程中形成了自己特有的区域特色，整理、研究、挖掘这些特色，并在当今的历史语境中围绕着中华民族的核心价值观的建立将之影像化，不仅有助于繁荣当代的文艺创作，而且也必然对中华文化的走出国门起着巨大的作用，因为鲁迅先生曾经说过，越是地方的，就越具有世界性。

243

下篇　中国电影改编专题研究

也正因此,今天的江苏影视产业的发展,有必要围绕着江苏文化的构建展开,而江苏文化的影像化,则有必要首先从历史的角度分门别类地梳理出江苏文化谱系。

江苏历史悠久,人杰地灵,有着丰富的文化资源。物质层面,江苏全省所有市县均具有不同的文化景观,这些文化景观以往仅仅作为旅游资源出现,如何让这些文化景观转换成影视的拍摄外景或影视故事的背景,不仅对影视创作提出新的目标,而且也必将推动江苏文化产业的发展。而在这方面,以往的研究几乎近于空白。文化层面,从官方到民间,从历史到现实,江苏在政治、经济、军事、教育、科技、文学、艺术等各个领域都具有丰厚的文化资源,如何挖掘这些资源,使之成为影视创作的素材与题材,并以此构建和弘扬江苏文化特色,可以说是当今江苏影视产业发展的重要路径之一。

江苏的文化资源相当丰富,根据江苏文化史研究方面诸多学者的梳理(这里就不一一注明出处了),从影像转化的角度考察,值得推广的就有:

经济方面。江苏农业、渔业、家庭饲养业与手工业在漫长的传统社会一直独具特色,虽然有关这些行业的许多重要的历史事件与历史人物已经湮没在历史的烟尘之中,但是借助现存的若干历史印迹,我们仍然可以想象、还原出相当丰富多彩的故事。同样地,江苏的金属制造业、制盐业、纺织业、造船业、陶瓷业、造纸业、漆器制造业、制茶业虽然在全国的影响有大有小,但其中所发生的许多惊心动魄甚至是可歌可泣的故事如果细致地加以梳理、挖掘以及借助现代影像艺术加以呈现,也一定能给当今的各行各业的从业者以有益的启迪。此外,像扬州盐商的故事已经为不少电视剧所涉及,但是,像南通张謇的"实业救国"以及被视为"中国十大商帮"之一的苏州东山商帮的兴衰,就一直还未能引起当代艺术的充分关注,等等。

教育方面。西汉官学私学的盛行;六朝太学、儒学馆、史学馆、文学馆、玄学馆、士林馆的建立;被公认为"世界教育史上问世最早、流传最久、影响最大的识字课本"《千字文》的编撰;隋唐州学、县学的创办;北宋以苏州为中心的声势浩大的庆历兴学;明代南京国子监以及南京新泉书院、无锡东

林书院、常州龙城书院、扬州甘泉书院、海州崇正书院的兴盛等,特别是近现代江苏境内各种现代学堂的诞生更为新思想、新科技的传播助势,有力地推动了中国的现代进程。

学术方面。吴国公子季札观乐;汉淮南王刘安"招致宾客方术之士数千人"编的《淮南子》;魏晋南北朝葛洪的《抱朴子》、范缜的《神灭论》、刘勰的《文心雕龙》等学术史巨著的相继涌现;明泰州学派的崛起;明末清初一代宗师顾炎武的"知行合一"等,无论是其中所蕴含的巨大思想力量,抑或是这些事件本身或传奇或绚烂的色彩,都无疑为我们今天的想象提供了丰富的素材。

文学方面。一部中国文学史,无论古典、现代或当代,名闻遐迩的江苏作家作品可谓数不胜数,其中堪称经典的就有李煜、范仲淹、秦观的诗词与散文,施耐庵的《水浒传》、吴承恩的《西游记》、许仲琳的《封神演义》、冯梦龙的"三言"、凌濛初的"二拍"、徐霞客的游记、刘鹗的《老残游记》、李伯元的《官场现形记》等。这些作家作品不仅以其本身所蕴含的丰富内容一再成为当代文化生产的话语资源,而且这些作家本人的或浪漫或坎坷的经历,亦是当今文学与艺术创作取之不尽的素材。

戏曲、曲艺方面。江苏在明代不仅产生过李渔这样的戏剧大家,而且为国人贡献了昆曲这一极其高雅的艺术。江苏的昆曲不仅名家名作辈出,而且艺术价值极高,已被列为世界文化遗产。江苏的淮剧、锡剧、扬剧等地方戏虽然传播的范围不算很广,但其众多优秀的剧目以及精湛的艺术造诣不仅丰富了江苏文化生活,而且在今天仍然为江苏文化的构建以及江苏文化特色的形成发挥着重要的作用。此外,仍然活跃在江苏民间的南京白局、苏州评弹、扬州评话、海安花鼓等,都无疑为当今的江苏文化构建提供了更多的路径。

书画方面。从古至今,江苏的书画艺术一直别具风采。六朝时的顾恺之,南唐的顾闳中、巨然,元代黄公望,明中叶前后以沈周、文徵明、唐寅、仇英为代表的吴门画派,清代以龚贤为代表的"金陵八家"与以郑板桥为代表的"扬州八怪",现代的徐悲鸿、吕凤子、刘海粟、吴冠中等,这些艺术大师的

中国电影改编研究

生平与作品不仅是江苏文化传统的重要组成部分,而且对他们的继承与发扬同样也是当今江苏文化构建之要务。

此外,政治、军事方面有刘邦、项羽的楚汉相争,朱元璋、洪秀全、孙中山的定都南京;外交方面唐鉴真东渡日本、明成祖与文莱国王的南京相会与郑和的七下西洋;在园林、宗教、工艺、饮食与民俗等方面所体现出来的特色,都无不处处显示着江苏文化宝藏的丰富与博大。如果我们再把曾经在江苏生活过的外省甚至国外的人物在江苏的行踪以及他们对江苏的观察、评论与描写也容纳进来,则有关江苏文化建设的言说空间还要扩大。

基于以上梳理,我们可以看出:一、江苏文化实已为创作界提供了丰富的、值得利用、改编的文化资源。二、就既往江苏以及国内的影视创作而言,江苏文化在政治、经济、军事、教育、科技、文学、艺术等各个领域所积淀的历史人物、历史事件等,远未得到当今影视的充分展现,至于与江苏相关、可以说贯通全国的长江文化、大运河文化更未有关注。作为影视创作可资运用的题材,江苏众多的文化资源可以说尚处于"沉睡"状态,亟待当今的影视工作者开掘。三、值得注意的是,江苏文化资源的"古为今用",并非原封不动地"拿来",而始终必须贯穿当代人文意识的透视与价值重估。

如何有效地挖掘、运用江苏文化资源,我们主要的对策、建议是:一、在全面、系统、分门别类地梳理出江苏文化资源的基础上,编制出相应的目录,以及写作要求,侧重在编剧方面由政府部门面向社会招标。国有或民间影视机构的中标者将获得有关部门的资助,正式制作。二、建立系统的评估体系,对完成的成果进行客观的评价。三、在现有的江苏"五个一工程"评奖、江苏广播影视政府评奖以及江苏"金凤凰"评奖中,侧重扶持、推导、宣传、表彰江苏题材的作品。可以肯定,经过这样一种政府的引导、激励机制,一定能推导出一系列具有江苏特色的、优秀的影视作品。

如果说,从政治、经济、军事、教育、科技、文学、艺术等各个领域对江苏文化的运用,主要侧重的是江苏文化的文化层面,那么,从空间上梳理江苏文化景观的分布,各地不同景观的文化个性与特点,则是从物质层面为江

苏影视产业的发展提供了又一丰富的资源。

中央电视台无锡影视基地是江苏较早建立的影视基地,共占地 100 公顷以上,太湖水域 3000 亩,景区由唐城、三国城、水浒城组合而成,唐代、汉代、宋代等建筑风格各异。无锡三国城作为中央电视台无锡影视基地,是中国首创的大规模影视拍摄和旅游基地,始建于 1987 年,是我国首家以影视文化与旅游相结合的主题园,也是国家首批 5A 级旅游景区,被誉为"东方好莱坞"。无锡水浒城是继唐城、三国城之后,中央电视台为拍摄大型电视连续剧《水浒传》而投资建造的又一个影视拍摄基地,1996 年 3 月《水浒传》剧组进驻开拍,1997 年 3 月 8 日正式开放。无锡影视基地在我国的影视剧实践中曾经发挥过巨大作用,《三国演义》《水浒传》《大明宫词》《笑傲江湖》《射雕英雄传》等几千部海内外影视剧曾在这里拍摄。

除了无锡影视基地,在江苏境内相继建立的影视基地还有南京溧水石揪影视基地、扬州甘泉影视基地等。2006 年 9 月,江苏省召开全省文化工作会议,把江苏广电石揪影视基地列为"十一五"期间重点建设的十大文化设施和十大文化产业项目。江苏广电石揪影视基地,选址于溧水县石揪镇。石揪镇附近丘陵起伏,河湖纵横,青山绿水,生态环境优良,是江苏省目前环境保护最好的地区之一。这里,区位优势明显,交通十分便利。宁高、宁杭、宁马 3 条高速公路,以及 322 省道,穿镇而过,南至杭州北往合肥均 2 小时车程,东抵上海 3 小时车程,距南京市中心仅 40 分钟车程,东北部距南京禄口国际机场 8 公里,非常便于对接国际、国内影视拍摄剧组和游客。但迄今为止,除了张艺谋导演的影片《金陵十三钗》在此拍摄过,国内外很少再有影视剧以此作为外景基地,建设规模宏大的石揪影视基地目前可以说还处于闲置状态。扬州甘泉影视基地坐落于扬州市邗江区甘泉街道长塘村,规划占地总面积 1000 余亩,包括影视核心产业中心、休闲娱乐中心、演艺人才培训中心及配套商业中心等。整个基地的拍摄场地分为外景和内景两大部分。内景拍摄地为目前亚洲最大的单体室内标准摄影棚,该棚于 2012 年 5 月建成,拥有化妆间、演员休息室等配套设施。而外景的部分主要包括了民国街区、明清街区、秦淮水韵区、寺庙区等,占地面

积约为 400 余亩。在调研中,我们了解到,由于甘泉影视基地依托省文化产业集团,该集团每年自有大量影视剧项目,再加之在承租价格上相对低廉,国内已有数十家影视剧组选择该基地拍摄影视剧。但目前除了《大清盐商》较为知名,其余的电视剧基本上难有较好的出路或较大的影响。

不可否认,影视基地是江苏文化产业尤其是江苏影视产业发展的重要组成部分。但就目前江苏现有的影视基地的经营和运行状况来看,情况并不理想。同时,如果我们考虑到整个江苏各个市县所拥有的丰富多样、文化特色鲜明的自然和文化景观,可以说,江苏物质层面的文化资源远没有得到充分的开发与运用。针对这一问题,我们的对策和建议是:一、现有的无锡、南京、扬州等影视基地应该改变目前的等米下锅的状态,主动积极地走出去,宣传、推广自己的特色和优势,吸纳更多的剧组来本基地拍摄,应该把引进剧组作为基地最主要的经营项目。二、江苏各市县政府今后的一项重要工作应该是把本地的自然与文化景观作为自己的重要的文化资源向国内外影视市场推销。或者,江苏各市县政府应该把向影视市场宣传、推广、推销本地的自然与文化景观、吸引影视剧组进驻拍摄纳入政府"招商引资"的范畴。能不能推销出本地的自然与文化景观、"筑巢引凤",应该成为考核各级政府发展文化产业的政绩的重要指标之一。三、应该把江苏影视文化资源的社会招标与江苏自然与文化景观的推广结合起来,在文化与物质等两个层面共同推进江苏影视产业的发展与江苏文化的构建。

二、江苏文化资源与江苏文化特色的影像化传播

近年来,随着全球化浪潮的铺展,如何保持中国文化的民族特色,已日益受到学术界的广泛重视。然而,在探讨中国文化的民族性时,学术界较多侧重的是从整个中华文化的核心价值观着眼,而大多忽视了中华文化是由若干区域文化组成的一幅多姿多彩的图景。因此,如何弘扬中华文化、传播中华民族的核心价值观,有必要将研究引向深入和细化,即,有必要深

入在漫长的历史进程中、在以儒道互补为主要特征的中华文化的大背景上,中华各地或各区域所形成的区域文化,探察这些区域已经积淀的文化资源,厘清这些区域性文化资源与整个中华文化特色的关系,在此基础上,进一步探讨这些文化资源在影像转化、影像传播上的路径、方法与策略,从而使我国优秀的文化资源真正走向当今的文化语境,融入世界文化或与世界文化交流与对话。质言之,江苏文化资源的挖掘与江苏影视产业发展、江苏文化建设应该是相辅相成的,一方面,江苏文化资源为江苏文化的建设、江苏影视产业的发展提供丰厚的土壤,另一方面,江苏影视产业的发展亦应当承担起江苏文化资源推导、江苏文化建设、江苏文化价值的寻绎以致整个中华文化核心价值观的探索等重要任务。

立足江苏文化资源,发展江苏影视产业,必须厘清三个问题:一、如何界定江苏文化特质? 二、江苏文化在历史上已经形成的特色,或曾经怎样参与过中华文化的建构? 三、当今江苏文化建设的侧重点是什么?

首先,关于江苏文化特质的界定。

在《漫说江苏文化》一文中,我们曾经指出:

> 钱穆先生在《中国文化史导论》中指出:中华文化实为一种依赖于气候、土壤、水文等自然条件安身立命、治国平天下的农耕文化。这种文化因为西北方苦寒、荒酷的草原、沙漠,西南方的世界屋脊喜马拉雅山脉,东南部漫长的海岸线等自然屏障的隔绝,从而得以在一个封闭的广阔的环境里繁衍、成熟并到达相当完善的水平。与构成世界文化的其他诸种模式、类型诸如游牧文化、海洋文化、商业文化、希腊城邦文化、宗教文化等相比,中华文化历史之久远、生命之顽强可谓首屈一指。从这个意义上说,整个中华文化从北到南,从西到东均具有普遍的相似性。无论齐鲁文化、三晋文化、中原文化或江苏文化均可视为一种同质文化。因此,考察江苏文化与中华文化之间关系,首先需要肯定的就是:江苏文化作为中华文化的一个有机组成部分,两者的内在文化精神是一致的,即在哲学上崇尚天人合一,在经济上以农业为

主,在政治体制上推行中央集权制,在民族性格上均具有勤劳、善良、和平、守法、尚鬼神、敬祖先、尊道德、保守、自安、知足常乐、安命不争等特点。①

然而,从空间上的地理分布、间隔角度考察,尽管各地域文化总体上与中华文化同质,但各地不同的地理条件依然决定了各地域文化之间的相对差异性。具体到江苏文化,其与整个中华文化相较,差异性诚如我们所指出的,主要体现在两点,

其一是平均性。早在 19 世纪末期,德国地质学家利希霍芬两度来华考察,就已敏锐地察觉到江苏文化这一特质,"江苏人和安徽人可以看作是中国人的平均型"。

所谓平均性,说穿了就是没有个性。然而换一种角度看,没有个性恰恰是江苏文化区别于中华其他区域文化的最大个性。它强烈地提醒我们:开放的、兼容并蓄的江苏文化犹如汇纳百川的大海一样,汲足了全部中华文明的精华,从表面上看已与中华文化难以区分。

其二是前卫性。江苏有着漫长的海岸线,位于大陆文化与海洋文化的交汇点上,这就使得江苏文化一直处于中华文化的前卫地带。中国古代历史上有三次重要的出海远航:秦代徐福东渡,唐代鉴真东渡,明代郑和下西洋。这三次远航均与江苏有着极为密切的关联。20 世纪 80 年代,中国率先开放的 14 个沿海城市中,江苏就有两个,这一切均是其他地域文化所无法比拟的。②

也正因此,我们认为,当今江苏影视产业的发展,尤其是江苏影视剧的创作应当在把握江苏文化的这一总体特色的基础上,探索江苏文化在当今的新的变化与贡献。

①② 沈义贞《漫说江苏文化》,原载沈义贞《艺文漫话》,江苏美术出版社,2013 年。

其次，江苏文化在既往的实践程途中曾经为中华文化所提供的文化价值或文化精神。

如果把江苏文化摆到整个中华文化动态发展过程中去考察，则会发现，江苏文化在中华文化的历史演进过程中，还以其强烈的辐射性与整合性，积极参与、推动甚至主宰过中华文化之建构。质言之，在中华文化缓慢的发展、形成过程中，江苏文化所具有的独特性曾经三度参与过中华文化的建构，或对中华文化的形成产生过三次重大的影响，这就是"秦汉时期：草莽文化的定型""隋唐时期：城市文化的翘楚""明清时期：古典文化的巅峰"①。

如果说秦汉时期、隋唐时期、明清时期江苏文化曾经以自己特有的方式介入整个中华文化的建构的话，那么，到了20世纪，我们还会发现，一直为政治话语所遮蔽的、以南京为中心的"民国文化"近年来亦逐渐浮出水面。目前，有关民国题材的影视剧正方兴未艾，江苏在这方面也有不少作品问世，但从马克思所要求的"历史的"和"美学的"原则衡量，能够为广大观众普遍认同以及能够传世的精品还不多见。

再次，关于当代江苏文化建设的侧重点。

中华人民共和国成立以来，江苏文化的特色一直较为模糊，这与江苏"文化大省""文化强省"的建设目标是不相匹配的。

作为我国东南沿海重要的经济强省之一，1996年江苏省政府在全国率先提出了"建设与经济发展相适应的文化大省"的战略目标，经过十多年来不懈的努力，江苏在文化设施、文化产业、文化精品工程的打造、文化人才的培养、文化管理政策与措施的探索与完善等各个方面都取得了长足的进步或显著的成就。但也不能不看到，当前江苏在文化大省的推进上还主要着重于文化硬件实施的建设（如南京图书新馆的启用）、文化体制的改革（如江苏演艺集团的成立）以及文化产业的布局（如无锡、常州动漫基地的落成）等物质的或外在的层面，对于如何培育具有当代江苏特色的江苏文

---

① 沈义贞《漫说江苏文化》，原载沈义贞《艺文漫话》，江苏美术出版社，2013年。

中国电影改编研究

化、全面系统地开展当代江苏文化特色的打造等侧重于"文化软实力"层面的建设还着力不多。也正因此,我们提出,当代江苏影视产业的发展应着力探索、推导当代江苏的文化特色,而从纵向的历史考察与横向的与其他省份的比较中,我们认为,有关江苏科技文化的凝练、打造与经营,应该是江苏影视剧创作的一个重点。

既往中西方历史的发展已然证明,科学技术始终是推动人类发展的关键动力,而每一次重大的技术革新都会导致生产生活领域的巨大变化。至于近十几年间以数字技术为代表的当代科技发展所引发的种种变革更是人类历史上前所未有的,不仅导致了众多产业的重新整合,而且全方位、深刻地影响着人们的价值观念和生活方式。在江苏,过去的十几年间,科技的发展已形成一定规模和社会效应,与文化产业相关的"新兴第三产业"迅速崛起,成为江苏经济运行中新的增长点,如何推动文化产业向负载着高密度文化内容的高新技术产业集聚,提升江苏文化产业的综合竞争力,保证经济的健康、可持续发展,都是当代江苏影视产业发展过程中不可避免、必须面对的重要课题。

基于以上分析,针对江苏影视(包括江苏电影、电视剧、纪录片、电视栏目等)如何围绕江苏文化特色的寻绎、打造与呈现等找到合理有效的影像化途径,我们的对策建议是,其一,江苏文化特色的推导,必须着眼于对既往以及当今江苏文化资源所蕴含的价值取向的分析与提炼,探讨这些价值取向与中华民族的核心价值观的一致性,以及如何在影像作品中的呈现问题。其二,在一般人眼里,江苏以长江为界,分为苏北、苏南两个区域,而实际上,从文化的角度考察,苏北的扬州、南通两地即苏中的风土人情既迥异于苏南,亦不同于真正意义上的、接近齐鲁文化的苏北,而自成一体。因此,江苏影视如何通过讲述苏南、苏中、苏北的"故事",彰显这三个区域的文化特色,进而呈现江苏文化特色的构成以及探讨江苏文化的总体特色,亦具有非常鲜明的现实意义。其三,有必要在与整个中华文化的比较中整合出江苏文化特色的不同侧面,然后在此基础上整合出江苏文化的总体特色。此外,尤为关键的是,在全部文化资源的梳理与文化特色的探寻中,应

始终把握这些文化资源和特色与当今江苏文化构建的关联,唯其如此,我们才能借助当今的科技将其"古为今用",并有力地推动江苏科技产业的发展与江苏科技文化特色的形成与演进。最后,应高度注重传统媒体与新兴媒体融合发展中江苏影视的应对策略。随着数字化时代的到来以及新兴媒体的涌现,江苏的影视产业亦面临着前所未有的挑战。因此,如何加强主流媒体的权威性、导向性与吸引力,如何在新旧媒体的博弈中针对受众群体细分接受市场,如何发挥产学研一体化的优势,针对电影、电视剧、纪录片、微电影、电视栏目等不同的制作规模和水平建构不同的投资平台与机构,以及如何在新旧媒体的融合发展中重新界定影视产业的结构与现有体制的改革,都是值得认真思考和探讨的重要课题。

三、一个案例:"秦淮故事"系列小说的电影改编

近几年来,以江苏文化资源作为改编对象愈来愈受到江苏影视界的重视,特别是,在 IP 影视剧火爆,霸占荧屏收视市场的情形下,各方更是点燃了对文学 IP 价值挖掘的热情。但是,整个文学市场发展参差不齐,优质内容 IP 难以辨别,IP 价值评估与优化成为关键。基于此,这里拟以一度颇受江苏影视界关注的"秦淮故事"系列 IP 为例,在评估其改编价值及优化方向的同时,谈谈影视改编如何利用好江苏资源。

首先,应当承认,优质内容及年轻受众群任何时候都是 IP 改编的基础。

"秦淮故事"系列小说由江苏凤凰文艺出版社出版,主要包括《琉璃世琉璃塔》《歌鹿鸣》《朝天阙》《瞻玉堂》和《城垣》五部作品。其均以南京为背景,前四部作品的年代主要选择在明朝,后一部作品则设置为当代。总体上看,五部作品均有程度不同的可读性,无论是叙事还是语言都比较符合现下网络青年读者的口味或阅读兴趣。

五部作品中的前四部是历史题材,其共同的特色是:情节紧张、紧凑、曲折、生动,故事的讲述峰回路转、充满变数,悬念迭出,高潮迭起,不仅具

有较浓烈的传奇色彩,而且情节的逻辑基本合理,未见明显漏洞;在环境的描写上,无论是庙堂还是江湖,都城抑或乡村,均依据厚实的历史资料,力图还原出彼时的历史氛围,进而传递出一股特有的历史感;在人物形象的塑造方面,四部作品均着力刻画人物性格的鲜明个性,在经营人物的性格特征、渲染人物主导性格的同时,追求人物性格的多层次与复杂性,并通过人物性格的冲突推进故事情节的发展;尤其值得肯定的是,四部作品均能将时代历史的风云变幻与人物的命运变迁巧妙地交织在一起描写,既能令人感受到历史烟云的沧桑,又能使读者感喟于人物命运的悲欢离合。

由此,立足于四部历史小说的青年受众群及颇具吸引力的文学内容,可以肯定,其均具备改编成电视剧或电影的基础。

其次,就"秦淮故事"系列而言,其 IP 改编仍需优化。

虽然我们肯定了"秦淮故事"系列 IP 改编的价值性,但严格地说,这四部历史小说都还存在着较大的提升或修改空间。

第一,作为南京市对外宣传的形象片,这四部小说虽然均将故事的主要背景摆放到南京,作品中也有意纳入了大量的南京风光、风景或场所,如大报恩寺、江南贡院、朝天宫、白鹭洲等,但是,这些南京元素在作品中并没有能形成一种整体的、可以辨识和感知的南京文化。

第二,"秦淮故事"系列小说均是响应"一带一路"的伟大倡议而作,因而四部历史题材的作品均涉及彼时的明王朝与周边国家的关系,人物的设计分别引入了朝鲜、越南、蒙古、琉球、缅甸等国家的角色,其用意就在于,通过中外主人公之间的爱恨情仇反映中国与这些周边国家的传统友谊。我们注意到,尽管作者在叙事时刻意以平等的视角描述中外人物的情感纠葛,但毕竟大明王朝在当时的优越地位,以及其与这些国家的统属关系,决定了今天这些国家的读者是否能接受这四部小说所传达的所谓"友谊",进而认同"一带一路"的理念? 此外,尤其需要提醒的是,这四部小说就现有的基础而言,完全可以直接改编成电视剧或电影,但是如果要与"南京形象""南京文化""一带一路"等宏大主题联系起来,还存在不小的距离。因为,这四部作品目前侧重描绘、着力经营的,还是儿女情爱、宫廷内斗等流

行电视剧青睐的内容,网上读者对其的欢迎,也着眼于此。

第三,这四部历史小说均存在程度不同的迷信或神秘色彩。如琉璃塔在战争中屡次显灵,《歌鹿鸣》中的女主人公精通鸟语,《朝天阙》中的道士斗法,等等,这些描写,作为流行的、靠小鲜肉主打的、神话或魔幻题材的电视剧或电影来拍摄,是可以的,但是,如果要彰显南京文化、突出"一带一路"主题,这些描写就不适合了。因为其本身的"神魔"逻辑会将观众彻底带入娱乐化的接受,而完全忽略、冲淡了原有的严肃主题。或许编者以为,其作品的创新之处就在于通过这些娱乐化元素来实现严肃的主题,所谓"寓教于乐",殊不知,这条路其实是行不通的。这就犹如任何一个编者都不能将《无问西东》这样严肃的题材与《羞羞的铁拳》这样的闹剧混搭在一起描写一样。因为,这还不仅仅是两种不同叙事风格的问题,更为重要的是,这里存在一个谁是手段、谁是目的的问题。具言之,在现在这四部历史小说中,"一带一路"、南京元素只是手段,娱乐才是其终极目的,而我们希望看到的,"一带一路"、南京文化是目的,实现这个目的手段当然有多种,但神话、魔幻、神魔尤其是神秘、迷信等则不可以。

第四,五部小说中的最后一部《城垣》是现实题材,从现有的描写看,似乎还没有找到一个引人入胜的故事,人物性格的塑造、人物命运的设计都还略显平淡。同时,"城垣"在作品中的作用也不够突出,或者,还没有能内在为作品中的一个有机的、不可或缺的"角色"。

最后,将改编的目光从江苏传统文化资源转向江苏当代文学创作,无疑显示了江苏影视界立足当下、与时俱进、继往开来的可喜趋势,可以肯定,随着越来越多的优秀文学作品问世,江苏影视一定能更好地讲好江苏故事,助力我国影视事业的蓬勃发展。

附　录

论"好电影"

在中国的电影理论语汇里,"好电影"作为一个略带口语色彩的名词,一直以来未能引起理论家的重视。然而,在目睹了形形色色的"叫座又叫好""叫座不叫好""叫好不叫座""既不叫好又不叫座"的电影文本之后,以及在阅读了相当一批影人有意无意地将艺术电影、商业电影习惯性地分别与"叫好不叫座""叫座不叫好"等联系起来考量的表述之后,我们以为,有关"好电影"的讨论庶几可以帮助我们澄清若干理论上的误区。

一

就当下而言,国产电影的制作诚可谓空前热闹,仿佛进入了一个空前繁盛的时期,主要体现在:一、所谓的"粉丝电影"(如《小时代》系列、《后会无期》《何以笙箫默》《爸爸去哪儿》《煎饼侠》等)、"网生代电影"(如《老男孩猛龙过江》《分手大师》《心花怒放》《匆匆那年》等)、"数字特技电影"(如《捉妖记》《大圣归来》等)的票房持续过亿,业绩惊人;二、曾经在八九十年代或多或少创作过一些质量上乘的知名导演也相继推出了《太平轮》(吴宇森)、《黄金时代》(许鞍华)、《一九四二》(冯小刚)、《归来》(张艺谋)、《道士下山》(陈凯歌)、《一步之遥》(姜文)、《智取威虎山》(徐克)等或艺术或商业性的大片,尽管毁誉不一,但也催生了若干热点话题;三、明确致力于电影的商业性操作的作品则有《西游记之大闹天宫》《白发魔女传之明月天国》《四大名捕大结局》《绣春刀》等,其所倚重的虽然是中国电影最具传

统或民族特色的"古装历史题材",但依旧构不成"可圈可点的大片力作"①；四、纯粹致力于电影的艺术性探索的作品则有《白日焰火》《推拿》《狼图腾》《亲爱的》《闯入者》《刺客聂隐娘》等,值得注意的是,其中的部分作品仿佛已经突破了艺术电影"叫好不叫座"的怪圈,除了获得评论界的首肯,也赢得了一定的票房业绩。

然而,所有的这些影片,以严格的思想性与艺术性,或"历史的""美学的"标准衡量,除了极个别影片(如《亲爱的》《道士下山》《刺客聂隐娘》等)差强人意,其余的可以说无一合格。或许,我们这里所秉持的标准在某些唯票房论或唯技术论的论者看来,显得老旧和落伍,但是,在观赏了若干中外电影史上的经典电影之后,我们还是有理由相信,"好电影"是存在的,并且,真正的"好电影"一方面既有艺术片,也有类型片,甚至还有并不能明确指认为艺术片或类型片的、仿佛兼具了两者之特征的混合型影片,另一方面,更为重要的是,所有这些能够被视为"好电影"的影片,无论从思想性、艺术性或后来理论界又追加的"观赏性"的角度衡量,都是毋庸置疑的。

以经典译制片为例。1949 年至 1990 年期间,或许是受这一时期占主导地位的计划经济体制的影响,中国译制片的取舍基本上不以票房为前提,而更多地坚持的是"思想性""艺术性"的标准,也正因此,尽管这一时期译制片的数量较大,但总体上看,由于本时期对思想性、艺术性的严格要求(这一点对外来译制的作品尤为如此),从而决定了这一时期所译制的影片绝大部分在思想上、艺术上均臻于上乘,或思想性、艺术性俱佳的影片居于主流。值得注意的是,在这些如今绝大部分已经被视为经典的影片中,既有奉行现实主义创作原则的艺术片,如苏联的《乡村女教师》《莫斯科不相信眼泪》,南斯拉夫的《瓦尔特保卫萨拉热窝》《桥》,法国的《巴黎圣母院》《虎口脱险》《老枪》《总统轶事》,英国的《简爱》,美国的《乱世佳人》等,也有典型的类型影片,如英国的《尼罗河上的惨案》、法国的《佐罗》、奥地利的《茜茜公主》、美国的《罗马假日》、日本的《追捕》等,同时还有既内蕴着现实

---

① 陈旭光等《2014 年中国电影产业与艺术报告》,《浙江传媒学院学报》2015 年第 2 期。

主义精神又鲜明地凸显类型特征的《野鹅敢死队》(英)、《卡桑德拉大桥》(英)、《蛇》(法)、《人证》(日)、《砂器》(日)等。可以认为,这批影片,不仅深刻地影响了中国电影的创作,"在中国过百年的电影史中有着辉煌的不可替代的地位",而且深刻地影响了数代中国观众,"无数的经典伴随着一代又一代中国人的成长,带给他们共同的感动和记忆,为他们送去了极丰富的精神食粮"①。

也正基于此,我们认为,研究"什么是好电影",一个非常重要的途径就是回到经典,包括译制经典以及所有在世界各国电影史上产生重大影响的电影经典,全面、系统地寻绎这些经典电影中所蕴含的丰富、复杂的美学原则,从而建立起我们客观、公允地判断"好电影"的标准。

二

不可否认,艺术片与类型片的创作原理既有相通之处,亦有很大的区别。因此,在探讨什么是"好电影"时,我们不妨先从艺术片、类型片等两种角度分别考察一下这两类电影在"好电影"的判断上各自具有何种美学标准。

关于"艺术片"或"艺术电影",有一个现象颇耐人寻味,即,自电影诞生以来,有关"艺术电影"的研究虽说一直络绎不绝,但始终未能形成理论上的一个显著重心或言说焦点,这也就导致迄今为止有关艺术片或艺术电影的认识仍然相当模糊,诸如,"《电影艺术词典》对艺术电影做了这样的解释:用以专指趣味高雅、注重艺术技巧、不以赢利为唯一目的的影片。我们可以认识到艺术电影的定位:艺术性强,内容高雅,主题深刻,非营利性"②。很显然,这个定义不仅肤浅,而且粗疏。也正因此,有论者甚至认为,"有一个事实应当引起注意:打自拉菲特兄弟打出'艺术电影'的旗号时起,至今没有人见过这种电影的明晰的定义",所以,"电影不是什么'第七

---

① 朱铌《中国译制片历史与现状窥探》,《神州》2012年第14期。
② 王莉莉《浅析艺术电影的大众性与小众性问题》,《青年记者》2011年第8期。

艺术',也不存在什么'艺术电影'"①。这一说法显然较为偏颇,事实上,艺术电影不仅存在,而且,与一切的艺术样式一样,同样有着严格的、内在的艺术规定性。这个规定性,概括地说,主要就体现在这样三个方面:

(一)基于"生命冲动"的创作。还是在考察李安的《卧虎藏龙》时,我们就发现,所有能够长久地感染观众心灵的电影,均是一种基于"生命冲动"的创作②。所谓"生命冲动"指的是创作主体面对国家的遭际、民族的命运、人类的走向、时代的呼唤、现实的发展、历史的得失以及个人的悲欢等所萌发的一种颇具人文关怀的、强烈的审美感受与倾诉欲望。譬如,20世纪40年代末的《小城之春》"之所以在无数中国知识分子的心灵深处激起那么大的反响",根本原因还在于,它是费穆置身于"一个古典的中国已无可避免地迈进了现代社会""将彻底地从我们的眼前消失"的洪流之中,源于一种深深的失落与怅惘,"为延续了两千多年的古典中国以及中国现代知识分子心灵深处的古典情怀或古典情结唱了一曲无尽的挽歌"③;而侯孝贤的《悲情城市》之所以一直为两岸观众所称道,很重要的一个原因也是因为其在本片中所吐露的,正是其对台湾以及台湾历史所饱含的一种炽烈的"吾土吾民"的情怀。再比如贾樟柯的《小武》与《站台》,尽管制作粗糙,但其打动观众的,亦是导演对故乡汾阳这片土地以及这片土地上的人生的一种欲罢不能的言说冲动。而一旦导演的这种言说冲动渐渐消歇,其在类型性、故事性、喜剧性等方面又缺乏探索与突破的话,其后来所拍摄的影片也就失去了《小武》和《站台》之中所洋溢的、由一种生命的冲动所焕发的迷人的光辉,趋向了平庸。

(二)坚持以审美性作为文本的终极追求。在拙著《现实主义电影美学研究》中,我们曾经指出,"现实主义影片与类型片的一个重要分野还在于,前者所做的一切都是围绕着现实的审美性来展开的,后者的所作所为

---

① 邵牧君《颠覆"第七艺术"清算"艺术电影"》,《电影艺术》2004年第3期。
② 沈义贞《"梦幻中的抽象中国"——关于〈卧虎藏龙〉的美学思考》,《电影艺术》2003年第4期。
③ 沈义贞《现实主义电影美学研究》,南京师范大学出版社,2012年,第119页。

中国电影改编研究

则是为了娱乐"①。其实,这也是艺术片与类型片的一个重要分野。并且,值得注意的是,一方面,坚持审美性,实即坚持思想性。这就要求艺术片必须在价值层面有所探索或推进,即其所表达的理念应能够融入一个民族或整个人类的思想演变史或精神成长史,唯其如此,其才能与基于某种人类的共识甚或常识创作的、纯粹的商业片区别开来。另一方面,一部影片如果坚持了审美性或思想性,那么,其对艺术传达或艺术形式上的创新要求倒并不是很严格。有了好的主题,如果能在艺术呈现上有所突破,从而在思想、艺术层面同时臻于上乘固然最佳,但一个好的主题采用既往的艺术形式,"旧瓶装新酒",亦未尝不失为一部优秀的作品。所以,在中外电影史上,像《日瓦戈医生》(美)、《布拉格之恋》(美)、《莫斯科不相信眼泪》(苏)、《一江春水向东流》(中)、《活着》(中)、《霸王别姬》(中)、《悲情城市》(中)、《太极旗飘扬》(韩)等影片,其在艺术传达上倒未必有什么新异之处,其重要性很大程度上就得之于对某种历史或现实的发现与思考。

(三)偏重现实主义美学原则。这种偏重,不仅体现在导演对现实流动性的把握、对现实或历史的独特的主观判断,而且体现在其对现实主义创作原则的严格遵守。诸如,必须刻画人物形象,塑造人物性格;主题的丰富性与多义性;情节安排不仅要符合现实的逻辑,而且要体现出传奇性抑或智慧性,——传奇性一般由生活本身所提供,而智慧性则是创作主体的主观创造;在叙事上不仅曲折有致、前后照应,而且有张有弛、隐含着一种内在的节奏;如果是悲剧,则应当揭示出恩格斯所说的"历史的必然要求和这个要求的实际上不可能实现"②,如果是喜剧,则应当反映出"人类能够愉快地和自己的过去告别"③,如果是正剧,则应当真实、合理地表现出正邪之间的较量、社会发展的趋势,等等。所有的这些要求,看似老生常谈,但要做到,绝非易事。并且,尤其重要的是,艺术片的"观赏性",除了借鉴类型片的叙事策略或技巧,很大程度上就在于创作主体能否在具体的创作

---

① 沈义贞《现实主义电影美学研究》,南京师范大学出版社,2012年,第245页。
② 恩格斯《致斐·拉萨尔》,《马克思恩格斯选集》(第4卷),人民出版社,1972年。
③ 马克思《〈黑格尔法哲学批判〉导言》,《马克思恩格斯选集》(第1卷),人民出版社,1972年。

过程中将传统现实主义的这些创作原则发挥到极致。所以,虽然有些优秀的文本采用的是"旧瓶装新酒",但如何运用好这个"旧瓶",也是需要相当的艺术功力的。很多作品虽然有一个好的主题,但在艺术呈现上粗制滥造,不仅未能达到上述现实主义创作的诸多要求,甚或相去甚远,其失败也就自然而必然。

这里需要说明的是,一般说来,中外电影史上绝大部分优秀的艺术片所呈现的,均是现实主义美学特征,但也有少部分探索性、实验性或先锋性的作品如《一条安达鲁狗》《去年在马里昂巴德》等,亦可归入艺术片的范畴。不可否认,这些实验性、探索性或先锋性作品虽然在艺术形式上体现出一种前卫性或现代性,但其在艺术接受上始终囿于极少数观众,且由于其在艺术探索或实验上常常流于失败,因而其不仅在电影史上始终未能形成主流,常常只是昙花一现,而且随着电影的工业化逐渐退出了电影实践。因此,我们对这类影片虽不持反对态度,但在具体讨论时亦可对其忽略不计。

也正基于此,我们认为,能够被指认为"好电影"的艺术片,其内在的艺术规定性无不具备上述三种美学特征或符合上述三种美学标准,进而在思想性、艺术性、观赏性等方面达到较高的水平或取得较高的成就。也正因此,我们呼吁那些思想苍白、艺术素养薄弱的导演,请不要再以艺术片的名义为自己的垃圾之作文过饰非,即不要再把"艺术片"这一称号作为遮羞布,掩盖自我的艺术无能与作品的低劣平庸。譬如,王小帅的那部《闯入者》,不仅主题病态、无聊,而且情节混乱、不通,遭到了院线的抵制,导演竟然打出"艺术片"的旗号希图获取观众的同情,这就不仅可笑,而且玷污了"艺术片"的声誉。

三

在诸多的理论表述中,类型片与商业片常常被视为同一个概念。确实,类型片属于商业片,其创作有着相当的商业考量。但我们这里特别需

263

附
录

中国电影改编研究

要提出来的是,类型片也有高下之分,即既有艺术水准上乘的类型片,也有大量的平庸甚至胡编乱造之作。对于后者,我们往往视其为纯粹的商业片,而前者则是我们所说的"好电影"。并且,所有这些能够被视为"好电影"的类型片,同样有着鲜明的、严格的美学标识或美学标准,即:

(一)内蕴现实主义精神或现实主义因子。在既往的探讨中,我们曾多次指出,现实主义电影美学体系与好莱坞类型电影美学体系是可以互渗的;优秀的好莱坞类型片其实都是类型其表、现实其里;并且,存在着一种理论上的可能,即两者最大限度地靠拢,催生出现实主义特征与类型片特征兼具或并重的影片①。若干经典电影也提醒我们,那些优秀的、观赏性强的现实主义影片大多借鉴了类型片的元素或叙事语言,如《总统轶事》(法)在运用现实主义手法刻画出"总统"阴冷、伪善的性格的同时,亦较多借鉴了侦探片、悬疑片的类型语言;再如虞戡平的《搭错车》,以细腻的现实主义笔触呈现了台湾从农业社会向工商社会的转型,以及在这种转型中台湾底层民众所经历的痛苦,但全片采用的则是歌舞片的形式等。反之,那些优秀的、经典的类型片亦无不内蕴着现实主义精神或鲜明的现实因子。如《野鹅敢死队》(英),作为一部惊险片,其批判的则是西方垄断集团对非洲大陆的蹂躏;再如《天生杀人狂》(美),作为一部动作片,其在渲染暴力的同时表达的则又是导演对美国社会丑陋面的体察,等等。事实上,在好莱坞的电影实践中,有许多杰出的类型影片如《楚门的世界》《阿甘正传》《撞车》《贫民窟的百万富翁》等并不能严格地归入某一种类型,也绝非简单的类型交叉,而实质是借助各种类型语言,表达的是导演对现实的关注。

(二)类型的采用呼应了彼时的社会心理或社会问题。自从商业性成为中国内地电影实践的主流以来,众多内地导演除了依赖中国既有的传统类型武侠片,还尝试运用过西方类型电影史上所出现过的若干主要的类型,如警匪片、动作片、枪战片、爱情片、喜剧片、歌舞片、恐怖片、公路片、奇幻片等,但除了传统武侠类型片间有佳作,其余所有借鉴外来类型形式的

① 沈义贞《现实主义电影美学研究》,南京师范大学出版社,2012 年,第 12、23、302 页。

影片大多不太成功,究其原因就在于,这些导演没有认识到,所谓类型,对应的均是一个国家或民族在"一段历史中的特定的社会问题"①;一部好莱坞的类型史,每一类型的诞生,对应的均是美国不同历史阶段所遭遇的主要的社会问题,"一百多年来的好莱坞电影类型史,依然是一部反映美国社会、历史变迁的影像史"②。换言之,导演关于某一类型的选择,很大程度上应考虑该类型与当时的社会心理或问题是否有关联。遗憾的是,在中国内地现有的类型实践中,导演的类型选择常常是漫无目的的,仅仅是对此前既有的或别人的各种成功类型的模仿或跟风,这也就难怪迄今为止中国内地的电影实践始终未能推导出属于自己的原创性类型了。

(三)建立在合理假定性之上的情节的智慧性、语言的想象性与情调的浪漫性。优秀的类型片大多具备这样三种特征或三种特征之一。其一是情节的智慧性,即故事的讲述不仅跌宕起伏、紧张曲折、悬念纷呈、出人意表,而且所有的悬念都有令人信服的化解或前期伏笔的照应,充分体现了导演或编剧在情节构思上的巧妙性与情节安排上的智慧性,代表作如《楚门的世界》(美)、《肖申克的救赎》(美)等;其二是语言的想象性,即影片所铺陈的影像符号、视听时空或形象世界充满了瑰丽的想象与大胆的夸张,其所展示的,完全是一种迥异于日常现实生活的奇观,好莱坞影史上的那些经典类型片如《夺宝奇兵》系列、《007》系列、《星球大战》系列、《魔戒》系列等莫不如此;其三是情调的浪漫性,好莱坞是"造梦工厂",若干年来其所制作的类型片之所以受到观众的由衷喜爱,很重要的一个原因就在于,其影片中大多散溢着浓郁的浪漫色彩,诸如异域的风情、英雄的情怀以及历经沧桑之后依然优雅、温暖、迷人的亲情、友情与爱情等。此外,尤其重要的是,所有这三种特征的呈现或三种美学效果的获得都完全建立在合理假定性之上。关于假定性,笔者在专著《现实主义电影美学研究》中曾有专门讨论③,这里需要指出的是,假定性的运用是否合理,很重要的一条就

---

① 沈义贞《影视批评学导论》,中国电影出版社,2004年,第128页。

② 沈义贞《现实主义电影美学研究》,南京师范大学出版社,2012年,第23页。

③ 沈义贞《现实主义电影美学研究》,南京师范大学出版社,2012年,第255—262页。

是,所有的假定必须遵循现实生活的逻辑与人物性格的逻辑。许多类型片之所以失败,究其原因无不是因为其滥用假定性,或无视现实生活的逻辑,胡编乱造,漏洞百出,或任意篡改人物性格的预设内涵或主导特征,从而导致情节的转换完全不能令观众信服。

也正是在这个意义上,我们说,所有能够被称为"好电影"的类型片,不仅在美学上必须具备上述三大方面的标识,而且这三个方面在同一部影片中必须相辅相成,有机统一,缺一不可。也正因此,我们呼吁那些烂片连天的导演,请不要再以"商业性"作为自己的遮羞布,似乎拍出了一部糟糕之作,说一句"我拍的是商业片"就能蒙混过关了。因为,那些真正在商业上成功的类型片,无不有着极富创造性的美学追求。中国的电影市场已经充斥了太多毫无价值的"商业片",我们现在需要的是在类型片美学上有所建树和探索的优秀的类型片。

四

弄清了艺术片、商业片作为"好电影"各自所必须坚持的美学标准之后,再来看什么是差电影、坏电影、假电影也就一目了然了。

所谓差电影,指的是那些在思想性、艺术性、观赏性等方面存在问题的影片,具体表现为:一、主题表达、人物性格、情节构思、叙事语言等整体上缺乏创新。譬如冯小刚的《一九四二》,根据几部二流小说改编的《归来》《推拿》《狼图腾》等。乍看之下,这些影片的主题都还清晰,故事讲述也较流畅,没有什么情节上的漏洞,演员表演也还到位,但这些影片共同存在的一个致命弱点就是主题不仅单一,失却了现实主义艺术片在主题呈现上的丰富性,而且陈旧、生硬、故弄玄虚、故作高深,并由此导致了故事情节、艺术的构思与呈现的平庸,整体看缺乏思想、艺术上的创新。如果说《归来》《一九四二》等因系艺术片,观众或多或少总还能从中获取某些美学收获的话,那么,像《白发魔女传之明月天国》《四大名捕大结局》等同样缺乏创新的类型片就等而下之了,只能视为一般的商业片,有它不多,无它不少,偶

尔作为一般的娱乐消遣可以,至于观众在美学上的收益则完全归零。二、由导演的思想局限性所导致的宏大叙事的解体。譬如吴宇森的《太平轮》、许鞍华的《黄金时代》与徐克的《智取威虎山》等。这些影片所表现的均是中国近现代历史上的重大事件、重要人物或极富有传奇色彩的英雄史诗,但由于这些影片的导演均出自香港,对中国近现代历史缺乏深刻的认识与思考,更无力把握中国近现代历史的风云变幻、波谲云诡,从而导致,所有这些原本属于宏大叙事的题材,生生被其拆解或转换成极其琐碎的微观叙事或浅俗娱乐。令我们感叹的是,中国导演尤其是内地导演,整体地缺乏全景式的把握历史与现实的气度、视野与魄力,常常将许多重大的、复杂的政治、经济、军事、文化等事件简化成男女两性关系来表现。长此以往,中国的电影格局将愈弄愈小,我们所期待的"现实主义大片"[①]与类型大片将永无出现的可能。三、闹剧有余,喜剧不足。真正的喜剧,应当是主体站立在一种崭新的、更高的理性层面对陈旧的生活表象的否定,由此所催生的"笑"的效果才真正具备喜剧精神。而如果主体仅仅站立在与被否定对象的同一层面甚至更低的层面展开对某些生活表象的否定,则其必定陷入低俗的闹剧,并且,由于缺乏更高、更新层面的观照,其常常只能无视或任意改变情节或人物性格的逻辑,以达到所谓的"搞笑",徐峥的《泰囧》与姜文的《一步之遥》均是如此。四、情节紊乱、矛盾或失真。如《闯入者》《绣春刀》《白日焰火》等。《闯入者》《绣春刀》等均是通过任意设置或改变情节和人物性格的逻辑来推动情节的发展,其所导致的,则是整部作品的情节矛盾或站不住脚、人物性格特征可疑、模糊而混乱、正邪对立双方的立场变来变去或根本构不成对立等一系列毛病;而《白日焰火》的毛病则是失真,影片中警察的所作所为更多地像一个私家侦探,与我国公安干警的办案现实全然不能吻合,等等。

所谓坏电影,指的那些主题思想反动、反人类或挑战人类价值底线的影片。主题思想反动的影片,指的是那些影片意图与历史进步潮流背道而

---

① 沈义贞《论"现实主义大片"》,《北京电影学院学报》2009 年第 1 期。

驰的影片,譬如"文革"中的《春苗》《决裂》《欢腾的小凉河》等;主题思想反人类的影片,指的是那些在主题表达上敌视人类、以毁灭生命、毁坏文明为导向的影片,譬如日本的《啊,海军》《山本五十六》《大和号的男人们》《日本沉没》《日本之外都沉没》等;主题思想挑战人类价值底线的影片,指的是那些无视人类、社会基本的、健康的价值准则的影片,如《索多玛120天》、近年来中国内地热衷于宣扬拜金主义的《小时代》系列等。值得注意的是,某些坏电影在艺术上也可能可圈可点,但其艺术上愈成功,其对观众的毒害也愈大。

假电影是电影进入数字时代之后出现的一种新现象。所谓假电影,指的是借电影这一形式所制作的、可以视为电子游戏的影片,譬如《西游·降魔篇》、《捉妖记》、《大圣归来》、《速度与激情7》(美)等。这类电影游戏或游戏电影,其外在形态与传统意义上的电影完全一致,即具备电影的一切内容要求、形式元素与创作方法,但其与传统电影的区别是,传统电影的核心美学追求是必须在思想性、艺术性与观赏性等方面有所创新,而这类电影的核心美学追求则仅仅专注于观赏性方面。所以,观看近期的这类大片,我们可以看到其在叙事语言或影像符号等方面的争奇斗艳,但由于在思想艺术方面缺乏探索,从而导致,观众在影院看时目不暇接,心惊胆战,但出了影院就忘得一干二净,沦为所谓纯粹的"眼球电影"。当然,这类影片也有高下之分。好的游戏电影,不仅在影像符号的呈现上有非同凡响之处,而且在思想艺术方面虽无创新,仅仅是对此前电影在思想性、艺术性等方面的模仿或借鉴,但也符合电影在思想、艺术表达上的常规要求;而差的游戏电影则不仅在影像符号的呈现上缺乏新意,而且在思想、艺术的表达上也会犯传统的"差电影"常见的毛病:主题浅俗、构思平庸、情节紊乱、人物苍白等,为许多人所吹嘘的《大圣归来》即是如此。

也正基于此,我们呼吁所有的影视理论研究者或影评人,请不要再将好电影、差电影、坏电影、假电影混为一谈,将自己的研究观点建立在对这些电影尤其是差电影与假电影不分青红皂白的肯定性分析之上。坦率地说,我们在阅读国内一些著名的影视专家、学者的论说时,常常对其观点不

以为然。究其原因就在于，其论说或为票房、获奖等因素所左右，或大多缺乏真正的审美眼光或艺术鉴赏的功力，即不能甄别电影的好、差、假之分，因而其所得出的结论也就不仅不能在理论上真正有所推进，而且不能令人信服。严格地说，真正的理论研究与发现，应当建立在对好电影的审美鉴赏与对差电影、坏电影、假电影的辨识与批判之上。唯其如此，中国的电影理论才会进步，中国的电影才能进步。

原载《艺术百家》2015 年第 5 期

论影视作品影响力评价体系的构建

直到 20 世纪 80 年代末,关于中国影视作品的评价,尽管标准不一,但由于理论界始终或隐或显、或有意或无意地在文艺作品必须坚持"美"这一最高宗旨的认识上殊途同归,因而这一阶段对某一部影视作品的价值衡估,也还是相对公允、服众的。80 年代末期,随着中国社会从计划经济转向市场经济,中国的影视实践也相应地发生了巨大的改变,先是影视的商业性、类型性成为影视评价中不可忽略的因素,继而随着互联网、数字化时代的带来,大众话语的参与与各种大数据的统计结果,亦逐渐在影视评价中占据了较大的比重。然而,也正因为各种内外在的参照系数增多,对一部影视作品的评价问题也就相对变得复杂起来。一方面,传统的影视评价标准逐渐在新媒体"众声喧哗"的语境中趋于式微甚至缺席,另一方面,活跃于网络上的对具体影视作品所给出的形形色色的评分,不仅莫衷一是,而且随意性、变动性、"无理"性甚至操纵性较强,从而导致当下的影视作品评价整体地处于一种无序失范状态。长此以往,不仅无力遏制各种"烂片""烂剧"的汹涌澎湃,而且也不利于中国影视实践的持续而健康的发展。也正是在这个意义上,我们说,如何客观、公允、权威地评价某一部电影或电视剧的思想、艺术成就以及其影响力,已经成为当前中国影视创作实践中一个极其重要、亟待解决的问题。

一

毋庸置疑,随着时间的推移,历史的大浪淘沙必然会将那些或原本低劣、或虽然低劣却浪得虚名的作品淘汰出局,而把那些真正优秀的上乘之

作积淀下来,在遥远的未来恒久地发挥着影响。很显然,在历史的这种优胜劣汰的选择中潜藏着某种"法则"。所谓影视作品影响力评价体系的构建,实质就是寻觅、揭示这一"法则",并将其清晰地显现出来,成为影视从业者共同遵循的某种准则或普遍认可的某种共识,进而在保证影视创作始终处于一个较高水准的层面上运行的同时,最大限度地拓展其影响力。

构建影视作品影响力的评价体系,首先要从理论上厘清的无疑是影视作品评价体系与影视作品影响力评价体系的关系问题。一部具有较高艺术性的电影,很可能对同时代观众的影响仅仅局限于一个较小的范围,譬如贾樟柯的《小武》与《站台》;而一部艺术粗糙甚至低俗的作品,则可能拥有巨量的"粉丝"、高额的票房与不切实际的赞誉,譬如《小时代》《泰囧》与《大圣归来》等。这似乎表明,影视作品的评价与影视作品影响力的评价并非完全一致。对此,我们认为,应从两个方面看待这一现象,一方面,从理论上说,影视作品的评价与影视作品影响力的评价应该是一致的,并且,影视作品的评价应该是影视作品影响力的评价的主要前提,而影视作品影响力的评价则是影视作品评价的一个组成部分。换言之,影视作品影响力评价体系应以影视作品评价体系为基础。所以,影视作品影响力评价体系的构建,很重要的一项工作就是影视作品评价标准、评价体系以及相应的评价指数的界定。另一方面,从现实的情况看,这一现象虽然很大程度上是当前影视评价标准混乱无序的一种表现,但却是两种评价体系呈现的常态,甚至会持续地贯穿于两种评价体系的运行之中。简言之,如果依托这两种评价体系分别为同一部作品判定分数的话,那么,在多数情况下,两种体系所给出的分值的确可能是不一致的。

关于影视作品评价标准的讨论,在传统的理论语境中,先后出现过"政治标准第一,艺术标准第二""思想性标准和艺术性标准""真、善、美标准""历史标准与美学标准"等多种有代表性的观点,而在我们看来,恩格斯在《致斐拉萨尔》中所提出的"美学观点和历史观点"是文艺批评包括影视艺术批评在内的最高标准。这是因为,这一表述"不仅扣住了评判文艺作品的两个重要方面'思想性'和'艺术性'",而且侧重阐明了,"从思想方面说,

中国电影改编研究

能够转化为'美'的思想不仅体现着恩格斯所说的'历史的'观点，而且包含着人类在既往的实践中所形成、积累的那些共通的、共同的价值"，"从艺术方面说，这一提法作为一种艺术标准，当然也充分肯定主体在艺术技法方面所作出的超越前人的探索与创新，但其更为注重考察的，则是主体在艺术传达过程中如何处理好形象与思想的关系"，即内容与形式的完美结合①。坦率地说，自电影诞生至 20 世纪 80 年代末的很长一段时期内，中国的电影评价以及电影史写作，尽管也会出现见仁见智、观点不一的现象，但那只是评判者个人审美水准的差异，就最高层面而言，其所遵循的，基本是恩格斯所提出的"历史的"与"美学的"观点。然而，就是这样一种准则，从 20 世纪 80 年代末期中国进入市场经济社会以来，已陆续受到来自三个方面的挑战。

一是电影类型化的挑战。早在 1928 年，随着《火烧红莲寺》的问世，中国的电影人就已经为世界影坛贡献了"武侠片"这一独一无二的电影类型。但不可否认，直到 20 世纪 80 年代末之前，中国电影的类型意识并未觉醒。从《火烧红莲寺》到《神秘的大佛》(1980)、《少林寺》(1982)，尽管武侠片的创作一直绵延不绝，且获得观众强烈的反响，传统理论界对这一类型的电影的评价并不高，且常常在"高雅"与"通俗"的对抗性思维中贬抑这一类型的创作与接收。值得一提的是，从"文革"结束、中国改革开放的进程伊始，虽然也有《野鹅敢死队》(英)、《卡桑德拉大桥》(英)、《蛇》(法)、《追捕》(日)、《人证》(日)等经典的、优秀的译制片断续进入中国观众的视野，但在计划经济时代，其也并未唤醒中国电影的类型意识。严格地说，中国电影的类型意识是在计划经济解体、好莱坞大片猛烈冲击之后才逐渐浮出历史之表的。吊诡的是，迄今为止，虽然业界普遍接受了类型意识，但中国的电影人并未能推导出任何原创性的电影类型，就连传统的武侠片也光景黯淡。如果说好莱坞大片也带给中国电影的某种变化的话，那么，这种变化主要就体现在中国影人电影观念的转型，即从原先的坚持电影的教化功

---

① 沈义贞《影视批评学导论》，中国电影出版社，2004 年，第 33 页。

能,转而追求电影的娱乐功能。不可否认,这一转型确实是个进步,并且驱动中国传统的电影理论界在原先的"思想性""艺术性"标准之外,又增添了一个"观赏性"①。然而,尽管如此,由恩格斯"历史的与美学的观点"简化表述的"思想性与艺术性"标准,再加上新增的"观赏性"标准,在其后的电影创作与接收中,却并未能获得影视从业者与广大观众的普遍认同。这一新的"三性统一"标准除了主流意识形态的青睐,在商品化、娱乐化、大众化以及数字化的语境中几乎无人问津,至多也就为某些稍有见识的影视从业者与影视评论参与者尊为隶属于少数派或学院派的、小众化的"专业人士意见"。由此也就带来一个问题,即,如果说,"思想性、艺术性、观赏性的统一"是对传统的艺术片或现实主义影片所提出的一种新的、与时俱进的评判标准的话,那么,这一标准是否也同样适合于对以娱乐为主导诉求的类型片的评价?

二是影视商品化的挑战。好莱坞带给中国电影的另一启示是,影视作品既是艺术,也是商品。大众娱乐时代影视创作其所以蔑视"三性统一"的标准,一个重要的底气在于,几乎所有具备"三性统一"要求的艺术片,大多票房不佳,有的虽然票房惨淡,但观众口碑尚可,有的甚至连口碑也偏于"差评",如侯孝贤的《刺客聂隐娘》等;而若干思想性、艺术性欠缺、所谓的观赏性或娱乐性只不过是一些低级庸俗的闹剧、人物性格逻辑与情节逻辑错乱的恶搞的影片,却不仅拥有庞大的"粉丝",而且往往取得巨额的票房。由此带来的问题是,票房低,不一定说明作品的艺术水准低,但一定可以说明该作品在同时代的语境中的影响小;但票房高,不一定说明作品的艺术水准高,但是否能说明作品的影响大? 如果不能说明,那么,票房作为影视作品评价体系以及影视作品影响力评价体系中的一个重要的评价指数,究竟在何种意义上起到作用?

三是影视大众化、数字化的挑战。伴随着商品经济社会而来的,是大众文化的崛起。如果说在传统社会中也有所谓的雅、俗对立,但那时的雅

---

① 荒煤《电影的观赏性从何说起》,《群言》1993 年第 7 期。

与俗的表达者基本上还属于同一个知识分子阶层,尽管雅、俗的表达者所诉说的对象也有文人与市民之分,但其时的市民或广大老百姓基本上还属于"沉默的大多数",还未获得话语的能力与权力。今天的情形则不同。大众文化时代的大众文化与精英文化的对抗,已完全发生于两个阶层之间。今天的大众阶层由于教育的普及与提高,不仅已大多获得了话语的能力与权力,而且由于其数量的绝对多数,已成为影视作品不可忽视、必须依赖的接受群体。然而,由于大众文化的主要特征在于娱乐性,这个新兴的大众阶层不仅以铺天盖地的网络评议(这种参与评议本身其实也是一种娱乐)左右了电影的票房与电视的收视率,而且迫使影视创作一再降低身段迎合其娱乐性,其结果就是影视创作不断地趋于低俗,而严肃的精英话语则一再退却,被挤压至边缘甚至放逐于观众的视线之外。由此也就带来一个问题,在影视作品评价体系与影视作品影响力评价体系的构建中,究竟应该如何看待大众的评议、评分?

在大众文化的演进过程中,数字化起到的是一种推波助澜的作用,其不仅为大众自媒体的活跃提供了广阔的平台,而且其所提供的大数据亦已成为影视的创作与接收的重要参照。严格说来,数字化作为一种工具,仅仅是构建影视作品评价体系与影视作品影响力评价体系可资分析的一种"数据事实",其本身并不构成评价标准。所以,在影视作品影响力评价体系的构建中,数据必不可少,并且数据采集的客观性与可信性尚待探讨,但就影视作品及其影响力评价体系的构建而言,我们首先要回答的是由影视的类型化、商品化、大众化所催生的上述几个主要问题。

二

还是在区分现实主义影片与好莱坞类型片时,我们就曾指出,应当存在四种形态的影片,即,纯粹的商业片/娱乐片;纯粹的或传统的现实主义影片;遵循类型化的美学原则创作,但在其中又渗透了一点点思想性或现实主义因子的类型片;较多借鉴类型片元素或叙事语言的现实主义影片。

进一步考察则还会发现,好莱坞影片"表面上是娱乐性的,游戏性的,但它的内在精神都是现实主义的",所以,在理论上还存在着一种可能,即现实主义影片与类型片"两者最大限度地相互靠拢,催生出现实主义特征与类型片特征兼具或并重的影片"①。事实上,在好莱坞影史上就存在着大量同时兼具现实主义精神与类型片特征,但又无法归之于哪一类型的优秀影片,如《辛德勒的名单》《阿甘正传》《撞车》《贫民窟的百万富翁》等。也正因此,可以认为,真正优秀的类型片其实与现实主义影片在"电影的目的"上是殊途同归的。具言之,在传统的理论语境中,"美"与"娱乐"一直被看作是电影感染或吸引观众的两种美学效果,或区分艺术片与类型片的两个标尺,而实际上,无论艺术片或类型片,其最高的宗旨均是诉说"美"、传达"美",即"美"是目的,"娱乐"仅仅是传达"美"的一种手段。从这个意义上说,适用于现实主义影片的、恩格斯所提出的"历史的"与"美学的"评判标准,以及其后所延伸的"三性统一"标准,同样也适用于类型片的考察与评判。基于这一标准,不仅可使我们清晰地看出传统的、优秀的现实主义影片在观赏性或娱乐性上的欠缺,而且可使我们更加明确地将优秀的、可以在艺术范畴考量的类型片与一般的纯粹以娱乐为目的的类型片或商业片、已经蜕变为某种电子游戏的"假电影"②区分开来。

在许多人尤其是行业人士那里,票房绝对是衡量一部作品成功与否的重要甚至是唯一的依据或标准。然而,就中国影坛而言,参照这一依据或标准,不仅无法解决 20 世纪 90 年代以来电影实践中屡见不鲜的"叫好不叫座"与"叫座不叫好"的矛盾,而且还会在"叫座"的旗帜下在打压"叫好"的作品的同时,为电影的一再降低身段迎合低俗的趣味造势。长此以往,中国的电影创作只能在一个较低的层面徘徊。或许有人以为,在好莱坞或欧洲艺术电影的实践中也会存在此类现象。但是,就好莱坞而言,由于其长期形成的、为观众喜闻乐见的叙事策略所培育的成熟的电影文化与电影接收语境的缘故,确实也有一些个人化的、偏艺术的独立电影在票房上无

---

① 沈义贞《现实主义电影美学研究》,南京师范大学出版社,2012 年,第 13、14、24、302 页。
② 沈义贞《论"好电影"》,《艺术百家》2015 年第 5 期。

中国电影改编研究

法与其遵循主流叙事策略的电影抗衡,但在这样一个电影语境中,"叫好不叫座"的情况是存在的,但"叫座不叫好"的现象则比较罕见。同时,许多"叫好"的电影虽然"不叫座",但人们并不会因此轻视这些电影的成就。欧洲影坛上的那些票房不佳,但艺术上乘的电影亦可作如是观。

如果把眼光放开去,则还会发现,由于观影行为的不确定性,以及影响观影的因素的复杂性,迄今为止,没有哪一部电影在上映之初就有人或机构能够准确预测到其票房,同时,更为重要的是,没有任何人能够明确断言,一部票房过亿的电影就一定比票房八千万的电影优秀,或电影的成就完全是能根据票房的多少排序的。也正是在这个意义上,我们说,其一,在影视作品评价体系中,票房与收视率不是评判影视成败的标准,而仅仅是一种参照。并且,对一部具体的影视作品的评分或定级,完全取决于基于影视的文本分析所作出的美学判断,票房或收视率的因素基本上可以不予考虑。其二,在影视作品影响力评价体系的构建中,票房与收视率作为必须参与的重要指标,以及其所体现出来的具体分值,对于影视作品影响力最终分值的计算,是必不可少的,至于如何计算,我们后面再作讨论。

与票房这一相对单一的评价指数相比,大众评价尤其是网络评分的情况要复杂一些。有论者指出,大众或观众的口碑尤其是以网络评分形式出现的网络评分机制,不仅"在一定程度上缓解了观众进行购票决策时的信息劣势",而且有助于影院"根据网络口碑引导后续营销策略",但是,在考察了国内较有代表性的格瓦拉电影网、时光网和豆瓣电影等三家电影评分网站之后,其得出的结论则是,"目前学界的相关研究大都无法证实电影评分与票房的关联性","事实上,当前中国电影评分网站尚不具备艺术定级的公信力,更多情况下,分值仅仅反映出购票用户对于某种产品是否值得消费的推荐指数"[①]。也正基于此,我们认为,现有的网络评分绝大多数情况下并不构成对影视文本的权威与客观的艺术分析,其除了有可能影响到

① 聂伟、张洪牧宇《"互联网+"语境下电影评价机制研究》,《当代电影》2016年第4期。

观众的购票行为,更多的只是一种自娱自乐,即是大众娱乐活动的方式之一,因此,并不构成对一部作品实际成就的评判。在影视作品评价体系的构建中,网络评分完全可以忽略不计。而在影视作品影响力的评价体系的构建中,网络评分(包括网络水军为吸引票房所炮制的若干真真假假的数据)可以看作一部作品在面世前后特定时段内观众的认知指数,其在影视作品影响力评价体系中的作用,或其所显示出来的分值在参与影视作品影响力最终分值的计算时,可与票房或收视率的计算方法等同。

三

显然,影视作品影响力评价体系的构建,一个很重要的关键就在于影视作品评价体系的构建。而影视作品评价体系的构建,则必须基于对文本本身内在的、从内容到形式或从思想到艺术的、整体的、全方位的分析之上。

如果把影视作品的艺术等级设置为 10 级的话,对于一个优秀的、有着深厚的文化与艺术修养和较高鉴赏水准的理论家来说,会很容易地将《莫斯科不相信眼泪》(苏)、《瓦尔特保卫萨拉热窝》(南斯拉夫)、《野鹅敢死队》(英)、《卡桑德拉大桥》(英)、《蛇》(法)、《总统轶事》(法)、《布拉格之恋》(美)、《辛德勒的名单》(美)、《功夫熊猫》(美)、《窃听风暴》(德)、《一江春水向东流》(中)、《悲情城市》(中)、《搭错车》(中)、《霸王别姬》(中)、《秋菊打官司》(中)、《笑傲江湖》(中国香港,徐克导演)、《卧虎藏龙》(中美)等评为10 分;将《我们村里的年轻人》(中)、《渡江侦察记》(中)、《少林寺》(中)、《英雄》(中)、《花样年华》(中国香港)、《青木瓜之味》(越)等评为 9 分;将《疯狂的石头》(中)、《刺客聂隐娘》(中)、《一代宗师》、《道士下山》(中)、《一九四二》(中)、《亲爱的》(中)等评为 8 分;将《让子弹飞》(中)、《黄金时代》(中)、《太平轮》(中)、《推拿》(中)等评为 7 分;将《泰囧》(中)、《西游记之大圣归来》(中)等评为 6 分即及格分,而将中国近期的《一步之遥》《狼图腾》《白日焰火》《小时代》《分手大师》《何以笙箫默》《西游记之大闹天宫》《白发

中
国
电
影
改
编
研
究

魔女传之明月天国》《闯入者》《绣春刀》等统统判为 5 分以下即不及格。

那么,这种定级的依据和标准是什么?在传统的文艺理论那里,判断一部作品是否优秀,主要从主题、人物、艺术传达等方面展开分析,影视作品虽然有别于一般的文艺作品,但其评价体系中的评价指数,其实也主要由这三个方面展开。需要说明的是,在我们的评价指数选择中,未将题材列入。这是因为,题材的大小并不决定作品的价值。一种小的题材在优秀的导演那里,完全可以揭示出重大的主题,而一部宏大的题材在平庸的导演那里,亦完全可能弄得鸡零狗碎、面目全非。

就主题而言,一部优秀作品的主题应该具有新颖性、重要性与多义性。所谓新颖性,指的是作品对现实或历史中所反映出来或隐含着的问题是否有新的发现或思考,进而对时代的精神发展是否有新的贡献与推动。毋庸置疑,文艺史上所有那些堪称经典的作品以及电影史上的那些堪称杰作的现实主义影片或艺术片均契合这一要求。较为复杂的是这样两种情况,其一是主题相同,但艺术上同等精湛的影片,如韩国的《太极旗飘扬》《欢迎来到东莫村》《实尾岛》《生死谍变》等,这些影片,有的侧重现实主义,有的较多依赖类型片的叙事策略,有的就是类型片,但主题都是表达南北分裂给韩国民族心理所造成的伤痛,且无论从艺术还是票房的角度看,均属于"叫好又叫座"的作品。这是否说明新颖度作为衡量一流作品的指标并不重要呢?当然不是。因为,就评价指标体系的构建而言,如果我们把新颖度作为一级指标,即仍然坚持就这一主题表达的先后次序予以考察的话,那么,必须引进相关的二级指标,如现实主义的力度,新的角度,这一主题作为一种思潮的可开拓度等,如果这些指标都能达到,那么,其虽然在主题上与第一部作品相比稍显不足,但均可以归为一流之作。其二是类型片。在一般论者那里,类型片的一个重要特征就是复制和模仿。一部类型片成功了,马上会有一批相似的影片涌现,如《我的野蛮女友》(韩)之后很快就有《我的野蛮同学》(中)之类的作品跟风;并且,同一类型的影片在影像符号的处理上也有许多相似之处。然而,这些论者忽略了,一方面,某一类型最先成功的那部影片,一定是在主题上显示了与以往所有电影不同的价值认识,

另一方面,即便同一类型的影片其虽然在很多方面有相似之处,但其要么在主题上另辟蹊径,如《教父》与《美国往事》虽然同属黑帮片,但其对美国黑社会的思考绝不雷同;要么在情节流程或影像符号的处理上改弦更张、争奇斗艳,如美国动作片《第一滴血》(1—3)系列,不仅三集的主题各有不同,情节、场景、动作等也大相径庭。当然,在这股跟风潮中也一定不乏平庸之作,如内地的许多警匪片、武侠片,但这种现象所显示的,正是影片评级的必要。

所谓重要性,指的是作品所表达的观点不仅应最大限度地解决现实生活的矛盾、社会实践的障碍以及时代浪潮中所孕育的主导诉求,即具有鲜明的现实针对性,而且应尽可能地揭示出历史发展的各种可能,即历史趋向性。许多历史题材的影视创作、名著改编、旧片翻拍等也应遵循这一要求。

以主题作为评价指数,还有一个重要的指标需要注意,即主题的多义性。优秀的现实主义影片或艺术片,其主题从来都不会是单一的,其除了有一个主导的、具有新颖性和重要性的主题,一定还会具有其他复杂的、或隐或显的主题。可以肯定,一部作品具备了主题的多义性,如果再能在艺术上予以较好的呈现的话,其一定可以归之于一流的杰作。类型片也是如此。在一般人那里,类型片的主题比较单一,其实不然,许多优秀的类型片由于其所内蕴的现实主义精神或因子,其主题的多义性也是不容忽视的。

人物,包括各类以动植物、器物等为主角的拟人化的、隐喻性人物,是影视作品表现的核心,一切的思想、情感、故事、情节等都必须围绕人物展开。在英国文论家佛斯特那里,人物分为圆形的和扁平的两种①,亦即后来的理论语境中经常提及的典型人物与类型人物。在影视作品中,典型人物即性格化人物虽然少见,但也是其努力追求的目标之一,其以展现人物丰富的性格世界、塑造个性化的、能够进入观众记忆的人物为旨归,电影史上能够列入性格化人物的银幕形象即有瓦尔特(《瓦尔特保卫萨拉热窝》)、

---

① 佛斯特《小说面面观》,花城出版社,1981年,第55页。

郝思嘉(《乱世佳人》)、李双双(《李双双》)、老包(《包氏父子》)等。类型人物包括命运化人物与符号化人物等两类,其均未将人物的性格世界作为重点呈现的目标。命运化人物侧重通过人物的命运勾连起时代风云的变迁,如《活着》(中)、《阿甘正传》(美)等,或在时代风云的变迁中展示人物曲折、多舛的命运,如《一个人的遭遇》(苏)等。在这类作品中,时代变迁的广度、深度与密度往往是衡量作品艺术空间的大小以及作品的艺术评级高下的尺度,所以,像《一九四二》(冯小刚)由于时间跨度相对较短,所包含的美学信息相对稀少,其公映后也就未能取得预期的好评。符号化人物又可进一步区分为三类,即情绪化人物,如《小城之春》中的周玉纹、章志忱,《花样年华》中的周慕云、苏丽珍等,这类人物的功能主要是作为一种情绪符号传达或烘托出一种氛围;系列化人物,如"007"系列电影中的邦德,其主要是通过系列的效应,推导出某种标识性的人物形象;明星化人物,即依托某一明星的外在形象、内在气质以及在一系列电影中的演出所建立起来的人物形象,如成龙、周星驰、张曼玉等,其出演过很多影片,观众也许记不住其在每部影片中所扮演角色的名字,但提及影片的主人公,往往能直接借用这些明星的名字予以表达,而听者亦能心领神会。当然,这些明星在某些优秀影片中所塑造的具有性格化的人物形象不属此列,如周润发在《英雄本色》中所塑造的"小马哥"等。

以人物塑造的成功与否作为影视作品的评价指标,我们率先需要掌握的有这样三点:一、凡是已经塑造出性格化人物的,或通过人物命运展现了时代风云变化的,基本上可以判别为一流。二、判断一部作品在艺术上是否成功,有一个基本的"及格线",即作品所塑造人物的性格逻辑有无内在的混乱与矛盾。许多票房较高的电影如《泰囧》等,我们之所以对其不以为然,就在于其常常为了情节的扭转牺牲了人物的性格逻辑。有些电影如《疯狂的石头》尽管口碑、票房均可,但在我们的评分体系中也不能获得高分,就在于其在人物的性格逻辑上出了问题。三、除了上面两点,其他围绕人物形象评价所衍生的指标,则应与作品的其他评价指标一起,成为综合界定一部作品艺术等级的一级或二级指标之一。

影视作品的艺术传达是一个复杂而有机的系统，如果分解一下，其大致包括了"故事/情节安排、艺术构思是否巧妙、能够吸引观众的注意；结构、布局是否有新意；情境的设计是否独特、合理；环境、氛围的渲染是否妥帖、符合剧情；如何组织有效的、具有戏剧性的冲突；如何通过人物与人物、人物与环境的对抗，以及动作、语言、心理、肖像等塑造人物；如何处理时空关系；叙述角度（视点）的选择；文本内在节奏的把握；诗性、悲剧性或喜剧性效果是如何获得的；如何运用蒙太奇与长镜头；隐喻或象征在电影中是如何出现的、出现的作用是什么；如何运用构图、场面调度、光、色彩等造型元素；如何处理人声、音响、音乐等声音效果；演员的表演艺术；后期的剪辑"①等诸多方面。看似复杂，其实操作起来也有章可循，即，其一，如果我们把"艺术传达"整体地看作一级指标的话，只要一部作品在艺术上完美地呈现了一个具有新颖性、重要性、多义性的主题，那么，不管其在艺术上沿袭的是传统的表达系统即"旧瓶装新酒"，还是对原有的表达系统有所更新，我们庶几可以将之归为一流之作；其二，如果一部作品未能在艺术上完美、妥帖、自然地呈现主题，那么，其或许在我们上面所罗列的艺术传达的某些方面取得了成功，但却在其他方面出了问题。此时，上述罗列的各个方面即可作为二级指标，参与对该作品的艺术评级。

至此，影视作品评价体系的建立也就大致可见端倪。即，如果将影视作品的评级定为 10 级，将上述所考察的影视作品内部的各个方面作为一、二级指标，那么，我们就可以按照每一级所应达到的指标，为每部作品评定出一个相对权威、客观、公允的等级了。

四

完成了影视作品评价体系的构建，有关影视作品影响力评价体系的建立，也就完成了关键的一步。接下来所要考察的，就是其外部的各项指

---

① 沈义贞《影视批评学导论》，中国电影出版社，2004 年，第 198 页。

中
国
电
影
改
编
研
究

标了。

在衡量影视作品影响力的外部指标中，票房、收视率、点击率、各类网站的评分、各种媒体的报道、各类奖项、导演的知名度、明星的号召力、出品机构的品牌性等，其实并不能完全构成对一部作品实际成就的客观评价，其所反映的，其实是该作品在面世前后的传播度、认知度、覆盖度与流行度。从影响力的角度考察，我们可将之称为"即时影响力"。而一部作品的"长效影响力"则应该从这几个方面考量：一、同时代对该作品肯定性或否定性的评论、研究论文情况；二、其后的时代对该作品的评论、研究论文情况；三、其后时代对该作品的改编、翻拍情况；四、其后时代的影视作品对某一作品的借鉴情况；五、各类电影史对该作品的评价情况，等等。

所以，我们认为，影视作品影响力评价体系应该由影视作品评价体系、即时影响力与长效影响力三部分构成。如果我们把这三部分的分值都分别规定为 10 分的话，那么，影视作品影响力的最终分值，即由这三部分所体现出来的分值相加或相减获得。具言之：一、当一部优秀的作品相应地获得了较高的票房或收视率，即其作品评级的分值与即时影响力的分值相同或相近，那么，此时影视作品影响力分值的计算方法应为，影视作品艺术评级的分值，加即时影响力所体现的分值，再加上或减去长效影响力中肯定性评价或否定性评价所体现的分值，最终的得分即为某部作品影响力的实际分值。二、当一部庸劣的作品票房或收视率低下，即其作品评级的分值与即时影响力的分值也相同或相近，那么，则可将其作品评级的分值与即时影响力分值合二为一，再加上或减去长效影响力中肯定性评价或否定性评价所体现的分值，所得分数即是其影响力的最终分值。三、如果当一部作品很优秀却票房或收视率低下，或作品本身很低劣却票房、收视率高昂，即作品评级的分值与即时影响力的分值相差巨大，此时影视作品影响力分值的计算方法应为，由作品评级的分值与即时影响力分值中较高一项的分值，减去较低一项的分值，再加上或减去长效影响力中肯定性评价与否定性评价所体现的分值，最终获得其实际影响力分值。

这里需要注意的是，上述计算方法所得出的，仅仅某一作品在特定时

段内的影响力分值，从理论上说，由于即时影响力尤其是长效影响力中的各项指标是无限延展的，因此，对一部作品影响力的最终分值的计算也是动态的。但如果说一部作品艺术评级的分值已经相对固定的话，那么，有关作品影响力的分值亦可相对固定下来，即无论即时影响力与长效影响力的各项指标如何变化、累加，我们对其的最终评分以打满30分为止。

梳理出影视作品影响力评价体系的构建路径以及最终分值的计算方法，应当说还仅仅是在理论层面上所作的一种预设，在具体的操作中仍有两个重要的问题必须正视，即：

其一，即时影响力与长效影响力的分值计算。如果以10分为满分，即时影响力与长效影响力中的各项指标的分值以及各分值所占比例的界定与计算，亦是需要进一步讨论和研究的问题。其二，由谁来根据影视作品评价体系对某一部作品作出相应的艺术评级？在既往的艺术评奖与评级中，学院派专家、包括导演、演员、影视公司高层等在内的业界著名人士、政府官员、观众等一直是影视评价中较为活跃的主体。在这四个主体中，由于各自的侧重不同，如学院派专家较为侧重作品的审美性，业界人士较为侧重作品的商业性，政府官员较为侧重作品的现实功利性，观众较为侧重作品的娱乐性等，其所作出的评奖、评级一直众口难调、互难认可，对此，我们以为，在我们所构建的影视作品及其影响力的评价体系中，业界人士、政府官员、观众的意见均各有其位置与分值，而对影视作品的评价可以由这四方人士参与，但必须以专家意见为主或为准。不可否认，由于学院派的专家意见一直是小众化的，曲高和寡，在相当长一段时间内不会为社会广泛接受或认可，但我们只要持之以恒，持续不断地根据我们所构建的影视作品评价体系与影视作品影响力评价体系作出科学、公正与客观的评价与评级，那么，就一定能逐步树立起这两种评价体系的权威性，从而不仅将引导整个社会的接受趣味、鉴赏水平与评价标准，而且最终将促进我国影视实践的良好而健康的发展。

厘清了影视作品评价体系与影视作品影响力评价体系构建中的各种理论问题，很大程度上实质也就为影视作品及其影响力评价体系的网站建

设以及相应的数据采集、运算模型的构建等工作奠定了基础。对此,我们将在下一步的研究中继续探讨。

原载《南京艺术学院学报(音乐与表演)》2017 年第 2 期

类型电影再认识

在既往的百年中国电影实践中,除了"武侠片"包括由此衍生的"功夫片"算得上是中国电影的原创类型电影,其余的警匪片、喜剧片、战争片、爱情片、恐怖片、公路片等或多或少均属于对外来类型电影的模仿或移植。20世纪90年代以来,随着商品经济的铺展与好莱坞大片的涌入,有关"中国当代类型电影的构建"、中国电影的"类型化难题"等探讨一直络绎不绝。遗憾的是,迄今为止,中国电影不仅在类型创造上一无所获,而且在理论认识上也一无进展。也正因此,我们认为,有必要回到理论的原点,就类型电影产生的原理、美学特征以及规定某一电影类型的核心元素或法则等问题再作辨析。

一

类型电影,或类型片,作为与艺术电影并行的一种电影类别,几乎在电影产生伊始就出现了。尽管我们一时还难以准确地指认,究竟在何时理论界明确地将类型电影与艺术电影作为两种不同的美学体系加以对待,有一条可以肯定的是,类型电影的概念界定,应该滞后于类型电影的创作,并且,应该是在类型电影已经运行了较长时段之后,人们才意识到其与艺术电影的分野。也正因此,理论界在阐述这两种电影类别时,较多侧重的是其美学特征、创作方法上的区别,而欠缺有关类型电影尤其是每一电影类型的发生原因的探索。

在《影视批评学导论》一书中,我们曾经指出,每一种类型的产生,很大程度上对应的是"人类历史发展进程中曾经出现的、具有一定普遍意义的

社会问题"①。换言之,每一电影类型,其实都是特定国家、民族在特定历史阶段的主要社会问题的反映。以美国为例,在好莱坞一百多年的电影实践中,先后出现过西部片、警匪片、歌舞片、战争片、公路片、科幻片、灾难片、魔幻片等。而每一种电影类型的出现,均是与其时美国乃至世界的社会历史现实密切相关的。譬如西部片,反映的是美国早期立国的历史,而这段历史主要就是屠杀、驱逐原住民印第安人,并不光彩,所以意识到这一点之后的好莱坞无法持续述说,西部片也就不得不悄然退场。最后一部西部片《与狼共舞》将白人与印第安人的对立改写为白人与印第安人中的好人共同联手对付白人与印第安人中的坏人,虽获一时的成功,但终究是伪造历史,亦难以为继;警匪片是美国城市文明诞生的产物,其将激烈的枪战背景由原先蛮荒的西部转移至新兴的城市丛林;歌舞片为 20 世纪 30 年代席卷全球的经济危机所催生,其给迷茫困苦中的美国人民带来某种希望;战争片是对两次大战的呈现与反思,尤其是对这两次大战中美国所作贡献的颂扬,其后的越战片、反恐片亦是如此;公路片是在公路普及之后对人的一种的新的生存状态的揭示;科幻片是在尘世的现实问题大致了然之后对外太空、对未来以及未知事物的想象;灾难片则是对过度掠夺大自然的人类的一种警告;而魔幻片则是对永恒困扰着人类的死亡焦虑的释放,其为科学理性日益增长的当代观众在传统的鬼神空间之外又提供了一个魔幻空间,等等。纵观好莱坞的电影实践,"想想看,它的哪一部影片不涉及世界历史的进程、美国历史的进程?"②

再以香港为例。香港影史上最辉煌时期的主打类型无疑是警匪片。其所以如此,很大程度上就在于,香港回归之前一直处于殖民统治之下,没有政党,由社会各行各业自发组建的帮派(有的沦为黑帮)也就大行其道,所有的社会成员都或多或少带有帮派色彩,而维系香港社会秩序的主要是警察,也就是香港社会的官民结构基本由帮会成员与警察组成,正是这种特定的现实,决定了香港警匪片的盛兴。明乎此,也就明白了 1997 年香港

---

① 沈义贞《影视批评学导论》,中国电影出版社,2004 年,第 125 页。
② 沈义贞《现实主义电影美学研究》,南京师范大学出版社,2012 年,第 24 页。

回归之后该类型的没落:培育、召唤这一类型的社会氛围或基础消失了。也正是在这个意义上,我们说,《无间道》作为一部并不感人的警匪片,其之所以引起那么大的反响,根本原因就在于,其作为对此前所有警匪片元素的一次集大成的影片,其实是对即将谢幕的香港警匪片作最后的致敬。在此之后,香港警匪片当然还会出现,但这就如同在其他地区的警匪片出现的情况一样,仅仅是一种间或的、零星的创作,再也不会像以前那样成为整个香港电影创作与观众接受的焦点或形成一种创作与接收紧密互动的、特有的文化现象了。

在极少的有关考察类型电影源起的言说中,郑树森先生注意到,"有些电影类型与国情有密切关系,即由于一国的某种处境、文化背景或传统,才会出现某种电影类型"。所谓"一国的某种处境"还是一种较为模糊或笼统的说法,细究起来也应是我们所说的一个国家或民族在特定历史阶段遭遇的特定的社会问题,而类型电影的产生,除此之外很大程度上还与一个国家或民族特定的文化传统有关。比如,日本的武士剑道片在郑先生看来就"与日本历史及其武士阶级有关,这类题材是别国不能处理的"①。如果推而广之,则会发现,中国武侠片之形成,无疑离不开中国古典农业社会的草莽文化传统,印度的歌舞片对应的则是印度能歌善舞的民族文化传统,而伊朗儿童片将描述的重点聚焦于儿童,也无非是其深厚的伊斯兰文化传统中许多保守的禁令所致,等等。

由此可见,一方面,一种类型电影的诞生,绝不是某个导演或编剧凭借个人的天赋与才华凭空创造出来的,其一定是由某种特定的文化传统、现实社会的重大矛盾,或两者兼具所驱动而生的。另一方面,导演或编剧的天才主要就体现在,其不仅准确地把握或呼应了这些外在的驱动,而且能有意无意地采用某种特定的艺术符号与叙事模式将这些外在的驱动最大限度地再现了出来。坦率地说,当代中国的绝大部分导演和编剧,既未博览群书,又不关心时事,更无个人的精神探索,其不仅根本无从推导出某种

---

① 郑树森《电影类型与类型电影》,江苏教育出版社,2006 年,第 19 页。

新的类型,即便是模仿、因袭已有的陈旧类型,也捉襟见肘、破绽百出。也正因此,我们认为,一种新的类型完全是时代与创作个体的一种遇合,所以,在类型创造上根本无须为类型而类型,导演只要认真把握与思考现实社会的重大矛盾,严肃地探究历史与未来,在兼及思想性与艺术性的同时,努力营造观赏性,则其不仅有可能创造出伟大的作品,而且极有可能在观赏性的探索中创造出某种新的类型电影。

二

类型电影与电影类型是两个不同的概念。电影类型是对所有电影的分类,所以,举凡电影史上出现过的,可以依照某种分类原则分类的影片,诸如武侠片、警匪片、科幻片、战争片、爱情片、历史片、传记片、伦理片、记者片、儿童片、校园片、青春片、戏曲片、反特片等,均可以视为一种电影类型。然而,这些片种,有些并非类型电影,如传记片、戏曲片、伦理片、儿童片、反特片等,有些既可以是类型电影,亦可以是艺术电影,如爱情、战争片等,迄今为止,真正能够视为类型电影的,其实也就是西部片、警匪片/黑帮片、歌舞片/音乐片、恐怖片、侦探片、间谍片、惊险片/动作片/枪战片、喜剧片、战争片、爱情片、灾难片、科幻片、魔幻片、武侠片/功夫片、武士片、怪兽片、青春片、公路片等十数种。

如果进一步细究下去,则会发现:一、这些能够视为类型电影的片种,有些在概念上是有所交叉的,如武侠片/功夫片、枪战片等可统称为动作片,而动作片亦可包含在惊险片之内;有些在类型元素上是可以杂糅的,如所有这些片种均可以喜剧片的面目出现,或两两组合出现。二、有些片种如战争片、爱情片、喜剧片等虽然既可以处理成艺术电影,又可以处理成类型电影,但在通常的语境中人们还是习惯性地将其统称为类型片。三、所有这些可以归为类型电影的电影类型,其与艺术电影的一个重要区别就在于,每一部艺术电影的创作都是拒绝相似与模仿、不可重复的,而类型电影中的每一类型确实存在某种"既成的形式系统"或"规则系统",并且,其"有

点近似一个自然语言的语法系统"①。

所以,有必要揭示或辨析这个"形式系统"或"规则系统"。毫无疑问,类型电影中的每一类型,均有其相对独特的"语法",但所有不同类型的类型电影从总体上看,亦有其构成类型电影的共同"语法"。那么,究竟是哪些类型元素造就了类型电影的共同"语法"呢?美国学者格杜尔德认为,类型电影是"由于不同的题材或技巧而形成的影片范畴、种类或形式"②,而邵牧君先生认为,类型电影有三个基本要素,一是公式化的情节,二是定型化的人物,三是图解式的视觉形象③。格杜尔德的说法显然还较粗疏,邵先生的概括应当说准确地抓住了类型电影的共同特征,但因其过于抽象化,从而只是使我们看到了类型电影已经呈现出来的外部的共同特征,而没有从类型电影的生成机制或创作原理的角度,揭示出既构成类型电影的共同特征又决定着每一类型之所以成立或左右该类型创作的具体成因,以及可供分类的原则。也正基于此,我们以为,在传统的现实主义电影或艺术电影中,其对作品范畴或种类的划分大多是从题材的角度入手的,比如十七年时期的电影就可分为军事题材、农村题材、工业题材、反特题材等几种,而在类型电影中,这种分类方法并不适用。一种类型电影的分类,更多依托的是人物、情节与环境等叙事三要素,而类型电影的"语法",也主要由这三个方面构成,具体体现为:

(一)侧重选择某种特定的、特殊的人物。比如,西部片中的牛仔与印第安人;警匪片中的警察与黑帮分子、犯罪分子;侦探片中的侦探与谋杀者;恐怖片、间谍片中的特工;魔幻片中的鬼神或灵异人物;战争片中的军人;爱情片中沉溺于爱情世界的男女;灾难片、科幻片中的科学家;武侠片、功夫片、武士片中的武侠、武士;惊险片中的具有某种特殊才能或身份的人,如考古学家、特工、特种兵等;公路片中或有意远离日常生活、或从日常生活中游离出来的驾车者与同行人,等等。值得注意的是歌舞片与喜剧

---

① 郝建《影视类型学》,北京大学出版社,2002年,第32页。
② 〔美〕格杜尔德《电影术语图解》,上海文艺出版社,1987年,第86页。
③ 邵牧君《西方电影史概论》,中国电影出版社,1982年,第33页。

片。前者的主角当然是能歌善舞的人士,后者的主角偏爱社会底层的小人物,但在其后的发展中,也扩大到社会其他阶层的人士,但这些人物的选择,也与此前所讨论的那些特殊人物有关。这就提醒我们,类型电影的人物选择,较为侧重的,均是与日常百姓生活有一定距离,但又是国家机器或人类社会组织中客观的或可能存在的,更为强烈而集中地反映了美丑、善恶对立的人物或人物组合。同时,这些人物都要么在人类历史发展进程中发挥过独特而重要的作用,要么在人类社会组织中扮演者着较为独特而关键的角色,要么虽然远离日常生活或即便置身于日常生活但却极大地概括或代表了人类的某种特定而普遍的难题。

（二）着力表现由某种特定的生存状态、生存方式所激发的主要矛盾或冲突。特定的、特殊的人物必然具有某种特定的生存方式,以及与之相伴的生存状态。在这种特定生存状态与方式下所产生的独特的矛盾冲突,也就构成了类型片中每一类型特有的情节模式。所以,在类型片的创作中,观众常常在同一类型的影片欣赏中有似曾相识之感。然而,这种同一类型不同影片之间的相似性,表面上看源于文本之间的互文性,以及某些情节运作上的公式化,而实际上却是由其内在的、核心的矛盾冲突所决定的。所以,在同一类型的创作中,编导既可以采用公式化的情节,亦可以修改这一公式,但只要其核心的冲突不变,其就仍属于同一类型家族或谱系。

（三）精心编织与特定人物及其生存状态与方式相关联的影像符号与影像空间。特定的人物有其特定的活动空间。比如西部片中的西部,武侠片中的江湖,恐怖片中的古堡、废弃而幽闭的老屋,科幻片中的外太空与航天器,警匪片中的城市丛林,公路片中的公路,等等。这些空间作为影像符号以及由此构成的影像空间,不仅是观众识别某一类型的重要依据,而且也是这类影片吸引观众的重要看点。所以,同一类型的不同导演,或同一类型系列的同一导演,其往往在影像符号的设计与影像空间的设置上殚精竭虑、争奇斗艳,以期在区别于同一类型家族的其他影片同时,最大程度地彰显自我的创造性,等等。

需要指出的是,我们这里所讨论的类型片"语法",其在规定某一类型

的创作法则时，并未因此限制或同化导演的创作，事实上，"语法"说到底只是一种工具性的要求，如何运用"语法"，不同的导演完全可以发挥其主观能动性，创作出独具特色的类型电影来。

三

坦率地说，中国内地的导演，其或许不太关心或清楚类型电影产生的原理，但对类型电影的"语法"大多还是有所掌握的，有的甚至运用得还比较娴熟，但就是不能拍摄出像样的类型片来。个中原因，除了我们已经指出的，其基本是对已有类型的模仿，很大程度上还在于，其对所选择人物的特殊性缺乏开掘；其往往在类型片的公式修改、类型片影像符号和空间的呈现上倾心倾力，而大多忽略了，无论是对特殊人物的选择与定位，还是叙事公式的变换、影像符号与空间的求新求异，其实均离不开导演个人的精神特质与精神高度。

由于类型电影的可复制性，在很多导演甚至理论家那里，类型片的导演是与"作者"无缘的。有的论者甚至据此以为，类型片的导演无须思考，无须关注现世价值，只要照搬一些"善恶分明""正义必胜""关爱生命"等"普世价值"就够了[①]。这显然是一个误区。"作者论"的最初提出，其实正是建立在对好莱坞类型片导演的观察之上。在巴赞和电影手册派的许多评论中，美国学者托马斯·沙兹注意到，"有些手册的评论家专门赞扬好莱坞导演的'个性'，而忽视了制片系统本身的成规对影片的'作者资格'做出多大程度的贡献"[②]。亦即，类型片导演的个性不仅体现在作品中"有自己一致性的表现"，而且更重要的是，虽然是"体制中的作者"，其仍然是以极大的热忱与独具个性的精神探索表达出对当代的观感。比如，在早期的灾难片《卡桑德拉大桥》中，导演不仅为观众刻画了一批性格鲜明的人物形

---

① 赵军《类型片与普世准则》，《电影艺术》2003年第4期。

② ［美］托马斯·沙兹《旧好莱坞/新好莱坞：仪式、艺术与工业》，中国广播电视出版社，1992年，第15页。

中国电影改编研究

象,而且将批判的锋芒较早地指向了在一般西方民众心目中神圣威严、而实质上为了所谓最高利益草菅人命的美英军方;而在近期的好莱坞战争大片《比利·林恩的中场战事》《血战钢锯岭》中,导演均通过战争对人的生命、人性与心灵的摧残,流露了对当今日益浮现的战争阴云的忧虑。再比如,在"007"、《谍影重重》等系列惊险/间谍片中,导演借助身怀绝技的特工之间的较量,反映的均是其对各国之间最为前沿的政治、经济与军事斗争的认识,以及对各个国家军事与科技等领域最新发展成就的把握。

也正是在这个意义上,我们说,类型片导演与艺术片尤其是现实主义影片的导演一样,都必须承担精神探索的任务,所有一切在电影史上留下杰作的、不同类别的导演,都或多或少带有思想家的气质,即便到达不了思想家的高度,也起码是思想者。当代中国内地的许多导演,思想苍白、贫乏,其所关注的不是票房,就是媚俗,殊不知,影片尤其是类型片的迎合大众,绝非迎合大众的低级趣味,而是迎合大众在既往的观影经验中就某一电影类型的认知模式所形成的、包含着"定向期待"与"创新期待"的"隐性心理期待"①。而无论是摒弃低级趣味抑或是迎合审美期待,没有思想的高度与精神的探索是无从谈起的。

基于这一认识,我们接下来所讨论的类型电影的核心美学特征问题,也就有了一个全新的视角。关于类型片的美学特征,理论界已从假定性、互文性、文化与反文化双重特性等角度做过诸多辨析,而在我们看来,类型片最大的、总体的、核心的美学特征则在于其浪漫性。

在传统的文艺理论中,现实主义与浪漫主义可以说是两个广为人知的、并列的、重要的思潮、流派或创作方法。在电影领域,现实主义影片与类型片也常被视为两个并列甚至对立的片种。提及现实主义影片,理论界大多不假思索地默认其存在,并毫无犹疑地展开学术研究,但提及电影中的浪漫主义,迄今为止,相关的探讨就付诸阙如了。其实,电影中的浪漫主

---

① 马楠楠《解读大众心理密码——类型电影探魅》,《电影评介》2007 年第 10 期。

义就体现在类型片中，类型片最主要而鲜明的艺术特色或美学特征就是浪漫主义。

关于浪漫主义美学特征，尽管理论界也众说纷纭，但这样几个方面大致还是能获得普遍认可的，即强烈的感情宣泄或主观主义；大胆、奇丽的想象与夸张；远离庸常现实的英雄主义与理想主义，等等。而所有这些，都不难从类型片中发现。诸如，人们常常以为，类型片导演受制于工业化生产流程，"戴着镣铐跳舞"，个人的主观主义只能自我贬抑甚至放逐，殊不知，其所有的主观激情其实均是通过其所选择的那些天马行空、无所不能的主人公实现的，当他们的主人公在枪林弹雨中旋转翻飞毫发无伤、面对诸多不可能而创造出可能时，其强烈的主观主义与狂野的内心激情也就一泻千里、一目了然；类型片的主人公大多具有英雄的气质；类型片的情节常常是峰回路转、悬念迭起的，充满了奇思妙想或主体的智慧，其动作和景观常常是奇观化的，而所有这些，都离不开浪漫的想象和夸张；类型片的结局常常是美满的，尽管常常被讥为"白日梦"，但却是其理想主义的表现，等等。

如果进一步深究下去，不难发现，其实类型片的产生，从一开始就与浪漫主义有关。曾经有论者注意到，美国浪漫主义文学与清教主义传统的密切关联①，遗憾的是，该论者误以为美国浪漫主义文学的兴起仅仅是受到了清教主义传统的影响，而没有见出，其兴起，恰恰是对清教主义传统的一种反拨。文学如此，电影也是如此。美国电影理论家查·阿尔特曼亦指出，"关于类型片的任何概括性理论都必须从这样一个事实出发：即好莱坞的绝大部分作品都是一种娱乐形式。提到'娱乐'这个概念，就要与我们的清教徒传统联系起来谈"②。阿尔特曼注意到的是娱乐，如果深化开去，即是浪漫主义。因为娱乐精神的内蕴很大程度上就是主体的自由，而这一点与浪漫主义的精神实质是相通的。

也正基于此，我们认为，类型电影的创作与创造，除了创作主体与时代

---

① 王林、董小川《美国浪漫主义文学探源》，《新疆大学学报(哲学社会科学版)》2006年第4期。
② ［美］查·阿尔特曼《类型片刍议》，《世界电影》1985年第6期。

的遇合,很重要的一个因素还在于,作为"作者"的类型片导演,必须具有一种浪漫主义精神或情怀。

原载《当代电影》2017 年第 4 期

红色经典电影再认识

　　1949 年中华人民共和国成立，历经动荡、苦难、离乱的中华民族终于步入了一个国家统一、社会繁荣、人民当家作主的新时代。从 1949 年至 1966 年"文化大革命"爆发前，在中国文学史、电影史界，一般称为"建国初期十七年"。在这十七年期间，中国人民在中国共产党的领导之下，开始了史无前例的社会主义社会的建设进程，尽管其后的历史发展证明了当时的某些经济措施如"农业合作化"并不成功，但我们仍然要指出，将千百万工农大众组织起来，共同参与到整个中华民族的伟大实践之中，其文化意义早已超越了经济意义。这就是，从漫长的中国封建社会，再到以"救亡"和"启蒙"为主旋律的现代社会，中国的底层百姓其实一直生存于巨大的历史虚无之中，正是中华人民共和国的成立，才使得历史舞台的主角由"帝王将相、才子佳人"等所谓上层人物转换成广大的平民群体。而文学艺术尤其是电影，作为时代的一面镜子，其所反映的这一时期的社会风貌，也必然呈现出与以往一切的文学艺术所不同的表现形态与精神气质。尽管囿于当时观念上的一些局限，这种反映也必然存在着一些不足，但作为这一伟大时代的忠实记录，其无疑已经成为中华民族宝贵的精神资源之一。

　　电影是有气质的。不同的时代、不同的地域以及不同的创作主体，其电影整体上会呈现出一种独特的美学气质。我们之所以重新审视十七年时期的红色中国电影，就是因其具有一种在整个世界电影的各种美学样貌中都独树一帜的气质。深入地剖析这种气质，不仅可丰富具有中国特色的电影理论，而且对指导当下的电影实践也有一定意义。

十七年红色电影创作的外部环境

十七年红色电影气质的形成,无疑与其时特殊的创作环境有关。而决定这一创作环境特殊性的一个重要事件,无疑是新中国的诞生。

新中国是中国共产党在马克思主义指导下结合中国的具体实际所缔造出来的一个崭新的国家形态。如果说,在新民主主义革命时期,"新中国"还仅仅是中国共产党奋斗的一个目标或理想的话,那么,中华人民共和国成立之后,这个社会理想已经正式进入中华民族的历史实践之中。而新中国的意识形态、社会体制、经济基础以及由此构成的整体的文化景观,也发生了翻天覆地的变化,具体体现在:

一、社会主义公有制的确立全方位地改变了旧中国积贫积弱的面貌。

中华人民共和国成立前夕的 1949 年 9 月 21 日,第一届中国人民政治协商会议隆重召开,会议代行全国人民代表大会的职权,制定和通过了具有宪法性质的《共同纲领》,第一次向全世界庄重宣告:"中华人民共和国为新民主主义即人民民主主义的国家,实行工人阶级领导的、以工农联盟为基础的,团结各民主阶级和国内各民族的人民民主专政,反对帝国主义、封建主义和官僚资本主义,为中国的独立、民主、和平、统一和富强而奋斗。"从此,中国进入了一个新的时代。

中华人民共和国成立初期,在新民主主义向社会主义过渡、转型的探索中,中国共产党首先提出了过渡时期总路线,开启了大规模的对生产资料私有制的社会主义改造;1953 年开始实施了发展国民经济的第一个五年计划。至 1957 年,"一五"计划完成,中国的工业化已经初具基础。从 1951 年开始的农业合作化运动,以及从 1953 年开始的对手工业生产与资本主义工商业的社会主义改造,至此也取得了丰硕的成果。总体上看,社会主义建设已初见规模。

从 1957 年至 1966 年,尽管由于"左"倾思潮的滋长,中国的经济发展蒙受到一系列挫折,但整个社会的精神风貌和时代风尚还是积极向上的,

究其原因就在于:(一)新中国改变了晚清以来阶级矛盾、民族矛盾尖锐、国土沦丧、战争频仍、经济落后、民不聊生的面貌,新的工厂、学校、商店、铁路、公路等如雨后春笋般崛起,城市和乡村处处旧貌换新颜,呈现出一派欣欣向荣的景象。所有这一切都无疑使经历过旧中国水深火热的人们内心充满了喜悦。(二)公私合营、农业合作化从经济的角度考量未必完善,但这一系列举措却将长期以来一直处于分散作业、自生自灭状态的中国老百姓整体地推进了国家实践的行列之中,这不仅使得千百年来一直处于被侮辱与被损害地位的底层民众增强了主人翁意识,而且也使得一直处于孤立无助之中的社会个体获得了一种处于社会主义大家庭的感觉。(三)新中国之新,不仅体现在宏观的物质与精神层面,而且更重要的是体现在日常生活之中所涌现的种种新人新事上。正是这些新人新事不仅改变了整个社会风尚,而且也为文学、艺术提供了新的、丰富的素材。

二、三次"文代会"的召开确立了十七年时期文艺的价值取向。

早在中华人民共和国成立前夕的 1949 年 7 月 2 日,第一次中华全国文学艺术工作者代表大会(简称"文代会")在北京召开。会议制定了中华人民共和国成立以后社会主义文艺的总的纲领和方向,这就是,重申了毛泽东《在延安文艺座谈会上的讲话》中所提出的党对文艺工作的领导和文艺的工农兵方向,强调文艺必须从属于政治,文艺是"无产阶级整个革命事业的一部分"。

为统一认识,清除各种非无产阶级观念,文艺界开展了一系列思想批判运动。在电影领域,1951 年开展的对电影《武训传》的批判即是其中之一。客观地评价这场运动,应当指出,其对于澄清中华人民共和国成立初期"文艺界的思想混乱"的确发挥了一定的作用,但以运动的形式针对一部作品展开批判,也对今后的文艺事业产生了一定的损害。

1953 年 9 月,第二次文代会召开。大会一致同意将苏联文艺界首创的"社会主义现实主义"作为过渡时期我国文艺创作和批评的最高准则。社会主义现实主义,根据主管苏联文艺创作的日丹诺夫所主持制定的《苏联作家协会章程》中的解释,即"要求艺术家从现实的革命发展中真实地、

历史具体地去描写现实。同时艺术描写的真实性和历史具体性必须用社会主义精神从思想上改造和教育劳动人民的任务结合起来"①。亦即,其特别强调文艺创作的指导思想必须遵循、弘扬共产主义意识形态。从某种意义上说,除了要求创作主体在思想上必须坚持社会主义价值理念乃至无产阶级党性,社会主义现实主义的其他创作原则与一般现实主义并无分歧。但不可否认,这一主张也导致了文艺作品中所反映的现实,仅仅局限于光明面,对生活中应有的矛盾和负面因素则刻意回避,这也就在一定程度上削弱了作品的艺术感染力。

第三次文代会于1960年7月召开,周扬为大会所作的主题报告《我国社会主义文学艺术的道路》重申了"文艺为工农兵服务"是"我国革命文艺工作者所拥护、所遵循而为之奋斗的坚定不移的方向",并进一步明确了文艺为当下具体政治任务服务的要求。由于当时的政治已经出现了明显的偏"左"倾向,这一主张的提出在很大程度上制约了文艺的发展。

三、国营电影事业的建设将电影创作整体纳入国家主流话语之中。

中华人民共和国成立前夕,随着解放战争的节节胜利,中国共产党先后接管了东北伪"满映"、北平的中电三厂以及中央电影服务处华北分处、国民党长制北平办事处,相继成立了东北电影制片厂(1955年更名为"长春电影制片厂")、北平电影制片厂(中华人民共和国成立后改为"北京电影制片厂");1949年4月,中央电影管理局在北平成立,开始了党对电影事业的管理。1949年11月,在接管了原中央电影企业股份有限公司、中电董事会以及中电一厂、二厂的基础上,又成立了上海电影制片厂。至此,国营电影事业开始初具规模,新中国的电影管理体系也初见雏形。

1949年至1952年期间,全国私营影业公司尚有20余家,且大部分集中于中国现代电影的重镇上海,其中在中国现代电影史上出品过较多著名影片的,则有文华、昆仑、国泰、大同等四家。随着公有制浪潮的展开,私营公司纷纷谋求向国营体制转化,中央主管部门亦顺势推进公私合营的力

---

① 《苏联作家协会章程》,原载《苏联文学艺术问题》,人民文学出版社,1959年,第25页。

度,最终于 1951 年至 1953 年间将私营影业全部转为公有制。

电影业整体纳入国家公有体制之中,不仅保证了电影实践成为社会主义精神文明建设的一个重要组成部分,而且也为十七年时期一大批优秀的红色经典影片的创作奠定了基础。

红色电影的形成与发展

十七年时期的历史发展并不是一帆风顺的。政治、经济领域的各种倡导,新旧意识形态的矛盾与转换,都使得电影工作者在时代精神的把握以及在如何处理政治与艺术的关系上摇摆不定,从而导致这一时期的电影发展也呈现出起伏、曲折的态势。

一、时代精神认知。

十七年时期,尽管新生的人民共和国一穷二白、百废待兴,但整个时代的精神则是昂扬的、积极向上的,具体体现在:

(一)英雄主义精神。新中国的缔造,离不开无数中华优秀儿女的浴血牺牲。革命先烈们的光辉形象与英勇事迹,不仅是刚刚经历过烽火硝烟的一代人心中永不磨灭的记忆,而且也是新中国奋勇前行的精神动力。也正因此,"建国初期十七年"中国电影实践中一个极为重要的题材选择就是表现中国近现代历史上所涌现的无数可歌可泣的英雄人物及其传奇经历,从而形成了十七年时期特有的英雄电影系列,包括:《翠岗红旗》《新儿女英雄传》《钢铁战士》《中华女儿》《青春之歌》《上饶集中营》《刘胡兰》《赵一曼》《关连长》《董存瑞》《南岛风云》《小兵张嘎》《鸡毛信》《南征北战》《智取华山》《渡江侦察记》《洪湖赤卫队》《平原游击队》《铁道游击队》《地道战》《地雷战》《51 号兵站》《永不消逝的电波》《野火春风斗古城》《回民支队》《智取威虎山》《红色娘子军》《红旗谱》等。这些电影中所塑造的,既有在民族解放程途中真实存在的人物,亦有创作者根据一定的生活原型创造出来的艺术形象,但不管是真实的再现还是艺术的虚构,其均是中国共产党领导下在抗日战争、解放战争中所涌现出来的人民英雄,他们身上所体现的那种

先国后家、舍生取义的高贵品质，不仅是中国历史上无数仁人志士优良传统的延续，而且也是十七年时期所建构的精神文化之中最为光彩的组成部分。

除了描写革命战争年代的英雄，有关当下现实以及古代历史中所涌现出来的英雄人物，十七年时期的电影也作了相应的摄取。其中，有反映抗美援朝的战争片《上甘岭》《英雄儿女》等；有为了捍卫新中国的稳固与各种暗藏的敌特斗智斗勇的"反特片"《铁道卫士》《羊城暗哨》《虎穴追踪》《神秘的旅伴》《寂静的山林》《国庆十点钟》《冰山上的来客》《跟踪追击》《秘密图纸》等；有再现以满腔热情投入社会主义建设的现实题材影片《老兵新传》《李双双》《我们村里的年轻人》等，此外，则有经过无产阶级理念重新审视与表现的历史题材影片《李时珍》《甲午风云》《宋景诗》《林则徐》等。所有这些影片，与前述的英雄电影系列一起，可以说为中国观众贡献了一幅极为壮观的中华民族英雄谱系，其所呈现的英雄主义精神，不仅在当时、现在还是将来都将是中华民族极为珍贵的精神财富。

（二）集体主义精神。漫长的封建小农经济社会培养了中国人根深蒂固的私有观念。新中国作为中国历史上一次前所未有的、创造性的历史实践，其中极为重要的社会目标或理想就是铲除几千年来的私有观念，建立一个以公有制为基础的、团结友爱的社会主义大家庭。所谓集体主义精神，在十七年的具体表述中就是公而忘私、先公后私、"人人为我，我为人人"以及"为人民服务"等。秉承着这一理念创作的代表性影片则有《老兵新传》《今天我休息》《我们村里的年轻人》《李双双》《大李小李和老李》《满意不满意》《为了六十一个阶级弟兄》等。

（三）乐观主义精神。乐观主义作为时代精神，其产生很重要的一个前提，就是全体社会成员因为怀揣某种远大的社会理想进而对未来充满信心。新中国的诞生，不仅结束了旧中国长期以来落后挨打的局面，而且提出了全社会共同奋斗的伟大目标，这就是在建设社会主义社会的基础上尽早建成共产主义社会。也正因此，十七年时期的电影实践无论是回顾新中国缔造过程中的艰难险阻，还是描摹当下实践中的现实矛盾，都洋溢着一

种浓烈的乐观主义精神。具体体现在,其一,相当一部分描写抗日战争、解放战争中敌我斗争的电影,如《渡江侦察记》《平原游击队》《铁道游击队》《三进山城》《51号兵站》《地雷战》《地道战》《南征北战》等,尽管也写到了整个斗争过程的曲折与困难,但都是以我方的胜利昭示了人民必胜的乐观。其二,另有一部分取材于新民主主义革命进程的电影,如《狼牙山五壮士》《刘胡兰》《赵一曼》《董存瑞》等,虽然主人公最终牺牲了,黑暗的势力仍很强大,但所有这些电影的结尾并未给观众以悲观之感,而仍然表达的是一种乐观精神,这就是主人公虽然牺牲了,但他们身上所蕴含的精神是永存的,他们的事业仍然在继续。其三,取材于现实的影片,如《龙须沟》《老兵新传》《李双双》《我们村里的年轻人》等,片中的主人公都曾面临各种物质的、技术的、观念的挑战,但他们都不仅能够满怀克服困难的信心,而且能够充分发挥主人翁精神,群策群力,迎难而上,最终取得胜利。

"十七年"已成历史,但"十七年"以及十七年电影中所传达的英雄主义、集体主义与乐观主义,可以说仍然值得其后的中国电影实践认真借鉴与继承。

二、电影发展轨迹。

十七年时期的电影实践与本时期政治、经济的发展密切相关,由此也就导致,这一时期的电影发展与同时期的政治、经济的阶段性更替一样,呈现出鲜明的阶段性转换,具体包括:

(一)第一阶段:红色经典电影初创时期(1949—1951年)。

中华人民共和国成立初期,拥有丰富实践经验、来自国统区的电影人虽然其旧有的意识形态与新中国的要求还存在一定距离,但中华人民共和国成立的喜悦依然驱使着他们开始尝试歌颂新生的人民共和国;来自解放区的电影工作者虽然在电影实践的经验上稍显欠缺,但长期的无产阶级理念的教育使他们能够很快适应新的形势,并借助电影这一艺术形式,表达对新中国的礼赞。因而,尽管这一时期的电影创作从艺术的角度衡量并非尽善尽美,但整个电影的美学风貌仍然呈现出某种独特的气质,这就是在其后的电影理论语境中被指认为"红色经典电影"的特有的英雄主义、集体

主义、乐观主义、理想主义、革命浪漫主义等情怀。

红色经典电影的创作可以说贯穿了整个十七年时期的电影实践。在红色经典电影的初创时期,较有代表性的作品则有《桥》《白毛女》《中华女儿》《钢铁战士》《翠岗红旗》《南征北战》《新儿女英雄传》《龙须沟》《我这一辈子》《关连长》等。

从内容上考察,这一时期电影在创作上显露的特色主要集中于两个方面。其一是将并不久远的红色记忆迅速转化为银幕形象。《中华女儿》《钢铁战士》《翠岗红旗》《南征北战》《新儿女英雄传》等影片,截取的均是现代进程中不同时期的革命斗争历史,片中主人公们的浴血奋战与壮烈牺牲,强烈提醒着观众新中国的来之不易。其二是以新旧对比的模式忆苦思甜。《白毛女》《龙须沟》《我这一辈子》等影片都是通过展示旧社会的苦难衬托新中国的幸福,从而传递出"新旧社会两重天""旧中国把人变成鬼,新中国把鬼变成人"的主题。

从艺术的角度考察,这一时期的电影由于创作上的时间紧迫或短暂,大多停留于写实层面,影片的故事情节大多偏重于事件的进程与人物的经历,艺术的想象或创造较少。但也有少部分电影如《南征北战》《我这一辈子》等能够在宏大的背景上表现人物的命运,或通过人物的命运展现宏大的背景,显示了宏大叙事与微观叙事的巧妙结合。

（二）第二阶段:红色经典电影探索时期(1952—1958 年)。

整个 50 年代尽管政治、经济的发展之路并不平坦,但由于中央的积极鼓励与"双百方针"的提出,红色经典电影的创作还是有着长足的发展。这一时期较有代表性的作品则有:《祝福》《董存瑞》《宋景诗》《柳堡的故事》《渡江侦察记》《上甘岭》《平原游击队》《不夜城》《家》《鸡毛信》《不拘小节的人》《新局长到来之前》等。

围绕着红色话语体系的建立,这一时期的电影在多方面展开了探索,具体体现在:其一,历史的探索。本时期的《宋景诗》《祝福》《家》等影片,从取材上看,并非红色经典电影常见的新民主主义革命斗争或中华人民共和国成立初的社会主义建设。《宋景诗》取材于清末农民起义历史;《祝福》

《家》改编自现代文学名著,虽然背景是现代,但更多侧重的是现代普通人物的日常生活。这类题材影片的出现,体现了编导的一种历史的探索,即,将艺术的聚焦从现代革命斗争题材上游离开来,以历史唯物主义的眼光,从更为久远的纵向上与更为宽广的横向上把握描写的对象,从而既显示了力图将更为丰富的历史现象纳入红色话语体系的努力,又扩大了红色经典电影的表现空间。其二,人性的探索。人性与人情在十七年语境中常常被视为资产阶级趣味,但即便如此,本时期还是有一些电影在这些领域作出了大胆的探索。诸如,在《柳堡的故事》与《渡江侦察记》中,都程度不同地写到了革命战士与农家姑娘的美好爱情,虽然战争的残酷与革命目标的要求都使得他们只能将个人的感情深埋在心底,但主人公在事业与情感上的取舍还是让观众感受到人情的珍贵与温暖。其三,美学的探索。红色话语体系的表达有着自身独有的美学特征。就十七年红色经典电影而言,人们较为熟悉的则有,热情洋溢的颂歌基调;对战争片、惊险片、传记片、喜剧片等类型的偏重;在情节上尤为注重凸显传奇性等。

（三）第三阶段:红色经典电影高潮时期(1959 年)。

经过十年左右的艺术积累,在中华人民共和国成立十周年之际,红色经典电影的创作迎来了一个高潮。仅仅在 1959 年 10 月的"新片展览月"中,就涌现出一批精品,其中较为著名的则有:《林家铺子》《青春之歌》《林则徐》《风暴》《我们村里的年轻人》《聂耳》《老兵新传》《回民支队》《战火中的青春》《今天我休息》《红旗谱》等。

这一阶段电影在艺术上呈现出来的特色主要有:其一,人物形象谱系的扩大。本时期的人物形象不仅仅局限于当时电影中常见的共产党员形象,而是在一定程度上扩大到了其他各种人物身上,如《林则徐》中的林则徐,《林家铺子》中的林老板等。此外,由于强调工农兵的主体作用与知识分子的改造,曾经在中国历史尤其是中国近现代历史上发挥过巨大作用的知识分子形象在十七年时期的电影实践中基本消失,而本时期出品的《青春之歌》尽管在主题上表达的仍然是知识分子的改造,但片中林道静等知识分子形象的塑造,不仅让观众有耳目一新之感,而且也从一个侧面扩大

了本时期人物形象的谱系,拓展了电影艺术表现的空间。其二,社会主义新人的塑造。如果说十七年电影中有关新民主主义时期革命英雄的塑造较为便易、只要突出人物为了民族的解放英勇献身的精神的话,那么,社会主义社会的"新人"应该具备哪些品质,本时期的《老兵新传》《我们村里的年轻人》等影片作出了较好的探索。从《老兵新传》中的战长河、《我们村里的年轻人》中的高占武等人物形象身上,可以看出,其主要的性格特征即大公无私、公而忘私、先公后私等。历史上中华民族也并不缺乏具有这种品格的人物,但历史人物的这种品格也仅仅是一种个人品格,而战长河、高占武等人物的这种品格则是和社会主义理想结合在一起的,唯其如此,其也才在某种程度上成为"社会主义新人"。其三,从政治视角转向艺术视角。如果说此前的电影在叙事上更多地停留于叙述事件的进程、艺术的表现相对粗浅的话,本阶段的电影则在遵循政治视角的前提下较多地侧重于艺术视角,其所运用的艺术表现手法全方位走向深入。诸如,《今天我休息》等轻喜剧探讨了如何在歌颂的前提下嘲笑落后的人物与事物;《林家铺子》《红旗谱》等影片不仅在叙事上具有现实主义的严谨性,而且有意识地在片中展现了江南、燕赵等地域的风光,既借鉴了中国古典的意境美学,又巧妙地将人物命运与时代环境结合在一起,等等。

(四)第四阶段:红色经典电影成熟时期(1960—1966年)。

60年代初期,中宣部、文化部相继召开了全国文艺工作座谈会、全国故事片创作会议,对当时创作中存在的"左"的观点与错误认识提出了批评,并提出了"百花齐放、百家争鸣"的创作方针。受此感召,电影创作也出现了转机,出品了一批较好的影片,诸如,《革命家庭》《红色娘子军》《洪湖赤卫队》《枯木逢春》《甲午风云》《李双双》《早春二月》《小兵张嘎》《农奴》《舞台姐妹》等。

与前面几个阶段相比,这一阶段的红色经典电影无论在题材选择、人物刻画、叙事视角还是喜剧呈现、情节安排等方面都更加全面、成熟。从题材上看,有革命斗争题材,如《革命家庭》等;有现代历史题材,如《早春二月》等;有现实生活题材,如《李双双》等;有少数民族题材,如《农奴》等。从

人物刻画、叙事视角上看,这一阶段的电影不仅在英雄形象的塑造上由个体走向了群体,如《红色娘子军》《洪湖赤卫队》等,而且在人物角色的设定上开始转向女性视角、儿童视角,如《舞台姐妹》《小兵张嘎》等。此外,在喜剧呈现、情节安排等方面,本阶段的电影也有了进一步的开掘,如《李双双》不仅深入挖掘了正面人物身上的喜剧因素,而且在如何表现新中国社会生活中的矛盾方面提供了有益的经验;《枯木逢春》《舞台姐妹》则在情节安排上精心设置了"对比"的模式:《枯木逢春》是新旧社会的对比,《舞台姐妹》则是人物形象之间的对比,等等。

60年代中后期,随着政治形势的"左"化,红色经典电影也逐渐变异并最终解体了。

三、电影曲折性分析。

"十七年"历史虽短,但无论是社会现实历史还是电影发展历史都并非直线前进,而是呈现出相当的曲折性。就电影而言,其中的原因主要在于:

(一)十七年时期的电影基本上是在一种封闭的环境中创作的。主要表现在三个方面,其一,十七年时期的中国基本上和西方资本主义列强割断了联系,处在一种闭关锁国的状态。50年代初期,和苏联还有一点联系,但是自从赫鲁晓夫上台,并在1956年苏共二十大上全盘否定了斯大林主义之后,中国与苏联的关系恶化,到60年代就完全断交了。其二,与整个中国的古典文化传统割断了联系。中国封建社会是必须否定的,但是在漫长的中国古典社会,我国古代的知识分子与劳动人民也创造了非常悠久、灿烂的文化,这是我们中华民族的骄傲,也是我们之所以在世界上赢得尊敬的文化资源,没有传统的民族是悲哀的,我们有着如此悠久的传统,但在当时都以反对"封资修"的名义抹杀了。十七年时期的一些影片,如《林则徐》《甲午风云》《天仙配》《梁山伯与祝英台》等,都是因为其中或者有打击帝国主义侵略、或者有阶级斗争、或者告诉观众旧时代有多么黑暗才勉强出现的。其三,与中国现代传统割断了联系。中国现代历史存在着两大传统,一种是以毛泽东所领导的农民革命文化传统,还有一种则是"五四"时期以鲁迅为代表的一批知识分子所开创的"五四"知识分子传统,在十七

中国电影改编研究

年的电影创作中,我们看到,关于农民革命文化传统的作品比较多,如《红色娘子军》《红旗谱》《苦菜花》《南征北战》等,而关于知识分子传统的作品仅有两部,一部《早春二月》,一出来就受到了批判,还有一部《青春之歌》,但它强调的是知识分子要接受贫下中农的再教育,并没有正面描写知识分子在整个中国现代进程中所发挥的重要作用。

(二)以一种绝对的集体主义排斥个人的自我。集体主义精神是值得褒扬的,但把集体主义推向极端无疑是不合理的。十七年时期,不允许个人有什么要求,所有个人的一切正当的、合理的要求、欲望,都必须绝对的、无条件地服从集体的利益,集体利益是神圣的、至高无上的,任何个人的私心杂念都是渺小的、琐碎的,是自私自利。正是在这样一种氛围下,十七年时期的整个文艺包括电影,出现了一个奇怪的现象,就是不谈爱情,即使不得已写到爱情,也要把爱情和革命、劳动、集体扯上关系,要描写"革命+爱情"。如《柳堡的故事》中新四军战士李进爱上了农村姑娘二妹子,但是为了革命,他不得不放弃这段爱情,先国后家,到前线去杀敌。这种不谈爱情发展到"文化大革命"中的八个样板戏,所有的主人公都是单身。因为一写到爱情、家庭,就必然要写到个人的欲望,而一写到个人欲望,就会有损英雄人物的形象。

(三)流露了一种肤浅的乐观主义。十七年时期的电影总体上格调比较明亮,基调比较欢快,充满了一种积极、乐观、向上的气息。这些都值得肯定。问题是,这一时期电影所流露的乐观主义是一种肤浅的乐观主义。其给人的感觉是,中华人民共和国成立,一切都万事大吉了,似乎解放战争的炮火已经把旧世界彻底埋藏,摆在中国人前面的就是一条平坦的、充满了晴空丽日、鲜花美酒的康庄大道,这就否认了历史发展的艰难与曲折。事实上,中华人民共和国成立以后中国的历史发展并不是一帆风顺的,也有许多坎坷和动荡,就在短短的十七年,就有过抗美援朝、三反五反、57年"反右"、58年"大跃进"、59—61年的"三年困难时期"等大事件,遗憾的是,这些事件除了抗美援朝,其余的由于当时的政治氛围,在电影中基本上都没有反映。

指出这些不足,并非否定十七年电影的价值,这里所说的不足,是站在美学的角度对当时的创作提出的一种更高的要求。今天重看十七年时期的电影,倒不仅仅是因为这一时期的电影已经构成了中国电影发展史上的一个极其重要的组成部分,而是在于,这一时期的电影在很多方面都取得了重大的成就,其中最为重要的一点即,十七年时期的电影为我们贡献了一大批或为了新中国的诞生,或为了保卫新中国而浴血奋战、抛头颅、洒热血的英雄群像,诸如林则徐、邓世昌、洪常青、江姐、杨子荣、董存瑞、刘胡兰、小兵张嘎、王成等,这些人就是鲁迅先生曾经说过的,"我们从古以来,就有埋头苦干的人,有拼命硬干的人,有为民请命的人,有舍身求法的人……这就是中国的脊梁"①。无论中华民族未来的历史有多辉煌,共和国将永远不会忘记,正是由于这些人的牺牲、舍身成仁,才有了我们今天的锦绣家园,他们传奇式的人生经历与"先天下之忧而忧,后天下之乐而乐"的高尚情操,如今已经构成了我们中华民族极其宝贵的精神财富或精神遗产。也正因此,进入新世纪的影视界才又重新掀起了一股"红色经典改编热"。

红色电影主题选择的浪漫性

一种电影气质的形成,除了外部环境的驱使,很大程度上还与其独特的主题选择有关。十七年红色电影的主题与新中国在意识形态上的要求紧密联合在一起,从类型的角度看,大致有这样三类:

(一)革命主题。新中国是在一系列革命斗争中诞生的。所以,"革命"是新中国语境中尤为注重的一种理念。也正因此,十七年时期电影中的人物设置、人物评判以及情节安排大多是从人物的革命性高低、人物如何通过教育走向革命等角度着眼的。譬如,在十七年的人物传记片如《白毛女》《关连长》《刘胡兰》《赵一曼》《董存瑞》《聂耳》《小兵张嘎》以及《宋景

---

① 鲁迅《中国人失掉自信力了吗》,《鲁迅全集》(第 6 卷),人民文学出版社,1981 年。

诗《林则徐》等影片，主人公的选择很大程度上就在于其是否符合革命性的标准；在水华导演的《革命家庭》里，乡村女子周莲原先并不理解丈夫江梅清的革命行为，但是在他的影响下，她不仅参加了革命，而且在斗争中自身的革命性不断增强。

（二）成长主题。任何人并不是天生就具有革命性，每个人走向革命都有着种种社会的、家庭的、个人的原因，并且，其走向革命的过程也可能充满了种种犹疑、彷徨甚至反复。也正因此，十七年电影的主题很大程度上表现的就是主人公的"成长"。譬如，在《红旗谱》中，农民出身的朱老忠与其父亲朱老巩在和地主冯老兰的抗争中先后失败了，家破人亡的他不得不闯关东，回乡后又曾经幻想通过自己的下一代走"一文一武"的道路继续与冯老兰斗争，但在那个黑暗的环境下也归于失败，最后还是在共产党人贾湘农与运涛等人的教育与影响下，逐渐认清了斗争的道路，走向了革命。朱老忠的个人生活历程，可以说就是一个普通的、具有自发反抗性的农民成长为无产阶级战士的过程。再比如《青春之歌》，影片中的主人公林道静出身于地主家庭，其人生历程大致分为追求婚姻自由、投身革命集体、光荣入党等三个阶段，其每一阶段的飞跃，都清晰地勾勒出其从一个小资产阶级知识分子转变为共产党员的成长轨迹。此外，像《小兵张嘎》《红色娘子军》《回民支队》等也都是从儿童、妇女、少数民族等视角表达了个人或集体在革命征途中的"成长"。

（三）"对比"主题。新旧对比是十七年电影批评旧社会、歌颂新中国时常常采用的情节模式。旧社会的山河破裂、民不聊生与新中国的国家统一、万众欢欣不仅构成了巨大的对比，而且也是一个不容忽视的基本事实。也正因此，通过主人公的在新旧社会不同遭际的对比来阐述新中国产生的必然性，也构成了十七年电影中的一个显要主题。这里值得注意的是，如果说《龙须沟》《枯木逢春》等影片时间跨度比较长，横跨新旧两个社会，观众很容易从人物的命运变迁中感受到新旧对比的主题的话，那么，像《白毛女》《我这一辈子》《祝福》《林家铺子》等影片，其集中展现的是旧中国的生活，观众对其中的新旧对比主题很大程度上是从自身在当下幸福生活中的

体验与印证中感受到的。

在《类型电影再认识》一文中，我们曾经讨论过类型电影的浪漫性问题①。十七年红色电影的主题选择，在今天许多前卫的理论家那里，显然已经落伍、过时了，而事实上，这种主题选择中的浪漫性，无论在过去、现在、将来的电影实践中都是弥足珍贵的。

具言之，以长时段的眼光考察艺术史，不难看出，每当一个历史阶段刚刚开启的时候，文艺作品的表现形态常常是浪漫主义的；随着这一历史阶段的运行，各种现实的矛盾展开的时候，文艺家们一般采用现实主义的创作方法；而当这一历史阶段结束，在这个阶段积淀的种种人事景物、价值观念就上升为某种象征了。譬如，20世纪初期，在封建帝制刚刚结束，中国开始向现代社会转型之际，整个时代的最强音无疑是充满浪漫主义精神的、郭沫若的诗集《女神》。1949年中华人民共和国的成立，无疑是中华民族历史上开启的一个伟大的、崭新的时代，整个时代精神积极、高亢、充满了把握现在与未来的气度与自信。而所有这一切都是浪漫主义必不可少的精神特质。尽管十七年时期并没有典型的、以浪漫主义为主要特征的影片，但是，浪漫主义色彩或气息可以说贯穿于十七年绝大多数影片之中，成为那一时期主流电影的主要的精神气质。所以，在《南征北战》《渡江侦察记》《平原游击队》《赵一曼》《刘胡兰》《董存瑞》《战火中的青春》《红色娘子军》等影片中，尽管革命斗争异常残酷、尖锐，尽管黑暗势力还很强大、尽管主人公最后壮烈牺牲了，但这些影片并没有给观众带来恐惧和悲伤，而仍然极大地赋予了观众鼓舞与力量，究其原因就在于影片所内蕴的一种"明天必将会更美好"的浪漫主义豪情。而在《荣誉属于谁》（后更名为《在前进的道路上》，成荫导演）、《祖国的花朵》（严恭导演）、《老兵新传》、《我们村里的年轻人》、《李双双》、《五朵金花》等现实题材的影片里，尽管现实中仍然存在某些不尽如人意的问题与矛盾，但获得新生或翻身得解放的喜悦，仍然使得影片的主人公们克服了种种物质上的、观念上的障碍，取得了最后

① 沈义贞《类型电影再认识》，《当代电影》2017年第4期。

的胜利,而他们在实践中所张扬的那种藐视一切困难的浪漫主义气概,亦无疑给观众以极大的感染。坦率地说,如果我们今天的电影重新焕发出浪漫主义色彩,我们的电影实践必将拥有一个更加灿烂的未来。

原载《学术评论》2018 年第 6 期

2017 年度中国电影现象观察

　　以长时段的眼光看，2017 年在中国电影发展史上将是一个极为重要和特殊的时间节点。该年度不仅出现了无论在中国还是世界电影票房史上都称得上一个高峰的影片《战狼 2》，而且涌现出一大批不可忽略的电影现象。这些现象不仅暴露出此前中国电影实践中存在的种种问题，而且也隐含了未来中国电影走向的若干路径和可能性。也正因此，2017 年刚刚过去，理论界就已经开始以不同的方式对其进行回顾和总结，除了传统的理论分析，北京大学与浙江大学还邀集全国 50 位一流专家组成评审委员会，联合发布了"2017 中国十大影响力电影排行榜"，在网络上产生较大影响[1]。应当承认，所有的这些理论分析和专家排行都十分必要，但证之于2017 年复杂而多元的电影现象，仍显粗疏，进一步透视、分析这些电影现象，无论对发展、丰富具有中国特色的电影理论抑或是指导电影实践均十分有益。

一

　　2017 年最大的、最为显著的电影现象无疑是《战狼 2》的票房超高。

　　近年来，随着电影观影人次的逐年增长，电影票房的不断攀升，电影作为一个民族在当今数字时代主要的精神载体之一，在整个社会生活中的地位愈显重要。也正因此，以往在知识界一直活跃的种种意识形态的矛盾或价值观的冲突，也相应地转移到电影批评领域。2017 年，围绕着《战狼 2》

---

① 陈旭光、范志忠主编《中国电影蓝皮书(2018)》，北京大学出版社，2018 年。

所集中涌现的种种讨论，就很鲜明地印证了这一点。

《战狼2》上映期间，网络上对其的质疑和否定之声一直不绝于耳，有的指责其表现了一个"虚假的非洲"；有的认为其不过是"好莱坞暴力美学的亚洲翻版"；"契合了国内民众特别是精英阶层对帝国向境外输出秩序与正义的心理需求"；有的从所谓的思想、艺术分析入手，判定其呈现的不过是"笨拙的人物，笨拙的剧情，男人的意淫"，与同时期出现的一些优秀的欧美、印度、韩国的电影不可同日而语；甚至还出现了对导演兼主演吴京的道德绑架与人身攻击，譬如，在《战狼2》票房达到30亿时，有人就提出吴京为什么不向灾区捐款、捏造吴京是美国国籍不配表达爱国主义，等等。针对网络上的这些所谓"影评"，理论界对《战狼2》的肯定，大多从爱国主义、硬汉形象、吴京拍戏中的敬业所体现的工匠精神等几个方面着眼，显得既薄弱又无力，几乎缺乏回应或几近失语。

其实，毋庸讳言，《战狼2》的巨大成功，从意识形态的层面看，的确是因为其不仅确立了一个具有高度民族自信、文化自信的、崭新的中国国家形象，而且更为重要的是，其在一定程度上宣示了：经过多年来意识形态的交锋，中国绝大多数观众并没有为种种矮化、丑化中国形象的颜色渗透所动，爱国主义仍然是当下中华民族的精神主流，中国国家意志绝不容轻侮的观念依然深入人心，等等。

从创作的层面看，《战狼2》带给中国电影的启示多方面的。第一，《战狼2》虽属类型片，但诚如我们曾经指出的，真正优秀的类型片其实都是"类型其表，现实其里"①，即其表现形式是类型化的，但其内在精神都是现实主义的。《战狼2》之所以能够吸引高达1.6亿的观影人次，很大程度上就在于，其最大限度地切中了当下国人最为突出的现实心理。具言之，在本片播映之际，中国刚刚经历了东海、南海、中印对峙等一系列危机，中国政府虽以非凡的智慧将这些危机一一化解，但却并未就此过多言说，所谓大智若愚或大智不言。但在民间社会心理之中则积聚了一股强烈的、不吐

---

① 沈义贞《现实主义电影美学研究》，南京师范大学出版社，2012年，第23页。

不快的情绪,《战狼2》在这个特定的时间节点出现,可以说为这股情绪的宣泄及时提供了一个合适的管口。第二,很长一段时期以来,如何在商业或娱乐的时代讲好一个有温度、有内涵的故事,一直困扰着中国电影界。有些所谓艺术片,主题很好,但故事性极差,观众难以接受;至于有些所谓商业片,主题肤浅、庸俗,所讲的故事又矛盾百出,纯属胡编乱造,观众连吐槽的兴趣都没有。若干年来,向好莱坞借鉴、学习的呼声虽多,但真正能在实践中运用自如的则很少。也正是在这个意义上,我们认为,《战狼2》在艺术上值得肯定的一点,即其较好地采纳了好莱坞类型片的叙事策略,而达到了几乎全部叙事进程无尿点的水准。严格地说,这才仅仅是及格线的水准,与已经相当成熟的、丰富多彩且不断创新的好莱坞叙事艺术相比,还有不少的差距。也正因此,我们说,《战狼2》如果不是在这样一个特定的时间点出现,那么,其与此前堪属优秀的、无论在主题还是在艺术上都相差不多的影片《湄公河行动》《战狼1》等一样,会有一定的票房和口碑,但也一定不会获得如此之高的票房以及引发网上如此之激烈的争论了。第三,近些年来,诚如不少论者曾经指出的,主旋律电影的商业化或商业电影的主旋律化似乎已经形成了一股潮流,但艺术与票房双赢的作品却并不常见,总是存在着这样那样的缺憾。就在2017年,同样属于主旋律题材的影片《建军大业》《空天猎》等就不太成功,究其原因就在于,就"好电影"而言,强烈的现实关注、无瑕的叙事艺术以及创作主体的生命冲动等三者缺一不可,主旋律题材影片或主流影片亦是如此。譬如《空天猎》,主题、叙事尚可,但就是缺少了创作者真切的生命冲动,从而失却了一直真正打动观众心灵的力量;同样,《建军大业》的导演更是缺乏对其所表现内容源自内心的敬畏、理解与认同,因而其要求观众对其所表现内容产生发自内心的敬畏、理解与认同,也就无从谈起。至于其选用当红"小鲜肉"以招徕观众,更是一种低级的商业思维,因为,明星的力量永远不及现实的力量、艺术的力量以及生命冲动的力量。

中国电影改编研究

二

何谓"生命冲动"？所谓"生命冲动"指的是"创作主体面对国家的遭际、民族的命运、人类的走向、时代的呼唤、现实的发展、历史的得失以及个人的悲欢等等所萌发的一种颇具人文关怀的、强烈的审美感受与倾诉欲望"①。循此检视 2017 年出现的另一个重要的电影现象：围绕电影《芳华》引发的诸多讨论或争论，不难看出，如果从"生命冲动"的视角解析这一现象，许多看似难以调和的言说也就迎刃而解。

具言之，由于《芳华》中时间跨度较长，所涉及的事件与话题较多，包括"文革"、对越自卫反击战、下岗、好人受欺等，因而与这些事件或话题相关的观众或观众群从中各取所需，出现了许多见仁见智、褒贬不一的意见，这些意见仿佛切中了导演的某些意图，又仿佛不能完全概括导演的意图，进而导致整个言说乱象丛生。而实际上，所有的这些事件或话题都是导演人生经历中的雪泥鸿爪，将其整体地考察，则会发现，本片所拍的文工团故事，实质是原小说作者严歌苓、导演冯小刚等一代人的青春记忆，还原的是他们当年的生命体验，颇具自传意味，其打动、冲击观众的，主要也就是导演回溯平生所生发的一种强烈的生命冲动以及在这种生命冲动驱使下所吐露的一种生命感喟。换句话说，其成功，很重要的一个原因就在于其表达了冯小刚以及与冯小刚的人生经历相近似的一代人或一类群体的生命冲动。

进一步拓展开去，不难发现，其一，电影史上所有优秀、经典的作品其实都是基于生命冲动的创作，这也是区别"好电影"（无论是艺术片还是类型片）与纯粹商业片的一个分界线。如果深入创作实践过程中去考察，则可见出，导演对生命冲动的处理方式或表现形态无外乎这样三种：一、掩藏在精彩的类型叙事之下。如许多优秀的好莱坞类型片，以及《战狼 2》

---

① 沈义贞《论"好电影"》，《艺术百家》2015 年第 5 期。

等;二、传统的、优秀的艺术片传达的其实都是创作主体的一种生命冲动，譬如十七年时期许多红色经典影片，有的或许制作粗糙，但却至今感人至深，归根结底就是因为其时的创作主体都是饱含着一种强烈的生命冲动创作的。进入大众娱乐时代，艺术片的创作也开始借鉴类型片的叙事策略，但无论其采用的是传统的艺术片的叙事策略还是借鉴了类型片的叙事策略，其仍然是围绕着倾诉创作主体的生命冲动这一最终的美学目标或效果展开的，《芳华》即是如此;三、有些优秀的艺术片纯粹依赖作品所饱含的生命冲动征服观众，但由于这种生命冲动是可遇不可求的、不可重复的，所以当创作者成功地表达了这样的生命冲动之后，如果既不能像《战狼 2》那样全方位地采用好莱坞类型片的叙事策略，又不能像《芳华》这样将艺术片的叙事策略与类型片的叙事策略较好地杂糅在一起，那么其创作一定是难以为继的。譬如贾樟柯，其最初的《小武》《站台》《任逍遥》等"汾阳三部曲"无论过去、现在、未来都会深深打动无数观众，究其原因就在于其表达的正是当年的贾樟柯最为宝贵的生命冲动，但其后由于始终未能找到引人入胜的讲故事的方式，其所拍的诸多影片虽然生命的冲动有之，但票房一直低迷也就自然而必然了。

其二，在过去的理论探讨中，一直存在着一个误区，即认为类型片的主题是单一的、清晰可辨的，艺术片尤其是具有现实主义精神的影片，其主题往往是丰富而复杂的。其实，所有基于生命冲动创作的"好电影"，无论是艺术片还是类型片，其主题一定是多义的、多层次的、思考性的，唯有可以归属于类型片范畴之中的、纯粹商业性的娱乐片乃至电子游戏化的影片，其主题才是浅白、简单、一句话可以概括的。此外，尤须指出的是，由于接收者的立场不同，其对"好电影"主题的抓取和理解也是各不相同的。

譬如，关于《芳华》中的"自卫还击战"描写，有的评论就认为，影片批判了战争的残酷以及战后社会对那场战争中的幸存者的遗忘，而在我们看来，影片的确批判了战争的残酷与战后的遗忘，但导演并未否定那场卫国战争，其只是以战争的惨烈以及战后主人公刘锋的遭际提请当代观众尊重这场战争中牺牲的烈士、关爱其幸存与伤残者，因而其主题仍然是有积极

中国电影改编研究

意义的。至于某些论者认为导演据此质疑了爱国主义，则显然是过度阐释或借题发挥了。

三

如果说《战狼2》《芳华》等是以单片构成了重要的电影现象的话，那么，2017 年还有一些电影现象则是群体性的，这些现象同样值得关注并引人深思，主要包括：

（一）"妖"的符号的盛行。近几年以"妖"命名或以"妖"为题材或艺术符号的电影逐渐增多，较有代表性的如《捉妖记》等，到 2017 年，则有《妖猫传》《妖铃铃》《伏妖·白鱼镇》《二代妖精之今生有幸》《大梦西游 4 伏妖记》《捉妖战记》等，其他如《悟空传》《降魔传》等也可归于这一序列。以严格的"美学的"与"历史的"标准衡量，这些影片的艺术质量都不高，除了缺失"生命冲动"，其无论主题的设置抑或艺术的呈现均存在着这样那样的问题。然而，将这批影片集中到一起考量，其不约而同地选择"妖"这一题材或符号加以表现，则绝非偶然。

毋庸置疑，"妖"作为艺术符号出现，在既往的电影实践中虽然由来已久，但与西方宗教体系中的上帝、魔鬼、幽灵、僵尸以及中国佛道传统中的神、仙、鬼、怪等符号相比，其出现的频率相对要少一些。其于现阶段的中国电影中大规模出现，庶几可从这样两个方面予以解释：一方面，其从一个侧面反映出当下的现实心理悄然发生的某些变化。具言之，在相当长的一段时期内，国人面对种种矛盾的心理是紧张的、对立的，非此即彼，非白即黑，非生即死，而随着改革开放的深入以及物质与精神生活水准的提高，整个社会的心理渐趋缓和，不仅能宽容地看待现实中仍然存在的局限，而且能以一种积极、乐观的心态面向未来。另一方面，这种现实心理的变化必然也影响到部分创作主体创作心理的变化。所以，其才在创作中摈弃了传统神话题材中常见的、体现着激烈冲突甚至生死对抗的上帝、魔鬼、幽灵、僵尸、神仙、鬼怪等符号，转而选择相对中性的"妖"符号。之所以说相对中

性,是因为"妖"一般活动于民间,与人杂居,某种程度上具备着一定的人性;其虽有可怕的、有害的一面,隐喻着现实的缺陷或障碍,但因其丑陋的外形、笨拙的反应、言行举止等带有一定的喜剧性,暗示着其并不是不可战胜的,有时甚至会化敌为友,等等,也正因此,熟谙体现着妖文化传统的《西游记》《聊斋志异》等古典文学资源的当代主体,有意无意地选择"妖"这一符号作为表现对象,亦可说是其在回应现实心理时所采取的一种能够最广泛调动中国观众审美经验的叙事策略。

（二）北上香港影人的困境与突围。九七回归以来,一批香港影人到内地发展,并断续拍摄了一系列引起理论界关注的电影。在本年度,由香港影人执导的影片就有唐季礼的《功夫瑜伽》,徐克的《西游伏妖篇》,郭子健的《悟空传》,王晶的《追龙》《降魔传》,刘伟强的《建军大业》,袁和平的《奇门遁甲》,吴君如的《妖铃铃》,刘镇伟的《大话西游3》,吴宇森的《追捕》;此外还有中外合拍、成龙主演的《英伦对决》等。在这批影片中,有些力图介入内地的历史与现实,如《功夫瑜伽》中设置了"一带一路"的主题,《妖铃铃》中涉及拆迁,《建军大业》更是正面再现红色历史,但坦率地说,由于这些编导缺乏对中国历史的深切认知以及对中国现实的热忱关怀与真切体验,因而,其希图凭借影片中所选择的或生搬硬套、或零零星星类似调味料的内地现实或历史元素以撬动内地观众巨大的现实审美心理,也就徒劳无功了。此外,尤须注意的是,这些挟带内地元素的影片,与纯粹娱乐性的《西游伏妖篇》《悟空传》《奇门遁甲》《降魔传》等一样,所依赖、主打的,依然是他们当年在香港获得成功的若干叙事特别是搞笑手段,只不过时过境迁,今天的内地语境、现实与审美心理,与其时相对封闭、狭小的、期待值相对较低的香港语境与港人心态相比,已不可同日而语。当年能够让香港观众或改革开放之初的中国观众哄堂大笑的许多桥段、技巧,在今天已显得老套、幼稚、苍白无力甚至本身就很可笑了。也正因此,我们说,这批香港影人在现阶段的创作均程度不同地陷入了某种困境。

有了困境就有突围。王晶的《追龙》把表现的视域投向了早年的香港历史,由于有切身的体验与严肃的反思,影片的题材虽然陈旧,但仍带给观

众不同于观赏《雷洛传》《跛豪》等黑帮片所有的观影感受。吴宇森导演的《追捕》、成龙主演的《英伦对决》则将视域投向境外，但吴宇森的《追捕》除了致敬早年高仓健的《追捕》，无论主题、题材、叙事等均乏善可陈；相比之下，倒是成龙主演的《英伦对决》不仅表现出"中国人在海外"的某种生存状况，而且在"复仇"题材的探索上有所创新，即如何将传统的、忽视法律的中国式复仇改造成在法律框架下的中国式复仇，从而不仅与同时期同样表现复仇的好莱坞影片《三块广告牌》异曲同工，而且也拓宽了这类题材的表现路径。

（三）喜剧依然是闹剧。进入大众娱乐时代，喜剧片的拍摄一直深受导演们的青睐。本年度属于喜剧系列的影片就有《功夫瑜伽》《大闹天竺》《前任 3》《羞羞的铁拳》《缝纫机乐队》以及大多数以"妖"为题材的影片。但是，不讳言地说，所有这些影片都脱不了庸俗、低俗的特征，而究其原因很重要的一点就是这些影片的编导均缺乏对喜剧的真正理解。什么是喜剧？鲁迅先生的解答是，喜剧是将"无价值的撕破给人看"①，而马克思则认为，喜剧是"人类能够愉快地和自己的过去告别"②，两者强调的都是"主体站立在某种更高的立场对处于较低层面的对象或客体的否定"③。遗憾的是，自电影市场化以来的喜剧片创作，虽然也有部分所谓喜剧片如《泰囧》等赢得较高的票房，但迄今为止真正具有喜剧精神的作品几乎空白。本年度以及此前相当长时期创作的喜剧片其实都是闹剧，即创作主体的精神、格调比较低下，无思想、无情怀，更无生命的冲动，其所谓"笑"的效果，基本都出自从一种站位较低的视角对与其精神层面相近的浅俗生活表象的解构，因而，插科打诨有之，胡编乱造有之，无厘头有之，但就是缺乏喜剧创作主体应有的更高的精神俯视，以及对所截取生活表象严肃的批判、嘲讽甚至悲悯。也正因此，我们说，当印度已经诞生了阿米尔·汗这样国宝级大师的时候，我们仍然大量涌现着各种活宝级的闹剧，其中的差距实在

---

① 鲁迅《再论雷峰塔的倒掉》，《鲁迅全集》（第 1 卷），人民文学出版社，1981 年。
② 马克思《〈黑格尔法哲学批判〉导言》，《马克思恩格斯选集》（第 1 卷），人民出版社，1972 年。
③ 沈义贞《现实主义电影美学研究》，南京师范大学出版社，2012 年，第 292 页。

令人唏嘘。

（四）小众片依然很小。2017年还出现了一批小众化的影片，如《暴雪将至》《引爆者》《闪光少女》《冈仁波齐》《嘉年华》《八月》《绣春刀2》等。之所以说其小众化，并非因为这批电影的票房业绩都不太理想，而是更多地着眼于其受众面相对狭小。客观地说，这些影片的编导并不希望其影片的接受仅仅局限于小众，为此他们在创作中也倾注了许多努力，譬如，《冈仁波齐》希图凭借题材的独特性取胜，《暴雪将至》《引爆者》《嘉年华》《八月》除了在题材的事件性上有所彰显，还特别强化了小人物与大环境的紧张关系或底层生存卑微等颇具现实针砭的主题；在艺术上也或偏重写实，或营造诗意，或借助侦探片、悬疑片的叙事策略，但其均无一例外地困顿于小众接受的层面，究其原因就在于，除了他们在叙事上均未能将内容与形式完美地结合在一起，很重要的一点就是这些创作主体由于缺乏思想的高度与视野的开阔，胸襟、气度、格局较小，进而导致其所构筑的艺术空间较小、相应的美学含量较小，等等。

《绣春刀2》是这批影片中唯一的类型片。客观地说，这部影片无论是主题的表达还是艺术的经营都不仅远超《绣春刀1》，而且在当下武侠片的创作中都可归于优秀行列，但其在接受上也是小众化的，说到底也是因为，一方面，其虽然设置了一个"依附于权力体制的小人物无法把握自身命运"的主题①，但总的来说，这一主题还缺乏重大的思想创新；另一方面，其虽然在叙事上紧张、流畅、无瑕疵，但经过前些年若干武侠大片在奇观性上的争奇斗艳，本片所呈现影像符号的视觉冲击力对于已经被挑高了视觉期待的观众来说就逊色多了。

四

就中国的电影实践而言，本年度影响最为深远、意义最为重大的一个

---

① 张慧瑜《中国电影的新变化与新的中国故事》，《当代电影》2018年第3期。

电影现象显然是：一种电影文化正在中国形成。其标志不仅在于中国电影的"银幕总量达50776块"，"影院总数已达8051家"，而更重要的是，2017年"观影人次达16.2亿"，"以全国人口计算，人均观影1.17次；以城市人口为基数，人均观影2次"①，很多影片有些甚至是烂片的票房都动辄过亿、十几亿甚至几十亿。这说明，中国观众正在以巨大的热情走进影院、拥抱电影，观影已经上升为国人工作之余的一种重要的生活与娱乐方式。

这是值得肯定的。具言之，在既往的历史实践中，我们已经具有了酒文化、茶文化甚至麻将文化、洗浴文化等颇具中国特色的、以休闲、消遣为主的文化样式，但一直缺乏寓教于乐的、能够提升民族素质的电影文化、博物馆文化、图书馆文化等，也正是在这个意义上，我们才对这一新兴的电影文化倍感珍惜。

因为，一种文化的形成是来之不易的。从历史的角度看，虽然电影进入中国已有一百多年，但由于现代历史的风云变幻以及中华人民共和国成立以来电影实践的起起落落，观影虽然在国人的生活中也占有一定地位，但一种全社会集体地、自觉地将其作为个人生活的不可缺少的组成部分，则是近年来才开始并于2017年凸显出来的。从文化形成的内外部条件看，当下中国电影文化的出现，无疑离不开这样一些因素：一、影像时代电影跃居为民族文化、精神的主要载体；二、电影高等教育的普及；三、国家层面的提倡。譬如，2017年不仅出台了《中华人民共和国电影产业促进法》，而且教育部也正式将艺术教育特别是影视教育纳入中小学的教学体系；四、改革开放以来国外引进优秀影片对中国观众的电影审美水准的提高；五、网络出现以来电影传播的便捷以及传播渠道的扩大，尤其是各种微影评的活跃也在很大程度上不仅最大限度地吸引、推动了观众的参与，而且也在各种专业、非专业的评论中丰富了观众的观影经验；六、最为重要的当然还是中国电影人的努力。虽然总体上看近年来的中国电影实绩还不够理想，但毕竟每年时有优秀之作出现，等等。正是在上述诸多因素

---

① 尹鸿、孙俨斌《2017年中国电影产业备忘》，《电影艺术》2018年第2期。

所构成的平行四边形的合力作用之下,中国的电影文化才初具规模。

但是,这一电影文化的发展壮大还需要中国电影人的持续努力,因此,多拍好片,杜绝烂片应当成为中国影人的共识。不然的话,持续居高不下的烂片也会彻底倒了中国观众的胃口,好不容易形成的电影文化也就会趋于解体了。

原载《艺术百家》2018 年第 6 期

后　记

　　我曾经感叹，在交通、信息传递不发达的古代，一个诗人或散文家写下一首好诗或好的文章，马上就能在海内四处传诵；20世纪闻名遐迩的专著也颇有几部，如李泽厚的《美的历程》，黄仁宇的《万历十五年》，林语堂的《苏东坡传》等；当下的作家或导演创作出了优秀的作品，也能为大众广泛接受；网络上也活跃着众多点击10万＋的文章，唯独今天的理论家们写下的汗牛充栋的文字，却基本上不为人知，只能是自说自话、自娱自乐，即出即朽。说到底，看小说、电影或欣赏一切的文学、艺术，以及看一篇论文或一部专著，其实都是"我"与一个"作者"（作家、导演、编剧、画家、音乐家、学者等）的对话，如果这个"作者"品格低下、平庸无趣、见识短浅、满嘴胡话、表述混乱，"我"显然是不愿继续交谈或交流下去的。所以我才会看某些电影几分钟就关机，看一些论文或专著几行字就合上，不在这些垃圾上浪费时间。

　　因着行政事务的繁杂、新冠疫情的冲击，历时四年，拖拖拉拉，本书终于结稿并出版。本书上篇为史，下篇为论，史中带论，论中见史，并在具体的论述中始终或隐或显地贯穿着现实史、文学史、电影史与电影改编史之间的对比、印证与互动。下篇中的部分内容已先期在相关刊物发表。诚如我在《现实主义电影美学研究》一书的后记中所说的，"我不知道有多少导演、编剧等电影界从业人士会读到或读懂这本书，也不知道学术界会有多少人能静下心来从头至尾读完这本书"，但我在写作中却是始终坚持精益求精的态度，有话则长，无话则短，务去陈言，力求新意，孰是孰非，留待方家指正。本书附录的几篇论文，都是我在写作本书前发表的，虽然没有谈改编，但其中的观点与本书是相通的，我这几年关于电影的整体思考也庶

几可见。如果本书能够为读者接受，并对中国的电影实践与电影理论研究有一定裨益，则不胜幸甚！

感谢南京艺术学院谢建明教授为本书赐序。在本书出版过程中，南京艺术学院校长张凌浩教授、传媒学院尤达教授、人文学院办公室冯晋湘主任，凤凰出版社倪培翔社长、彭子航先生以及我的家人都曾给予很多支持与帮助，在此一并感谢！

2023 年岁末于金陵随园